# El Fin del Reino de la Tierra

# ELISE KOVA

# EL FIN DEL REINO DE LA TIERRA

## VOLUMEN TRES

Traducción de Guiomar Manso de Zuñiga Spottorno

◐ **UMBRIEL**

Argentina · Chile · Colombia · España
Estados Unidos · México · Perú · Uruguay

Título original: *Earth's End*
Editor original: Silver Wing Press
Traducción: Guiomar Manso de Zuñiga Spottorno

1.ª edición: junio 2024

ISBN: 978-84-19030-40-5
E-ISBN: 978-84-19497-64-2
Depósito legal: M-9.885-2024

Fotocomposición: Urano World Spain, S.A.U.
Impreso por: Romanyà-Valls – Verdaguer, 1 – 08786 Capellades (Barcelona)

Impreso en España – *Printed in Spain*

*Para Katie y Nick,*
*por todas las noches en que ayudasteis a mantener la cordura*
*de esta Caminante del Viento.*

EL
CONTINENTE
MAYOR

VANGAR

SOLARIS,
«LA CAPITAL»

RIVEND

MOSA

GRAN VÍA IMPERIAL

OPARIUM

EL
SUR
LYNDUM

PACA

LEOUL

SHAN

EL DELTA
DEL FINSHAR

HAST

EL
EST
CYVEN

EL
CONTINENTE DE
LA MEDIALUNA

ISLAS BARRERA

EL
OESTE
MHASHAN

QUI

NORIN

XIA

LAU

SILME

ORE

ANTO

LA
ENCRUCIJADA

YON

POHEAT

EL DESFILADERO

DAMACIUM

SORICIUM

LAGO
IO

ALDA

EL
NORTE
SHALDAN

# CAPÍTULO

## I

*V*halla *estaba cayendo.*

*El viento rugía alrededor de sus oídos tras lanzarse de cabeza hacia las profundidades del desfiladero más grande del mundo. Su magia crepitaba y chisporroteaba mientras ella intentaba acercarse más al hombre que daba volteretas por el aire más abajo.*

*Estiró el brazo hasta el punto de sentir dolor y sus ojos conectaron con los de él. Lo conseguiría. Llegaría hasta él. Tenía que hacerlo. Su príncipe de pelo moreno la miraba desde lo bajo con un pánico desgarrador, pronunció su nombre como una oración al viento.*

*Cuando los dedos de Vhalla, empapados de sangre, se cerraron en torno a la nada, apenas rozando los de él, Vhalla chilló angustiada e intentó exten-der el brazo en un último intento fútil de agarrarlo... mientras el cuerpo de él impactaba con violencia contra las rocas en lo bajo.*

Vhalla se incorporó de golpe y se quitó de encima las mantas que la cubrían, la mano estirada hacia delante, vacía. Un sudor frío le rodó por la frente. Le daba vueltas la cabeza, sentía náuseas. Dos manos se cerraron sobre la suya y Vhalla siguió la pálida piel sureña hasta un par de ojos cerúleos.

—¿Fritz? —murmuró Vhalla confusa.

—¡Vhal, gracias a la Madre! —Fritz le soltó la mano para lanzar los brazos alrededor de sus hombros.

Vhalla trató de despejar su mente embotada y forzarla a trabajar una vez más. Estaba en una tienda de campaña, la luz se filtraba entre varias capas de ramas y musgo apiladas sobre la lona. Vhalla se frotó la cabeza y notó unas vendas envueltas con firmeza a su alrededor.

Vendas... Sangre... *Un hombre roto con armadura negra tirado en un charco de su propia sangre.*

—¿Aldrik? —Se volvió hacia Fritz con un propósito renovado. El sureño dio un respingo ante su intensidad repentina.

—Vhal... tienes... Elecia tendrá que examinarte ahora que estás despierta. —Fritz no quería mirarla a los ojos.

—¿Aldrik? —repitió Vhalla, la voz estridente.

—Puedo ir a buscarla. Llevas dormida casi dos días y...

Vhalla se lanzó a por su balbuceante amigo. Agarró su camisa justo por encima de su cota de malla y tiró de él hacia delante, al tiempo que enroscaba los dedos en la tela. Fritz mostraba una mezcla de tristeza y de miedo que ella jamás había visto en su rostro hasta entonces. El corazón de Vhalla no lograba decidirse entre latir de un modo doloroso o pararse por completo.

—¿*Dónde está Aldrik?* —Le temblaban las manos de lo fuerte que sujetaba al hombre sureño. Temblaban de terror.

—Vhal, el príncipe, la caída, está... —Los ojos de Fritz le dijeron todo.

—No... —Vhalla dejó caer la cabeza cuando el *shock* la golpeó. No había sido lo bastante rápida. *No había sido lo bastante rápida y ahora Aldrik estaba...*

—Está vivo. —Fritz puso con suavidad las palmas de sus manos sobre los brazos de Vhalla, y esta lo agradeció porque necesitaba el apoyo.

Deslizó sus dedos temblorosos por las mejillas de Fritz, como para borrar la verdad que sus labios acababan de pronunciar. La alegría de Vhalla fue escasa al ver la preocupación que enturbiaba los ojos de su amigo.

—¿Qué? —graznó—. ¿Qué le ha pasado?

—No está bien. —Fritz negó despacio con la cabeza.

—¿Dónde está? —exigió saber.

—Vhal, no puedes. —Fritz agarró sus hombros con más fuerza.

—¿Dónde está? —Vhalla no podía respirar. De repente, no había aire alguno y se iba a asfixiar si no encontraba el camino hasta Aldrik—. Debo verlo.

—No puedes...

Vhalla no estaba dispuesta a escuchar más negativas. Se puso en pie y salió de la tienda antes de que Fritz pudiese terminar. Le dolía todo el cuerpo y los movimientos rápidos hicieron que su cabeza diese vueltas otra vez. Una comprensión fría entumeció el dolor cuando Vhalla vio el campamento. Estaban atrincherados. Las tiendas estaban cubiertas de camuflaje, había arqueros encaramados a los árboles y habían establecido un perímetro claro; los soldados se habían instalado para quedarse ahí durante un tiempo.

—Vhalla, por favor, tienes que tumbarte otra vez —suplicó Fritz.

—¿En cuál está? —Vhalla soltó con brusquedad su brazo del agarre de Fritz, al tiempo que trataba de determinar qué tienda era más probable que albergase al príncipe heredero. Sus ojos se posaron en una con dos soldados a cada lado, y Vhalla echó a correr.

Los soldados se movieron demasiado despacio y Vhalla casi consiguió entrar en la tienda.

*Casi.*

Se estrelló contra el cuerpo de uno de los soldados que se interpuso entre ella y la entrada. Vhalla levantó la vista y parpadeó sorprendida.

—Dejadme entrar —exigió, con un tono peligroso.

—Tenemos órdenes de no dejar pasar a nadie excepto al emperador, su familia, los clérigos y los consejeros. —Estaba claro que al soldado no le gustó darle la noticia. Una sombra de compasión teñía cada palabra.

—*Dejadme entrar.*

—Lo siento, pero no podemos. Tenemos órdenes.

Vhalla sabía que el soldado le estaba rogando que lo entendiera. Y lo entendía a la perfección. Entendía que la mantenían apartada de Aldrik sin una buena razón. Pero ella tenía que ver a su príncipe, porque no estaría vivo de verdad hasta que lo viera.

Vhalla plantó los pies en el suelo, los puños cerrados. Su magia aún tenía que reponerse de la batalla que había disputado antes de la caída. Junto con el hecho de que su cuerpo aún estaba en proceso de recuperación, Vhalla se sentía débil, pero no estaba dispuesta a que nadie más lo supiera.

—Dejadme pasar o...

—¿O qué?

A Vhalla se le heló la sangre en las venas. Se giró despacio para ver al hombre más poderoso del mundo: el emperador Solaris. El padre de Aldrik la miraba con un desprecio apenas velado. La culpaba por el estado de su hijo. *Bueno, por fin tenían algo en lo que podían estar de acuerdo.*

—Has de regresar a tu tienda, Yarl —ordenó.

Vhalla respiró hondo varias veces. Ella seguía siendo propiedad de la corona. Este hombre era el propietario de Vhalla hasta que ella le proporcionase su victoria en el Norte. Y, si el ultimátum que le había dado hacía unos días aún estaba en pie, su libertad también dependía de que pusiese punto final a toda relación con su hijo, una relación que había comenzado hacía casi un año, una relación que la había convertido en la amante secreta del príncipe heredero Aldrik.

—¿No he hablado con la suficiente claridad? —El corpulento regente sureño dio otro paso hacia Vhalla.

La tensión casi podía cortarse en el ambiente, y los soldados detrás de ella contenían la respiración.

—Vhalla, bien... estás despierta. —Vhalla se giró para ver cómo la solapa de la tienda de Aldrik se cerraba a la espalda de Elecia—. Tengo que examinarte. —La mujer pasó entre los soldados y entrelazó el brazo con el de Vhalla. Era el mayor contacto que había iniciado jamás la mujer de piel oscura—. Vamos.

Fue el tono imperioso de la voz de Elecia lo que por fin hizo obedecer a Vhalla. Dejó que la otra mujer la condujese de vuelta a la tienda que acababa de abandonar, pero mantuvo los ojos clavados en los del emperador en señal de desafío. *No podía mantener a Aldrik alejado de ella*, no mientras estuviera viva.

—Entra ahí —musitó Elecia, al tiempo que casi tiraba a Vhalla dentro de la tienda y encima de Fritz en el proceso.

—Eh, ¿qué pasa contigo? —Vhalla parpadeó en dirección a la furiosa mujer que no tenía nada que ver con la clériga preocupada que acababa de acompañarla a través del campamento.

—¿Qué pasa *contigo*? —bufó Elecia, y se dejó caer de rodillas enfrente de Vhalla—. ¿Acaso has perdido la poca inteligencia que tenías en esa caída? Este no es el momento para poner a prueba al emperador.

—Me importa una mierda el... —La mano de Fritz se cerró con fuerza sobre la boca de Vhalla para interrumpir sus palabras traicioneras.

—¿Podemos todos respirar hondo, por favor? —Fritz alargó su mano libre hacia Elecia.

Vhalla fulminó con la mirada a la mujer de pelo rizado. ¿Amiga o enemiga? Vhalla todavía no sabía bien cómo considerar a la prima de Aldrik. El dolor y la ira que centelleaban en los ojos esmeraldas de Elecia le indicaron que la otra mujer compartía sus dificultades a la hora de dilucidar su relación.

En el mismo momento en que la mano de Fritz se separó de su boca, Vhalla preguntó la única cosa de la que podían hablar con facilidad:

—¿Cómo está Aldrik?

—No. —Elecia negó con la cabeza—. Yo haré las preguntas.

—¿Perdona?

La mujer había logrado pillar a Vhalla mentalmente descolocada y aprovechó la oportunidad.

—¿Cómo acabasteis Vinculados mi primo y tú?

De todas las preguntas que Vhalla hubiese imaginado que Elecia le haría, esa justo no se la esperaba. Tomada por sorpresa, se atragantó con sus propias palabras.

—¿C... cómo?

—Sí, hubiese esperado que *tú* no me lo dijeras —declaró Elecia con desprecio—. Pero ¿él? —La mujer tironeó de sus oscuros y apretados rizos, superada por las dudas. Se recuperó deprisa, solo para convertir esa emoción en rabia—. ¿Qué le hiciste? ¿Con qué lo amenazaste para mantenerlo callado?

—*¡¿Cómo te atreves?!* —Vhalla sintió ganas de sacarle esos ojos acusadores a la otra mujer. Quería arrancarle extremidad a extremidad—. Si crees que alguna vez haría algo para hacerle daño... —Estaba tan enfadada que apenas lograba formular una oración.

—Parad las dos. —Fritz jamás había sonado tan autoritario y las dos mujeres se sobresaltaron al oír su orden repentina—. No sois enemigas. Lucháis la misma batalla. —Vhalla miró a Elecia ceñuda, la otra mujer tenía la misma expresión en la cara—. Elecia, sabes muy bien que Vhal jamás haría nada para hacer daño a Aldrik. —Fritz se volvió hacia Vhalla—. Y Vhal, debes saber lo preocupada que ha estado Elecia, por el príncipe y por ti.

Elecia clavó la vista en un rincón de la tienda con expresión huraña, claramente molesta por que Fritz hubiese revelado eso de ella.

—¿Cómo lo has sabido? —Vhalla se tragó su frustración anterior.

—No lo hubiese sabido de no haberos estado curando a los dos. La mayoría de los clérigos, hechiceros o no, no se hubiesen percatado. —Elecia no dejaba escapar una oportunidad para fanfarronear—. Pero me di cuenta de que a medida que tú mejorabas, él también lo hacía. Su magia también estaba *diferente* cuando lo inspeccioné de cerca con visión mágica. Lo había visto ya en la Encrucijada cuando lo estaba curando, pero lo había achacado a los efectos del veneno; su fuerza lo enmascaró cuando se puso bien. Así que no estuve segura hasta que Fritz me lo confirmó.

Vhalla fulminó a Fritz con la mirada y el sureño de repente se obsesionó mucho con la tierra que tenía debajo de las uñas.

—¿Cómo ocurrió? —Elecia respiró hondo—. Sé que no fue por lo del Desfiladero. Esta es una conexión más profunda, más antigua, más estable.

Vhalla suspiró, se frotó los ojos con la palma de la mano. Quería ver a Aldrik, pero si eso no era posible, Elecia era su mejor opción para conocer la verdad sobre su estado. Si averiguar esa verdad requería aplacar a la frustrante noble, Vhalla lo haría sin dudar.

—Yo fui la que formó el Vínculo...

La historia no era nueva para Fritz. Vhalla se la había contado a él y a su amiga fallecida, Larel, hacía meses, aunque había detalles que nunca había mencionado, así que el sureño escuchó con interés. Elecia miró a Vhalla con escepticismo, como si solo se creyese a medias la historia de la aprendiza de bibliotecaria que había creado recipientes mágicos que formaron una conexión, un Vínculo, con el príncipe heredero y le habían salvado la vida en el proceso.

Una vez que empezó a hablar, Vhalla descubrió que no podía parar. Las semanas y los meses salieron en tropel por su boca. Les contó a Elecia y a Fritz todo. El Vínculo, la Noche de Fuego y Viento, cómo Aldrik y ella habían ensanchado el Vínculo con la Unión; cómo la magia de Aldrik ya no podía dañarla. Vhalla puso toda la verdad al desnudo ante ellos. Eran unos secretos que había guardado con mucho celo, pero ahora estaba dispuesta a revelarlos todos solo para confirmar que él estaba vivo, solo para recuperar la confianza de la única mujer que tenía esa información.

Elecia se llevó un pulgar a la boca y se mordisqueó la uña, pensativa, después de que Vhalla terminara.

—Bueno, eso explica muchas cosas —murmuró.

—Ahora dime —insistió Vhalla con tacto—. ¿Cómo está Aldrik?

—No está bien. —Elecia negó con la cabeza. Vhalla se fijó en la postura cansada y abatida de la mujer y se preparó para lo peor—. No debería estar vivo. —Elecia soltó un gran suspiro—. Pero ahora entiendo por qué lo está. Como he dicho, el Vínculo que compartís es una conexión profunda entre los dos. Aunque nunca he visto nada como esto… no tengo demasiada experiencia con los Vínculos. Sea como sea, no tengo ninguna duda de que tú eres la que lo está manteniendo con vida.

—¿Qué? —El alivio dio paso a un miedo nuevo.

—Al ser la que creó el Vínculo, tu magia le está sirviendo de ancla. Ya te lo he dicho, a medida que tú mejorabas, él también lo hacía. A medida que recuperabas tus fuerzas, tenías más para ofrecerle…

—Entonces, ¿se va a poner bien? —la interrumpió Vhalla, demasiado ansiosa para dejar a Elecia terminar.

—No he dicho eso. —Las palabras de la otra mujer fueron como una puñalada en el pecho de Vhalla.

—P… pero… yo estoy mejor —farfulló Vhalla con sensación de impotencia.

—No, te queda mucho para eso. —Elecia no escatimaba verdades—. Apenas te has recuperado, y mantenerlo a él con vida te dejó inconsciente un día extra, al menos, comparado con lo que tu cuerpo requería en realidad para curarse. Una persona no puede sustentar a dos. No eres lo bastante fuerte.

—Se pondrá bien. —Vhalla no estaba dispuesta a creer otra cosa.

—¡No lo has visto! —escupió Elecia—. Estoy haciendo todo lo que puedo, pero nuestros medicamentos empiezan a escasear. Está débil y se está apagando… Como mucho, estoy manteniendo su estasis. Pero no se despierta. Perdió muchísima sangre y la herida de su cabeza era sustancial. —La fachada médica de la mujer empezaba a agrietarse bajo el estrés de la verdad—. Ni siquiera sé si seguirá siendo Aldrik cuando despierte.

El silencio se extendió sobre los tres mientras procesaban las palabras de Elecia. Vhalla cerró las manos en torno a su camisa a la altura de su estómago. El mundo era cruel, *demasiado cruel*.

—No —susurró Vhalla. Se negaba a creer que los dioses lo permitieran vivir solo para que ella lo viese morir o para que regresase como un hombre diferente—. ¿Cuál es el siguiente paso? —No hacía falta ser un experto en campañas militares para saber que estar postrado en esas condiciones en el corazón de territorio enemigo no era buena idea.

—Todavía no lo sé. Lo último que he oído es que el emperador seguía estudiando el tema con los mayores. A mí no me está contando nada. —Elecia sonaba genuinamente ofendida.

El cerebro de Vhalla empezó a moverse más deprisa de lo que se había movido en mucho tiempo. Sentía como si estuviese procesando otra vez toda la profundidad de los conocimientos que albergaba la Biblioteca Imperial. Sus pensamientos daban vueltas a toda velocidad, centrados en un solo instinto: salvar al hombre al que amaba.

—¿Qué necesitas para salvarlo?

—Más medicinas, vendas limpias, comida de verdad (aunque se la esté metiendo a la fuerza por la garganta), un lugar para que descanse donde no estemos siempre preocupados por que nos ataquen. —Elecia no dijo nada que Vhalla no hubiese deducido ya.

—La capital del Norte, Soricium. —Vhalla sabía que el ejército la asediaba desde hacía meses. Había sido una de las primeras cosas que había anunciado el emperador al regresar a la capital imperial, antes de que a Vhalla la conocieran siquiera como la Caminante del Viento. Elecia asintió.

—Pero ese es el problema: no podemos trasladarlo tal y como está. Necesita estar más estable para eso. Y cuando queramos moverlo, no dispondremos de los hombres suficientes para repeler ataques, pues nos estaremos moviendo despacio.

—Entonces tenemos que conseguir mejores medicamentos para curarlo aquí; medicamentos y más soldados, como protección cuando por fin lo movamos —pensó Vhalla en voz alta.

—¿En qué estás pensando? —Fritz se fijó por fin en la expresión de Vhalla.

—Alguien tiene que llevar el mensaje. —Vhalla no sabía por qué se molestaba siquiera en decir «alguien»—. ¿Cuánto tiempo le queda a Aldrik?

—No lo sé. Ya debería estar muerto —declaró Elecia con tono sombrío.

—¿Cuánto tiempo le queda? —repitió Vhalla.

—¿Sin medicinas? Una semana, quizás. —Las palabras eran una sentencia de muerte y todos lo sabían.

—Y hay una semana de marcha hasta Soricium. —Nadie corrigió el cálculo de Vhalla con respecto a dónde estaban. Había recordado bien lo que había dicho el emperador antes de adentrarse en el Desfiladero. Vhalla cerró los puños—. Iré yo.

—¿Qué? —exclamó Fritz espantado—. ¡Vhal, se trata de una *semana* por territorio hostil hacia un lugar en el que no has estado nunca!

—Nadie cabalgará más deprisa que yo. —Vhalla miró a Elecia como si todo su plan dependiera de la aprobación de la mujer—. Puedo poner el viento debajo del caballo. Es una semana para un grupo de soldados, para alguien que vaya a pie; será menos de la mitad para mí.

—Imposible. —Elecia negó con la cabeza.

—Tu confianza en mí es muy alentadora —dijo Vhalla con mordacidad. Elecia pareció sobresaltarse por el tono de la mujer oriental—. *Voy* a ir y *voy* a mandar a los jinetes más rápidos de vuelta con medicinas, los hombres que necesitáis detrás de ellos.

—¿Por qué habría de aprobar tu partida en una misión suicida? —Elecia frunció el ceño—. Cuando además sé *que eres la principal cosa que lo mantiene con vida.*

—Tú misma lo has dicho: *no puedo* mantenerlo con vida. —La verdad era dura de aceptar—. Puede que nuestro Vínculo haya evitado que se reuniese con el Padre en el mundo del más allá, pero no puedo salvarlo. Si voy, *quizás* yo muera, quizás él pierda ese respaldo y *quizás* él muera. —Las palabras cortaban sus labios—. Pero si no voy, morirá seguro.

Elecia vaciló aún durante un momento largo.

—Suponiendo que dé el visto bueno a esta locura… —Hizo una pausa para mordisquearse el pulgar, un tic que la mujer no había dejado que Vhalla viese nunca—. Es imposible que el emperador vaya a permitir que te marches. No sé lo que has hecho para enemistarte con él, pero no dejará que te alejes de su vista.

—Entonces me marcharé esta noche mientras duerme.

—¿Hablas en serio? —Vhalla vio una emoción nueva en el rostro de Elecia, una que solo había visto una vez después de la tormenta de arena: respeto.

—¿Qué hará? ¿Enviar jinetes detrás de mí? —Vhalla sonrió; la locura y la desesperación eran una mezcla tranquilizadora—. ¿Cuál es el caballo más rápido?

Elecia casi ni lo pensó antes de responder.

—Baston.

—¿Baston? —Vhalla no reconocía el nombre.

—Es el de Aldrik... pero el animal no deja que nadie lo toque. Ni siquiera pudimos traerlo aquí de la mano. Se limitó a caminar obediente detrás del caballo sobre el que pusieron a Aldrik.

Vhalla apartó de su mente la imagen de Aldrik, ensangrentado y moribundo, tirado de cualquier manera a lomos de un caballo. Para cuando despertase, todo habría sido solo un mal sueño. Estaría a salvo. Iba a despertar, *seguro*.

—Entonces, montaré a Baston.

—¿Es que has perdido el sentido del oído junto con la cabeza? —Elecia puso los ojos en blanco—. Baston no...

—Me dejará montarlo. —Había una certidumbre calmada en la voz de Vhalla que le dio algo de pausa a Elecia. La mujer había cabalgado al lado de ese animal por todo el continente, y parte de su amo vivía en ella—. Iré cuando haya oscurecido. Necesitaré algún tipo de mapa para encontrar el camino.

—Más fácil aún, te conseguiré una brújula —caviló Elecia en voz alta—. Soricium está al norte de aquí.

—Espera, ¿estás de acuerdo con esto? —Fritz parpadeó en dirección a Elecia antes de girarse hacia Vhalla—. No, Vhal, no puedes.

—¿Qué? —Vhalla le lanzó una mirada asesina a su amigo, de repente traicionero.

—No, p... pensé que te había perdido también a ti... y ahora estás bien... no puedes marcharte... —La voz de su amigo se debilitó hasta no ser más que un susurro.

Vhalla se dio cuenta de que, aunque se hubiese expuesto como la Caminante del Viento en el Desfiladero y hubiese revelado su disfraz de Serien Leral, todavía necesitaba el corazón de su *alter ego*. Vhalla todavía necesitaba la insensible armadura de acero forjada en sangre que había creado como Serien. Si no la encontraba, no sería capaz de marcharse.

—Fritz —susurró, y alargó los brazos hacia su amigo. Tiró de Fritz para darle un fuerte abrazo. En algún lugar profundo dentro de ella, Vhalla se estaba conteniendo. Contenía a la chica que todavía tiritaba, temblaba y lloraba con todas sus fuerzas—. Todo irá bien. Debo hacer esto.

—¿Por qué? —lloriqueó Fritz.

—Ya sabes por qué. —Vhalla se rio con suavidad—. Lo quiero.

—El amor te ha vuelto tonta —musitó su amigo contra su pecho.

Vhalla miró a Elecia a los ojos al responder.

—Lo sé. —La mujer medio occidental, medio norteña estudió a Vhalla con atención, como si juzgase lo que Vhalla estaba a punto de decir—. Pero si voy a ser tonta por alguien, será por él. Estoy demasiado enamorada de él como para rendirme ahora, como para dejarlo ir.

—Has cambiado, Vhal. —Fritz se apartó mientras se frotaba los ojos.

—Lo sé. —Vhalla no tenía otra opción que reconocerlo.

Pasó el resto del día con Fritz y lo dejó con la promesa de que lo estaría esperando en Soricium cuando llegase. No tenían otra opción más que depositar toda su fe en esa promesa. Fritz parecía más tranquilo, resignado, cuando Elecia fue en busca de Vhalla esa noche.

—¿Adónde vamos? —le susurró Vhalla a Elecia al darse cuenta de la tienda hacia la que se dirigían.

—¿Crees que no iba a dejarte verlo antes de partir? —Elecia miró a Vhalla por el rabillo del ojo, con lo que consolidaba su relación poco ortodoxa para convertirla en amistad.

—Si se entera el emperador... —Vhalla echó un vistazo rápido hacia atrás al recordar lo que había dicho Elecia antes.

—No lo hará.

Vhalla vio la fuente de la confianza de la otra mujer de pie a ambos lados de la tienda. Los dos soldados iban enfundados por entero en armadura negra, lo cual los identificaba como miembros de la Legión Negra. Hechiceros. Vhalla no los conocía, no sabía sus nombres, pero procuró grabarse sus caras cuando la dejaron pasar en silencio. Eran las caras de hombres buenos.

Una única llama flotaba por encima de un disco de metal en el rincón del fondo y apenas proporcionaba luz suficiente para ver algo. Era tan pequeña que la tienda había parecido oscura del todo bajo la maleza que la cubría como camuflaje. El ambiente era opresivo. Apestaba a sangre y a cuerpo y a *muerte*.

Vhalla cayó de rodillas al ver a Aldrik y se tapó la boca con una mano para evitar gritar de alegría, de angustia.

Los ojos de Aldrik estaban cerrados por la hinchazón y las magulladuras de su rostro. Tenía un montón de mantas por encima, pero cada dos por tres su cuerpo se estremecía como si tuviese frío. Eso y el lento subir y bajar de su pecho eran los únicos signos de vida. Cada centímetro de él estaba cubierto de gasas amarillas, manchadas de pus. En cualquier caso, lo más preocupante era la gran herida que tenía a un lado de la cabeza y de la que manaba sangre sin parar.

Vhalla se estiró hacia él y agarró la mano vendada del príncipe. Se aferró a ella. Su mano derecha, la mano con la que le había escrito cartas, la mano que se había enredado en su pelo mientras Vhalla dormía, la mano que había sujetado su cara cuando la besaba. Era una mano maravillosa, llena de posibilidades sin fin, pero ahora descansaba completamente inerte en la suya.

—¿Cómo has podido hacerme esto? —masculló Vhalla, al tiempo que procuraba evitar que los sollozos escapasen de su pecho y despertasen al campamento entero.

—Para enseñártelo —dijo Elecia con tono solemne.

—*Para romperme.* —Vhalla levantó la vista otra vez hacia el rostro de Aldrik. La mera imagen cortaba como una espada invisible desde su cuello hasta su estómago. Toda la fuerza que había reunido se había volatilizado. Su determinación había desaparecido al tenerlo cerca. Ahora no podía separarse de él. *No podía.*

—Para enseñarte que si no haces esto, morirá seguro —susurró Elecia—. Lo que pretendes hacer es absurdo y es muy probable que te mate a ti y lo mate a él. Aldrik se enfadaría conmigo por apoyarlo, pero valoro su vida mucho más que la tuya.

Vhalla soltó una risita débil.

—Tenemos más en común de lo que creíamos. —Sonrió y recibió una pequeña sonrisa a cambio.

—Cumpliré con mi parte del trato: lo mantendré con vida siete días más, por lo menos. Tienes mi palabra —juró Elecia.

—No tardaré tanto. —Vhalla miró a su príncipe. El pecho lleno de una añoranza dolorosa. Acarició su mejilla con dulzura, pero él no se movió—. Seré el viento.

—Toma. —Elecia le tendió unos pergaminos—. Eso es lo que necesito de los primeros jinetes y de la fuerza principal que venga detrás de ellos. Entrégale esto al mayor en jefe Jax; a nadie más. —Vhalla reconoció el nombre del mayor en jefe de la Legión Negra y aceptó los pergaminos junto con una brújula—. Jax se ocupará de todas las necesidades de Aldrik. Confío en él. —La afirmación de Elecia hizo que Vhalla tomase nota mental de esa persona. Estaba claro que había pasado algunas pruebas con esta mujer, una mujer con la que Vhalla estaba tratando de entablar una buena relación.

La Caminante del Viento se volvió una vez más hacia el príncipe comatoso. No iba a decir esa malhadada palabra de despedida. En lugar de eso, con descaro, Vhalla se inclinó hacia delante y depositó un beso sobre los labios cortados y resecos de Aldrik. Elecia no se movió, tampoco hizo ningún comentario; su silencio proclamaba a gritos su aceptación de la relación de Vhalla con el príncipe heredero.

A Baston lo tenían al borde del campamento, y Vhalla caminó hacia allí desde la tienda de Aldrik en un silencio aterrado. Había una mujer en Vhalla que estaba segura de sí misma, confiada y capaz. Era una mujer que salvaría a su príncipe, una vez más, y conquistaría el Norte. Chocaba de manera notable con la chica que tenía ganas de esconder su rostro afligido del mundo, enroscarse bajo las mantas de Aldrik y dejar su destino en manos de los dioses. Si vivían o morían, lo harían el uno al lado del otro.

El caballo de batalla no relinchó ni manoteó cuando Vhalla se acercó. La joven alargó una mano hacia él y aguardó, esperanzada. Apoyó la palma de la mano sobre el ancho hocico de Baston, empequeñecida por su tamaño. El caballo resopló con impaciencia. La boca de Vhalla se curvó hacia arriba en muestra de apesadumbrada comprensión. Ella también estaba impaciente.

—Nunca lo había visto dejar que nadie se acercase a él —susurró una mujer en la oscuridad. Vhalla y Elecia se giraron al instante, temerosas de haber sido descubiertas. La mayor Reale estaba a pocos pasos de distancia, una cota de malla en los brazos y también un pequeño morral de mensajero. Ninguna de las dos le dijo nada a la mujer mayor—. ¿Crees que puedes irte como vas? —La mayor miró a Vhalla de arriba abajo con su único ojo—. Los norteños te abatirán en un abrir y cerrar de ojos.

—Voy más ligera así. —Vhalla permaneció al lado de Baston, lista para montarse y huir si la mujer que tenía delante era algún tipo de trampa.

—¿No preferirías al menos tener la cota de malla que él te hizo para protegerte? —Las manos de Vhalla se quedaron paralizadas. La mayor Reale se rio con ganas, aunque mantuvo la voz baja—. ¿Crees que no hemos sumado dos más dos? Todos somos leales al príncipe, pero no estoy segura de que ninguno de nosotros fuésemos a saltar desde un acantilado detrás de alguien de quien no estuviéramos enamorados. —Cruzó hacia Vhalla y le entregó la cota de malla que Aldrik le había fabricado antes de que ella se marchase del palacio.

—¿De dónde la ha sacado? —susurró Vhalla.

—Nuestra Caminante del Viento falsa tiene tu armadura —explicó la mayor Reale. Vhalla se sorprendió de saber que una de sus dobles seguía con vida—. Llevo un tiempo en la Torre; muchos de los hechiceros más viejos lo llevamos. Ayudé a entrenar a Aldrik cuando era un niño. —La sorpresa paralizó a Vhalla. Siempre le resultaba extraño pensar en Aldrik como alguien distinto del estoico príncipe que había llegado a conocer—. He visto crecer a nuestro príncipe. Lo he visto en sus momentos buenos y en los malos, fuerte y no tan fuerte como él quería que creyese la gente. —Había un destello de verdad en el ojo azul de la mayor sureña—. Jamás lo he visto actuar como lo hace contigo, Vhalla Yarl. Y soy lo bastante inteligente como para saber que también da la casualidad de que eres nuestra mejor opción para salvarle la vida.

Vhalla se puso la cota de malla con una humildad aturdida. Todavía le quedaba como un guante. A continuación, la mayor le entregó el morral.

—Un poco de comida. No te preocupes, no es suficiente como para lastrarte. También va un mensaje mío para el mayor Jax. —Ante la mirada inquisitiva de Vhalla, la mayor Reale se explicó—. Quiero que se sepa bien lo que hiciste y lo que estás haciendo, por nuestro príncipe. —Vhalla estaba guardando la nota y la brújula de Elecia en la bolsa cuando sus ojos captaron un destello de plata—. Y un arma.

Vhalla sacó la pequeña daga arrojadiza que había comprado con Daniel en la Encrucijada. Elecia se apresuró a ayudarla a amarrarla a su brazo.

—¿Por qué está haciendo todo esto? —susurró Vhalla. Esto era más que el amor de una súbdita por su príncipe. La mayor Reale era consciente de que tendría que enfrentarse al enfado del emperador por ayudar a Vhalla a escapar.

—Porque no importa lo lejos que vayamos, la Torre cuida de su gente.

Las palabras de la mayor frenaron la tempestad de emociones en el corazón de Vhalla, solo por un momento. Los soldados a ambos lados de la tienda, Elecia y ahora la mayor… Vhalla no tenía ni idea de cuántos más estaban ahí fuera luchando su propia batalla como hechiceros en un mundo que no les tenía ningún cariño. Apretó los puños.

—Ahora, vete. —La mayor Reale echó un vistazo rápido hacia atrás—. Todo el mundo se va a despertar cuando ese monstruo salga de aquí con su galope atronador. Pero no se te ocurra mirar atrás, Yarl, ¿me entiendes?

Vhalla asintió. Se subió a la montura de Baston y le dio la impresión de estar a lomos de un gigante. El caballo de batalla era más alto que algunos hombres a los que había conocido, y el poder que notaba debajo le infundió confianza.

—Cumple tu palabra —susurró Elecia mientras daba un paso atrás.

—Tú cumple la tuya. —Vhalla sostuvo la mirada de esos ojos esmeraldas un último momento mientras Elecia y ella sellaban su pacto por la vida del príncipe.

La mayor Reale y Elecia desaparecieron al instante entre la maleza y dejaron a Vhalla sola. Agarró las riendas e hizo acopio de valor. Echó un último vistazo al refugio improvisado donde descansaba el príncipe heredero. Su corazón bombeaba el dolor y la culpa de su pecho hacia sus venas, y Vhalla sintió cómo burbujeaba por todo su cuerpo a una velocidad agónica.

Apretó los talones contra los flancos de Baston y sintió cómo el caballo oscilaba cuando puso el viento bajo sus cascos. En cualquier caso, el caballo de batalla era un animal inteligente que confió enseguida en la amazona a la que había considerado digna de montarlo, y alejó a Vhalla del campamento que se despertaba a toda velocidad, sumido en el caos. Pasaron junto a los soldados de armadura negra apostados por el perímetro y se adentraron en la desconocida oscuridad.

# CAPÍTULO
## 2

La densa cubierta vegetal del bosque apenas dejaba llegar ningún rayo de luna al suelo. Las ramas de los árboles arañaban las piernas de Vhalla a través de la ropa mientras galopaba, casi a ciegas, para alejarse del campamento y adentrarse en las profundidades del oscuro bosque. Los sonidos de los soldados imperiales que despertaban quedaron atrás enseguida, su eco difuminado por el veloz roce de la maleza a ambos lados.

El corazón de Vhalla competía con los cascos de Baston para ver qué hacía más ruido en el bosque. Aquello era o bien lo más inteligente, o bien lo más tonto que había hecho Vhalla en toda su vida. Se apretó más contra el cuello de Baston en un intento por hacerse lo más pequeña posible y evitar que una rama baja la descabalgara. Estaba abandonando su puesto; estaba haciendo caso omiso de la voluntad del emperador, el hombre que era su propietario.

Un acto de desafío tras otro, pero había hecho su elección. Desde el momento en que había azuzado a las tropas en el Desfiladero, Vhalla había trazado una línea en la arena entre el emperador y ella. Puede que el hombre poseyese su ente físico, pero no poseía su corazón ni su mente.

Los términos de su sentencia resonaban en sus oídos. *Si huía, moriría ejecutada a manos del propio Aldrik,* unas manos que en realidad no podían hacerle daño debido al Vínculo mágico que existía entre ellos. Vhalla apretó los dedos con fuerza y abrió su Canal lo más posible. Lo lograría y vivirían los dos, o fracasaría y ambos morirían. No había una tercera opción.

No le preocupaba el ruido que pudiera hacer el caballo entre la densa maleza. Estaba segura de que sonaba como un trueno y parecía un terremoto, pero no eran más que una estela negra en la noche. Nada los atraparía con el viento debajo de ellos.

Vhalla sacó la brújula del morral y esperó a cruzar bajo un rayo de luna para comprobar su dirección. Confirmó que se dirigía al norte. Si un grupo podía recorrer la distancia en siete días, ella lo haría en tres. Vhalla negó con la cabeza para llevarse la contraria a sí misma. Lo haría en dos.

Una semilla había comenzado a arraigar en la boca de su estómago, una semilla de duda regada por su miedo. Si no era lo bastante rápida, si Elecia no podía cumplir su palabra, Aldrik moriría. El primer hombre al que había querido de verdad moriría mientras ella estaba a varios días de distancia. *Moriría sin que ella se hubiese despedido siquiera.*

Se quitó esos pensamientos traicioneros de la cabeza. *¡No!* Aldrik viviría. Cada latido palpitante de su corazón se lo decía. Sentía el corazón de Aldrik latir a través de su Vínculo, una respuesta tranquilizadora a su desesperación. La Unión aún estaba viva. El Vínculo aún estaba vivo, por lo que Vhalla sabía que él aún vivía.

Baston galopó sin descanso a lo largo de toda la noche. El caballo parecía infatigable, lo cual permitió a Vhalla sucumbir al agotamiento nocturno en la montura sin parar. Observó cómo las ramas de los gigantescos árboles en lo alto refulgían al sol mañanero, los colores fundidos con naranjas y luego con la luz del día. Vhalla no aflojó el paso.

Volvió a apretar las piernas contra los flancos del caballo, lo animó también con las riendas. A la luz del día tenían que ir aún más deprisa. Puesto que eran el doble de detectables con la vista y el oído, estaban forzados a moverse más rápido que cualquier enemigo potencial.

El sol comenzaba ya su descenso cuando los árboles empezaron a ralear, por lo que Vhalla se vio obligada a frenar un poco a Baston. Observó asombrada el agua que se extendía hacia el horizonte, salpicada de dedos rocosos que sobresalían de su superficie lisa como un espejo. Frenética, comprobó la brújula, aunque sus ojos habían mirado de manera obsesiva la aguja todo el día y no se había desviado ni un poquito.

¿Sería aquello la costa? Vhalla había oído historias sobre el mar. Una enorme extensión de agua, tan grande que era incomprensible. Los marineros contaban historias de sus peligros: olas lo bastante grandes para engullir un barco cuando rompían, monstruos marinos, y los piratas que acechaban en las islas más alejadas, entre la tierra firme del imperio y el legendario y brutal Continente de la Medialuna. Algunos marineros decían incluso que había más que eso en el mundo, aunque la mayoría consideraban que tales ideas eran una imposibilidad.

Tanto el caballo como su amazona eran mortales, y los dos necesitaban descansar. Vhalla notó por los costados agitados de Baston que el caballo estaba llegando a su límite. La joven parpadeó para activar su vista mágica.

El mundo se reconstruyó a su alrededor, los árboles y las plantas adoptaron varios tonos brumosos de gris. No vio ningún movimiento, ni Comunes ni hechiceros, en ningún lugar cercano. Se arriesgó entonces a salir a la playa rocosa.

Condujo a Baston hasta el pie de un pequeño acantilado que se alejaba en curva del bosque y retrocedía hacia una cala más pequeña al borde del agua. Era suficiente para que un caballo y su jinete se mantuviesen ocultos a la vista.

Cuando desmontó, las piernas de Vhalla casi cedieron debajo de ella a causa del agotamiento. Aunque había recorrido ya medio mundo a caballo, lo que acababa de hacer era un tipo de monta muy diferente. Tenía los muslos destrozados y doloridos. Se metió en el agua y la encontró tan refrescante y calmante como había esperado.

Ahí fue cuando se dio cuenta de que era agua dulce. El mar sobre el que siempre había leído era salado y no potable. Sin embargo, como descubrió al sumergir la cabeza bajo la superficie cristalina, esta agua sí que era bebible.

Fue un sabor de lo más dulce que le reveló a Vhalla lo sedienta que estaba. Tuvo que hacer un esfuerzo por no engullir demasiada agua ni hacerlo demasiado deprisa. Cuando volviera a montar, no sería capaz de atender a la llamada de la naturaleza y tendría el estómago hinchado, lo cual le provocaría náuseas.

Vhalla echó la cabeza atrás para no beber más y contempló el brillante cielo azul. Hacía más de una semana que no veía el cielo despejado, y Vhalla no se había dado cuenta hasta ese momento de que su corazón lo había echado mucho de menos.

Arrastró sus pies empapados de vuelta a la playa y se desplomó cerca de Baston. Entonces, la pétrea protección insensible de Serien se resquebrajó antes de hacerse añicos, dejando a Vhalla con sensación de acabar de ser arrastrada hasta la playa por las aguas del lago. Las lágrimas escocían por el borde de sus ojos.

Encogió las rodillas para pegarlas al pecho, luego apoyó la cabeza en la lana mojada. En lugar de pensar en el dolor que albergaba desde hacía semanas (el dolor por la muerte de Larel, por estar tan lejos de todos sus seres queridos y de todo lo que conocía, y ahora por la situación de Aldrik), pensó en mapas, en todo lo que había leído nunca acerca del Norte.

Vhalla ignoró el cosquilleo de sus labios cuando recordó los besos que Aldrik y ella habían compartido la noche anterior a entrar en el Norte. Pensó en cambio en dónde debía estar. Se decidió por el lago Io. Vhalla bloqueó la imagen de los ojos preocupados de Fritz e intentó recitar toda la información que tenía acerca del lago de agua dulce más grande del mundo.

Vhalla no recordaba quedarse dormida, pero cuando volvió a abrir los ojos, el sol colgaba bajo en el cielo. Debían de haber pasado unas tres horas o así. Vhalla desenroscó sus piernas rígidas con una mueca. Tendría que bastar.

—Aldrik —susurró—, te conseguiré ayuda pronto.

Esa declaración le devolvió la determinación, y Vhalla la repitió en su cabeza mientras forzaba a sus músculos a volver a la vida. *Aldrik. Aldrik. Aldrik.* Su nombre recalcó cada movimiento agónico mientras Vhalla hacía un esfuerzo por encontrar el ritmo con Baston una vez más. Estaba dispuesta a deleitarse en todos los dolores que sentía, los de sus músculos y los de su corazón. No se fiaba del corazón frío y espinoso de Serien. Vhalla tenía que hacer esto por su cuenta. La vida de Aldrik la ganaría *ella*.

Vhalla galopó a ciegas hacia el día. Baston serpenteaba y esquivaba árboles y ramas bajas, encontró un segundo viento y eso lo espoleó a galopar a toda velocidad otra vez. Vhalla todavía notaba su Canal débil, pero utilizó esa magia para deslizar el viento bajo los cascos de Baston. Hizo caso omiso del debate mental de si le estaba robando fuerzas a Aldrik por utilizar su magia. Estaba condenada hiciera lo que hiciese, así que en lo único que se concentró fue en avanzar.

El crepúsculo se cernió sobre ella, el día se convirtió en noche y los ojos de Vhalla empezaron a cerrarse por sí solos. No había escapado indemne de la caída, y cada herida que había sufrido, por superficial que fuese, se le había abierto y sangraba. Al final, el agotamiento de Baston y el suyo propio los obligaron a ralentizar el ritmo. Vhalla preferiría ir al trote o incluso al paso, si eso significaba evitar parar del todo otra vez. Las horas que había dormido ya pesaban como una losa en su mente.

Vhalla parpadeó para quitarse de encima el agotamiento e intentó encontrar el camino. La cubierta vegetal era especialmente densa y no lograba captar ni un destello de luz con el que ver algo. Echó la cabeza atrás y miró arriba para intentar encontrar una abertura entre los árboles, para ver algo a la luz de la luna.

Y se le paró el corazón.

En lo alto, bloqueando la luna, vio siluetas de casas y pasarelas construidas entre las ramas y en los propios árboles. Vhalla había leído sobre las ciudades aéreas del Norte, pero en los libros parecían más fantasía que realidad. Incluso ahora que estaba debajo de una, Vhalla no podía creer lo que veían sus ojos, el alcance de los edificios construidos en y alrededor de las copas de los árboles.

Frenó a Baston para ponerlo al paso y avanzaron pisando huevos. Vhalla se arriesgó a parpadear para pasar a su vista mágica y se atragantó de la sorpresa. Muy por encima de ella, entre el oscuro contorno de los edificios, vio el inconfundible destello de personas. No solo unas pocas, sino muchas, en todos los árboles y en casi todas las estructuras. Estaba rodeada por los cuatro costados en medio de la noche.

Deslizó con sumo cuidado la capucha de su cota de malla sobre su cabeza y tiró de las riendas. El caballo apenas avanzaba, no hacía casi ningún ruido. Las respiraciones de Vhalla eran superficiales y su corazón latía desbocado.

Para cuando casi había salido de debajo de las casas, le ardían los pulmones en su intento de respirar con suavidad a pesar del *pánico*. *Su huida transcurrió sin incidentes* hasta que Baston relinchó a causa de los tirones nerviosos de Vhalla sobre las riendas. Sacudió la cabeza en señal de protesta y el repiqueteo de la cabezada y el bocado sonaron estrepitosos en los oídos de la joven. Su eco pareció durar una eternidad, lo suficiente para reverberar en los oídos de todas las personas en lo alto, que se removieron al instante y empezaron a encender fuegos.

Vhalla clavó los talones en los flancos de Baston y golpeó su cuello con el sobrante de riendas para ponerlo a todo galope. Desde lo alto, oyó los gritos del enemigo que despertaba.

Unas llamadas graves y melódicas se propagaron por la noche, un idioma del todo desconocido para Vhalla. No necesitaba conocer las palabras para saber que no eran amistosas, así que achuchó aún más a Baston, bien pegada a su cuello. Contuvo el aliento cuando oyó que cargaban flechas en lo alto.

El sonido de decenas de cuerdas de arco tensadas en masa le pusieron la piel de gallina por los brazos. Otro grito, una única palabra, y las flechas cortaron a través del aire, decididas a provocar la muerte a su alrededor. Aunque Vhalla estaba segura de que su cota de malla la protegería, su caballo no llevaba armadura alguna; si Baston moría, ella también estaba acabada. Vhalla se retorció en la montura y deslizó una mano por el aire. Su cortina de viento desperdigó las flechas, que cayeron inofensivas.

Los enemigos gritaron en protesta, irritados por que continuara ilesa.

El segundo ataque llegó más deprisa y aumentó la creciente frustración de Vhalla. Tenía que salir de su alcance pronto. Más luces empezaron a arder en lo alto y detrás de ella, envolviendo el suelo en un resplandor suave. La luz iluminó el borde de la ciudad y Vhalla se vio obligada a jugarse la vida a una sola carta, la de suponer que una vez que saliese de ahí no la atraparían.

Las flechas volaron por el aire una vez más y Vhalla se giró para desviarlas en masa. Esperaba oír una llamada para un tercer ataque, pero en lugar de eso, oyó algo aún más descorazonador: tres palabras que alguien pronunció en la lengua común sureña, con un acento marcado.

—¡*Demonio de Viento!*

Vhalla se convirtió en su presa. El sonido atronador de múltiples cascos le llegó desde donde había comenzado la ciudad.

Vhalla cruzó bajo el límite de la ciudad y se zambulló en una oscuridad muy bienvenida. De haber sido hacía un día, Vhalla no se hubiese preocupado por esos jinetes ni un instante. Baston dejaría atrás a cualquier caballo normal, y con la ayuda de su viento era más rápido que un trueno al cruzar el cielo. Sin embargo, Baston llevaba mucho tiempo galopando a toda velocidad con solo un breve descanso.

Vhalla cambió su vista y miró hacia atrás. Los vio a lo lejos, galopando implacables tras ella.

Sudando, jadeando, aferrada a las riendas con los nudillos blancos, Vhalla infundió toda su energía al viento que los empujaba a

Baston y a ella. *Más*. Los dos debían dar más. En su determinación ciega, casi no oyó el silbido de una flecha a través del aire.

Vhalla estiró el brazo de golpe y detuvo la flecha en pleno vuelo. Cerró el puño y lanzó el brazo hacia atrás. La flecha dio media vuelta y voló directa hacia su propietario original. Vhalla observó cómo se incrustaba directa en el ojo del norteño, al que ella señalaba con el dedo. El hombre se encorvó y después cayó de su montura. Vhalla tragó con fuerza y apartó la mirada mientras los gritos de los otros subían de volumen.

*Ojos*, siempre iría a por los ojos. Que alguien fuese o no fuese un Rompedor de Tierra con piel pétrea era un riesgo que no podía correr; no dispondría de muchos disparos. Otro arquero sujetaba el arco a un lado, a la espera de una oportunidad diferente para jugársela.

Baston ya empezaba a resollar y Vhalla sabía que tenía que despistar a sus perseguidores. Los cuatro jinetes que habían emprendido su persecución iban sobre caballos frescos y tenían la ventaja de haber dormido una noche entera. Vhalla se giró y señaló con un dedo. Levantó la mano hacia arriba y una flecha salió de la aljaba del otro arquero. Con un giro de muñeca y la puntería precisa de una asesina, Vhalla la incrustó en el ojo del norteño, que no se había dado ni cuenta del peligro.

Uno de los dos jinetes restantes se quedó atrás mientras serpenteaban entre los árboles. Su compañera siguió adelante. Cuando el hombre rezagado se abrió hacia un lado, Vhalla se percató de que pretendían rodearla. Vhalla agarró la daga amarrada a su muñeca y la lanzó directa hacia su ojo.

En el proceso, la amazona había alcanzado a Baston y levantaba un cuchillo curvo de aspecto letal hacia su grupa. Vhalla extendió el otro brazo e hizo caer rodando a la amazona. No fue casualidad que el cuchillo de su atacante cortase el cuello de la mujer durante la caída.

Vhalla estiró la palma de una mano expectante y su propia daga volvió a ella después de un momento. Limpió la sangre sobre su muslo y la envainó a toda prisa en su muñeca antes de recuperar sus riendas. Vhalla se tragó un grito pidiendo velocidad; chillarle al caballo no lo haría ir más deprisa. Solo lograría comprometer aún más su situación.

Vhalla apretó los labios para forzarse a mantener la compostura. No era la primera persona a la que mataba. Había matado ya en la Noche de Fuego y Viento, había matado al hombre que había asesinado a Larel, y había matado con sus propias manos en el Desfiladero.

Lo que se había asentado en lo más profundo de su ser era la aceptación de lo que debía hacer. Era saber que se había convertido en una asesina. Era lo fácil que le resultaba matar a sus enemigos sin pensar siquiera en cada uno de ellos como una persona completa. Todo eso era lo que le demostraba que había emprendido un camino que jamás había deseado. Eran entidades, enemigos, barreras, *pero no eran humanos*.

Distraída por su conflicto interno, el primer ataque procedente de los árboles la pilló completamente desprevenida. Un Rompedor de Tierra se columpió por el aire y lanzó un espadazo contra la parte de atrás de su cabeza. Vhalla trató de esquivarlo en el último momento, pero ya era demasiado tarde. La hoja resbaló por la cota de malla, pero la dejó con la vista borrosa y los oídos pitando.

Vhalla parpadeó repetidas veces para intentar despejar sus sentidos mientras urgía a Baston a acelerar el paso. Dejaron al atacante atrás, pero los Rompedores de Tierra saltaban de rama en rama, libres e intrépidos. Largas enredaderas cobraban vida para acudir a sus manos estiradas, lo cual los permitía volar por el aire. Con un giro o un tirón, sus lianas salvavidas se encogían otra vez y se enroscaban alrededor de las ramas para tirar de ellos hacia arriba.

Vhalla quería sentir asombro; tal vez lo hubiese hecho, de no haber estado esa gente tan empecinada en matarla. Otro de los atacantes se columpió muy bajo y Vhalla se inclinó hacia un lado en la silla para esquivarlo. Al enderezarse, desenvainó su daga otra vez de un solo movimiento rápido, justo cuando un tercero se abalanzaba hacia ella. Vhalla lanzó la daga por los aires para cortar la liana que sujetaba el Rompedor de Tierra.

El hombre cayó por el cielo; la mente de Vhalla la traicionó y le mostró otro cuerpo cayendo por el aire.

Con un gruñido, giró su daga hacia el siguiente norteño que vio. Empleó la misma táctica. Ella les enseñaría por qué no era aconsejable colgar por encima de la cabeza de la Caminante del Viento. El otro cuerpo cayó con un golpe nauseabundo y Vhalla los dejó atrás. Tras un gesto rápido de muñeca, la daga volvió a su mano.

Baston había ralentizado el paso, así que Vhalla lo animó con el sobrante de riendas otra vez. Esa fue la primera vez que el animal no obedeció su orden, y la joven sintió que una sensación de inquietud se apoderaba de ella.

Todavía había cinco norteños saltando de árbol en árbol por encima de su cabeza, mientras el amanecer se diluía en la primera hora de la mañana. Vhalla se preguntó si estaban haciendo tiempo para que la amazona y su montura se cansasen. Si fuese ellos, haría lo mismo. Los costados de Baston se hinchaban y deshinchaban a toda velocidad, estaba exhausto.

La presencia de sus perseguidores empezaba a poner de los nervios a Vhalla, que los observaba con el alma en vilo, a la espera del siguiente ataque. Pasó otra hora y Baston cayó al trote; Vhalla esperaba que ese fuese el momento en que los norteños la atacaran. Sin embargo, continuaron del mismo modo y se limitaron a seguirla de rama colaboradora en rama colaboradora, mientras cada una de ellas se doblaba para recibir sus pies y sus manos.

Estaban jugando con ella, como un gato con un ratón.

Aquello se había convertido en un juego. Un juego de quién se cansaría antes. De quién cometería el primer error que acabaría en una muerte.

Vhalla metió la mano despacio en la bolsa que llevaba a la cadera. No hubo ningún cambio en lo alto. Echo un vistazo rápido a la brújula y constató aliviada que no se había desviado de su rumbo.

Hacia mediodía, sus atacantes debieron dar una orden silenciosa, pues la maleza del suelo del bosque empezó a cerrarse a su alrededor. Se deslizaba hacia ella como si tuviese vida propia, y Vhalla volvió a chasquear el sobrante de riendas contra el cuello del caballo. Este, por fortuna, obedeció su petición. Cuando Baston partió al galope, Vhalla echó mano de todas sus reservas y puso el viento bajo sus cascos.

*Tal vez sí que fuese capaz de dejarlos atrás.*

Sus esperanzas se esfumaron cuando una raíz, afilada como una lanza, brotó del suelo de repente. El caballo emitió un chillido terrible y se estremeció, empalado en la pica de madera. Vhalla dio un grito al ver desvanecerse sus esperanzas con la humeante sangre del corcel salpicada por el suelo.

Este había sido el momento que habían estado esperando sus enemigos. Vhalla los oyó bajar a todos de golpe, al tiempo que ella se giraba y sacaba un pie del estribo. En el mismo movimiento, su mano voló hacia su muñeca para desenvainar la única arma física de que disponía. Vhalla lanzó la daga mientras caía hacia atrás por un lado de Baston. El arma voló con el amplio arco de su mano. Cortó a través de la primera liana y de gran parte de la segunda, antes de quedar atrapada en el retroceso de esta última, se dobló y se partió en dos. En cualquier caso, había hecho su trabajo y ambos norteños cayeron.

Vhalla rodó, al tiempo que oía unos tenues latidos débiles en la periferia de su mente. Era el sonido del corazón del hombre al que estaba intentando salvar, que la protegía a su manera a pesar de la distancia y de sus lesiones.

Un norteño volvió a columpiarse hacia arriba, pero otros dos aterrizaron a su alrededor. Baston continuaba manoteando sus últimas protestas, tratando de soltarse de la pica que lo estaba matando poco a poco.

—Demonio de Viento —gruñó uno de los hombres, la espada plantada debajo de la barbilla de Vhalla. El otro norteño estaba detrás de ella. Dejó que Vhalla se sentara, lo cual fue su primer error. Le escupió unas cuantas palabras en un idioma que ella no entendió y

Vhalla aprovechó para hacer un gesto rápido con la muñeca para arrancar por arte de magia la espada de la mano del hombre. Luego giró la cabeza y observó cómo se incrustaba en el ojo del norteño que estaba a su espalda.

Una bota conectó con su sien, pero Vhalla rodó para esquivar por un buen margen la segunda espada del hombre, que se clavó en el suelo a su lado. Vhalla agarró el arma del rostro del norteño caído antes de levantarse sobre piernas temblorosas. El hombre dio un paso cuidadoso en un arco amplio y dio la impresión de que el bosque contenía la respiración mientras ella lo fulminaba con la mirada.

La tensión titiló y luego se rompió.

Vhalla atacó, pero dejó que el hombre la desarmase. El norteño sonrió con expresión desquiciada en señal de falso triunfo, y Vhalla aprovechó para plantar la mano sobre su boca. El rostro del hombre explotó con el grito de angustia de Vhalla, que acababa de forzar hasta el último ápice de poder que le quedaba por la garganta del hombre y hacia fuera. Cubierta de sangre y temblando, Vhalla levantó la vista hacia el cielo.

—¡Huye! —gritó—. Huye o sufre el mismo destino que tus amigos. —El último guerrero dudó en los árboles por encima de ella. Vhalla no sabía si entendía sus palabras, pero sí sabía lo que había visto—. ¡Huye deprisa, porque tendrás que ser más rápido que el viento!

Vhalla apretó los puños y se irguió todo lo que pudo. La sangre del hombre al que acababa de matar la decoraba como pintura de guerra. Debía de ser una imagen temible, pues el último perseguidor optó por una retirada táctica.

Vhalla lo observó marchar. Observó cómo los últimos árboles se combaban y oscilaban al paso de su enemigo. Vhalla no era ninguna ingenua, ya no. El norteño volvería con más hombres y mujeres. Más contra los que ella no tendría nada que hacer.

Hubo una sola cosa que retrasó su avance. Agarró una de las espadas del norteño caído, blindó su corazón por completo y la deslizó por el cuello de Baston con una despedida silenciosa. Un caballo tenía más sangre de la que ella esperaba, e impregnó sus manos por completo. Vhalla pensó en el caballo de batalla, en el noble corcel del príncipe Aldrik. Baston merecía morir una muerte rápida, en lugar de retorcerse en el suelo y sufrir una agonía. Empezaba a sospechar que ella no tendría tanta suerte.

Vhalla comprobó su morral. Deslizó los dedos por los papeles. Estaban todos. Con la brújula en la mano, retomó su camino sobre piernas temblorosas. Se tambaleaba y tropezaba con las raíces, y después de una hora, se desplomó por primera vez. La tierra y la sangre se mezclaron con la desesperanza a medida que la posibilidad muy real de morir se cernía sobre ella.

La imagen de Aldrik, postrado y herido, centelleó ante sus ojos. Vhalla maldijo. *Elecia había tenido razón al permitir que Vhalla lo viese.* Con una mueca de determinación feroz, se puso en pie una vez más.

Se deleitó en el dolor. Estaba dispuesta a comprarles a los dioses la vida de Aldrik, y el pago sería su propio cuerpo si ese debía ser el precio. Esos dioses crueles e injustos, exigentes e implacables…; Vhalla hubiese pensado que dos amantes atrapados en una distancia eterna, como lo estaban la Madre y el Padre, tendrían *más compasión* de su situación.

El día se había diluido en el ocaso y le dolía tanto todo el cuerpo que dio paso al entumecimiento. Al principio le hormigueaban los pies, pero ahora los arrastraba como piedras por el suelo. Estaba sedienta, estaba cansada y estaba hambrienta. Tenía el pelo pegado a la sangre seca de la cara, pero no tenía fuerzas para retirarlo. El sudor empapaba su ropa bajo la armadura y su respiración era superficial y débil. El mundo se había reducido a su pie izquierdo, luego su pie derecho. Vhalla continuó avanzando hacia un lugar en el que no había estado nunca. Un lugar que podía no existir.

De alguna manera, incluso en medio de su agotamiento, sus oídos detectaron el murmullo de movimiento a su espalda. Era el susurro del bosque, que indicaba que volvía a haber perseguidores tras su

EL FIN DEL REINO DE LA TIERRA   41

pista. El que había huido debía de haber llegado de vuelta a su ciudad en los árboles y el enemigo de Vhalla ya avanzaba con refuerzos.

Los sonidos empezaron a aumentar y el sol colgaba cada vez más bajo en el cielo. Dejó de andar y echó a correr, pero Vhalla se dio cuenta de que este era el fin, sus últimas energías. Cuando sus pies se pararon, no quisieron volver a moverse durante un tiempo. En verdad, si caía, lo más probable era que no volviese a levantarse porque estarían sobre ella en un santiamén.

A juzgar por el roce de los árboles y el estrépito constante de los caballos, los norteños le estaban ganando terreno. Deprisa. Vhalla se quejó en voz alta de la inutilidad de su misión. Sintió una agonía intensa. Y de pronto, cortó a través de una línea artificial de árboles para entrar en un arco de tierra ennegrecida.

El atardecer emitía un resplandor doloroso, comparado con la luz tenue del bosque, y Vhalla parpadeó confusa mientras oía un cuerno bramar a su derecha. Era un sonido familiar que despertó la esperanza en ella una vez más. Se giró para ver a dos jinetes que se abrían paso hacia ella.

Solo le hizo falta una breve evaluación para sentir un alivio inmenso. Se desplomó de rodillas cuando se acercaron lo suficiente como para ver que la armadura de uno de ellos estaba revestida de acero negro. Estaba ante miembros de la Legión Negra y de los espadachines imperiales.

El espadachín echó pie a tierra y desenvainó con elegancia un estilete fino. Vhalla parpadeó aturdida. El hombre tenía la mandíbula ancha, rasgos angulosos y su pelo liso y negro le caía alrededor de las orejas. Le resultaba tan familiar que era casi como mirar a un fantasma.

—¿Quién eres? —El hombre plantó la espada debajo de la barbilla de Vhalla y todo parecido con el príncipe heredero desapareció de un plumazo, mientras la joven se quedaba absorta en esos ojos cerúleos.

—El mayor en jefe Jax —graznó—. Debo… llegar hasta el mayor en jefe Jax.

—¿Quién eres? —exigió saber el Portador de Fuego.

—Debo llegar hasta… el mayor en jefe Jax. —Vhalla empujó contra el suelo, haciendo caso omiso de la espada que tenía al cuello. Sorprendentemente, el hombre le permitió levantarse. Guardó silencio y los ojos de Vhalla se posaron en la mano que sujetaba la espada. El guantelete estaba bañado en oro—. Usted es… es… —Hizo un esfuerzo por recordar todo lo que Daniel y Craig habían dicho sobre la Guardia Dorada durante la marcha.

—¿Quién eres? —Unas llamas crepitaron alrededor del puño del soldado de la Legión Negra, pero Vhalla permaneció concentrada en el hombre que tenía delante.

—Lord Erion. —Por fin recordó el nombre del otro guardia dorado que todavía estaba en Soricium. Los ojos del occidental se abrieron como platos por la sorpresa—. Lord Erion Le'Dan de la Guardia Dorada. Lléveme ante el mayor en jefe Jax. Vienen los norteños y no tenemos demasiado tiempo.

—No cruzarán la línea de la patrulla —declaró el hombre, sin confirmar ni negar su identidad—. Saben que ahora este territorio es nuestro.

El guardia no sabía lo dulces que sonaron sus palabras a oídos de Vhalla, que se tragó una risa de alivio. Hizo un esfuerzo por que su expresión no se desmoronara en un caos de emociones.

—Tengo un mensaje que debo darle al mayor en jefe Jax. Lléveme con él *ahora*.

—¿Quién te crees que eres? Este es lord Le…

Erion levantó una mano para interrumpir la defensa de su nobleza por parte del otro hombre.

—Te llevaré al palacio del campamento.

—¿Lo hará? —preguntaron Vhalla y el soldado de la Legión Negra al unísono.

—Hablas en la lengua común sureña con acento de Cyven, y supongo que debes entregar lo que sea que lleves en ese morral. —Señaló hacia la bolsa que Vhalla no se había percatado de estar sujetando con los nudillos blancos. Estaba claro que no estaba dispuesta a entregársela a cualquiera.

—¿Está seguro de que esto es buena idea? —preguntó el Portador de Fuego, mientras el guardia dorado volvía a montarse en su caballo.

—¿Una chica harapienta? La mataré si intenta cualquier cosa —proclamó Erion con arrogancia, al tiempo que le tendía una mano a Vhalla para ayudarla a montar.

Vhalla se tragó su orgullo y aceptó la ayuda para subir a caballo. El lord la obligó a sentarse delante de él, los brazos a ambos lados para sujetar las riendas. Erion espoleó al animal y Vhalla se agarró a su crin.

—¿Cómo te llamas? —preguntó cuando quedaron fuera del alcance del oído de su camarada, mientras se abrían paso por el ancho sendero quemado.

—Serien. —Vhalla no sabía por qué mentía.

—Serien... —El guardia sonaba dubitativo.

—Leral.

Cualquier otra conversación cesó al llegar al borde del valle en el que se asentaba Soricium. Vhalla contempló asombrada el ejército imperial, al que veía por primera vez en toda su extensión. Cientos... *no, miles* de tiendas y chozas estaban construidas por toda la hondonada poco profunda. A Vhalla se le aceleró el corazón al ver la verdadera fuerza del imperio, el mayor logro del emperador Solaris.

En el centro, se alzaba un gigantesco bosque amurallado, árboles incluso más altos que los monstruos que Vhalla había visto en la jungla. Era el último bastión del Norte. Los últimos restos de una ciudad aérea antaño legendaria, y el lugar que a Vhalla le habían encomendado conquistar: *Soricium*.

Los soldados los observaron con curiosidad mientras cruzaban a través del campamento en dirección a un burdo edificio con forma de «T». Estaba claro que el término «palacio del campamento» se había utilizado con ironía. *Lo había conseguido*, pensó de pronto, estupefacta. Había conseguido llegar hasta el Norte.

—El mayor Jax está en el interior. —Erion desmontó y le ofreció la mano para ayudarla a bajar.

Vhalla la ignoró y se adelantó para pasar entre los dos guardias perplejos apostados a ambos lados de la puerta del edificio. La sala del interior no era más que unas paredes improvisadas y tierra compactada, con mesas largas de distintas alturas alineadas a ambos lados del espacio. Varios hombres y mujeres se movían entre papeles y diagramas, ocupados en analizar la situación. Todos se giraron cuando ella entró.

—Mayor en jefe Jax —reclamó Vhalla, justo cuando Erion entraba detrás de ella.

—Erion, ¿cuántas veces debo decirte que no me traigas mujeres salvajes después del anochecer? Es algo que me distrae. —Un hombre esbozó una sonrisa pícara. Tenía el pelo largo y negro, recogido en un moño, ojos negros y piel aceitunada: un occidental de manual.

Vhalla cruzó hacia él deprisa, descolgó el morral de su hombro y se lo tendió con manos temblorosas, invadida de repente por una energía nerviosa. El mayor en jefe ladeó la cabeza y la miró de arriba abajo antes de aceptar la bolsa de su agarre férreo.

La dejó sobre la mesa y sacó los pergaminos, que estaban manchados de rojo por los bordes. Jax pasó de un papel al otro, cada vez más deprisa. La arrogancia y el humor de antes desaparecieron de su rostro en favor de emociones que Vhalla consideró mucho más apropiadas.

Dos ojos oscuros volaron hacia ella.

—Has…

—Tiene que enviar ayuda. *Ahora.* —Vhalla dio un paso adelante. Todo su cuerpo había empezado a temblar—. Envíe ayuda. Puede hacerlo, ¿verdad?

—¡Erion, Query, Bolo! —Jax estampó los papeles sobre la mesa—. Reunid a setecientos de vuestros mejores hombres.

—¿Qué? —exclamó uno de los otros mayores, horrorizado—. ¿*Setecientos?*

Jax no le hizo ni caso.

—¡Xilia! —Una mujer cruzó hacia él—. Necesito estos artículos y medicamentos, por duplicado, por si acaso.

—¿Por duplicado? —repitió la mujer. Vhalla vio la larga lista anotada por Elecia.

—Todos los demás, id en busca de vuestros jinetes más rápidos e intrépidos. Traedme a los hombres y las mujeres que pondrán su misión por delante de sus vidas y de las de sus monturas. —La sala entera miró al occidental con la boca abierta—. ¡Ahora! —gritó Jax, al tiempo que estampaba la palma de la mano sobre la mesa—. ¡Moveos!

Esa fue la primera vez que Vhalla vio la verdadera diligencia del ejército imperial. A pesar de la confusión, de las preguntas y de todo lo que no sabían, los soldados pasaron a la acción. Hicieron lo que les ordenaba su superior, y fue una imagen tan dulce que le entraron ganas de llorar del alivio.

—¿Van... van a ir? —susurró Vhalla, la vista clavada en la puerta por la que había desaparecido el último soldado.

—Sí, en una hora. —El mayor giró en torno a la mesa despacio.

El agotamiento la golpeó justo después del alivio: se estrelló contra ella y sus rodillas impactaron con el suelo. Vhalla frenó su caída con un brazo, el otro aferrado a su estómago. No podía respirar, pero se sentía llena de aire, mareada por él. Quería reír y llorar y gritar al mismo tiempo. *Había conseguido llegar al Norte.*

Jax se puso en cuclillas delante de ella. Los ojos de Vhalla subieron de las botas del mayor a su rostro. El occidental guiñaba los ojos.

—Vhalla Yarl, la Caminante del Viento. —Su nombre en boca de un desconocido la inquietó, y Vhalla se echó atrás para mirar al hombre con el mismo interés—. No sé lo que esperaba, pero no era a ti.

Vhalla se rio con amargura, mientras recordaba la primera evaluación poco apreciativa que había hecho Elecia de ella hacía unos meses

—Siento decepcionarle.

El hombre ladeó la cabeza.

—Apareces como si te materializaras del viento mismo, para salvar la vida del príncipe heredero, detrás del cual saltaste por el borde del Desfiladero en un intento por salvarlo. Eres modesta, estás mugrienta y estás empapada en lo que solo puedo suponer que es la sangre de nuestros enemigos. —Una sonrisa se desplegó despacio por la cara de Jax, como la de una bestia rabiosa—. ¿Quién ha dicho nada de estar decepcionado?

# CAPÍTULO

## 3

—El aseo está aquí atrás. —Jax la condujo hacia la parte superior de la «T» que había visto Vhalla desde fuera.

La joven asintió y lo siguió en silencio. Después de haber aceptado su muerte y la de Aldrik, le estaba costando procesar el concepto de salvación. El pasillo perpendicular a la zona pública tenía una puerta al fondo del lado izquierdo y una en cada pared a la derecha de Vhalla, con una cuarta delante de ella. La chapucera construcción hacía fácil saber que habían sido soldados y no constructores los que habían erigido el edificio.

—No es demasiado apropiado para una dama, lo sé —se rio Jax. El cuarto de baño tenía lo mínimo imprescindible, y el mayor enseguida empezó a llenar una gran barrica de madera con agua de lluvia procedente de un depósito en el tejado.

—No soy una dama. —Vhalla sacudió la cabeza—. En realidad, esto me recuerda a mi casa.

De niña, se había lavado con su madre en una barrica no muy distinta a la que tenía delante ahora. Pensar en su madre le resultaba extraño. Vhalla se preguntó si la mujer que había regañado a su hija por trepar demasiado alto a los árboles y le había cantado nanas reconocería a la mujer en la que se había convertido Vhalla. Era impactante lo distinta que era con respecto a la última vez que había estado en casa.

Jax se apoyó en la pared junto a la barrica.

—Eso no es lo que escribió Elecia.

—¿El qué no lo es? —Vhalla salió de golpe de su ensimismamiento.

—En su pergamino decía que lord Ophain te hizo una duquesa del Oeste. —Jax cruzó los brazos.

Vhalla tardó un buen rato en recordar que Elecia era nieta de lord Ophain. *Por supuesto que ella se habría enterado.*

—Un título hueco. —Vhalla se rio.

—Y tú no tienes reparos en ofender. —El comentario de Jax cortó en seco la diversión de Vhalla—. Me tomo la tradición occidental bastante en serio, y seré el primero en decirte que no soy el único que lo hace.

Vhalla recordó entonces cómo habían elevado a Daniel a la categoría de lord cuando se unió a la Guardia Dorada. Un soldado como él seguro que se tomaba esas cosas en serio.

—Lo siento, no pretendía…

Jax soltó una carcajada sonora.

—¿De verdad crees que me importan una mierda esos viejos nobles casposos? ¿Esos que se ponen colorete en las mejillas y fingen que su pelo todavía crece negro? —Toda diversión desapareció de su rostro a la misma velocidad que había aparecido—. Aunque, en serio, algunos *sí* que se ofenderían. —Vhalla abrió y cerró la boca, pero no logró formar palabras—. Bueno, querida, me encantaría quedarme contigo, pero debo ocuparme de que esos jinetes partan lo antes posible. Te encontraré algo de ropa más limpia en el camino de vuelta. —Jax fue hacia la puerta, aunque se detuvo justo en el umbral—. ¿Estarás bien sola?

Vhalla juntó las manos y miró al hombre, que había girado la cabeza para mirarla desde lo alto. Lo preguntaba en serio. Había algo en su locura que apelaba a la de Vhalla.

—Sí —repuso con más confianza de la que sentía—. Me apañaré. Envíe a los jinetes.

Jax asintió antes de marcharse. Estaba claro que comprendía las prioridades de la joven.

Vhalla se giró hacia la barrica de agua humeante. *Es verdad, Jax es un Portador de Fuego*, caviló. Había calentado el agua igual que Larel había calentado los arroyos y los estanques en los que se habían bañado durante la marcha. Quitarse la ropa fue como retirar la mortaja de la otra mujer. Durante semanas, Vhalla había llevado el recuerdo como un escudo, el último regalo de Larel: su nombre en forma de Serien Leral.

El agua casi abrasaba, pero aun así Vhalla se estremeció. *Estaba sola.* Larel y Sareem muertos, Fritz lejos de ahí, y su biblioteca con su asiento junto a la ventana… Los ojos de Vhalla aletearon antes de cerrarse con una punzada de nostalgia. Se permitió la dulce agonía de soñar, de pensar en regresar al palacio del Sur. De sentarse con Aldrik otra vez en su rosaleda. De encontrar algo que era diferente de todo lo que había conocido jamás pero aun así era algo que podía llamar normal.

Dos llamadas rápidas a la puerta fueron el único aviso antes de que esta se abriese de nuevo.

—Te he traído ropa.

—¡No estoy…! —Vhalla apretó su cuerpo desnudo contra el lateral de la barrica, tratando de esconderlo en la curva de la madera.

—Estás tan roja como el carmesí occidental. —Jax se rio del color de su cara—. ¿Qué? Si tienes algo que *no* haya visto nunca, sería un verdadero regalo.

—Esto no es… —Vhalla estaba a punto de morirse de la vergüenza. Se había bañado en aseos comunes antes, pero con otras *mujeres*.

—Creía que no eras una dama. —Jax sonrió de oreja a oreja—. Pues desde luego que actúas como una florecilla noble con toda su modestia.

—¡No lo conozco! —exclamó espantada.

—¿Quieres hacerlo? —El hombre arqueó las cejas.

—¡Fuera! —exigió Vhalla.

—Si la dama lo ordena. —Jax se marchó sin pedir disculpas.

Vhalla sumergió la cabeza en el agua. Este hombre no se parecía en nada a ningún noble que hubiese conocido jamás. *¡A ninguna persona cuerda que hubiese conocido jamás!*

Aunque también era considerado, según descubrió. El agua humeaba a una temperatura perfecta una vez más. Un paño de secado prácticamente limpio la esperaba sobre dos opciones diferentes de camisas y pantalones. Ambas opciones eran demasiado grandes para su cuerpo menudo, aún más delgado ahora después de su larga marcha y la alimentación escasa. La camisa le quedaba como una túnica, y tuvo que enrollar los pantalones, pero con un cinturón se quedarían en sus caderas en lugar de caérsele.

Cuando salió, el mayor la esperaba al otro lado del pasillo. El rostro de Vhalla se puso escarlata al instante otra vez, y frunció los labios para reprimir su frustración.

Jax se separó de la pared, aunque se había dado perfecta cuenta de su reacción.

—Vaya, ¿quién iba a decir que había una mujer debajo de toda esa sangre y esa mugre? —Vhalla, algo incómoda, movió su túnica de cota de malla en sus manos—. Bueno, por aquí. —Jax le dio la espalda al extremo del pasillo que terminaba en una única puerta. Ahora tenían una puerta a cada lado y Vhalla se dio cuenta enseguida de a quiénes pertenecían esos aposentos.

—¿Es la habitación del príncipe Baldair o del príncipe Aldrik? —Hizo una pausa en el umbral de la puerta por la que la guiaba Jax.

—De Baldair. No le importará, y pareces un cadáver andante. —Vhalla miró al otro lado del pasillo y al mayor Jax no se le escaparon los pensamientos obvios que flotaron por su cara—. A menos que prefieras quedarte en la habitación del príncipe heredero.

—Lo preferiría, sí —susurró.

Jax dejó que Vhalla cruzase el pasillo sola. Esperó a la puerta del cuarto de Baldair y observó cómo la Caminante del Viento empujaba despacio el simple pasador de madera que mantenía cerrada la puerta del príncipe heredero. Siguió a la joven con la mirada mientras esta entraba relajada, de un modo casi reverente, en los aposentos del hombre más reservado del imperio.

No había nada destacable en ellos: unos pocos baúles contra una pared, una cama enfrente y un escritorio colocado cerca de una ventana con contraventana. Vhalla se detuvo para enzarzarse en una batalla de miradas con un maniquí desnudo que esperaba el regreso de la armadura de su dueño.

El rostro desfigurado de Aldrik destelló ante sus ojos y Vhalla cerró la mano alrededor de la camisa a la altura de su estómago, mientras hacía un esfuerzo por reprimir las náuseas.

—Toma. —Jax apoyó una mano sobre el hombro de Vhalla, que casi se salió del pellejo del susto. Bajó la vista hacia el vial que sujetaba el mayor en la mano.

—¿Solo uno? —Cada vez que había resultado herida, habían forzado media caja de viales por su garganta.

—¿Tus heridas son tan graves como para requerir más? —preguntó Jax con seriedad. Vhalla negó con la cabeza—. No las físicas al menos, ¿verdad?

Vhalla se apartó de él y cuadró los hombros en dirección al mayor occidental, protectora de sus sentimientos. El mayor era como un fuego incontrolado, impredecible; quemaba a través de una emoción y luego de la siguiente. Vhalla lo miró con los ojos entornados y abrió la boca para hablar.

Una comprensión silenciosa centelleaba en los ojos del hombre, una profundidad que la paralizó y la hizo permanecer callada. Los dedos de Jax se cerraron en torno a los de la joven, que se cerraron a su vez en torno al vial.

—Bebe, Vhalla Yarl, y disfruta de una buena noche de sueño. Da la impresión de que te hace buena falta.

Jax se marchó antes de que Vhalla pudiera responder. Contempló el vial en su mano mientras se preguntaba qué veía el hombre en ella, qué veía el mundo en ella ahora. Sus pensamientos daban vueltas como una peonza, cada vez más y más deprisa, fuera de control, hasta que se llevó la poción a los labios con ansia. Se bebió el contenido entero de un solo trago glotón.

Vhalla se desplomó en la cama, en la cama de él.

Olía a rancio. Hacía mucho tiempo que no lavaban las sábanas, si es que lo habían hecho alguna vez. Tenían un tacto como crujiente y seco, y desprendían un olor húmedo y terroso, pero en alguna parte debajo del aroma mohoso había un toque almizcleño que Vhalla conocía bien. Se enroscó sobre sí misma, aferrada al colchón, a las almohadas y a la manta. Cuero, acero, eucalipto, fuego y humo, y un olor que era claramente *Aldrik*... una combinación que la abrumó.

Cuando Vhalla despertó, supuso que habría dormido solo unas pocas horas. El sol colgaba bajo en el cielo y la habitación estaba en penumbra, iluminada por la luz anaranjada que se filtraba entre las lamas de las contraventanas. Arrastró los pies hasta la sala principal; la encontró casi vacía, salvo por dos hombres que bebían una copa al final de una de las largas mesas.

—La bella durmiente ha despertado. —Jax sonrió. Llevaba el pelo suelto y Vhalla vio que caía recto hasta la parte superior de su abdomen.

—Tampoco he dormido tanto. —Vhalla se sentó con un buen espacio entre ella y lord Erion, y enfrente del mayor en jefe.

—Solo un día entero —farfulló Erion contra el borde de su jarra.

—¿Qué?

—Sí, has estado fuera de juego un pelín. Supongo que tenía razón en lo de que te hacía falta dormir —declaró Jax con orgullo.

*Un día... Había dormido un día entero.* Vhalla hizo un cálculo rápido en la cabeza.

—¿Alguna noticia de los jinetes enviados?

—Solo ha pasado un día. No pueden estar ni a medio camino. —Erion dejó su jarra en la mesa.

—Yo llegué hasta aquí en dos. —Vhalla sintió la necesidad de recalcárselo.

—Bueno, pues no debes ser humana. —La miró de soslayo—. A lo mejor eres medio viento, *Serien*.

Vhalla se pasó una mano por el pelo y comprobó con disimulo si el tinte negro que ocultaba su castaño oriental se había diluido con el baño. No había desaparecido del todo, pero sí lo suficiente para contribuir a las sospechas del hombre occidental. Vhalla miró a Jax, pero este ya había iniciado el rápido proceso de cambiar de tema.

Los dos pertenecían a la Guardia Dorada, pero Jax no había compartido con el lord su identidad, a pesar de las claras sospechas de Erion. Vhalla podía imaginar por qué tenía sentido no revelar de manera prematura su verdadero nombre, pero no tenía ninguna razón para esperar semejante lealtad de un hombre al que apenas conocía. Pusieron comida delante de ella y Vhalla la miró desganada. Tenía el cerebro lleno a rebosar, lo cual silenciaba los gruñidos de su estómago. Sin embargo, sabía que debía de tener hambre.

Despacio, con diligencia, limpió su plato. En los bosques al sur, había un príncipe moribundo que dependía de su fuerza. Elecia había dicho que una persona no podía sustentar a dos, pero Vhalla tenía la intención de demostrar que se equivocaba. Al menos les conseguiría tiempo a todos.

Vhalla volvió enseguida a la cama de Aldrik y se enterró bajo las mantas. Durmió todo lo que su cuerpo requería, que resultó ser mucho, y comió todo lo que pudo a lo largo de los siguientes tres días. Vhalla trabajó para recuperar sus fuerzas y ahorrar energías, evitando todo esfuerzo indebido y cualquier riesgo innecesario. Eso significó pasar la mayor parte de su tiempo dentro del palacio del campamento con los otros mayores, aunque enseguida encontró algo que hacer para ser útil.

Durante el día, transcribía notas para Jax, mientras él ayudaba a dirigir la mitad del ejército. A Erion y a él los habían dejado al mando, junto a un mayor anciano y canoso con el que Vhalla todavía no había interactuado. No había objeciones por parte de los mayores con respecto a sus actuales comandantes, que actuaban en lugar de la familia imperial. La única vez que surgían preguntas era al intentar descifrar las notas de Jax, por lo que Vhalla había encontrado algo que hacer de inmediato.

La caligrafía del mayor en jefe de la Legión Negra era un chiste, y los mayores se mostraron agradecidos por las frases más limpias de Vhalla y su escritura más clara en los registros y archivos. El aprecio era mutuo, pues eso le daba a Vhalla la oportunidad de aprender cosas sobre el asedio y sobre el ejército de un modo que no había podido hacer antes. Sus lecturas anteriores acerca de táctica y metodologías militares empezaban a tener más sentido cuando estaban acompañadas del marco de una situación de la vida real. Vhalla vio cómo se gestionaban las tropas en el perímetro. Se quedaba sentada en silencio y dejaba que los hombres y mujeres hablasen de racionamientos y de enviar partidas de caza a los bosques de los alrededores. También empezó a ver las diferencias entre la teoría y la realidad. Vhalla repetía en su cabeza la información que aprendía, la grabba enseguida en su memoria y la archivaba para un uso futuro.

Sus días estaban bastante ocupados, lo cual solo hacía que las noches de soledad fuesen aún más duras. Sin distracciones, su mente empezaba a divagar. El silencio parecía estirarse hasta la eternidad y se colaba en su Vínculo con Aldrik, lo cual la hacía preguntarse si por fin estaba empezando a debilitarse. Nada en el Canal entre Aldrik y ella le parecía igual que antes. Como la tierra latente en invierno, Vhalla no soñaba con los recuerdos de él y no oía ningún latido en los oídos aparte del suyo propio.

Vhalla rezó por que fuese la distancia y la debilidad de Aldrik las que estuviesen cobrándose ese peaje. Pero no lo sabía a ciencia cierta. No saber, combinado con la vaciedad, amenazaba con volverla loca.

El cuarto día, se había permitido echarse una siesta en medio del día, solo para que la despertasen unas trompetas a última hora de la tarde. *No puede ser Aldrik regresando*, razonó. Como poco, tardaría diez días más, así que Vhalla dio media vuelta y se tapó la cabeza con las mantas. Se encontraba genial con todo el descanso y la alimentación adecuada, pero Vhalla seguía firme y decidida. Los siete días que había prometido Elecia casi se habían cumplido y, en alguna parte de la periferia de su conciencia, había un titilar exhausto de magia.

La puerta se abrió y Vhalla rodó medio grogui. No esperaba para nada ver al hombre que entró.

—Vaya, no puedo recordar la última vez que encontré a una mujer en la cama de mi hermano. —Baldair trajo una risa veraniega al mundo congelado de Vhalla.

La joven se sentó a toda prisa y dejó que el sonido la envolviera. Vhalla contempló estupefacta al príncipe de pelo dorado. El príncipe Baldair y ella no habían tenido la más estable ni la más convencional de las relaciones, pero les había concedido a Aldrik y a ella una última noche antes de entrar en el Norte, antes de separarse... posiblemente para siempre. Era muy probable que el joven príncipe no tuviese ni idea del lugar que se había ganado en el corazón de Vhalla con eso.

—Baldair —murmuró Vhalla con un suspiro de alivio. Verlo le transmitía familiaridad. Jamás hubiese imaginado que diría eso, ni que lo pensaría siquiera, pero el príncipe Baldair era la cosa más consoladora que había visto en semanas.

—No esperaba encontrarte aquí. —Baldair se rio entre dientes—. Supongo que tendrás una buena historia que contar.

Vhalla frunció el ceño. Baldair hablaba como si hubiese una explicación extravagante para su presencia, algo que compartirían y sobre lo que se reirían mientras bebían una copa juntos. Los ojos de Vhalla volaron hacia donde Jax esperaba cerca del umbral de la puerta.

—¿No se lo has dicho? —Su relación con el mayor se había vuelto más cercana.

—En cuanto le dije que estabas aquí exigió venir a verte —explicó Jax.

Vhalla volvió a mirar al príncipe más joven y sintió una inquietud creciente. *¿Por qué tenía que ser ella la que le diese esta noticia?*

—Baldair... —empezó despacio.

—¿Qué? —preguntó el príncipe de anchos hombros, mientras miraba de ella a Jax.

—Intenté salvarlo. —Las palabras llegaron acompañadas de un nudo de emociones con el que Vhalla se atragantó un momento—. Lo intenté y no pude hacerlo.

—Por la Madre, mujer, me estás asustando. —Baldair se sentó con pesadez sobre la cama y agarró las manos de Vhalla. Esta no sabía a quién pretendía consolar, pero parecía ir en los dos sentidos—. ¿De qué estás hablando?

—Aldrik se está muriendo.

Las palabras fueron como un bofetón en la cara de Baldair, que levantó la cabeza de golpe hacia Jax.

—¿Qué está...?

—Está siendo dramática. —Vhalla frunció el ceño al oír las palabras de Jax. El hombre arqueó las cejas—. ¿De algún modo tienes más información que yo, aunque llevemos pegados el uno al otro desde hace días? —Vhalla abrió la boca, pero luego se pensó mejor contarle exactamente lo que sabía y cómo lo sabía—. Pero —reconoció el occidental con un suspiro— la cosa no pinta bien. —Sacó unos papeles familiares manchados de sangre del bolsillo interior de la ajada chaqueta militar que llevaba y se los entregó a Baldair.

Vhalla se concentró en un rincón de la habitación, incapaz de soportar la naturaleza frustrante de Jax o las expresiones de Baldair a medida que leía los informes de la mayor Reale y de Elecia. El príncipe suspiró con suavidad y relajó los dedos en torno a las misivas.

—¿Vhalla? —preguntó Baldair. Tenía una mirada perdida y temerosa que encajaba a la perfección con el corazón de Vhalla—. ¿De verdad hiciste todo esto?

—¿El qué? —Vhalla se movió incómoda bajo el peso de la mirada de Baldair.

—¿Saltaste desde la cima del Desfiladero y cruzaste el Norte, sola?

—Alguien tenía que hacerlo. —La hazaña no parecía merecedora del asombro en los ojos de Baldair. *Por supuesto que haría esas cosas.*

—¿Ha habido alguna noticia de los jinetes o de las fuerzas enviadas? —le preguntó Baldair a Jax. El mayor en jefe negó con la cabeza.

—Ninguna de los jinetes… las fuerzas avanzan según los planes.

Baldair se puso en pie y le devolvió los papeles a Jax.

—Aldrik es fuerte y sé que no va a dejarse morir ahora. No cuando por fin tiene una razón para vivir de verdad otra vez. Lo más probable es que ese hermano mío solo esté intentando escaquearse de tener que marchar el resto del camino hasta aquí. —La risa de Baldair sonó forzada—. En cualquier caso, por el momento, la comida y la compañía nos harán a todos bastante bien. —El príncipe dorado alargó una mano callosa hacia ella y Vhalla la aceptó. A menudo se decía que la fuerza del príncipe era solo física, pero Vhalla empezaba a descubrir que el hombre conocido por romper corazones parecía tener uno bastante grande él mismo. Baldair hizo una pausa en la puerta—. Ah, y todavía es Serien, ¿verdad?

—Por el momento. Pensé que era más seguro así —confirmó Jax—. Mejor no dejar que se disparen los rumores por el campamento antes de que tengamos la información del emperador al respecto.

—¿Qué le pasó a tu Caminante del Viento? —preguntó Vhalla mientras salían de la habitación.

—La mataron. —Baldair la miró de reojo y Vhalla se sorprendió de ver un deje protector en su actitud.

—A la del emperador también —aportó ella.

—¿La de Aldrik?

—Cuando me marché, seguía con vida. —Vhalla asintió para confirmarlo.

—Para que la actuación de mi hermano fuese creíble, es probable que la protegiese como hubiese hecho contigo —pensó Baldair en voz alta. Doblaron la esquina a la sala principal—. ¡Siento haberos hecho esperar, amigos míos!

Hubo risas y bromas a expensas de Baldair por haberse demorado con una mujer misteriosa mientras se encaminaba hacia una mesa donde estaba su Guardia Dorada. La sala se había llenado de mayores y soldados, y todos parecían celebrar el regreso de su príncipe favorito.

Jax y Baldair estaban a medio camino de la mesa antes de darse cuenta de que Vhalla no iba con ellos.

Tenía los ojos clavados en una cara oriental, y un aluvión de emociones estalló de todos los colores del arcoíris dentro del vacío oscuro del pecho de Vhalla. Daniel se levantó despacio mientras la miraba alucinado. Vhalla recordó la última vez que lo había visto, las semanas que habían pasado juntos cuando se había hecho pasar por Serien. Eso trajo la máscara de la otra mujer de vuelta a ella en un santiamén, junto con todos los sentimientos encontrados que la acompañaban.

La sala se fijó de inmediato en el extraño intercambio, y las miradas disimuladas y los susurros se añadieron a las conversaciones que continuaron con educación. Daniel giró en torno a la mesa, aturdido, los ojos clavados en ella como si fuese la última cosa que quedaba en la tierra. Vhalla tragó saliva. No sabía qué veía Daniel... a *quién* veía en ella.

Los pies de Daniel pasaron de arrastrarse a casi correr, mientras cruzaba hacia ella dando unas zancadas desesperadamente largas. El cuerpo del guardia se estrelló contra el de Vhalla y la envolvió en un enorme abrazo. Los brazos de Vhalla respondieron antes de poder pensarlo siquiera, ansiosos por recibir a la única persona que había estado ahí cuando el mundo le había quitado a todos los demás.

—Estás viva. —Vhalla notó el aliento de Daniel caliente contra su cuello.

—Soy Serien... —susurró medio atontada, para recordarse a sí misma y a él que debían desempeñar el papel necesario.

—No me importa tu nombre. —La apretó más fuerte, si es que era posible—. Eres *tú* y eso es todo lo que necesito.

# CAPÍTULO

## 4

—¿**C**ómo es que estás aquí? —Daniel se apartó un poco para mirarla. Parpadeó asombrado—. Dijeron que éramos el primer grupo en llegar.

Vhalla abrió la boca para hablar, pero solo pudo emitir un ruido estrangulado con el que se atragantó. La imagen de Daniel era maravillosamente familiar, tanto que el alivio que le inspiraba casi la hizo sentir culpable. Vhalla aflojó los brazos y se apartó para poder tomar las manos del guardia.

—Busquemos algún lugar privado —susurró, en un intento de mantener algo de secretismo. Media sala estaba lo bastante cerca para oírlos. Daniel asintió.

—Erion, Jax, tomaré esa copa con vosotros más tarde.

—Las chozas están como las dejasteis. —Erion bebió un trago. Raylynn, Craig y él observaban con atención los dedos entrelazados de Daniel y Vhalla.

—¡Nuestro pequeño Danny se ha hecho mayor! ¡Miradlo, robando mujeres! —se burló Jax, y las mejillas de Vhalla ardieron al oír las risas que estallaron por la sala después de esa afirmación.

Daniel se apresuró a llevarla fuera para ahorrarles a ambos más bochorno. El sol casi se había puesto y, a la menguante luz, Vhalla vio que la cara de Daniel competía con la suya para ver cuál podía ponerse más roja.

—Jax, es… es un caso, le falta un tornillo, pero él es así —se disculpó Daniel a toda velocidad. Vhalla asintió; eso había estado claro desde el momento en que había conocido al mayor en jefe—. Pero es un buen hombre, de verdad, solo un poco...

Daniel suspiró. Luego ralentizó el paso y se giró. De repente pareció recordar que sujetaba la mano de Vhalla y retiró la suya a toda prisa, antes de meter las manos en los bolsillos.

Vhalla no dijo nada, la vista fija en el lord oriental.

—No puedo creer que estés aquí —susurró el hombre.

—Preferiría no estarlo... —Vhalla miró hacia el sur.

—Cierto. —Daniel asintió, después de darse cuenta de que estaba distraído otra vez—. Vayamos a algún sitio donde podamos hablar.

Daniel echó a andar y giró hacia la derecha del palacio del campamento. Era la primera vez que Vhalla caminaba entre los soldados y, aunque la mayoría se mostraban indiferentes con ella, desde luego que no lo hacían con Daniel. El guardia hizo todo lo posible por mantener el ritmo, pero tardaron casi el doble de lo necesario en realizar el corto trayecto hasta una serie de chozas con un foso de fuego comunal que tenía una lona suspendida por encima. Daba la sensación de que todos los soldados querían dar la bienvenida de vuelta al miembro de la Guardia Dorada.

La sospecha de Vhalla de que esos eran los hogares temporales de la fuerza de lucha más elitista se vio validada cuando Daniel la condujo al interior de una de las chozas. Una cortina era la única barrera entre su espacio y el resto del mundo, pero Vhalla se relajó al instante.

—No es gran cosa. —Daniel se frotó la parte de atrás del cuello.

No era más que cuatro paredes y un tejado. Las cosas de Daniel ya estaban ahí, su armadura sobre un simple maniquí, unos cuantos artículos personales sobre una mesa pequeña. Su esterilla estaba desenrollada sobre una plataforma baja para mantenerla lejos del suelo polvoriento.

—Es perfecta —lo contradijo Vhalla.

La habitación estaba tan lejos de cualquier cosa que hubiese conocido nunca que no tenía ningún significado para Vhalla. El palacio del campamento estaba lleno de recordatorios de Aldrik, de las razones por las que ella estaba en el Norte. Este era un lugar donde podía ser Serien, otra persona, o nadie en absoluto... No importaba.

—¿Por qué estás aquí? —Daniel reformuló su pregunta de antes, al tiempo que daba un paso hacia ella.

Si Baldair no había escuchado nada sobre Aldrik, tenía sentido que ninguno de los recién llegados supiese nada.

—Hubo un ataque en el Desfiladero. —Vhalla intentó endurecerse del modo que había aprendido a hacerlo como Serien, hablar como si los recuerdos no amenazasen con hacerla trizas a cada palabra—. Aldrik se cayó... —Vhalla abrió los ojos como platos al percatarse de que no había empleado el título del príncipe heredero. No debería haberse sorprendido de constatar que Daniel ni se inmutó. *Ya lo sabía*—. Intenté salvarlo, pero no pude. Apenas le quedaba un hilo de vida, se estaba muriendo. Me adelanté en busca de medicamentos y demás.

Daniel la miró pasmado.

—Cuando dices que te adelantaste...

—Me escapé. —Lo dijo con firmeza, con un deje defensivo, por si él se atrevía a cuestionar su decisión—. Monté a Baston, puse el viento bajo sus cascos hasta que lo mataron...

—¿Quién?

—Los norteños. —Vhalla creía que era obvio.

—¿Te enfrentaste a los norteños? —Daniel dio otro paso hacia ella.

—Luché contra ellos y maté a varios para llegar hasta aquí. —No necesitaba exagerar la verdad para percibir su seriedad—. Llevo aquí varios días, sola, y ni siquiera sé si ha servido de nada. Ni siquiera sé si aún está vivo.

Los brazos de Daniel se cerraron a su alrededor por segunda vez, y por segunda vez ella lo abrazó de vuelta.

—Lo hiciste bien. —El guardia frotó la espalda de Vhalla con la palma de la mano—. Fue suficiente, hiciste lo suficiente. —Vhalla apretó los ojos y se deleitó en esas palabras. Tal vez fuesen un elogio gratuito. Tal vez estuviese en lo cierto o tal vez se equivocase, pero aun así había querido oírlas—. Vhalla, yo... —Daniel empezó a apartarse.

—No —susurró Vhalla. Daniel se quedó quieto—. Nada de nombres, no más palabras. Deja que me esconda un ratito, consuélame como harías con cualquiera.

Daniel se enderezó justo lo suficiente para mirarla a los ojos, sus rostros casi en contacto. La imagen ralentizó el corazón de Vhalla lo suficiente para sentirse en paz, lo suficiente para ignorar el conflictivo caos de emociones que amenazaba con sobrepasarla.

—No eres solo cualquiera, pero como tú desees.

—Gracias.

—No tienes nada que agradecerme. —Daniel levantó una mano con timidez. Deslizó con suavidad la yema del pulgar por la mejilla de Vhalla.

Cumplió los deseos de la joven y ninguno de los dos dijo nada durante el resto de la noche. De algún modo, todo estaba dicho, entendido, y era de una sencillez maravillosa. Daniel la abrazó y alejó el vacío con el que había estado luchando Vhalla desde hacía días. Era un consuelo egoísta, pero uno que necesitaba de manera desesperada.

Erion no pareció sorprenderse a la mañana siguiente cuando Vhalla salió en silencio de la choza de lord Daniel Taffl.

—El desayuno —dijo con suavidad para llamar la atención de Vhalla hacia la sartén que chisporroteaba sobre el fuego central.

La comida, de hecho, olía bien. Apenas había amanecido y Vhalla no tenía nada que hacer todavía, así que se sentó en uno de los tocones de árbol enfrente del lord occidental. La guerra equilibraba el mundo de una forma interesante. Hacía que los lores y las damas preparasen la comida como lo haría un plebeyo cualquiera, y las únicas cosas que se tenían había que ganárselas o apoderarse de ellas.

—¿Cómo es que conoces a Daniel? —Erion mantuvo la vista fija en el fuego y en la comida que se cocinaba sobre él.

—Nos... —Vhalla hizo una pausa—. Nos conocimos cuando me uní al ejército imperial en el Oeste.

—El Oeste, ¿eh? —Vhalla asintió, al tiempo que descubría que su fachada de Serien ya no encajaba como antes—. ¿De qué parte del Oeste eres? —Un par de ojos cerúleos la observaron con atención.

—De Qui. —Vhalla sabía reconocer un examen cuando lo veía.

—¿De Qui? —Erion emitió un silbido bajo—. ¿Cómo acabó una mujer oriental en Qui?

Vhalla se dio cuenta de que Erion había tomado nota de su piel de tono ámbar y de su pelo no negro.

—Nunca lo pregunté. Mi madre no hablaba demasiado antes de morir. Mi padre estaba demasiado borracho para molestarse en contármelo nunca. —Antes de que Erion pudiese hacer otra pregunta, Vhalla tomó nota de sus ojos azules sureños y continuó hablando—. ¿Y cómo acabó un sureño en...?

—¿En la Encrucijada? —Erion sonrió con suficiencia, y Vhalla supo que su intento de contrarrestar su interrogatorio con uno sobre el origen del lord había fracasado de manera estrepitosa—. Seguro que sabes de dónde soy.

Vhalla frunció el ceño para sus adentros. Los últimos días de trabajo con el ejército le habían hecho desempolvar en su cabeza toda la historia militar que había leído, que trataba en su mayor parte de la expansión del Oeste. Casi había dejado que el lord la pillase.

—Por supuesto que lo sé. No hay un solo occidental vivo que no conozca a la familia Le'Dan.

Erion le lanzó una mirada de aprobación, al tiempo que alargaba la mano hacia la sartén.

—No hay un solo ciudadano de todo el imperio que no la conozca, dada la historia de Leron Ci'Dan y Lanette Le'Dan.

Vhalla asintió sin mucho entusiasmo. Había leído la historia de los malhadados amantes solo una vez, pues su tragedia romántica constituía una lectura larga y agotadora. La mayoría no utilizaba nunca los apellidos de esas desafortunadas almas. *Ci'Dan, la familia de Aldrik...* Vhalla se concentró en el fuego. Pensar en el príncipe heredero prendió un escozor incómodo en la periferia de los recuerdos de la noche anterior. De repente, una noche de lo que había parecido un consuelo inofensivo entre buenos amigos parecía muy inapropiada.

—Gracias a la Madre que aún cocinas. —Un soñoliento Daniel se acercó dando tumbos, como invocado por los pensamientos de Vhalla.

Ella observó cómo se movía la camisa del guardia cuando se pasó una mano por el pelo castaño que casi le llegaba a los hombros. Las cintas de la prenda estaban casi todas abiertas por la parte de delante, hasta poco antes de su ombligo. Vhalla sabía que era de algodón fino, no de lana, por la cantidad de calor que había irradiado su cuerpo la noche anterior. Vhalla se obligó a concentrarse en sus dedos, mientras los abría y cerraba entre las rodillas.

Habían dormido lado a lado durante la marcha desde la Encrucijada. Daniel no había pensado en ella como Vhalla, *no había sido nadie la noche anterior*. Era una excusa enclenque para algo más profundo e inquietante, y Vhalla lo sabía con la misma certeza que sabía que era de día.

—Serien, ¿quieres un poco? —Vhalla parpadeó en dirección al plato que le ofrecían—. ¿Serien? —repitió Daniel.

—No, no, yo... —Vhalla se puso en pie y negó con la cabeza—. No tengo hambre.

—Pero si tienes que estar hambrienta. No comimos nada ayer por la noche. —Daniel frunció el ceño.

—Tengo que ir a ver a alguien —mintió Vhalla, en parte.

Se puso en marcha al instante y los dejó atrás sin decir ni una palabra más. Luego se encaminó hacia el palacio del campamento.

—¡Alto! —Uno de los dos soldados apostados a los lados de las puertas del supuesto palacio detuvo su avance. La miró de arriba abajo—. ¿Qué te trae por aquí?

—Estaba alojada aquí.

—No me han informado de eso. El palacio del campamento no es lugar para ti; solo pueden pasar los mayores y la realeza. —Le hizo gestos para que se alejara.

—No, no lo entiendes. —Vhalla sacudió la cabeza y recordó de pronto que su cota de malla, la cota de malla que le había hecho Aldrik, había quedado olvidada en la habitación del príncipe—. Debes dejarme pasar. —Dio otro paso y el soldado se interpuso en su camino.

—Soldado, te estás pasando de la raya.

—Es demasiado temprano para estar causando problemas. —Jax la sorprendió con su proximidad. Ambos soldados le dedicaron un saludo marcial al mayor en jefe de la Legión Negra.

—¿Qué estás haciendo aquí? —preguntó Vhalla.

—Podría hacerte la misma pregunta. —Jax ladeó la cabeza—. Bueno, dejadnos entrar —les ordenó a los guardias.

Los soldados obedecieron al mayor en jefe y los dejaron pasar sin problema. La larga sala estaba desierta, con papeles y archivos desperdigados por las mesas. Vhalla había subestimado lo temprano que era en realidad.

—¿Entonces? —Jax cruzó los brazos delante del pecho.

—Necesito ver a Baldair —explicó Vhalla.

—Eso había imaginado. —Sonrió—. Pasas de un hombre al siguiente muy deprisa, ¿no?

Vhalla reaccionó tan rápido como el viento, tan veloz que incluso Jax no pudo hacer más que mirarla con los ojos como platos cuando lo agarró por el cuello de su camisa.

—No te atrevas —gruñó ella.

La sorpresa se esfumó de la cara del mayor. Sus ojos negros se volvieron aún más oscuros, con una intensidad que Vhalla no había visto nunca. Hizo que la fachada jovial del hombre huyese aterrorizada. Una sonrisa se desplegó por las mejillas de Jax para mostrar despacio sus dientes, como un animal.

—¿Quieres hacer esto, aquí, ahora? —preguntó con suavidad—. He sido un anfitrión muy cortés contigo hasta el momento y estaré encantado de seguir siéndolo.

El agarre de Vhalla vaciló. La actitud de este hombre oscilaba como un péndulo y, en ese instante, Vhalla se hacía una idea muy clara de cómo y por qué se había convertido en mayor en jefe de la Legión Negra. Jax levantó la mano despacio para ponerla sobre el hombro de Vhalla. Incluso con el movimiento telegrafiado, la joven se sobresaltó.

—No hagamos esto, ¿te parece? —La otra mano de Jax se apoyó sobre las muñecas de Vhalla y las apartó con facilidad.

—No es lo que piensas —insistió Vhalla, aún a la defensiva.

—Te prometo que no tienes *ni idea* de lo que pienso. —Jax pasó un brazo alrededor de los hombros de la joven—. Y ahora, vamos a llevarte con tu príncipe.

Vhalla reprimió todo comentario, tras decidir no replicar que el príncipe de pelo dorado no era *su* príncipe.

Cada paso empezó a añadir otra duda al rumbo de acción que había elegido. ¿Qué pretendía conseguir? Cuando Jax se dispuso a llamar a la puerta, Vhalla casi lo detuvo. Sin embargo, perdió la oportunidad de hacerlo pues sus llamadas se perdían ya en el silencio.

—¿Quién es? —dijo una voz pastosa por el sueño.

—Tu princesa ruborizada —repuso Jax con un falsete femenino.

—Márchate, Jax.

Vhalla oyó movimientos en el interior.

—Ay, cariño, no soy solo yo. —Jax bajó la vista hacia ella—. Cierta dama te está buscando.

Se oyeron unas voces amortiguadas y unos susurros claramente femeninos antes de que unos pasos sonoros se acercasen a la puerta. Levantaron el cierre desde el interior y la puerta se abrió una rendija para revelar al príncipe.

—¿Tú?

—Siento molestar, mi príncipe. Olvidé mi armadura aquí. —La determinación de Vhalla había desaparecido.

—¿Por qué has venido a buscarme si solo querías tu armadura? —La pregunta fue amable cuando podía haber mostrado irritación.

Vhalla no tenía ninguna respuesta para ella—. Espérame en su habitación. —Baldair hizo un gesto con la cabeza en dirección a la puerta del otro lado del pasillo.

Vhalla trazó un surco en el suelo a base de caminar mientras esperaba. A cada paso que daba, oscilaba entre cada papel forzoso que había desempeñado a lo largo del pasado año: la chica de la biblioteca, la hechicera, la soldado, la asesina. Parte de ella clamaba su inocencia en todo ello, incluida la gota que había colmado su vaso con una culpabilidad repentina: *Daniel*. La otra parte afirmaba que había tenido algo que ver en todo ello. Tironeó de sus dedos, sumida en sus pensamientos.

—Sí, te lo compensaré esta noche, con creces. —Captó la risita melódica de Baldair a través de las delgadas paredes del palacio del campamento.

Cuando se abrió la puerta de la habitación de Aldrik, apareció un príncipe con una vestimenta mucho más apropiada.

—¿Vhalla? —Baldair cerró la puerta a su espalda, a la espera de que ella explicara su razón para haber ido en su busca.

—¿Lo soy? —susurró. La confusión arrugó el ceño del príncipe—. ¿Qué soy? —Vhalla sacudió la cabeza—. ¿Soy Vhalla? ¿Soy propiedad del imperio? ¿Soy libre? ¿Soy Serien? ¿Soy fuerte o débil...? No lo sé. —Se miró las manos, como si no entendiese de dónde habían salido—. Puedo matar y puedo amar con el mismo corazón. No me dan miedo cosas que deberían hacerlo, pero aun así puede aterrarme ese hecho. Baldair, no sé qué soy... *quién soy*... ya no lo sé.

Hacía mucho tiempo que rumiaba esas palabras, pero Vhalla ni siquiera las había pensado antes de que saliesen por su boca. Había caído en el Desfiladero y se había levantado como alguien diferente. Ya no era Vhalla Yarl, la aprendiza de bibliotecaria, y ya no necesitaba el caparazón de Serien Leral. Era más que la herramienta que el emperador consideraba que era y menos que la mujer en la que había esperado convertirse. Y todo lo que había entremedias amenazaba con asfixiarla.

—Yo sí —dijo Baldair con dulzura y tomó las manos de Vhalla con las suyas firmes—. Yo sé quién eres.

Vhalla levantó la vista hacia él. *¿Qué podía saber él sobre su corazón que ella no pudiese dilucidar por sí misma?* Era el hermano del hombre al que amaba. Era el hijo del hombre que la poseía. Pero en realidad, hasta ahora, no había sido nada de especial importancia para ella. Y estaba a punto de definirse.

—Eres tan implacable y decidida como el viento en sí. Estás haciendo lo que debes para sobrevivir. Es lo que estamos haciendo todos, apoyarnos en lo que debemos para mantener las piezas unidas.

Vhalla negó con la cabeza. Su culpabilidad no le permitía aceptarlo.

—Eso es solo una excusa.

—¿Una excusa para qué? —preguntó con amabilidad.

—Una excusa para… —Vhalla enterró la cara en las palmas de las manos—. Para las cosas que he hecho.

—¿Qué cosas? —Vhalla negó con la cabeza—. ¿Esto tiene que ver con Daniel? —Lo dijo como una pregunta, pero por su actitud estaba claro que Baldair ya conocía la respuesta. Vhalla levantó la vista de sus manos. Él suspiró—. Vhalla, ¿se te ha ocurrido pensar que esto podría ser una cosa buena?

—¡No te atrevas a decir eso! —El fuego surcó las venas de la joven.

—Mi hermano no es…

—¡Lo quiero! —Vhalla interrumpió a Baldair—. *Quiero a Aldrik.* —Decirlo en voz alta reafirmó la fuente de su culpa más inmediata.

Baldair se limitó a mirarla, una especie de desesperanza triste parecía tirar de sus hombros. Vhalla se giró, se abrazó a sí misma. No quería estar con este príncipe si eso era todo lo que tenía que decir.

Dos brazos fuertes se cerraron a su alrededor y Baldair tiró de ella hacia atrás contra su pecho.

—Vale, vale. Sé que lo quieres.

—Entonces, ¿por qué…? —Las palabras se colapsaron en un gran suspiro.

—Porque odio quedarme de brazos cruzados y contemplar algo destinado a producir tanto dolor. Porque recuerdo la primera vez que nos vimos. —Vhalla esbozó una leve sonrisa al recordar la Biblioteca Imperial—. Por todos los dioses, eras una cosita pequeña y nerviosa. Pensé que te tendría a medio camino del éxtasis o de la agonía con solo tocarte y, por la Madre, era muy divertido juguetear contigo.

—No había conocido nunca a un príncipe. —Vhalla le dio un apretón en el antebrazo y se rio con suavidad. Su contacto no le producía ni éxtasis ni agonía. Era un consuelo fácil y sin complicaciones.

—Y ahora mírate. —Baldair dio la vuelta a su alrededor, las palmas de las manos sobre sus hombros—. Me duele ver este desencanto en alguien que no debería haber perdido la inocencia. Pero veo que ha desaparecido del todo, y tratar de detener las fuerzas que se han puesto en marcha es inútil ahora. —Baldair sujetó el rostro de Vhalla con ternura, una mano ancha sobre su mejilla—. Admito que mis métodos no han sido los mejores, pero nunca quise hacerte daño. Lo único que quise fue mantenerte alejada de todo esto. Si hubiese sabido que mi divertimento al invitarte a esa gala solo para ver lo que haría mi hermano te iba a llevar a la guerra…

Vhalla negó con la cabeza, insegura de cómo habían llegado a aclarar las cosas entre ellos.

—No te culpo.

—Gracias. —El príncipe sonaba sincero—. Ahora, le prometí a Aldrik que te mantendría a salvo. Y cumpliré mi promesa, le pase lo que le pase. —El hecho de que Baldair tuviese que añadir semejante coletilla a su promesa le produjo a Vhalla una punzada dolorosa en el centro del corazón—. Así que necesito que sigas en marcha. Como Vhalla, como Serien, como la Caminante del Viento o como nadie en particular, sea como sea que encuentres las fuerzas para despertarte cada mañana y moverte.

—¿Cómo sabré si estoy haciendo lo correcto? —Vhalla vaciló, la incertidumbre se había colado en su interior y minaba la fuerza que había estado acumulando su voz a lo largo de la última semana.

—No lo sabrás, nunca lo sabrás. —Baldair esbozó una sonrisa sincera—. Todos estamos intentando encontrar nuestro camino; nadie ha podido averiguar eso en mayor medida que tú. No eres *tan* especial, señorita Caminante del Viento.

El príncipe le dio un empujoncito amistoso y Vhalla se echó a reír. Todavía tenía la sensación de que las cosas seguían sin resolver, pero si había entendido bien al príncipe, no pasaba nada por dejarlas así durante un tiempito. No podía pasarse los días hecha un guiñapo, consumida por su preocupación por Aldrik, igual que no podía permitir que aumentasen sus sentimientos hacia Daniel en sus ansias desesperadas de validación y consuelo.

Así que Vhalla continuó haciéndose pasar por Serien y mantuvo las manos ocupadas. Aún no sabían cuál sería su futuro y parecía prematuro renunciar a esa tapadera. Nadie la cuestionó, ni siquiera Erion, a quien Vhalla veía mucho más a menudo, pues había decidido retomar sus entrenamientos con la espada. Erion tenía un estilo muy diferente al de Daniel y estaba decidido a «corregir» todas las destrezas que Daniel le había enseñado a Vhalla con anterioridad. Daniel, a su vez, volvía a ajustar sus movimientos.

Vhalla no estaba del todo segura de poder confiar en sí misma en compañía de Daniel, aunque eso no le impedía buscarlo. Un pequeño montoncito de ropa birlada de los almacenes militares fue creciendo en la choza de Daniel, fiel reflejo del que crecía en la habitación de Aldrik. Una esterilla extra servía de nido secundario en el suelo, donde Vhalla dormía cuando las noches eran demasiado silenciosas y notaba el pecho demasiado vacío como para estar sola. Daniel nunca le preguntaba qué la hacía acudir a él. Nunca le preguntaba por las pesadillas que la impulsaban a deslizarse en silencio dentro de la cama a su lado.

Daniel era diez veces más caballeroso que el resto de la Guardia Dorada. Todo el mundo había hecho comentarios acerca de su relación poco convencional, mientras que Vhalla jamás había oído ni una sola palabra de presión por parte de Daniel. Lo cual no tardó en pesar como una losa sobre ella.

Vhalla había adoptado la costumbre de cenar con Baldair. El príncipe buscaba tiempo para estar con ella, y era cuando hurgaba con suavidad en la mente de Vhalla, como un doctor que examinara una herida para ver si se estaba curando o se había infectado. Vhalla había empezado a abrirse durante esas comidas, mientras bebían alcohol especiado o jugaban al carcivi, hasta el punto de que cuando las cosas con Daniel comenzaron a ser aún más confusas de lo que lo habían sido, Vhalla se sinceró con Baldair.

El príncipe le sugirió preguntarle a Daniel con franqueza por la verdadera naturaleza de sus sentimientos. Era una idea sencilla, pero Vhalla no se atrevió a hacerlo durante otro día más. Una pesadilla de monstruos deformes de ojos rojos que relucían con piedras azuladas de brillo malvado la había llevado, descolocada y temblando, a su cama y a sus brazos. Mientras esperaba a que ese miedo intenso e irracional amainara, Vhalla se concentró en el aliento cálido de Daniel sobre su nuca.

—Daniel —susurró a la oscuridad, con la esperanza de que estuviese dormido.

—¿Sí?

Vhalla se tragó su agitación.

—¿Qué somos?

—He estado esperando a que tú me lo dijeras —repuso él después de una pausa larga—. Pero no tengo ninguna prisa.

—¿Por qué?

Daniel soltó una risa áspera. Vhalla se había dado cuenta de que tenía la voz más ronca estos días, pues dirigía más ejercicios que durante la marcha al Norte.

—En efecto, ¿por qué? —Se movió detrás de ella y Vhalla sintió el muslo de Daniel rozar contra el suyo. Estaba a un palmo de distancia, tan casto como podía mientras todavía le ofrecía consuelo—. Quizá porque tengo miedo de que si te fuerzo a elegir, no me gustará el resultado. —Vhalla se mordió el labio—. Prefiero tener esto, sea lo que sea *esto*, que nada. Es agradable tener a alguien conmigo, aunque ese alguien sea «nadie». —Daniel apoyó la cabeza entre las escápulas de Vhalla y está se puso rígida un instante al sentir el contacto—. ¿No sueno patético?

—No… —Vhalla buscó las manos de Daniel y sus dedos se entrelazaron—. Suenas sincero.

Las palabras de Daniel perduraron en la cabeza de Vhalla durante los siguientes días. ¿Tenía ella la fuerza para aceptar las cosas como eran? ¿Para disfrutarlas, fueran cuales fuesen, sin importar lo que pudiese traerles el mañana? Era un lujo que no creía poseer.

Aldrik rondaba siempre por el borde de sus pensamientos. Estaba ahí cuando veía a Erion por el rabillo del ojo, cuando sus pómulos altos y su negro pelo occidental le jugaban malas pasadas a la mente de Vhalla. Estaba ahí cuando los demás hablaban de él. Aldrik estaba ahí cada amanecer y cada atardecer cuando Vhalla giraba la vista hacia el sur, rezando por ver a las tropas regresar.

En cierto modo, Vhalla creció más en dos semanas de lo que había crecido en algunos años de su vida. Sin embargo, ninguna cantidad de entrenamiento ni de fortaleza mental podría haberla preparado para la noche que el príncipe heredero regresó a su vida.

La cortina de la choza de Daniel se abrió con brusquedad y sin previo aviso. Vhalla parpadeó para despertarse, la confusión embotaba su cerebro amodorrado. Jax estaba de pie a la entrada, una pequeña llama encendida por encima de su hombro, y Vhalla se sintió agradecida al instante por que fuese una noche en la que no había decidido compartir la cama con Daniel.

—Por todos los dioses, ¿a ti qué te pasa? —maldijo Daniel medio grogui.

—Vhalla Yarl, debes venir conmigo. —No había ningún brillo familiar en los ojos de Jax. Nada que indicase la amistad que había estado forjando con el hombre.

—¿Qué pasa? —A Vhalla se le empezó a acelerar el corazón.

—He dicho que vengas conmigo, ahora. —Jax mostraba una contención indecisa en sus movimientos.

—¿Adónde? —preguntó Daniel por ella, al tiempo que se sentaba.

—El emperador solicita tu presencia. —Jax la miraba solo a ella. Cinco palabras nunca le habían producido a Vhalla tanta esperanza y tanto miedo.

—¿Qué está pasando, Jax? —preguntó Daniel bajando la voz—. Somos solo nosotros. Entre amigos, no tienes por qué seguir sus órdenes como un autómata.

—He dicho *ahora*. —Jax entró para agarrarla del brazo y tirar de ella.

—¡Ya basta, Jax! —Daniel se había levantado de un salto.

—¡No interfieras con las órdenes imperiales! —le ladró Jax de vuelta, al tiempo que la empujaba fuera de la choza. Vhalla se tambaleó, pero recuperó el equilibrio enseguida. Jax no volvió a ponerle la mano encima; no tuvo necesidad de hacerlo, pues Vhalla echó a andar obediente.

*Los dos eran peones de la corona*, pensó Vhalla, pero no hubo tiempo de procesar esa revelación cuando sus ojos se posaron en la masa de gente reunida ante el palacio del campamento. Apretó los puños y su corazón empezó a correr como loco. Si el emperador estaba aquí, eso significaba que Aldrik también lo estaría.

Vhalla se giró de repente hacia Jax.

—Antes de que lleguemos, dime, ¿el príncipe heredero está… está vivo? —El mayor en jefe de la Legión Negra no dijo nada, pero tampoco la regañó por dejar de andar—. Jax, dímelo, *por favor* —suplicó Vhalla.

—El príncipe heredero vive —afirmó el mayor con un asentimiento. Esa fue la única esperanza que le dio antes de seguir adelante.

—¡La Caminante del Viento! —Un soldado se fijó en ella según se acercaban a la multitud. Era raro que alguien la identificase como Vhalla Yarl a simple vista, pero estos soldados habían estado presentes en la batalla del Desfiladero. Vhalla ya se había quitado el disfraz de Serien delante de ellos.

La multitud se abrió asombrada para dejarlos pasar.

—Vive —susurró alguien.

—Es verdad: voló como un pájaro.

—El viento protege a la corona —le dijo otro a su amigo con orgullo.

Vhalla los miró aturdida, mientras los colores de la tormenta de arena volvían a ella. No entendía el motivo de su actitud reverente. No le cabía ninguna duda de que esta gente le tenía poco aprecio a Aldrik y, sin embargo, miraban a la persona que había salvado a su príncipe como si fuese el primer rayo del amanecer.

—Caminante del Viento —la llamó alguien cuando estaba llegando ya a las puertas del palacio del campamento con Jax. Vhalla hizo una pausa y el occidental no la forzó a seguir avanzando—. ¿Podrás despertar al príncipe?

La pregunta fue como un mazazo, y la persona la había hecho con muchísima esperanza.

—Yo... —Vhalla no supo qué responder.

—El emperador ha solicitado la presencia de la Caminante del Viento —anunció Jax, con lo que le ahorraba tener que dar ningún tipo de explicación, al tiempo que la instaba a entrar en la larga sala.

El emperador estaba ante una de las mesas. Solo.

—Jax, déjanos a solas. —Ni siquiera se volvió para mirarlos. Jax le lanzó a Vhalla una última mirada de advertencia y luego se marchó—. ¿Oyes cómo te llaman? —El emperador suspiró—. No dejes que sus elogios se te suban a la cabeza, chica. Solo lo hacen porque tuve que afirmar que yo fui la mente pensante detrás de tu pequeña aventura.

El emperador se giró hacia ella y Vhalla se sintió tan pequeña como un ratoncillo de campo bajo la intensidad de su mirada.

—Tú. —Los ojos del emperador se clavaron en ella—. Tú, una *doña nadie*, forzaste al emperador a mentir a su gente. ¿Estás orgullosa de ello?

—No. —Vhalla apartó la mirada para fingir respeto. Lo último que quería era ofender al hombre aún más. Había sabido que sus acciones se ganarían su ira como soldado que había infringido sus órdenes, pero no había pensado que pudiesen considerarse un *desafío*.

—No me gusta verme forzado a hacer nada, en especial por alguien que no es nadie en absoluto. —El emperador se acercó a ella despacio—. ¿Acaso no he sido misericordioso? Te pedí solo que te mantuvieses centrada, que me proporcionases el Norte y, a cambio, yo te devolvería tu libertad. —Apoyó la palma de su mano sobre la coronilla de Vhalla de un modo casi paternal. La joven sintió ganas de apartar de un manotazo ese contacto ofensivo—. ¿Y cómo me pagas mi benevolencia? —La voz del emperador había adoptado un tono peligroso. Sus dedos se cerraron para apretar el puño, y con él un puñado de pelo. Vhalla dio un gritito cuando tuvo que ponerse de puntillas para evitar que la mitad de su cuero cabelludo se arrancase de su cabeza—. Mírame cuando te hablo —gruñó el emperador.

Vhalla abrió los ojos, aunque tuvo que parpadear varias veces para eliminar las lágrimas de dolor. No lloraría delante de este hombre.

—Me pagas con desobediencia. Robas y dejas morir al caballo del príncipe heredero, un caballo que valía más que tu miserable vida. Ignoras mis órdenes, conspiras, te mostraste como la Caminante del Viento. Pusiste tu vida en peligro de un modo innecesario, una vida que me pertenece a mí.

Vhalla hizo una mueca. *¿Intentar salvar a su hijo era «innecesario»?*

El emperador frunció el ceño, como si pudiese percibir los pensamientos rebeldes de Vhalla. Luego la empujó hacia atrás. Vhalla se tambaleó y cayó sobre una rodilla.

—¿Y todo para qué? —El emperador Solaris levantó su bota para ponerla delante de la cara de Vhalla—. Para salvar la vida de un hombre con el que no deberías tener *nada* que ver. Un hombre cuyo nombre tus labios apenas son merecedores de pronunciar, aun si tu minúscula mente fuese capaz de recordar el título apropiado.

El emperador estiró el pie y Vhalla se vio obligada a echarse atrás para evitar romperse la nariz contra su talón. El emperador devolvió los dos pies al suelo cuando Vhalla estuvo tirada en el suelo delante de él. Su presencia era abrumadora, como si de verdad ella no fuese más que tierra bajo sus botas.

—Te voy a dar una orden, una orden tan simple que debería entrar incluso en tu dura mollera. —El emperador Solaris hablaba despacio, como si Vhalla fuese tonta—. La primavera estará sobre nosotros en pocas semanas, y le prometí a mi gente que Soricium caería antes de que terminase el invierno. Tienes hasta entonces para entregarme esa ciudad, o me encargaré de que te cuelguen y te descuarticen, tengas o no tengas magia. ¿Lo has entendido?

—Perfectamente. —La palabra iba cargada de veneno. ¿Cómo era posible amar al hijo y odiar al padre con la misma pasión?

—En lo que respecta a mis hombres, eres mi heroína. Te sugiero encarecidamente que desempeñes bien ese papel. —El emperador se mostró casi indiferente mientras regresaba a la mesa—. Pero entiende que es solo una ilusión. Jamás volverás a ser libre.

*Está revocando su palabra*, pensó Vhalla. Ya no importaba si le entregaba el Norte o no. Las opciones de la joven ya no eran libertad o servidumbre. *Sus opciones eran servidumbre o muerte.*

—Ahora sal de mi vista.

Vhalla no necesitaba que se lo dijera dos veces.

# CAPÍTULO

## 5

V halla siguió el consejo del emperador y trató de sonreír con valentía y aceptar los cumplidos y elogios de los soldados al salir del palacio del campamento. Por fuera, parecía proyectar el mensaje deseado, pero por dentro, la amargura se revolvía con violencia, mezclada con una sensación de traición e ira para crear un veneno agrio. El regreso del emperador y de los soldados que conocían su verdadera identidad le había quitado su disfraz de Serien una vez más y, con él, le habían arrancado también sus ilusiones de libertad y sus esperanzas de futuro.

—¿Vhal? —Una voz suave cortó a través de su caos interno y de la conmoción de los soldados a su alrededor, directa a sus oídos. Vhalla se giró al instante, tratando de encontrar la fuente—. ¡Vhal! —Fritz levantó un brazo por el aire para intentar llamar su atención.

—¡Fritz! —Vhalla se abrió paso de malos modos entre la gente para llegar hasta su amigo y casi placó al desgreñado sureño, que parecía cansado pero de una sola y preciosa pieza—. Gracias a la Madre que estás bien.

—Eso debería decírtelo yo. —Soltó una risita ligera, pero sus brazos contaban una historia muy diferente mientras se aferraba a ella—. Tú eres la que cruzó el Norte sola.

—No fue nada —farfulló Vhalla.

—Ja, «nada», dice. —Fritz apoyó la frente en la de su amiga durante un instante—. Estaba preocupado.

—Lo sé. —Vhalla se enderezó.

—Nos tenías preocupados a los dos. —Vhalla se preguntó si Elecia había estado al lado de Fritz durante todo ese rato.

—¿Tú, preocupada por mí? —Vhalla se rio—. Lo dudo.

—Por ti no. —Elecia sacudió la cabeza con ademán altivo—. Por que pudieras fracasar y lo que eso significaría para nuestro príncipe.

Vhalla esbozó una leve sonrisa. Primero Baldair y ahora le tomaba cariño a Elecia… *¿qué le estaba pasando?*

—Perdonadme todo el mundo. Me voy a llevar a mi amiga conmigo —anunció Fritz, al tiempo que entrelazaba el brazo con el de Vhalla.

Y así, del brazo de Fritz, Vhalla entró en el campamento de la Legión Negra por primera vez. Lo había evitado mientras se hacía pasar por Serien. Personas a las que no conocía, y que estaba bastante segura de no haber visto nunca, la reconocieron. Solo podía suponer que se debía a su proximidad con Fritz o con Elecia, o ambos, y que los soldados habían hecho correr la voz como un fuego incontrolado. La mayoría parecían sorprendidos, y tal vez un poco ofendidos, por que llevase varias semanas en el campamento y no hubiese ido nunca a ver a la Legión Negra. Los pocos mayores con los que había trabajado junto a Jax mostraban un nivel de sorpresa aún más profundo. Pero era un tipo de ofensa bienvenido, uno que provenía de la preocupación de la Legión por su bienestar y no por ningún tipo de formalidad o engaño.

—¿Estáis durmiendo juntos? —Vhalla parpadeó sorprendida al ver la tienda compartida.

—Este no podía soportar estar solo. —Elecia puso los ojos en blanco, pero a sus palabras les faltaba mordiente. Estaba claro que solo fingía estar molesta.

—Estaba preocupado —dijo Fritz por segunda vez, y se dejó caer en el catre—. Pensé que te iba a perder también a ti y que me quedaría solo.

Las palabras la dejaron más helada que una daga hecha de hielo, y Vhalla se apresuró a sentarse al lado de su amigo, el costado pegado al de él.

—Lo siento.

—Todavía no puedo creer que lo consiguieras. —Fritz sacudió la cabeza y, con ese gesto, se quitó sus preocupaciones—. Eres asombrosa, Vhal.

—¿Qué pasó cuando me marché? —se atrevió a preguntar Vhalla, mientras pensaba otra vez en las acciones del emperador al verla.

—El emperador hizo ver que te había enviado él. —Eso ya se lo habían dicho, pero había una solemnidad en las palabras de Elecia que le dieron mala espina—. Pero sabía que alguien de la Legión Negra había orquestado tu fuga, así que hubo un accidente.

—¿Un accidente? —Vhalla miró a Fritz, que apenas se movía.

—Asesinaron a la mayor Reale. —Elecia no tuvo que decir nada más. Ninguno de los dos tuvo que hacerlo.

Vhalla no conocía a la mayor desde hacía demasiado, pero sabía que Reale había sido una mujer dura de pelar que ejemplificaba lo que significaba ser un soldado. Por el tono de Elecia, Vhalla supo que la mayor no había caído envuelta en el fulgor de la gloria que merecía. Había habido un tiempo en el que la culpa por la muerte de la mayor hubiese destrozado a Vhalla, pero ahora solo añadía fuerza a los vientos que empezaban a aullar pidiendo sangre en el fondo de su mente.

—El emperador… —Elecia echó un vistazo rápido hacia la solapa abierta de la tienda, pendiente de si había alguien al alcance del oído—. Vhalla, yo tendría mucho cuidado. Sospecha incluso de mí y es obvio que me ha estado dejando fuera de algunas reuniones —bufó—. Y eso que soy familia del príncipe heredero. No tiene ninguna razón para fingir que tú le importas siquiera.

Vhalla se echó hacia atrás para apoyarse en las palmas de sus manos.

—A mí ya me ha quitado todo lo que podía quitarme.

—No lo creas. —Elecia borró de un plumazo la arrogancia de la cara de Vhalla con sus palabras—. El hombre posee el mundo entero. Siempre habrá algo que te pueda quitar.

Vhalla apartó la mirada en lugar de discutir. Cualquier protesta no serviría de nada; la mujer estaba convencida de lo que decía, eso estaba claro.

—¿Cómo está Aldrik? —preguntó, era la única cosa que podía servir de bálsamo para la ira que arreciaba en su interior.

—Se curó bien —la informó Elecia—. Pero... aún temo por su cabeza. No ha despertado.

—¿Ni una sola vez? —Vhalla frunció el ceño. Elecia negó con la cabeza—. ¿Qué podemos hacer?

—Los clérigos y yo ya lo hemos intentado todo. Puede vivir hasta el final natural de sus días en el estado en el que está, pero... —El rostro de Elecia mostraba la misma aflicción que sentía Vhalla.

—Debe haber algo más. —Habían llegado hasta ahí y Vhalla no estaba dispuesta a darse por vencida ahora.

—No hay nada más. —El dolor hacía que Elecia estuviese irascible.

—Entonces, ¿te rindes y lo das por perdido? —gruñó Vhalla, dando rienda suelta a parte de su propia frustración.

—¡¿Cómo te atreves?!

—Sí hay algo más —intervino Fritz, al tiempo que ponía una mano en el hombro de cada mujer.

—¿Qué? —espetaron las dos al unísono.

—Hay una cosa que no se ha intentado —insistió Fritz.

—Fritz, sabes que he hecho todo lo que podía. —Elecia estaba genuinamente ofendida de que el sureño pudiese sugerir siquiera que no lo había hecho.

—*Tú* lo has hecho, ya lo sé —convino Fritz—. Pero eso no es todo lo que puede intentarse... —Se giró hacia Vhalla y esta supo de inmediato a dónde había ido su cabeza.

El corazón de Vhalla la traicionó ante la idea. Palpitó con una esperanza abrumadora, una esperanza que hacía caso omiso de todos los inconvenientes del plan. Era un rayo de luz que cortaba a través de la oscuridad que la había estado asfixiando poco a poco.

—Te refieres a que realicen la Unión. —Elecia dio voz sin miedo a lo que Vhalla todavía estaba rumiando—. De ninguna de las maneras. Es demasiado arriesgado.

—Ya nos hemos Unido —le recordó Vhalla.

—Cada vez es un riesgo —insistió Elecia—. La mente de Aldrik no está fuerte. Podrías perderte en ese vacío o… ni siquiera sé qué más podría pasar. Una Unión es peligrosa en la mejor de las condiciones.

Vhalla juntó sus manos y se preguntó por qué lo estaba dudando siquiera. En el mismo momento en que lo había sugerido Fritz había sabido que sería la única posibilidad.

—¿Por qué crees que funcionaría? —Vhalla se volvió hacia Fritz.

—No podéis estar hablando en serio —murmuró Elecia horrorizada.

—Es solo una teoría. —De repente, Fritz parecía inseguro. Miró de una mujer a otra—. Pero una Unión es, en esencia, la fusión de dos mentes, ¿no es así? Pensé que a lo mejor podías meterte en su mente y traerlo de vuelta.

—Lo intentaré —declaró Vhalla antes de que Elecia pudiese expresar ni una objeción más.

Estaba claro que no iba a ser fácil disuadirla. Elecia agarró el hombro de Vhalla.

—¿Me estás escuchando siquiera?

—No hay nada más que los clérigos puedan hacer. Tú misma lo has dicho. —Vhalla no iba a echarse atrás, no hasta haberlo intentado—. Si no es esto, ¿qué hacemos? ¿Dejamos que pase su vida entera encerrado en la prisión de su mente? ¿Observamos cómo se va consumiendo hasta que no quede nada de él, mantenido con vida por pociones y tu magia?

Elecia bajó la vista, sus manos se quedaron flácidas.

Vhalla se apartó, luego se levantó sobre las rodillas.

—¿Adónde vas? —preguntó Fritz.

—A intentarlo.

—¿Acaso crees que el emperador te dejará acercarte a él otra vez? —Elecia frunció el ceño.

—¿Crees tú que me detendrá? —Vhalla giró la cabeza hacia Elecia. Nunca había tenido ninguna intención de pedirle permiso al emperador para ver a Aldrik.

—¿Cómo vas a entrar? —objetó Elecia.

—No te preocupes por eso. —Vhalla negó con la cabeza—. Elecia, si las cosas se tuercen, confío en ti para cuidar de él.

—Si puedo...

Los ojos de Vhalla se posaron en Fritz. El sureño mostraba una aceptación triste de su decisión, pese a ser el que lo había sugerido. Vhalla suspiró y le dio un fuerte abrazo.

—Cuando esto termine, Fritz... cuando *todo* esto termine, trabajaremos juntos en la Torre otra vez.

Fritz soltó una risita débil.

—Por supuesto que lo haremos, si tu temeridad no me mata antes de la preocupación. —El sureño sorbió por la nariz de un modo exagerado—. ¿Cuándo se volvió tan temeraria la aprendiza de bibliotecaria?

—¿Quién sabe? —comentó Vhalla. Le dio un beso suave en la mejilla, y sus labios sellaron así la verdad. No había estudiado ni se había formado para ser la mujer en la que se había convertido; eso había sido tallado en ella por las exigencias del mundo.

Vhalla se había aprendido ya la disposición del campamento y sabía cómo evitar las vías principales a través de él. Mantuvo la cabeza gacha y el ritmo justo lo bastante rápido como para dirigirse a algún sitio con un propósito, pero no tan rápido como para levantar sospechas. Caminó en torno al palacio del campamento y dio un rodeo hacia el pasillo de atrás. Las tiendas de campaña se interrumpían a una distancia moderada y la luna llena no les hacía ningún favor a sus intenciones.

EL FIN DEL REINO DE LA TIERRA   83

Vhalla pensó deprisa, se coló por detrás de otra pared y agarró unos cuantos tablones de más que habían quedado ahí amontonados. Con la actitud más despreocupada posible, los apoyó contra el edificio cerca de la ventana de Aldrik. La mayoría de los soldados siguieron durmiendo, y los pocos que estaban despiertos no se fijaron o no cuestionaron a la mujer confiada dedicada a sus propios asuntos.

Dos tablones fueron suficientes para ocultarla a ojos curiosos, así que Vhalla se acuclilló contra la pared en el pequeño espacio triangular que formaban. Contuvo la respiración, cerró los ojos y escuchó. Con su Canal abierto, se convirtió en la confidente del viento, escuchó sus secretos. Los delicados pulsos que le llegaban con él, que empujaba hacia fuera y tiraban otra vez hacia ella, le dijeron que había tres personas durmiendo en el palacio del campamento.

Vhalla echó un vistazo hacia las tiendas en busca de cualquiera que pudiese estar despierto y atento a ella. Al no encontrar a nadie, se deslizó fuera de su escondrijo, abrió una de las contraventanas de lamas que cubrían la ventana baja. Vhalla se sentó en el alféizar y columpió los pies al interior, antes de cerrar la contraventana a su espalda.

La habitación se sumió en una oscuridad casi completa, pues las contraventanas impedían el paso de casi toda la luz plateada de la luna. Era un espacio que le resultaba familiar, después de los días que había pasado hecha un ovillo en esa cama. Solo que esta vez, la cama estaba ocupada.

Cinco pasos temblorosos y estaba al lado de Aldrik. Se le escaparon todas sus fuerzas y Vhalla se desplomó sobre un borde de la cama, la mano plantada delante de la boca. Sus hombros se encorvaron cuando apoyó la frente en el pecho de él. Sintió su respiración, mucho más regular que la última vez, y volvió a mirarlo solo cuando estuvo segura de poder controlarse lo suficiente como para no soltar un sollozo sonoro que alertaría a todo el mundo de su presencia.

El alivio era abrumador. Todavía había una venda alrededor de su cabeza, pero ya no parecía rezumar sangre. La mayoría de las otras vendas, incluidas las de sus brazos, las habían retirado. El rostro había recuperado un color casi normal, y la hinchazón había menguado. Las mejillas estaban cubiertas de una pelusilla que Vhalla no había visto nunca; no pudo evitar tocarla, *tocarlo a él*.

—Oh, Aldrik —gimoteó al húmedo aire nocturno—. Aldrik...

—Deslizó las yemas de los dedos por su cara sin apenas tocarlo, luego se acercó un poco más a él—. Mi amor.

Vhalla se sentía expuesta y desnuda, en carne viva ante el mundo. Apretó los labios temblorosos sobre los de él y se deleitó en el relámpago único que su piel podía prender entre las tormentosas nubes de caos que bullían en su interior. Él era el principio y el fin del mundo de Vhalla, el pegamento que mantenía unida su frágil cordura. Él lo era todo y, sin él, estaba perdida.

Vhalla se enderezó, bajó la vista hacia el príncipe. Era todo eso para ella. Así que ella debía ser lo mismo y más para él. Se empapó de cada centímetro de su cara, de la clavícula expuesta y del pecho que asomaba justo por encima de la manta. Aldrik necesitaba que ella fuese fuerte, la necesitaba de un modo que jamás necesitaría a nadie más.

Vhalla llevó sus dedos a las sienes de Aldrik, presionó con suavidad contra su piel caliente. Cerró los ojos y ralentizó su respiración. Era como Proyectar; quería empujarse hacia fuera, pero no al aire libre, sino dentro de él, dentro de *ellos*.

La respiración de ambos resonaba con una sincronización perfecta; los latidos de sus corazones tamborileaban un ritmo conocido de dos personas que habían llegado a estar tan unidas que ni siquiera la muerte en sí podía separarlas. Vhalla se perdió en la sinfonía de su esencia, se permitió fundirse con él. Sintió cómo su cuerpo se le escapaba y entró en un lugar que solo ellos conocían.

Por un momento, Vhalla perdió todo el sentido del propósito. Encontró la pieza que faltaba; el vacío hueco que la había estado consumiendo se llenó. Esa plenitud satisfactoria dejó en ridículo a todos sus demás deseos. ¿Por qué habría de querer Vhalla escapar de ahí?

¿Por qué habría de querer llevárselo de este lugar de calor y amor al duro mundo que los aguardaba al otro lado?

Sin embargo, no se permitió disfrutar demasiado de ello. Estaba ahí por una razón. Y por mucho que ella quisiese huir del mundo y refugiarse dentro de Aldrik, el mundo todavía necesitaba a su príncipe. Necesitaba al heredero, al hombre maravilloso que ella había llegado a amar.

*Aldrik*, los pensamientos de Vhalla cortaron a través del mundo que existía solo entre ellos. *Tienes que despertarte ahora.*

En algún lugar del horizonte de su percepción, un viento cálido sopló hacia ella. El fuego lo siguió e hizo arder el mundo a su alrededor; una defensa mental.

*¡Basta ya!,* exclamó, sin dejar que la protesta infantil la superase. *No te resistas a mí.*

Aldrik estaba ahí. El corazón de Vhalla... el de ambos... empezó a acelerarse y, con él, los pies metafóricos de Vhalla echaron a volar. Corrió a través de las llamas, que no la quemaron. A través de esa oscuridad que se iba convirtiendo en luz.

En esas llamas, Vhalla vio los parpadeantes contornos de varias figuras. Vio a un hombre que conocía bien y al niño del que había crecido. Sombras del pasado de Aldrik danzaban más allá del alcance de Vhalla, demasiado borrosas para descifrarlas, unos espectros centelleantes que trataban de distraerla de su misión.

*¡Aldrik!,* gritó Vhalla de nuevo. Estaba perdiendo todo sentido del tiempo. Podían haber pasado segundos o días en el mundo real y ella no lo hubiese sabido. Vhalla levantó la mano hacia su propio hombro, cortó con ella por delante de su pecho.

El viento desperdigó las llamas y las empujó hacia atrás. Vhalla se giró y repitió el proceso para sofocar los recuerdos ardientes. Rotó y eliminó los horrores que tantos esfuerzos hacía Aldrik por mantener confinados en los rincones más oscuros de su mente. Vhalla lo borró todo, hasta que lo único que quedó fue él.

No había nada a su alrededor; no tenían cuerpos reales, pero el Aldrik ilusorio estaba sentado, enroscado sobre sí mismo, la cara escondida entre sus rodillas. Vhalla avanzó despacio, o quizás instó al mundo a moverse a su alrededor. Fuera como fuese, llegó a su destino.

Cayó de rodillas detrás de él y envolvió los brazos alrededor de los hombros del príncipe encorvado.

*Aldrik*, susurró su nombre con la misma suavidad que la caricia de un amante. *Vuelve conmigo. Por favor, vuelve.*

El mundo titiló a su alrededor en señal de protesta.

*Lo sé. Lo sé, ahí fuera todo es horrible. Pero no puedes quedarte aquí. Todo el mundo te necesita.* Vhalla sintió que su corazón latía más despacio. *Yo te necesito.*

El suelo, que no era suelo en realidad, empezó a enturbiarse. Humeaba como unas piedras calientes después de una breve tormenta de verano. Aldrik se estaba resistiendo a su Unión o ella estaba perdiendo su fuerza mágica para mantenerla. Fuera como fuese, Vhalla se estaba quedando sin tiempo.

*Por favor, despierta. Vuelve conmigo*, le suplicó. Vhalla sabía que tenía que retirarse; si no lo hacía ahora, se quedaría realmente perdida con él. *Aldrik, te quiero.*

Los ojos físicos de Vhalla aletearon antes de abrirse, le daba vueltas la cabeza. Osciló inestable y tuvo que apoyar las manos a ambos lados de la cabeza de Aldrik, agarró la almohada para sujetarse. Aspiró grandes bocanadas de aire mientras se preguntaba si su cuerpo físico había respirado siquiera durante todo ese tiempo. Regresar de una Unión tan profunda era algo frío y vacío.

—No me obligues a hacer esto sola —murmuró. Aldrik estaba muy quieto, la luz de la luna congelaba su rostro en el tiempo—. Aldrik, no me hagas esto.

Dejó caer la frente sobre el pecho de Aldrik. Menuda tonta había sido al pensar que funcionaría. Al pensar que podría traerlo de vuelta. Hacía mucho que había aceptado que era una portadora de muerte.

Las lágrimas cayeron con libertad. Vhalla ni siquiera intentó reprimirlas. Enroscó los labios y sus respiraciones salieron entrecortadas, mientras trataba de llorar su pérdida con toda su alma pero sin hacer ni un ruido.

Aldrik sufrió un espasmo.

Vhalla abrió los ojos al instante, se incorporó otra vez a toda velocidad. Aldrik permaneció inmóvil. *¿Era su agotamiento el que le estaba jugando una mala pasada?* Vhalla apretó los dedos de Aldrik con tal fuerza que podría habérselos roto de nuevo.

La mano de él se tensó bajo la suya.

—Aldrik —murmuró Vhalla. Observó el rostro del príncipe con un interés ávido, pero no hubo nada más—. Aldrik —exigió Vhalla con tono firme. Los dioses le concederían esto. *Se lo devolverían*—. ¡Maldita sea, abre los ojos! —Levantó la voz hasta casi gritar.

La puerta del otro lado del pasillo se abrió. La cabeza de Vhalla voló en la dirección del sonido.

—¿Qué? —musitó una vocecilla débil desde la cama.

Vhalla se volvió hacia Aldrik estupefacta. *Su príncipe*. Con la cara áspera a causa de su barba incipiente, el pelo grasoso y unos ojos exhaustos a pesar del tiempo que llevaba dormido, tenía un aspecto espantoso.

*Tenía un aspecto perfecto.*

La puerta de la habitación se abrió sin una palabra; otra se estrelló contra la pared en el extremo opuesto del pasillo. Los ojos de Vhalla se cruzaron con los de Baldair, de pie en el umbral, vela en mano, tan perplejo que ni siquiera se daba cuenta de que la cera resbalaba por sus dedos. Vhalla se levantó de la cama como una exhalación, corrió hacia la ventana.

—¿Qué está pasando ahí? —llegó la voz del emperador desde el pasillo.

Vhalla cerró la contraventana y se encogió contra la pared detrás de los tablones que había colocado ahí antes. Cerró las manos sobre la camisa a la altura de su corazón desbocado, rezando por que no revelase su ubicación. Inclinó la cabeza hacia atrás contra la madera del edificio y escuchó al viento por primera vez en semanas. Cantaba un precioso himno de alegría que armonizaba con sus respiraciones trabajosas y sus lágrimas silenciosas.

*Su príncipe había vuelto.*

—Aldrik, te has... —Baldair zanjó de manera elocuente lo que Vhalla solo podía suponer que era una batalla de miradas entre los tres hombres. Los oía sin problema a través de las ranuras de la contraventana.

—Me alegro de verte, hijo —dijo el emperador, más en control de sus pensamientos.

—¿Dónde estamos? —preguntó Aldrik con voz débil.

—Estamos en Soricium —repuso el emperador. Su tono sonaba más suave de lo que Vhalla lo había oído jamás y, pese a toda la ira que sentía hacia el emperador Solaris, le alivió oír ese atisbo de su alma que el amor por su primogénito podía sacar a la superficie.

—¿Soricium? —farfulló Aldrik—. No, estábamos... yo estaba justo en... ¿No estábamos en la Encrucijada?

Vhalla se giró hacia las contraventanas. Elecia había dicho que era imposible saber en qué estado volvería la cabeza de Aldrik. *¿Y si había olvidado su tiempo juntos?*

—Hace meses que no hemos estado en la Encrucijada, hermano —dijo Baldair con delicadeza.

—No, estábamos... Estábamos... —Aldrik sonaba perdido.

—No tiene ningún sentido agotarte —lo calmó el emperador—. Los sucesos de la Encrucijada y después son intrascendentes.

Vhalla quería gritar su objeción a eso. La Encrucijada había dado forma a los sentimientos cambiantes de Aldrik y de ella, después de lo cual habían compartido la que había sido la mejor noche de su vida.

—*No* —susurró Aldrik. Vhalla oyó su protesta en la brisa nocturna, reverberando del corazón de Aldrik al suyo—. No, la Encrucijada y después... Después me arrebataste a Vhalla.

—Hijo. —La voz del emperador había cambiado por completo.

—Y nosotros, el Desfiladero... yo... —Hubo una conmoción repentina dentro de la habitación—. ¿Dónde está? —exigió saber Aldrik.

—Túmbate. No, *Aldrik*, no intentes levantarte. —Baldair adoptó el papel de clérigo.

—*¿Dónde está? ¿Está bien?* ¡Baldair, me juraste que la protegerías! —Las palabras de Aldrik sonaron medio desquiciadas de la preocupación.

Vhalla apretó los ojos con fuerza, el corazón dolorido por no poder revelarse ante él.

—¡Dímelo! —gritó Aldrik.

—¿Por qué debes hacer esto? —La voz del emperador sonó tan suave que Vhalla apenas pudo oírla—. ¿Cuál es tu obsesión insana con esa chica?

—¿Está viva? —Incluso recién despertado de un largo sueño, a Aldrik no se le pasaba nada por alto. La ira del emperador no existiría de haber muerto Vhalla sin más en el Desfiladero.

—Vive —confirmó el emperador. La habitación se apaciguó—. Por el momento.

—*¿Qué?* —exclamó el príncipe heredero consternado.

Vhalla no había querido que Aldrik se enterase nunca del ultimátum del emperador, pero sobre todo no quería que se enterase de este modo. Sus dedos se movieron por voluntad propia, ansiosos por abrir la contraventana, por sacar a Aldrik de esa habitación y ponerlo lejos del alcance de su padre.

—La chica comprende que debe centrarse en la tarea que tiene por delante... y en *nada más* —empezó el emperador Solaris—. Es consciente de que si cede a las distracciones, eso tendrá graves consecuencias para ella.

—Padre, ¿de qué estás hablando? —preguntó Baldair.

—Tuvimos una conversación muy productiva, la chica y yo. —La voz del emperador Solaris resonaba con un eco agorero.

*Esa era, desde luego, una forma de describirlo.*

—Y ahora espero tener una igual de productiva contigo, Aldrik. —El silencio fue la respuesta del príncipe heredero—. Tiene hasta el principio de la primavera para entregarme el Norte, o será ahorcada y descuartizada. —La segunda vez no fue en absoluto más fácil de oír que la primera—. Pero me temo que se ha convertido en un riesgo demasiado grande. Así que, aunque tenga éxito en su empresa, confío en que tú decidirás qué hacer con ella cuando su utilidad haya llegado a su fin.

—¿Qué hacer con ella? —Baldair fue el que mostró el valor suficiente para pedir una aclaración.

—Es una carga. Puede escuchar conversaciones ajenas, caminar a través de paredes… No se puede guardar ningún secreto de una criatura así…

—Es una mujer —lo corrigió Aldrik con firmeza.

—*Criatura* —continuó el emperador—. No creo que necesite mencionar siquiera las Cavernas de Cristal. —Se produjo una pausa larga—. Eso me parecía. No estoy tan seguro de que tus pruebas fuesen lo bastante concluyentes, Aldrik. Tal vez *sí* sea capaz de manejar cristales. Si es así, se convierte en un riesgo aún mayor para todos nosotros si alguien decide utilizarla para liberar el poder que duerme ahí. La guerra está llena de bajas; nadie espera que ella salga con vida de este campo de batalla.

Vhalla apretó los ojos con fuerza, sentía náuseas.

—Le salvó la vida a Aldrik, padre. —La defensa de Baldair fue entrañable, aunque inútil.

—¡Era su deber! Ese es el papel de un súbdito y un lord. Un papel que me da la impresión de que empieza a ser un poco turbio. —El emperador dejó que las implicaciones flotaran en el aire—. Bueno, entonces quedo a la espera de que me expliques tus planes al respecto.

—No lo haré —dijo Aldrik con suavidad al tiempo que se abría la puerta.

A Vhalla se le paró el corazón.

—¿Perdona? —preguntó el emperador con frialdad.

—Vhalla ha hecho demasiado. La necesitamos. Yo necesito…

—¿De qué maneras la necesitas? —terminó el emperador Solaris por su hijo, escupiendo con crueldad las palabras que Aldrik estaba dejando escapar por su boca.

—¡Ya sabes de qué manera! —Aldrik perdió el control. El elocuente Señor del Fuego, el intrépido príncipe había quedado reducido a un hombre desesperado.

*¿Cómo se había torcido tanto el mundo?*

—Sí —dijo el emperador despacio—. Me temo que lo sé. —Cuando oyó las sonoras pisadas del emperador, Vhalla podía imaginarlo cruzando la habitación para fulminar a su hijo con la mirada como había hecho con ella—. Está claro que no puede ser domada, así que debe morir, Aldrik. Y tengo la clara sospecha de que será una muerte mucho más dulce si se produce a tus manos que si es a las mías.

# CAPÍTULO 6

—¿Qué vas a hacer? —preguntó Baldair, rompiendo por fin el silencio. Eso incitó a Vhalla a moverse.

—Baldair, márchate —masculló Aldrik con amargura.

—Hermano, podemos...

—¡He dicho que me dejes solo! —bufó el príncipe heredero sumido en su dolor.

Ambos príncipes se giraron cuando la contraventana se abrió. Vhalla se apresuró a saltar por encima del alféizar de la ventana antes de que nadie pudiese fijarse en su silueta recortada contra la habitación iluminada por la luz de las velas. Cerró la contraventana con la mayor suavidad posible y se enderezó.

Aldrik la miró con los ojos como platos; su expresión una de completa adoración, como si la diosa en persona hubiese descendido a la Tierra en forma mortal.

—Vhalla —graznó.

—Aldrik. —Una miríada de grietas se extendió como una telaraña por el hielo con el que había rodeado su corazón, un hielo que se hizo añicos bajo su propio peso. Vhalla corrió hacia él, aunque los músculos rígidos de Aldrik le impidieron incorporarse deprisa para ir a su encuentro. Eso no evitó que Vhalla se apretara sobre él en un ángulo extraño, medio sentada al borde de la cama.

Los brazos del príncipe obedecieron poco a poco sus órdenes. Se deslizaron alrededor de ella y sujetaron a la temblorosa Caminante del Viento con toda la fuerza que el príncipe heredero pudo reunir. Vhalla hipó con suavidad, la cara escondida en el hueco del cuello de Aldrik.

—Mi Vhalla —susurró él, aferrado a ella—. Mi dama, mi amor. Tú, tú… —Se le quebró la voz y aspiró una temblorosa bocanada de aire.

Vhalla se apartó un poco y miró al príncipe desde lo alto.

—Estás aquí.

—Igual que tú. —Apoyó una mano sobre la mejilla de Vhalla, que se inclinó hacia ella para disfrutar del contacto.

—No lo estarías, Aldrik, de no ser por ella. —Baldair les recordó así a ambos su presencia.

—¿Qué pasó? —Aldrik miró de uno a otra—. Contádmelo todo.

—No deberías cansarte. —De repente, Vhalla estaba preocupada por que cualquier mínima cosa pudiese hundirlo.

—Contádmelo todo —repitió con firmeza.

—Cuando caíste… —empezó Baldair, para satisfacer los deseos de su hermano.

Vhalla lo miró de soslayo. No tenía ningún interés en oír cómo había desobedecido al emperador, ni su frenética carrera hacia el Norte. También rezaba por que Baldair no mencionase nada acerca de la confusión que rodeaba a Daniel. El príncipe más joven no traicionó la confianza de Vhalla.

El príncipe heredero escuchó las palabras de su hermano en silencio y con suma atención. Sus ojos centelleaban, a medida que su preciosa mente empezaba a despertar una vez más. Vhalla se permitió distraerse con lo maravillosa que era cada curva de su cara, y por cómo el pulgar de Aldrik se deslizaba por el dorso de su mano.

—Vhalla. —Aldrik llamó su atención cuando Baldair terminó. Aldrik abrió la boca, pero parecían faltarle las palabras—. También me has despertado, ¿verdad?

Vhalla estudió su rostro, leyó el significado oculto en las profundidades de los ojos de su príncipe. *Había sido real, pues*, lo que había visto durante la Unión. Él había estado ahí en la misma medida que ella. Vhalla asintió.

—Gracias —susurró Aldrik, de un modo casi reverente.

—Por supuesto, mi príncipe.

—Ahora, debemos encontrar una manera de lidiar con mi padre. —Aldrik cerró los ojos como si le doliese algo. A Vhalla se le hizo un nudo en el estómago.

—Si el emperador exige mi muerte... no hay demasiada esperanza, ¿verdad?

—No. Ganaremos esta guerra y después tu libertad.

—Lo he oído. —Vhalla no podía soportar el destello de impotencia en los ojos de Aldrik, el destello de verdad, cuando se percató de que ella conocía las exigencias de su padre: Vhalla debía morir, fuera cual fuese el resultado de la guerra—. Fracasaré antes de forzarte a hacerlo.

—No podría. —Aldrik negó con la cabeza—. Sabes que no podría hacerlo.

—Él odia lo que soy para ti —murmuró Vhalla al darse cuenta de la realidad—. Bueno, si mi delito es amar, entonces en efecto, soy culpable.

—No permitiré que ocurra eso. —Aldrik trató de sentarse. Hizo una mueca y Vhalla se apresuró a recolocar las almohadas para intentar proporcionarle más sujeción—. Te lo prometo.

—No hagas eso. —Las manos de Vhalla temblaron un poco. Luego se enderezó y se puso de pie, los brazos flácidos a los lados—. No hagamos promesas baratas. Algunas no pueden mantenerse.

—¡No! —Aldrik levantó un poco la voz y Baldair chistó con una mirada de nerviosismo hacia la puerta—. Si me veo obligado a hacerlo, te sacaré de aquí yo mismo y te esconderé.

Baldair se inclinó hacia delante con una sorpresa obvia.

—Entonces pondrán precio también a tu cabeza. —Vhalla sacudió la cabeza—. No seas impulsivo con respecto a esto. Ese es mi destino y...

—No hagas esto. —Un fogonazo de ira cruzó los ojos de Aldrik e hizo que el timbre de su voz se volviese más grave—. No te atrevas a hacerme esto, Vhalla Yarl. —Con más velocidad y fuerza de la que Vhalla creía que tuviese en esos momentos, Aldrik tiró de ella de vuelta a la cama—. Te dije que esto no sería fácil nunca. Te lo advertí. Te supliqué que no me robases el corazón si no estabas lista para esta pelea. —Vhalla apartó la mirada, incapaz de soportar el peso de la culpa—. Mírame —le pidió él con suavidad. Ella obedeció—. No te vas a rendir. Desobedeciste al mismísimo emperador, cruzaste el Norte tú sola, *tú*... ¡que eras una simple bibliotecaria! Eres lista y capaz y fuerte y preciosa, y no dejaré que olvides esas cosas ahora. No permitiré que te ninguneen.

Aldrik agarró la mano de Vhalla como si se estuviese aferrando a los últimos resquicios de su humanidad. A Vhalla le dolía el corazón.

—Estoy cansada de pelear —suspiró. El recuerdo de la bota del emperador en su cara estaba fresco en su memoria. Vhalla odiaba que el hombre pudiese hacerla sentir tan pequeña—. Preferiría que continuase odiándome y pasar el final de mis días como yo elija que luchar contra el emperador de un modo agónico hasta mi último aliento.

—No. —Una sonrisa se desplegó por la cara de Aldrik. Era una sonrisa cansada, pero cargada de una esperanza que Vhalla nunca había llegado a ver del todo en ella—. Juro, contigo y con Baldair y con los dioses por testigos, que estarás a mi lado. Se me ocurrirá algo, encontraré una oportunidad. Todavía no sé qué es, pero encontraré algo que será más valioso para mi padre que esta idea absurda de matarte. Sea cual sea esa cosa, lo amenazaré con ella. Le mostraré, a él y al mundo entero, la asombrosa mujer que me ha robado el corazón.

—Sí, pero ¿cuánto durará eso? —Vhalla se odiaba por objetar a las palabras que había estado esperando oír—. ¿Hasta que encuentres otra cosa con la que negociar o que sacrificar solo por mí?

—No importa. —Aldrik sacudió la cabeza—. Lucharé por conservarte a mi lado hasta el final de mis días.

—Eres tonto —declaró Baldair, con lo que robó las palabras directas de la boca de Vhalla. Se echó atrás en su silla para observar a su hermano. Sin embargo, el brillo apreciativo de sus ojos traicionó sus palabras, mientras deslizaba la mirada de uno a otro de los enamorados. Vhalla todavía estaba aprendiendo los distintos matices del príncipe más joven, pero ahora era fácil ver que estaba impresionado.

Aldrik se rio en voz baja.

—Si lo soy, toda la culpa es de mi dama aquí a mi lado.

Un suave calorcillo tiñó las mejillas de Vhalla.

—Bueno, pues no vas a lanzar ninguna campaña suicida mientras no puedas levantarte de la cama siquiera. —Baldair se puso en pie—. Iré a buscar a los clérigos.

—Vete, pero espera con lo de ir a buscar a los clérigos. —Aldrik deslizó la mano por el brazo de Vhalla, su atención fija en ella de nuevo.

—Queda solo una hora para que amanezca.

—Entonces ve a buscarlos dentro de una hora —dijo Aldrik, como si eso debería haber sido obvio.

—Necesitas atención médica —insistió Baldair—. Tu cuerpo está curado en su mayor parte. Debería bastarte con unas cuantas pociones fortificantes para volver casi a la normalidad.

—No *necesito* mi fuerza todavía. No pienso salir de esta cama —comentó el príncipe heredero—. Lo que tengo aquí ahora será mucho más eficaz que cualquier cosa que los clérigos puedan embotellar.

Baldair soltó un bufido resignado de diversión y sacudió la cabeza.

—Debe estar fuera de aquí cuando amanezca —los advirtió el príncipe antes de dejarlos solos.

Vhalla se giró hacia Aldrik en cuanto la puerta se cerró, pero el hombre tenía otras intenciones. La mano que había estado subiendo por el brazo de Vhalla tiró con suavidad de su hombro y, en cuanto la parte de atrás de su cuello estuvo a su alcance, Aldrik enroscó los dedos alrededor de él y sus labios encontraron los de Vhalla.

La boca del príncipe llevaba leves trazas de hierbas, lo que Vhalla sospechaba que eran los restos de medicinas o de pociones de sustento que le habrían forzado a beber. La pelusilla de su cara le hacía unas cosquillas extrañas, pero nada hubiese podido hacer que ese beso no fuese perfecto.

—Te quiero —dijo Aldrik como una oración.

—Y yo a ti —afirmó Vhalla.

—No pierdas la fe en mí. —Aldrik apretó los ojos con fuerza—. No soy digno de todo lo que has hecho por mí... pero tú, *esto* es lo primero que me hace sentir humano en casi una década, que me hace querer esforzarme por algo más. Eres la primera persona en hacerme realmente feliz, en hacer que desee y tenga esperanza otra vez.

—Yo nunca he perdido la fe en ti —señaló Vhalla con dulzura.

—Eres la única.

—Larel tampoco lo hizo —caviló.

—No. Larel nunca lo hizo... —Aldrik tiró de ella con suavidad y Vhalla comprendió lo que quería. Se acurrucó a su lado, la cabeza remetida entre la barbilla y el hombro del príncipe. Apenas cabían los dos en la pequeña cama—. No puedo creer que cabalgases a través de todo el Norte. Por todos los dioses, mujer, ¿no tienes miedo a nada?

—Estaba aterrada —confesó en voz baja—. Solo que estaba aún más aterrada de tener que vivir sin ti.

Aldrik se rio, un sonido grave y ahumado. Deslizó las yemas de sus dedos por el brazo y el hombro de Vhalla.

—Un terror que conozco bien.

Vhalla apretó los ojos. Su mortalidad la miraba desde el otro lado de un abismo, pero el brazo de Aldrik la mantuvo con firmeza donde estaba, evitó que cayera de cabeza por esa sima oscura.

Vhalla renunció a las dudas y abrazó la esperanza. Su mano serpenteó alrededor de la cintura de Aldrik y escuchó los latidos de su corazón mientras sentía cómo su pecho subía y bajaba despacio, en perfecta sincronía con el suyo. Ahora pelearían juntos.

—Quédate conmigo hoy. —Aldrik apretó los labios contra el pelo de Vhalla.

—No sé si tu padre…

—Cuando los clérigos hayan terminado su bailecito, ordenaré que te traigan ante mí. Mi padre no se atreverá a revelar nuestro cisma familiar ante el mundo; no planteará ninguna objeción, no después de que yo haga esa petición en público. No socavará mi autoridad delante de los súbditos sobre los que quiere que reine —declaró Aldrik con confianza.

—¿Durante cuánto tiempo? —preguntó Vhalla.

—Todo el día de hoy, mañana. —Una corriente más profunda impulsaba sus palabras. Se estaba formando un plan en su cerebro de titiritero—. Quiero que los hombres, las mujeres, los mayores y los nobles por igual sigan viendo que estás bajo mi protección. Quiero que vean cómo valoro tus brillantes pensamientos. Y —Aldrik hizo una pausa, como para prepararse— quiero que vean mi compasión por ti. Mi padre, *más que nadie*, verá que no te arrebatará de mi lado con meras amenazas.

—Esta es una idea horrible. —Vhalla negó con la cabeza y se apretó más contra él.

—Es brillante —insistió él—. ¿Vendrás?

La mano de Vhalla se deslizó por encima de las mantas hasta la clavícula expuesta de Aldrik, acarició la firme línea en su piel con las yemas de los dedos.

—Vendré —susurró como respuesta.

El brazo de Aldrik se apretó a su alrededor, enganchó un dedo debajo de su barbilla. Aldrik tiró de la boca de Vhalla hacia la suya una vez más, y ella agarró su hombro con fuerza. El mundo se desvaneció de un modo de lo más placentero cuando Aldrik abrió los labios.

Vhalla podría haberse reído, podría haber llorado, a medida que cada beso reafirmaba la locura de ambos. Un manojo de nervios empezó a enredarse en su estómago. Cada beso deshacía un nudo, cada respiración añadía dos. Hoy, trazarían una línea en la arena. A un lado, estarían ellos, al otro, el emperador y la muerte de Vhalla.

Más real que nunca, el amanecer llegó demasiado pronto. Vhalla se separó de Aldrik a regañadientes, después de que los dos hubiesen reconfirmado sus planes. Los brazos del príncipe se negaban a soltarla y Vhalla estaba reacia a zambullirse otra vez en el mundo repentinamente frío.

Después de salir con discreción de la habitación de Aldrik, Vhalla caminó por el campamento sin prestar atención a dónde la llevaban sus pies. La duda se alternaba con la esperanza, y sus pensamientos iban del horror a unos deseos cautos y luego a la euforia. De alguna manera, acabó de vuelta en la tienda de Fritz.

—¿Qué diablos? —exclamó Elecia cuando Vhalla casi se desplomó sobre ella.

Vhalla era incapaz de decir nada; el peaje mágico de la Unión se estaba mezclando con la falta de sueño para dar lugar a un agotamiento intenso. Vhalla rodó para quitarse de encima de Fritz y tumbarse de espaldas. Contempló la lona cada vez más iluminada con una pequeña sonrisa en la cara. Daba igual lo que pasara, *Aldrik vivía*.

—Sois muy molestas las dos —farfulló Fritz desde la derecha de Vhalla, aún medio dormido.

—Está despierto —anunció Vhalla.

—¿Qué? —Elecia se sentó de golpe.

—Está despierto —repitió, al tiempo que se sentaba con una sonrisa bobalicona. Agarró las manos de la otra mujer, una expresión radiante en la cara—. Aldrik está despierto.

—De v... —Elecia ni siquiera se apartó del contacto—. ¿De verdad lo has hecho? —Vhalla asintió y dejó escapar un gritito de sorpresa cuando Elecia tiró de ella para darle un fortísimo abrazo—. Eres muy exasperante, Vhalla Yarl. —Se rio.

—Tú también eres bastante irritante —respondió Vhalla con alegría, y las dos mujeres compartieron un momento de júbilo sincero.

Vhalla acababa de girarse hacia Fritz para compartir con ellos breves pinceladas de lo que había sucedido, cuando la voz de Jax tronó por todo el campamento.

—¡*Lady* Ci'Dan! ¡*Lady* Yarl!

Vhalla salió de la tienda detrás de Elecia.

—Estamos aquí.

—¿Por qué no me sorprende encontraros a las dos juntas? —preguntó el occidental con una sonrisa irónica.

—Pues debería. —Elecia plantó un puño en su cadera y desplazó el peso de un pie al otro con una sonrisa familiar—. No soporto a esta mujer.

—¿Un nuevo giro de los acontecimientos, entonces? —Jax ladeó la cabeza.

Elecia hizo un ruidito pensativo y echó a andar hacia el palacio del campamento sin necesidad de que le dijesen nada.

—Supongo que nuestro príncipe me ha hecho llamar, ¿no?

El occidental asintió.

—Me sorprende que te trajese hasta aquí.

Vhalla caminó con curiosidad detrás de los otros dos. Hablaban como viejos amigos.

—Está claro que me necesita. —La voz altiva de Elecia sonó hueca a oídos de Vhalla. Había un trasfondo de tristeza ahí. Elecia no quería que Aldrik necesitase que estuviera ahí, pensó Vhalla. Elecia preferiría que él estuviese en una posición que no requiriese su experiencia como curandera.

—Bueno, ¿qué se trae entre manos tu abuelo con esta y su «duquesidad»? —Jax hizo un gesto con la barbilla en dirección a Vhalla.

—Lejos de mí saberlo. —Elecia echó un vistazo a Vhalla detrás de ellos—. Yo me enteré *después* de que decidiera conceder la primera Proclamación Carmesí desde la caída del Oeste.

Vhalla evitó los ojos de la mujer. La verdad era que no quería saber más de lo necesario acerca de la Proclamación Carmesí. Provocaba una atención indeseada.

—Dudo que obtuviera el permiso del emperador antes —declaró Jax en voz más baja.

—No debería tener que obtenerlo. —Había un mordiente en las palabras de Elecia que a Vhalla le gustó—. Es el Lord del Oeste; puede otorgarlas como le plazca.

Jax captó los ojos furtivos de Vhalla.

—Ya te dije que algunas personas se lo tomaban en serio. —Sonrió.

Toda conversación terminó cuando entraron en el palacio del campamento. Trece hombres y mujeres rodeaban una mesa alta en el rincón del fondo a la izquierda. Dejaron de estudiar los mapas que tenían delante y se volvieron hacia los recién llegados. A la cabecera de la mesa estaba el emperador, Baldair a su izquierda, y un Aldrik de aspecto mucho más fuerte a su derecha.

Aunque a Vhalla no se le escapaba nada. Vio el leve oscilar de sus movimientos solo por haberse girado hacia ella para mirarla. Vio la forma en que se agarró a la mesa para mantener el equilibrio. Tuvo que morderse el labio para evitar regañarlo por haberse levantado de la cama.

—Mis disculpas por mi demora. —Jax caminaba más erguido, tras adoptar su papel de mayor en jefe—. Estaba haciendo un recado para nuestro príncipe, que me había enviado a buscar a *lady* Yarl y a *lady* Ci'Dan.

Aldrik le dedicó un asentimiento a Jax cuando el mayor en jefe ocupó su lugar en la mesa. Elecia se dirigió de inmediato hacia Aldrik, su misión clara. Los pies de Vhalla se detuvieron a poca distancia de la mesa, atrapada por la mirada asesina del emperador.

—Vhalla, a mi derecha —anunció Aldrik, y todas las cabezas giraron al unísono.

Vhalla respiró hondo, cruzó las manos delante de la tripa y mantuvo la cabeza lo más erguida posible mientras caminaba con decisión. Sin embargo, aun al tanto de los planes de Aldrik, su respiración temblaba un poco.

Elecia miró de reojo a Vhalla y cambió la mano de Aldrik que sujetaba, pero la mujer occidental no dijo nada mientras Vhalla ocupaba el puesto de honor a la derecha del príncipe, para lo cual tuvo que apartar un poco a un anciano canoso que le resultaba familiar.

—Aldrik —empezó el emperador, con un tono que no auguraba nada bueno—, ¿no crees que la chica estaría mejor en *otro sitio*?

—No. —Aldrik descartó las palabras de su padre como si no fuesen más que una cavilación poco entusiasta—. Creo que es apropiado mantenerla informada de nuestros preparativos, puesto que el conocimiento de nuestras fuerzas por parte de *lady* Yarl es muy probable que sea esencial para su éxito.

—¿Eso crees? —Las palabras del emperador Solaris casi rezumaban malicia.

—¿*Lady* Yarl? —preguntó Raylynn desde la izquierda de Baldair. Vhalla se dio cuenta de que toda la Guardia Dorada estaba ahí, incluido un estupefacto Daniel.

El tiempo mismo dio la impresión de contener la respiración mientras Vhalla miraba al otro oriental a los ojos. Estaba en diagonal con respecto a ella, a su derecha, a pocos metros de distancia, pero a Vhalla le pareció que estaba al otro lado del mundo. Los ojos avellana de Daniel se deslizaron hacia Aldrik al lado de Vhalla y se oscurecieron de un modo sombrío antes de apartar la mirada. El pecho de Vhalla se comprimió de un modo muy incómodo.

El resto de la mesa parecía ajena a la conversación silenciosa entre los dos orientales. Estaban concentrados en lo que decía Aldrik.

—... le concedió una Proclamación Carmesí.

—Un título hueco —se burló el emperador, al tiempo que sacudía la cabeza.

—Con todos mis respetos, he de discrepar en eso. —Una sonrisa divertida jugueteaba en las comisuras de los labios de Erion, mientras sus ojos saltaban de un sitio a otro por la mesa como si estuviese viendo una obra espectacular representada delante de él—. Como orgulloso miembro de una de las más antiguas familias del Oeste, yo me cuidaría de honrar a la Caminante del Viento como una dama, si lord Ci'Dan así lo ha decretado.

A pesar de estar ganando apoyos, Vhalla se sorprendió de ver cómo la boca de Aldrik se tensaba un momento con una mueca de disgusto. Los dos lores occidentales se miraron durante un momento largo. Incluso Elecia dio la impresión de hacer una pausa en su examen de Aldrik para entornar los ojos en dirección a Erion con aparente desconfianza.

—Yo también estoy de acuerdo con eso —dijo otro hombre occidental.

—Yo le doy la bienvenida a la Caminante del Viento a la corte del Oeste. —Una mujer le dedicó a Vhalla un leve asentimiento.

El emperador frunció el ceño y abrió la boca para hablar.

—Excelente. Ahora que esto está aclarado, ¿continuamos? —Aldrik consiguió decir la última palabra antes de que todos los presentes retomasen con cierta incomodidad los papeles que tenían entre manos. Empezaron a discutir algo sobre los horarios de entrenamiento de las tropas.

Vhalla se arriesgó a echar un vistazo al emperador: tenía la mandíbula apretada y no había apartado los ojos de Aldrik. El hombre veía con claridad cristalina lo que estaban haciendo, a Vhalla no le cabía ninguna duda. De hecho, no es que estuviesen siendo sutiles, precisamente.

—… el tema sigue siendo el siguiente: ¿dedicamos nuestro tiempo y nuestros esfuerzos a construir armas de asedio o a entrenar a los soldados? —Uno de los otros mayores deslizó hacia ellos un papel que había sido marcado una y otra vez.

—Si ella abre las puertas de Soricium para nosotros —intervino Erion, con un gesto en dirección a Vhalla—, entonces las armas de asedio parecen una pérdida de tiempo. Deberíamos empezar a prepararnos para la batalla.

Vhalla se inclinó hacia Aldrik para echar un vistazo al papel que le habían presentado. El príncipe no dio muestra alguna de incomodidad por su proximidad y aceptó con gusto su interés. Elecia había terminado su breve examen médico y se había marchado a hacer otras cosas.

—*Si* abre el palacio —repitió con énfasis el mayor canoso situado a la derecha de Vhalla.

—Lo abriré. —Vhalla estaba tan absorta en estudiar el documento que se le pasó por alto cómo todos los ojos se volvieron hacia ella, sorprendidos por la confianza en su voz—. Aquí. —Señaló hacia el lado opuesto del palacio en el diagrama—. ¿Por qué no hay armas de asedio aquí?

—Sellaron la entrada trasera con rocas y escombros en el tercer año; así solo tienen que proteger una entrada —explicó Aldrik.

—Entonces, entraríamos por aquí. —Vhalla apoyó una mano sobre la mesa para inclinarse sobre el gran trozo de pergamino. Deslizó el dedo índice hasta el otro extremo del palacio.

—La chica ha deducido que deberíamos entrar por la puerta que funciona. ¿Por qué no les dejas esto a los adultos, niña? —se burló un occidental con bigote.

—Tenemos que trasladar algo aquí. —Vhalla dio unos golpecitos sobre la puerta trasera, haciendo caso omiso del comentario.

—¿Qué? ¿Por qué? Condenaron esa entrada —comentó Raylynn desde el otro lado de la mesa.

Todos miraron a Vhalla como si fuese estúpida. Ella les devolvió una mirada casi igual.

—Se llaman *Rompedores* de Tierra —comentó—. ¿Creéis que unos cuantos escombros les impedirían volver a hacer utilizable esa entrada en un santiamén? —La imagen de cómo el acantilado desapareció de debajo de los pies de Aldrik se iluminó en su mente otra vez—. Como la batalla de Norin.

Levantó la vista con descaro hacia el emperador. Estos hombres y mujeres jamás la respetarían si no se decidía a demostrarles lo que sabía, lo que había estudiado y aprendido. Necesitaba convertir sus conocimientos de libro en algo práctico, algo utilizable en acción.

—En aquella ocasión, cargasteis con solo un cuarto de las tropas contra la puerta principal. El resto atacó por detrás. —Los ojos del emperador la estudiaron con frialdad y Vhalla tragó saliva; esperaba no haber confundido los datos—. Nadie esperaba que llegarais desde el mar. Aprovechasteis la ventaja y los barristeis desde todos los lados. —devolvió la vista al mapa. —Esto podría ser lo mismo, pero un poco al revés. Nosotros somos débiles por ese lado, confiados. Si irrumpimos con el grueso de las fuerzas por aquí, ellos huyen por esta vieja entrada, la vuelven a sellar, dividen sus fuerzas, se dirigen hacia nuestros flancos y nos rodean. Después de eso pueden encerrarnos dentro y masacrarnos a voluntad.

Vhalla aspiró una bocanada de aire y levantó la vista. Todo el mundo la miraba. Algunos mostraban sorpresa, uno o dos parecían disgustados, Jax tenía una expresión de diversión maliciosa. Vhalla se volvió hacia Aldrik; el príncipe tenía los brazos cruzados delante del pecho y le sonreía con orgullo a su padre.

—¿Esto entraría dentro de las habilidades de los Rompedores de Tierra? —preguntó por fin el emperador.

—Oh, desde luego que sí. —Jax se rio—. ¿No parecemos tontos por no haberlo pensado antes?

—Entonces, si movemos estos aquí… —empezó alguien.

La cabeza de Vhalla daba vueltas a causa de la euforia de su éxito, por lo que se desconectó de la conversación durante unos minutos mientras los mayores debatían cómo reorganizar sus armas del modo más eficaz. Recuperó la concentración cuando la conversación empezó a acalorarse.

—Mover una sola torre de asedio nos llevaría días —objetó Daniel.

—Sí, pero es más lógico mantener los fundíbulos en los lados. Si huyen por la puerta de atrás, lo más probable es que lo hagan a pie, así que los fundíbulos no servirían para nada de todos modos —espetó un mayor con la opinión contraria.

—Al menos esos tienen ruedas. —Daniel se rascó la parte de atrás del cuello.

—Yo podría mover lo que quisierais —aportó Vhalla de repente, lo cual le ganó la atención de todo el mundo—. Bueno, podría intentarlo.

—¿Tú? Pero si da la impresión de que te caerías hacia delante solo con sujetar un sable en la mano. —El mayor canoso de su derecha la miró de arriba abajo con expresión despectiva. Vhalla frunció los labios.

—Mi magia es mi fuerza —declaró, con la mayor confianza que pudo reunir.

—Tú no estabas ahí, Zerian —intervino por fin Baldair, y le dio nombre al hombre de más edad—. Vhalla detuvo una tormenta de arena invernal en el Páramo Occidental ella sola. La mujer tiene poder en ese cuerpo enjuto.

Vhalla parpadeó. *Zerian*, el mayor en jefe de las Campañas Occidentales. El hombre era una leyenda por derecho propio.

—Y menudo cuerpo tiene —bromeó Jax en voz baja, con lo que se ganó que Aldrik pusiese los ojos en blanco.

—Déjeme intentarlo mañana —le insistió Vhalla al mayor Zerian, con más educación—. Si no puedo hacerlo, entonces podremos reestudiar el tema. —Dio la impresión de que el grupo aceptaba su uso del plural.

—Excelente. Eso parece estar resuelto. —Aldrik deslizó el mapa de vuelta al otro extremo de la mesa. A Vhalla casi se le paró el corazón cuando los ojos de Aldrik conectaron con los suyos al enderezarse. La comisura de su boca se curvó hacia arriba en la sonrisa más clara que uno podía esperar del príncipe heredero. Vhalla apretó los labios y permitió que se notara un pelín su satisfacción. Él se giró otra vez hacia la mesa y las emociones se esfumaron de su rostro. Sin embargo, Vhalla sabía que las personas a su alrededor habían pasado mucho tiempo con Aldrik; dudaba que incluso el más leve despliegue de afecto fuese a pasar inadvertido—. ¿Qué tenemos ahora?

Hablaron más sobre el castillo y cada uno de los mayores parecía tener algo que querían que Vhalla buscara de manera explícita durante sus Proyecciones. Ella era lo bastante humilde para admitir que no sabía determinadas cosas, pero se aseguró de entender cada detalle antes de permitir que la conversación siguiera su curso. Después del segundo debate importante, Vhalla se percató de que necesitaba tomar sus propias notas, así que pescó un pedazo de papel limpio de la mesa. Aldrik desplazó su tintero y su pluma hacia ella y Vhalla asintió en señal de agradecimiento.

Mientras la pluma de punta dorada del príncipe arañaba el papel bajo sus dedos, Vhalla se preocupó de que este estuviese siendo demasiado descarado. Asintió en dirección al mayor que estaba hablando con ella y devolvió su atención al pergamino. Estos eran hombres de guerra, pero también eran nobles; habían nacido y se habían educado en las artes de la sutileza tanto como en las de la espada... o de cualquier otra arma de su elección.

Trabajaron hasta la hora de comer; cuando varios platos empezaron a llenar la mesa adyacente, todo el mundo obedeció la llamada silenciosa para hacer un descanso. Aldrik fue el último en moverse y Vhalla se quedó a su lado, pendiente de él por el rabillo del ojo. Parecía moverse bastante bien. Estaba claro que cualesquiera pociones que le hubiesen dado los clérigos estaban haciendo su efecto.

Tal vez Elecia no estaba de acuerdo con la evaluación de Vhalla, pues regresó con su propio puñado de pociones de olor acre y aspecto de estar recién preparadas. La mujer se sentó al otro lado de Aldrik y acaparó su atención. El príncipe ingirió las pociones sin protestar y Elecia activó cada una poniendo las palmas de sus manos sobre el cuello, el pecho y el estómago de Aldrik. Después de la última, el príncipe empezó a sentarse un poco más erguido.

—Me has parecido bastante lista, ¿sabes? —Erion llamó la atención de Vhalla. El mayor tenía la barbilla apoyada en el dorso de una mano, inclinado hacia delante con una sonrisa.

—No estoy muy segura de serlo —respondió Vhalla, con una mirada de soslayo al emperador para intentar calibrar su reacción.

—¡Demasiado humilde! —Jax se echó a reír—. Me has sorprendido estas últimas semanas. ¿De dónde has sacado semejante sesera? ¿Tanto ha cambiado la Torre durante mi ausencia?

—Todavía no he pasado demasiado tiempo en la Torre. —Vhalla permitió que los demás se sirviesen primero, al tiempo que observaba sus acciones para saber cuál era el proceso adecuado.

—¿Ah, no? —Jax arqueó una ceja.

—Solo Desperté el año pasado —explicó, al tiempo que se preguntaba cuánto de su historia había llegado hasta el Norte; parecía variar—. Antes de eso, era aprendiza de bibliotecaria.

—¿Aprendiza de bibliotecaria? —Una de las nobles occidentales entornó los ojos, como si tratase de imaginarlo.

—No es algo que se note en la mujer en la que se ha convertido ahora —apuntó Craig—. Creedme, estuve ahí durante el juicio de la Noche de Fuego y Viento.

—Yo también —masculló Daniel, y Craig le lanzó una mirada confusa al oír su tono.

—¿Mohned sigue rondando como un fantasma entre esas estanterías? —preguntó el mayor Zerian desde su puesto a la derecha del emperador. De alguna manera, Vhalla y Aldrik habían acabado en el extremo opuesto.

—Cuando me marché seguía ahí, sí. —Vhalla asintió y la nostalgia endulzó su sonrisa.

—¡Ja! ¡El viejo bastardo no morirá nunca! —El hombre se rio entre dientes.

—Vhalla también ha leído mucho. —La voz de Daniel sonó pensativa. Sus labios pronunciaron su nombre con delicadeza, lo cual la dejó paralizada—. Durante la marcha, me contó cosas sobre sus lecturas. Todo tipo de textos, desde táctica bélica hasta ficción.

Vhalla se enzarzó en una guerra de miradas con su comida. De repente era muy incómodo estar en la misma habitación que Daniel. Y las miradas descaradas que no hacía más que lanzarle a Aldrik no estaban ayudando.

—¿Cuál es tu libro favorito? —preguntó Erion.

Vhalla abrió la boca para contestar, solo para que Daniel le robase la respuesta de la boca.

—La Epopeya de Bernalg. —Los ojos avellana del guardia se cruzaron con los de ella, pensativos—. A menos que las cosas hayan cambiado…

—No —confirmó Vhalla, al tiempo que negaba con la cabeza.

—¿La Epopeya? —Raylynn arqueó las cejas—. ¿De verdad la has leído entera?

—Claro. —Vhalla no podía imaginar que alguien pudiese no terminar un libro una vez que lo empezaba.

—No todo el mundo es tan analfabeto como tú —se burló Craig de la otra guardia dorada, con lo que se ganó una mirada asesina de la mujer rubia.

—Vaya, vaya. Tienes unos cuantos talentos. Me pregunto qué otros tienes por ahí escondidos. —Jax meneó las cejas en un gesto lascivo en dirección a Vhalla.

—Por la Madre, Jax —gruñó Elecia—. ¿No puedes crecer de una vez, solo un poquito?

—No me querrías si lo hiciera. —Jax le lanzó un beso a Elecia, que arrugó la nariz en señal de desagrado.

—La encuentro exquisitamente trágica —confesó Vhalla, devolviendo la conversación a los libros.

—Me acuerdo de cuando me obligaron a leerla para «culturizarme». —Baldair se rio y sacudió la cabeza—. Si no recuerdo mal, a ti también te gustó la historia —le dijo a su hermano.

—En efecto —confirmó Aldrik.

Vhalla miró a su príncipe con una sorpresa sincera. Se dio cuenta de que nunca le había preguntado por sus gustos literarios. Le entraron ganas de reír al pensar que nunca habían hablado de la cosa más obvia que tenían en común.

—Y además creo que «exquisitamente trágica» es una manera perfecta de describirla. —Los labios de Aldrik se curvaron para dedicarle a Vhalla una sonrisa, y ella tuvo que hacer un esfuerzo por ocultar su rubor al captar las miradas que le lanzaban los demás comensales.

—¿Cuándo calculáis que podremos lanzar el ataque? —Uno de los otros mayores decidió alejar la conversación de los temas personales.

—Puesto que he estado indispuesto, todavía no hemos tenido ocasión de explorar el palacio. Vhalla tendrá que conocer su distribución lo bastante bien como para poder guiarnos a través según sea necesario —repuso Aldrik.

—¿Eso serán días? ¿Semanas? ¿Meses? —preguntó el mayor Zerian. Vhalla se sorprendió de ver que el hombre se había dirigido a ella directamente por encima del príncipe heredero.

—Espero que no sean meses, la verdad —contestó. No tenía tiempo para que fuesen meses—. Aunque no seré tan atrevida como para prometer solo unos días.

—Bueno, entonces deberíamos planear el ataque para dentro de un mes o así. —Zerian asintió mientras empezaba a hacer planes en su cabeza.

—Por esa razón… —Aldrik se puso en pie—, creo que podemos dar un mejor uso a nuestro tiempo en otro sitio.

—¿En otro sitio? —inquirió el emperador.

—Tengo toda la fe del mundo en que los mayores serán capaces de ajustar las raciones de manera adecuada y sabrán planificar la correcta distribución de las armas nuevas —elogió Aldrik al grupo—. Sin embargo, tenemos un castillo que conquistar y solo hay una persona entre nosotros que puede ofrecérnoslo sin demasiados problemas. —Sus ojos se posaron otra vez en Vhalla.

—Por supuesto, mi príncipe. —Le dedicó la más leve de las sonrisas y también se puso de pie. Se deleitó en el hecho de haber cambiado un término formal por uno de afecto. Aldrik desde luego que era *su* príncipe.

—Informaremos de lo que averigüemos en la siguiente reunión —anunció Aldrik, en un tono que sugería que no estaba abierto a discusión. Ni siquiera volvió a mirar al emperador antes de dar media vuelta, poner la mano sobre los riñones de Vhalla (para que todo el mundo lo viera) y guiarla fuera de la sala.

# CAPÍTULO

## 7

Aldrik no se giró, no miró atrás, tampoco dijo una sola palabra durante todo el trayecto hasta su habitación. Vhalla estudió su perfil con nerviosismo. Los pasos del príncipe parecían más confiados después de las atenciones de Elecia, pero su rostro todavía estaba más demacrado de lo que a ella le hubiese gustado. Se preguntó si había comido lo suficiente. Se preguntó también si su propia intervención durante la reunión solo le habría causado un nuevo estrés. Descubrió que aún se preocupaba por todo cuando del bienestar de Aldrik se trataba.

El príncipe abrió la puerta de su habitación, entró y dejó que Vhalla la cerrase detrás de ella. La mano de la joven apenas había abandonado el picaporte cuando la palma de la mano de *él* se apoyó contra la puerta a la derecha de su cabeza. El príncipe se inclinó hacia ella, las yemas de los dedos debajo de la barbilla de Vhalla.

—Tú. Eres. *Asombrosa* —susurró, haciendo hincapié en cada palabra. Salieron despacio por su boca y fluyeron ardientes desde los oídos de Vhalla hasta el fondo de su estómago. El príncipe se inclinó hacia delante, ladeó la cabeza. Su mandíbula rozó la mejilla de Vhalla al hablar—. ¿Quién hubiese imaginado que la chiquilla que encontré recluida en la biblioteca tenía a semejante mujer en su interior?

Vhalla aspiró una bocanada de aire y se apoyó en la puerta para sostenerse en pie. La voz de Aldrik era un hechizo sedoso que la mantenía en perfecto cautiverio. Vhalla no estaba segura de respirar siquiera. Aldrik apoyó la palma de la mano en su cadera.

—¿Cómo te has sentido cuando te he llamado *lady* delante de todos ellos? —La mano de Aldrik se deslizó por el costado de Vhalla antes de curvarse en torno a su cintura.

—S… sé que no es nada… —Vhalla se sorprendió de poder formular algo parecido a una oración siquiera.

Aldrik tenía los ojos entrecerrados, con aspecto de estar borracho solo por la proximidad de Vhalla.

—No digas que *no es nada*, mi Vhalla. —Aldrik negó con la cabeza—. Quiero introducirte en la alta sociedad. Aquí no tenemos corte ni funciones para presentarte al mundo, pero todos esos hombres y mujeres regresarán a casa a la corte imperial. Y llevarán consigo historias sobre ti. Quiero hacer que canten tus alabanzas.

—¿Por qué? —susurró Vhalla.

—Mi padre necesita a esta gente. Alimentan a su ejército, proporcionan los hombres y mujeres que él utiliza como soldados, son los propietarios de las industrias de nuestra tierra, y son las cabezas visibles sobre las que prospera el imperio. —Aldrik apoyó la frente en la de ella, cerró los ojos a medida que su voz se volvía sombría—. Cuanta más gente recurra a ti, cuantos más te admiren, más lamentarán que te ocurriera algo. Eso haría que un «accidente» provocase demasiadas preguntas.

—Protección. —Vhalla no sabía por qué estaban hablando de estrategias para mantenerla con vida después de la guerra apretados contra una puerta, los cuerpos de ambos pegados el uno al otro. En cualquier caso, en ese momento no tenía la suficiente capacidad mental para averiguarlo o para querer impedirlo. El calor de Aldrik empezaba a provocarle a ella un ardor en el pecho.

—En parte. —Aldrik se apartó lo suficiente para mirarla a los ojos una vez más—. También quiero verlos disfrutar de tu brillantez como hago yo. Quiero verlos tratarte como a una igual, no cuestionar nunca tu poder y tu elegancia. —Su boca casi tocaba la de ella.

Vhalla bajó la vista para observar cómo sus labios formaban las palabras—. Quiero que le supliquen a mi padre que te nombre dama de la corte.

Eso la hizo mirarlo a los ojos otra vez, el corazón acelerado. *¿Qué estaba diciendo?*

Aldrik hizo una pausa, rebuscó en los ojos marrones con motas doradas de Vhalla con sus propios iris oscuros, las pupilas tan dilatadas que ella podía ver más allá de la negrura el fuego que ardía en el interior del príncipe.

Si no la tocaba, tal vez se volviera loca, *pero si lo hacía...*

—Si eres una dama, mi amor, nadie nos cuestionará. —El tiempo mismo se detuvo a escuchar la declaración apasionada del príncipe heredero.

Vhalla ya no podía soportar la tensión más. Sus manos cobraron vida, agarraron los hombros de Aldrik y se medio colgó de él.

Aldrik le devolvió el beso con un vigor casi doloroso, como si pretendiese devorarla entera. Era el crescendo de la orquestación que habían estado creando durante más de un año. Aldrik giró la cabeza, succionó y mordisqueó el labio inferior de Vhalla de tal modo que sus rodillas casi cedieron. Vhalla pugnó por mantener la estabilidad en el vértigo inducido por la euforia y utilizó el cuerpo de Aldrik para sostenerla.

Aldrik siguió hablando y selló sus palabras con besos.

—Te colocaré a mi lado, Vhalla. Te rociaré con cada adorno que, de un modo tan lamentable, el mundo me ha impedido darte hasta ahora. —Vhalla tenía la cabeza apretada contra la puerta, mientras la lengua ávida de Aldrik acariciaba la suya antes de apartarse de nuevo—. Serás un modelo para todo el mundo. El sol que guiará los pasos del futuro emperador. Una diosa entre las mujeres, una dama, un ídolo...

La respiración de Vhalla era irregular, se entrecortaba con cada una de las palabras y cada uno de los movimientos de Aldrik. Hurgó a la desesperada entre la ropa del príncipe. Un gruñido de frustración brotó de su garganta, pero fue engullido a toda velocidad por la boca de Aldrik.

No debería sorprenderla tanto, pero cuando la mano del príncipe se deslizó por la parte de atrás de su cabeza, se quedó realmente pasmada por lo mucho que lo deseaba. Se vio obligada a reconocer que *nunca antes había sentido deseo*. Esto iba mucho más allá del juego o de la curiosidad que había sentido en ocasiones anteriores. Este era un deseo que había arraigado en lo más profundo de su ser. Un deseo que solo quedaría saciado por una cosa, y que continuaría multiplicándose hasta que pudiera tenerla.

—¿Tienes alguna idea de lo difícil que es esto para mí? —preguntó Aldrik, su voz más grave a cada respiración.

—¿Difícil? —Vhalla tenía los labios hinchados de sus besos acalorados y los mordisquitos ansiosos de Aldrik.

—Estar cerca de ti es más que difícil. —Una mano subió por su muslo, los largos dedos se colaron por debajo del faldón de su camisa. Vhalla cerró los ojos con fuerza, la sensación de la piel de Aldrik sobre la suya desnuda hizo que un relámpago recorriese todo su cuerpo—. Agónico, asfixiante, abrumador, *opresivo*.

—Entonces, deja que alivie tus dolores —repuso ella, mientras deslizaba las palmas de las manos por el pecho de Aldrik, mientras saboreaba las curvas de su cuerpo musculoso.

Ni el príncipe ni la Caminante del Viento estaban pensando en nada más que su abrumadora necesidad de tener al otro. Mientras se acercaban a la cama, el voraz fuego de algo que ya no tenía ninguna esperanza de extinguir se apoderó de la mente de Vhalla. Era algo que la había consumido de un modo demasiado perfecto.

Su cabeza tocó la almohada como en una nube, mientras el calor de Aldrik la rodeaba desde arriba. Los labios del príncipe no volvieron a los de ella, y Vhalla soltó una exclamación ahogada cuando la besó debajo de la barbilla para luego bajar por el cuello.

—Quiero marcar cada centímetro de ti como mío. —La voz de Aldrik retumbó por encima de ella como un trueno grave que le puso la carne de gallina. Hubo un gruñido depredador para recalcar la decisión de Aldrik, un animal de caza, a punto de darse un festín con el delicioso calor que se acumulaba entre ambos.

Vhalla suspiró son suavidad y ladeó la cabeza para exponer más cuello a los ávidos labios del príncipe.

—Aldrik… —suplicó, justo cuando la boca de él llegaba a su clavícula.

—*Milady*. —Un beso—. Mi amor —susurró Aldrik sobre la piel de ella, con los labios hinchados.

La mano de Vhalla encontró el camino para enterrarse en el pelo de Aldrik y revolverlo sin vergüenza alguna. Él siempre era un modelo de perfección. El heredero de la corona imperial, abotonado y abrillantado para convertirse en un ídolo intocable. Vhalla quería borrar todo eso. Quería tener al hombre que había debajo. Vhalla quería sacar a la luz los aspectos rudos de su príncipe, y restregarse contra ellos hasta que encajasen a la perfección con los suyos. *Quería hacerlo suyo*.

Las manos de Aldrik rondaban por todo el cuerpo de Vhalla, como si la estuviese moldeando y dando forma con arcilla. Ella cerró los ojos y se entregó a las nuevas sensaciones. Todas sus experiencias anteriores con hombres se redujeron a sombras borrosas. Cada uno de los movimientos de Aldrik era tan delicioso para él como para ella y, cuando sus manos se apartaron, Vhalla no pudo reprimir un gemido de sorpresa y frustración.

—¿Qué? —preguntó, sin aliento. *¿Había hecho algo mal?* Sus manos todavía no habían avanzado *demasiado*; al menos, no más allá de donde habían estado explorando las de él en el cuerpo de ella.

—Eres divina —murmuró Aldrik en tono reverente antes de apartar la mirada, avergonzado—. Y *te deseo*.

Vhalla tragó saliva.

—Entonces tómame.

Aldrik se apartó de sus caricias con un gesto negativo de la cabeza.

—No, yo… Te mereces algo mejor que esto.

—No depende de ti decidir lo que me merezco. Esa es *mi* elección —lo corrigió Vhalla—. Te deseo, Aldrik. —De alguna manera, él tuvo la audacia de parecer sorprendido por esa confesión—. Te necesito. Te quiero. Tú me quieres a mí. Eso es *justo* lo que me merezco.

Vhalla dejó sin decir las otras verdades que los rodeaban: el miedo a su propia mortalidad, el miedo a casi haberlo perdido. Cualquier día podía ser el día en que esta cosa preciosa pero frágil que estaban creando se rompiera. La cantidad de cosas que intentaban separarlos era sobrecogedora, lo cual hacía que cada deseo acalorado de estar juntos fuese aún más fuerte.

Vhalla se sentía igual que en la gala, que parecía haber tenido lugar hacía una eternidad. No dejaría que se lo quitaran, de ninguna manera, sin haberlo conocido de verdad antes. Lo había deseado durante tantísimo tiempo sin haberse dado cuenta siquiera… pero ahora lo sabía. Se iba a perder si no podía utilizar la piel de Aldrik como mapa de carreteras de vuelta a la cordura.

—No quiero que seas una prostituta barata de campamento en el lado equivocado de las sábanas. —El pulgar de Aldrik acarició su mejilla.

—Entonces, tómame como a tu dama. —La risa suave de Vhalla se convirtió en un suspiro más tranquilo al ceder a las protestas de Aldrik—. Si de verdad no quieres…

Vhalla saboreó el beso con el que Aldrik se rindió. Sintió cómo se disolvían los últimos retazos de su autocontrol y las manos de Aldrik se pusieron en marcha una vez más. Los dos sentían prisa y desesperación por eliminar las últimas barreras físicas y mentales que los separaban.

Todo culminó con una intensidad impactante. Vhalla estaba segura de que los hombres y mujeres de la otra habitación oirían cada prenda de ropa que caía al suelo polvoriento, pues la tela descartada resonaba de un modo escandaloso en sus oídos. Aldrik se tragó cada uno de los gemidos de Vhalla y ella espiró el aire de él.

Las palabras apresuradas de Aldrik, que le pedía una vez más su consentimiento, casi se perdieron por lo fuerte que oía Vhalla los latidos de ambos corazones en sus oídos. Quería gritarle: *¡Sí!* Quería gritarles a los dioses en lo alto que no volverían a arrebatarle jamás al hombre que tenía entre los brazos. Pero un jadeo afirmativo fue el único sonido que logró emitir.

Se convirtieron en una maraña de extremidades, besos y magia. Fue como la Unión otra vez, junto con el sabor de la piel y el sudor y el calor. Vhalla se perdió en él, en ese lugar de intensas emociones y hechicería, y se entregó a una felicidad que era demasiado dulce como para durar.

Satisfecho y exhausto, Aldrik enroscó los brazos de un modo perezoso en torno a Vhalla. Las piernas de ella se deslizaron entre las suyas y la Caminante del Viento apoyó la cabeza en el pecho del príncipe, dos formas de piel intacta. Aldrik depositó un beso en la frente de Vhalla.

—Vhalla —susurró.

—¿Aldrik? —repuso ella con suavidad.

—¿Estás bien? —Arrastró los dedos con ternura por el pelo de ella. Vhalla se rio.

—¿Cómo puede ser eso una pregunta siquiera? Estoy mucho mejor que bien. Genial —susurró, su voz apenas audible, incluso para sus propios oídos—. Ojalá pudiésemos quedarnos así para siempre.

—¿Te asustaría si te dijese que yo siento lo mismo? —La voz de Aldrik fue un susurro tierno, suave como la seda. Era una voz que Vhalla dudaba que nadie hubiese oído antes—. Vhalla, *por todos los dioses, Vhalla.* —Sonaba asustado, perdido, nervioso. Ella apretó los brazos a su alrededor y se aferró a la proximidad que habían cultivado—. Sé que se supone que no debo quererte. Pero te quiero y *nada* cambiará eso ya.

Era una confesión dolida y los brazos de Aldrik se tensaron. Daba la impresión de que su cerebro estuviese disputando una batalla interna, una batalla a la que su cuerpo se oponía con firmeza. Vhalla se acercó más a él y respiró hondo. El mundo estaba lleno de los embriagadores olores de Aldrik (humo, sudor y fuego) combinados con los toques picantes del sexo. Era un aroma creado por los dos y que dibujó una leve sonrisa de satisfacción en los labios de Vhalla.

—Yo también te quiero —susurró. La risa ahumada de Aldrik fue como música.

—Eres mía.

—Tú eres mío. —Vhalla estaba ansiosa por reclamar al hombre que yacía entre sus brazos.

Aldrik hizo una pausa, como si se preparase para algo, pero cuando abrió la boca para hablar, lo único que escapó por sus labios fue un gran bostezo.

Vhalla se rio con suavidad.

—Creo que deberías dormir, mi príncipe.

—¿Te quedas conmigo?

—¿Adónde iría si no? —Vhalla se acurrucó aún más pegada a él, sus propios párpados cada vez más pesados.

—No lo sé, pero cualquier otro sitio estaría mal. —Las palabras de Aldrik se volvieron más pastosas por el sueño.

Vhalla no estaba segura de si había dicho estar de acuerdo con eso o si solo lo había pensado, pero estaba demasiado cansada para confirmar lo uno o lo otro a medida que el sueño se apoderaba de ella.

Se recolocó un poco con un bostezo. *Cálido*, pensó mientras enterraba la cara en el cuerpo de Aldrik. Su príncipe estaba siempre cálido. Debajo de las mantas era como dormir con un pequeño horno, y Vhalla se contoneó para acercarse más, las piernas aún enroscadas alrededor de él.

—Mi amor. —La voz de Aldrik sonó pastosa, amodorrada.

—¿Aldrik? —Vhalla se frotó los ojos cansada. La tarde estaba pintando de naranja brillante las lamas de las contraventanas.

—Eres muy suave. —Aldrik enterró la cara en el pelo de Vhalla.

—Y tú estás calentito —murmuró medio grogui, mientras deslizaba la palma de la mano por su estómago y su pecho. Una risita grave retumbó a través de él. Vhalla se quedó quieta—. ¿Tienes cosquillas, mi príncipe? —Levantó la cabeza con una sonrisa.

—No demasiadas. —Aldrik sonrió con ironía antes de darle un beso suave—. Es solo que no recuerdo la última vez que dormí en medio del día.

—¿Qué hora es? —Vhalla bostezó, y pensó que estaría encantada de dormir el resto del día y la noche en brazos de Aldrik.

—Me encantaría decírtelo, pero mi reloj de bolsillo está en mis pantalones, y ahora mismo no estoy seguro de dónde están. —Se rio de nuevo—. ¿Quieres que vaya a buscarlos?

—Por supuesto que no. —Esbozó una sonrisa y deslizó un brazo a su alrededor para sujetarlo con fuerza.

—¿Soy tu prisionero, *lady* Yarl? —Aldrik sonrió.

—¡Desde luego! —Vhalla se echó a reír.

—Y aquí estaba yo pensando en convertirte a *ti* en *mi* prisionera cuando volviésemos al palacio. —Aldrik rodó para tumbarse de lado de frente a ella.

—Supongo que te lo permitiría, siempre y cuando me mantuvieses en sitios tan preciosos como tu rosaleda —caviló Vhalla.

—Solo tienes que pedir para recibir. —El príncipe heredero se inclinó hacia ella para depositar un dulce beso sobre su boca—. No se me ocurre ninguna manera mejor de ignorar mis deberes de sucesión.

—¿Sucesión? —Vhalla se movió un poco e inclinó la cabeza para mirarlo, confusa. No había oído nada sobre eso.

—Es más o menos un secreto todavía. —Aldrik deslizó los dedos por la sien de Vhalla—. Mi padre me lo dijo poco después de empezar la guerra. Planea hacerse a un lado.

—¿Sí? —A Vhalla se le empezó a acelerar el corazón. Siempre había imaginado a un Aldrik de mediana edad ascendiendo al trono, no al hombre que tenía ahora mismo entre los brazos.

—Dijo que quería mostrarle a la gente una sucesión adecuada. Que él sería el emperador de la guerra, dedicado a unir al mundo entero bajo una sola bandera, pero que yo sería el emperador de la paz y reinaría en su lugar. Dijo que un hombre no podía ser ambas cosas para la gente. —La mano de Aldrik se detuvo sobre su mejilla—. Dijo que para cuando yo tuviese treinta años, si las guerras habían terminado aquí y yo había cumplido con mis obligaciones, querría verme en el trono.

—¿Treinta? —Vhalla hizo las cuentas a toda velocidad en su cabeza—. ¿Seis años?

—Cinco —la corrigió.

—¿Cinco? —preguntó.

—Bueno, no he consultado el calendario en más de un mes, así que quizá todavía sean seis. —Las comisuras de su boca se curvaron en una sonrisa.

—¿Tu… cumpleaños? —El cerebro de Vhalla empezó a dar vueltas.

—Justo después del año nuevo. —Aldrik le dedicó una sonrisa cansada—. Me temo que estás con un hombre viejo.

—¡No lo sabía! —exclamó—. No prepar…

Los labios de Aldrik la silenciaron con un beso intenso.

—Me has dado la vida, me has dado tu amor y tu cuerpo —susurró contra la boca de Vhalla antes de apartarse—. Si quisiera algo más sería muy egoísta.

—Pero…

—No. —Aldrik negó con la cabeza y la besó de nuevo.

—Pero… —Vhalla forzó una sonrisa en sus labios justo antes de que la boca de Aldrik se pegase a la suya para evitar su objeción—. Pero. —La besó de nuevo, más deprisa—. *Pero…* —susurró Vhalla otra vez, y él se rio con alegría al darse cuenta de su jueguecito.

Aldrik tiró de ella para colocarla medio encima de él mientras rodaba sobre la espalda. Vhalla apoyó la palma de la mano en su pecho para sujetarse y la mano de Aldrik se enterró perezosa en su pelo. El tacto de la piel del príncipe todavía era una sensación exótica para ella, una que le producía un cosquilleo delicioso por todo el cuerpo.

—¿De verdad vas a ser emperador?

—¿No es eso lo que significa ser el *príncipe heredero*? —El lado derecho de su boca se curvó hacia arriba en una de sus sonrisillas típicas.

—Pero, tan pronto... —Vhalla se mordió el labio.

—¿No estás contenta? —preguntó Aldrik, al tiempo que la miraba con atención. El príncipe podía leerla como un libro abierto.

—Lo estoy. —Vhalla jugueteó con un bucle del pelo de Aldrik cerca de su hombro; se fijó en que se lo había lavado antes de reunirse con los mayores—. Es tan... *pronto*.

—¿Qué hay de malo en que sea pronto? —Aldrik arqueó una ceja.

—Nada —murmuró Vhalla.

—No crees que esa palabra me va a engañar, ¿verdad? —Apretó el brazo a su alrededor un momento para obligarla a mirarlo otra vez.

—Estoy... —Hizo una pausa—. Estoy tratando de centrarme en el ahora, por encima del después.

—Vhalla. —La voz de Aldrik llevaba una severidad seria—. ¿Crees que antes te estaba diciendo palabras dulces para seducirte y que te metieras en mi cama? —Aldrik estudió la reacción de Vhalla—. Esto no es temporal. A menos que... tú quieras que lo sea. —Vhalla se apresuró a negar con la cabeza—. Bien. Eres mi dama y me encargaré de que el mundo lo sepa. Te colocaré a mi lado, lo prometo.

Vhalla lo observó asombrada. Las cosas habían cambiado entre ellos. *Aldrik lo sabía*, Vhalla vio el destello en sus ojos que le indicaba que él entendía muy bien las fuerzas que la habían empujado por el borde del precipicio y dentro de su cama. La abrumadora adoración que sentía por él combinada con la desagradable preocupación por que cada momento pudiese ser el último que tuviesen juntos. Vhalla sabía que él lo entendía, porque unas emociones similares empañaban sus ojos.

Se inclinó hacia delante y plantó los labios con firmeza contra los de él. *Aldrik no le debía nada*. El placer de conocerlo y quererlo era suficiente.

El príncipe suspiró con suavidad. Sus ojos aletearon y se abrieron después del beso. Aspiró una bocanada de aire despacio, abrió la boca para continuar... solo para que lo interrumpiera una llamada a la puerta.

Vhalla se puso rígida, aterrada. Aldrik negó con la cabeza y la forzó a confiar en lo que fuese que iba a hacer. El visitante llamó otra vez.

—¿Hermano? —Era Baldair, y los dos soltaron un suspiro de alivio al unísono—. Hermano, la reunión se va a suspender para la cena. ¿Vas a cenar con nosotros? ¿Vhalla está Proyectando?

Estaba claro que Aldrik no sabía bien qué hacer. Al final, tomó una decisión. Se separó de ella y echó un vistazo a su alrededor en busca de sus pantalones. Vhalla tiró de las mantas hasta sus orejas mientras él se ponía los pantalones y recuperaba un estado más o menos decente. Su pelo, sin embargo, estaba hecho un desastre y los ojos de Vhalla se posaron en sus hombros. Abrió la boca para detenerlo justo cuando abría la puerta una rendija.

—¿Padre sigue aquí? —preguntó Aldrik. Vhalla abrió los ojos como platos. Era obvio que esperaba que su estado dijera el resto. Se produjo un silencio largo.

—Oh, *oh.* ¡Oh! ¡*Oh, por la Madre!* —Vhalla oyó la angustia en los susurros apresurados de Baldair. Se alejó de la puerta antes de regresar a ella—. ¡Por todos los dioses, Aldrik! ¿*En serio?* ¿Aquí?

—¿Padre sigue ocupado? —repitió Aldrik, aunque en su perfil recortado por la puerta medio abierta, Vhalla vio el asomo de una sonrisa arrogante curvar su boca.

Vhalla esbozó una sonrisa malvada. Se sentía como una jovencita rebelde.

—¡Veo sus pantalones en el suelo! —La mano de Baldair asomó por el umbral de la puerta cuando señaló hacia el pie de la cama. Vhalla se sentó, las mantas pegadas al pecho. En efecto, ahí era donde habían acabado—. Y tú tienes… por todos los dioses, Vhalla, ¡no sabía que eras tan violenta!

Vhalla se mordió el labio, pero no pudo reprimir una risita. Miró a Aldrik otra vez y las líneas rojas que ella le había dejado en la piel de los hombros. El príncipe heredero sonrió con orgullo, como si fuesen medallas de honor.

—¿Padre? —insistió Aldrik, y cruzó los brazos delante del pecho.

—¡Sí! Padre está en la sala. ¿Todavía necesitas *privacidad*? —A Baldair le estaba costando asimilarlo.

—Quizá —caviló Aldrik. Vhalla movió las piernas, al tiempo que se preguntaba si hablaba en serio o solo estaba tomándole el pelo aún más a su hermano. Se puso roja como un tomate ante las implicaciones y el descaro de Aldrik.

—¿Quién eres tú y qué has hecho con mi hermano? —se forzó a decir Baldair.

—Échale la culpa a la mujer que hay en mi cama. —Aldrik se encogió de hombros y dejó caer las manos a los lados.

—¡No tengo otra opción! —exclamó Baldair, exasperado.

Aldrik se pasó una mano por el pelo con una risita, y Vhalla se deleitó en la manera en que se movían sus músculos, en el costado que tenía expuesto y en cómo su pelo casi se quedó en su sitio. *Deseaba tenerlo de nuevo.*

Vhalla se tragó su deseo, lo reprimió. No importaba lo que ella quisiera. Estaban jugando a un juego peligroso con determinadas expectativas, y ya se habían tomado demasiadas libertades para el día.

—Deberías comer —empezó Vhalla. El rostro de Aldrik adoptó una expresión de desilusión—. Has dormido durante casi dos semanas, Aldrik. Necesitas comida de verdad.

El príncipe hizo un mohín como un niño petulante.

—¿Vendrás a verme esta noche?

—No creo que eso sea… —Las palabras de Vhalla quedaron reducidas a cenizas en el abrasador deseo que irradiaban los ojos de Aldrik. Vhalla asintió—. Cuando todo el mundo esté dormido.

—Entonces, saldremos pronto. —Aldrik se volvió hacia Baldair, que desapareció con otro gesto negativo de la cabeza. Aldrik arrastró los pies de vuelta a la cama—. No quiero que te vayas.

—Y yo no quiero irme. —Vhalla no pudo evitar reírse al ver su mohín—. Pero no tenemos excusa, mi príncipe. —Vhalla deslizó la mano hacia arriba por su brazo hasta su hombro, y luego hacia abajo de nuevo.

—Estarás conmigo otra vez pronto —dijo Aldrik para tranquili-
zarlos a ambos mientras se llevaba los dedos de Vhalla a los labios.

Los dos se vistieron despacio, interrumpidos por múltiples distracciones, pero solo cierta cantidad de besos podía retrasar lo inevitable,
así que pronto Vhalla se encontró bien abotonada otra vez, caminando
detrás del príncipe. Aldrik hizo una pausa justo antes de llegar a la entrada a la sala principal. Los sonidos de los hombres y las mujeres que
reían y bebían, entregados al entretenimiento nocturno, eran casi insig-
nificantes comparados con el precioso coro que habían cantado Vhalla
y Aldrik toda la tarde con sus suspiros apagados y sus susurros callados.

—Te quiero —murmuró Aldrik, mirándola desde lo alto.

—Te quiero, Aldrik —contestó Vhalla, aunque no le gustó el brillo nervioso de sus ojos.

Se decidieron a entrar en la sala, iluminada por unas llamas flotan-
tes, y todos los ojos se posaron al instante en ellos. Vhalla deseó que
su cara no se hubiese sonrojado de inmediato de un tono escarlata tan
incriminatorio. Apartó la mirada con la esperanza de que nadie se
diese cuenta.

—Qué amable por vuestra parte reuniros con nosotros —dijo el
emperador al fin.

—Espero que no hayamos sido la causa de ninguna demora. —Aunque la actitud de Aldrik transmitía con suma claridad que no le importaba si así era.

—Me gustaría recibir un informe preliminar de vuestros hallazgos.
—El emperador hizo que los dos se quedasen petrificados en el sitio.

—Bueno... —empezó Aldrik.

—De ella —lo interrumpió el emperador.

Vhalla apartó los ojos del suelo sorprendida, solo para encontrar
toda la atención sobre ella. Se preguntó de repente si se había alisado
el pelo lo suficiente, o si todavía reflejaba signos de las manos ávidas
de Aldrik. Se preguntó también si habría algún moratón visible en
alguna parte, causado por su hambre voraz por saborearla. Se preguntó si *olería* a él.

—Mi señor, es todo... es todo muy complejo... —Vhalla pugnó por encontrar algo que decir, cualquier cosa.

—¿Lo es? —El emperador arqueó una ceja—. ¿No has visto el interior del castillo de Soricium con tus propios ojos?

—Lo he visto, sí —mintió Vhalla.

—Entonces, dime lo que viste; estoy impaciente por ver el interior de esas paredes. —Una mueca depredadora se desplegó por los labios del emperador. Vhalla sabía que la estaba poniendo a prueba, y sabía que estaba fracasando.

—Vi... —Sus ojos saltaron hacia Aldrik y una profunda impotencia llenó su expresión ante la incapacidad de ayudarla. La mente traicionera de Vhalla estaba llena solo de imágenes del cuerpo desnudo del príncipe—. Vi...

Los labios de Aldrik se entreabrieron. Su mente corría a toda velocidad detrás de sus ojos oscuros, desesperada por formular una excusa para ella que no los incriminase a ambos.

—¡Por la Madre, Jax! —Daniel saltó de repente de su asiento al estrellarse una jarra.

—¡Perdón, perdón! —El occidental también se levantó, al tiempo que trataba de secar con la mano la entrepierna empapada del oriental.

—¡Jax! —Daniel reculó de un salto—. No necesito *eso*. Necesito unos pantalones limpios.

—¿Quieres que te ayude a cambiarte? —Jax se irguió bien y ladeó la cabeza.

—¡Por todos los dioses, no! —gimió Daniel.

—Vale, vale. —Jax se sentó con las manos levantadas por los aires en señal de derrota—. Pero si te vas, llévate a *lady* Vhalla contigo. Parece que no ha dormido en días.

Vhalla parpadeó al oír su nombre. Sus ojos se deslizaron despacio hacia Daniel, cuya expresión lucía gélida y reservada. A Vhalla se le aceleró el corazón y cada latido susurraba *lo sabe*.

—Perfecto. —Una sola palabra hizo caer una avalancha de culpabilidad inexplicable sobre los hombros de la joven.

Aldrik aprovechó la oportunidad para echar a andar hacia la mesa, y se giró en dirección contraria cuando Vhalla lo miró en busca de algún tipo de información sobre la situación.

Elecia le dedicó a Vhalla una mirada fría de advertencia desde un lado de Aldrik, pero no dijo nada.

—Señorita Yarl, no has...

—Déjala ir, padre —dijo Aldrik arrastrando las palabras, aunque su voz llevaba un deje amargo—. Es obvio que está exhausta por sus Proyecciones y no piensa con claridad. Necesita descansar.

Vhalla miró del príncipe al emperador. Daniel ya estaba a medio camino de la puerta y a ella se le estaba escapando su oportunidad de huir. Inclinó la cabeza en una reverencia apresurada antes de salir a toda prisa a la noche al lado de Daniel.

Parecía haber pasado una década desde la última vez que lo viera, aunque había sido solo un día. Era asombroso lo mucho que podían cambiar las cosas en cuestión de horas. Vhalla hizo un esfuerzo por romper el silencio.

—Gracias —susurró.

—Dáselas a Jax —musitó Daniel.

—Pero tú le seguiste el juego —señaló Vhalla.

—Tengo los pantalones empapados de cerveza; iría a cambiarme con o *sin ti*. —Daniel clavó la vista al frente y evitó mirar a Vhalla.

Esta no sabía por qué seguía detrás de él, pero lo hizo casi por instinto.

—¿Daniel, qué pasa? —Se odió en el mismo momento en que lo preguntó, el momento en que entraron en la choza del guardia y él se giró hacia ella con los ojos llenos de dolor.

—¿*En serio*? ¿Tienes que preguntarlo siquiera? —Todas las noches que le había susurrado palabras de consuelo quedaron hechas trizas por las dagas ocultas entre esas palabras—. No te molestes en rebajarte a preocuparte por gente como yo.

—¿Qué? —Vhalla parpadeó ante su tono cáustico. *Él lo había sabido. ¿No había sabido desde el principio cómo eran las cosas entre ellos?*

—Sé que estás bastante ocupada atendiendo a las *demandas* de la familia real. —La afirmación era bastante inofensiva, *pero la forma en que Daniel lo dijo…*

—No hagas esto —espetó Vhalla. No iba a dejar que la hiciese sentir culpable por Aldrik. Por la dicha que habían compartido—. Ya sabías cómo eran las cosas entre nosotros. —Vhalla no aclaró a quién se refería con *nosotros*.

—No me has entendido bien —farfulló Daniel.

—No, te he entendido a la perfección. —Vhalla agarró su pequeño montoncito de ropa y la cota de malla del rincón que había estado ocupando—. Entiendo que estás asumiendo demasiado de un simple acto de consuelo.

—¿Solo era un consuelo? Vaya, es algo de lo que podría alardear: de haber sido el consuelo para la primera mujer que el Señor del Fu…

—No te atrevas. —Vhalla inspiró con brusquedad, una mirada asesina en los ojos.

Daniel parpadeó, como si acabase de volver a su ser. Como si la lógica y la razón de repente hubiesen vuelto a su sitio y hubiesen reprimido los celos que se había permitido mostrar. Hizo ademán de tocarla.

Vhalla dio media vuelta a toda velocidad y salió al aire nocturno. De todas las personas del mundo, el considerado Daniel era la última de la que esperaba un juicio de valor. Y dolía. Frunció los labios por la frustración y sus pies aceleraron debajo de ella para alejarla cada vez más y más rápido de él.

—¡Vhalla, espera! Lo siento, no quiero que sea así. —La solapa de la puerta de la choza osciló detrás de él—. Yo no… —Las palabras se atascaron en su garganta cuando Vhalla no se detuvo—. No lo decía en serio. ¡*Vhalla*!

La Caminante del Viento no miró atrás. No quería dejar que viera la confusión en sus ojos.

# CAPÍTULO

## 8

Sonaba como si Daniel fuese a seguirla, pero solo durante unos diez pasos. Vhalla mantuvo la vista al frente, las uñas clavadas en la cota de malla enterrada entre el montón de ropa. En su frustración, tiró el fardo de ropa dentro del almacén militar más cercano que pudo encontrar, todo excepto la cota de malla que le había fabricado Aldrik.

Vhalla se contoneó para ponerse la armadura, miró ceñuda la tela sucia. No era suya. La ropa se la habían quitado a los cadáveres de los soldados y la habían colocado en un montón comunal del que Vhalla se había visto obligada a tirar desde su llegada al Norte. Era un montón en el que había rebuscado con Daniel.

Ya no había nada que fuese suyo. Le habían quitado y devuelto el nombre una y otra vez. Su aspecto lo habían tomado prestado. Ni siquiera su magia era suya para utilizarla a voluntad.

Se frotó los ojos con la palma de la mano; de repente, se sentía exhausta. Vhalla se preguntó qué sucedería si huyera. Ya había demostrado que podía ser más rápida que cualquier otro con el viento debajo de un caballo. Si se marchaba, ¿la atraparía el emperador?

Vhalla miró hacia el palacio del campamento bajo la luz menguante. Sus pies la habían llevado hacia ahí por instinto. Incluso mientras fantaseaba con la idea de escapar, se movía hacia el hombre que sujetaba las cadenas que la tenían atrapada... solo para estar cerca de su hijo.

El Vínculo que tenía con Aldrik era más fuerte que ninguna amenaza que el emperador pudiera hacer jamás. No obstante, a pesar de esa verdad aplastante, notaba la cota de malla pesada sobre los hombros. Aldrik le había prometido que nunca sería fácil, pero Vhalla no estaba segura de cuánto tiempo más podrían seguir luchando antes de que algo se rompiese. ¿Cuál sería el precio cuando todo acabara?

—¿Podéis al menos decirme dónde está? —Un pequeño revuelo a la entrada del palacio del campamento distrajo a Vhalla.

—No sabemos cuál es el paradero de la Caminante del Viento. —Los guardias no podían estar menos interesados en ayudar a la sureña de pelo rubio oscuro que pretendía entrar.

Vhalla hizo una pausa en la bifurcación que la llevaría hacia la parte trasera del edificio y a la ventana de Aldrik.

—Estoy intentando devolverle sus cosas —explicó la mujer—. ¿Puedo al menos traerlas aquí?

—¿Te parece que tenemos ganas de ayudarte? —El otro guardia bostezó—. Sabes bien que ninguno de nosotros queremos este trabajo...

—Escuchad. —La mujer respiró hondo y abombó el pecho—. Vosotros dos me vais a ayudar a encontrar a la Caminante del Viento. Ha pasado mucho tiempo sin su armadura y sé que la querrá de vuelta.

—Y nosotros te hemos dicho que...

—¿Tienes mi armadura? —preguntó Vhalla, a medio camino de ella.

La mujer dio media vuelta y una vaga sensación de reconocimiento cruzó por la mente de Vhalla al ver la cara de la mujer. Había sido una de sus dobles. La mujer la miró como un cervatillo asustado y, de repente, se trastabilló con sus propias palabras.

—Er... eres tú.

—¿Tienes mi armadura? —repitió Vhalla.

—La tengo. —La mujer asintió—. ¡La tengo! En mi tienda.

—Genial. Hala pues ya podéis marcharos las dos. —Los guardias hicieron ademán de echarlas de malos modos.

Vhalla le lanzó al maleducado guardia una mirada significativa al ver los gestos ofensivos de su mano. Se sorprendió cuando el hombre se quedó quieto y luego se cuadró a toda velocidad bajo el peso de su mirada.

—De verdad eres ella. —La mujer miró a Vhalla por el rabillo del ojo mientras caminaban hacia una zona del campamento que Vhalla todavía no conocía.

Vhalla tenía menos reparos en mirar a su acompañante.

—¿*Ella*?

—Vhalla Yarl. —Lo dijo como si el dato debiese haber sido evidente.

—Ya nos habíamos visto antes —le recordó Vhalla.

—Sí, pero aquello en realidad no contó —farfulló la mujer—. Estabas…

—Hecha un desastre. —Vhalla se rio con amargura al ver la sorpresa que su autocrítica le produjo a la otra mujer—. Perdí a una buena amiga esa noche.

Mencionar a Larel causó un fogonazo de dolor en la cicatriz que surcaba la memoria de Vhalla. Aunque le pareció un dolor correcto, un dolor que se estaba convirtiendo en una molestia amarga que la haría más fuerte, no el tipo de dolor en el que se había estado ahogando antes.

—Lo sé. Lo siento.

—¿Lo sabes? —preguntó Vhalla con escepticismo.

—Tú, ella, el sureño, la dama… —Vhalla tardó unos segundos en darse cuenta de que su acompañante se refería a Larel, Fritz y Elecia—. Erais los Caballeros Negros.

—¿Los Caballeros Negros? —Vhalla se rio.

—Así es como os llamaban los demás soldados. —La mujer también se rio, al darse cuenta de lo ridículo que sonaba—. Los Caballeros Negros, el principio de la guardia personal del príncipe oscuro.

—Esa es una idea interesante… —Vhalla esbozó una sonrisa cansada. No podía imaginar a Aldrik creando una fuerza rival para la famosa Guardia Dorada del príncipe Baldair—. Por cierto, ¿cómo te llamas?

La otra mujer hizo una pausa, como si le sorprendiera que Vhalla no lo supiese. Ella no podía saber que Vhalla se había negado a conocer los nombres de sus dobles. De otro modo, se convertían en personas, en muertes que podían doler e inspirarle un sentimiento de culpa.

*Aunque pensándolo bien*, Vhalla se encogió por dentro ante el recuerdo de la doble de la Caminante del Viento que iba en las filas del emperador. Muerta, abatida, y abandonada para pudrirse en las junglas del Norte. Vhalla no había sabido el nombre de esa mujer, pero la culpa seguía ahí. Para bien o para mal, pensó Vhalla, le quedaba demasiada alma como para ignorar un sacrificio. Lo menos que podía hacer era saber los nombres de las personas que estaban haciendo ese sacrificio.

—Timanthia —dijo la mujer con una leve mueca—. Pero odio el nombre; Tim está bien.

—Tim, pues —afirmó Vhalla con un asentimiento. Se habían detenido delante de una tienda pequeña.

—Me alegro de haber podido traerte la armadura de vuelta. —Tim empezó a rebuscar en el interior de la tienda y le pasó a Vhalla la armadura de escamas imbricadas.

Vhalla deslizó con suma suavidad los dedos por encima del acero. Lo notó casi cálido, como si el fuego de la forja de Aldrik aún viviese en su interior. Tim le concedió unos instantes mientras apilaba los guanteletes y las grebas entre donde Vhalla estaba de pie y la tienda.

—Sé que es importante. —La voz de Tim no era más que un susurro ahora. Vhalla levantó la vista al detectar el indicio subyacente de que tenía más que decir. Tim hizo una pausa, paralizada por las dudas al notar la mirada expectante de Vhalla—. Él me dijo que la había fabricado para ti. —Las uñas de Vhalla arañaron la armadura al ponerse tensa al instante—. No te preocupes —la tranquilizó Tim.

Vhalla se preguntó cuánto sabía la otra mujer como para querer tranquilizarla—. No importa lo que digan los rumores, él solo me llamaba a su tienda para mantener las apariencias.

Las palabras picaban, y Vhalla apartó la mirada para ocultar sus emociones encontradas. Aldrik había estado haciendo lo que tenía que hacer. Ella había estado haciendo lo mismo. Los dos eran tan culpables que eran inocentes.

—Quiero que sepas… —Era obvio que Tim tuvo que obligarse a continuar. Parecía tan incómoda como se sentía Vhalla de repente—. Si él recuerda algo de lo que decía cuando bebía… —Tim no se atrevía a mirarla de pronto—. Como sus extraños sueños… En cualquier caso, no le diré nada a nadie.

Vhalla estudió a la otra mujer con una mirada penetrante. Tenía ganas de preguntarle a Tim de qué hablaba en concreto, pero al mismo tiempo quería sobre todo asegurarse de la sinceridad de la mujer. Vhalla sabía lo poco que la gente quería a su príncipe heredero.

—¿Por qué querrías proteger sus secretos?

Tim la sorprendió con su respuesta.

—Porque no es como la gente cree, ¿verdad? —Vhalla se quedó boquiabierta, pasmada—. Lo siento, no diré nada más. No es mi lugar. —Tim se puso de pie y se sacudió la tierra de las piernas—. Me alegro de haber podido devolverte tus cosas.

—Te lo agradezco. —Vhalla asintió, aturdida. Alguien más había visto a Aldrik como lo veía ella. Otra persona se había colado bajo su fachada fogosa y arrogante, hasta llegar al hombre que ella conocía. Parte de Vhalla quería abrazar a la mujer por ello, por ser una compañera inesperada en una percepción a la que tenía gran aprecio. Una parte muy diferente quería sacarle a Tim los ojos y arrancarle esas ideas de la cabeza.

Quería saber qué estaba ocultando Tim. Vhalla quería saber si la mujer ya conocía *ese* secreto. Pero si no era así, podía ser aún peor, así que Vhalla guardó silencio.

La armadura que le había hecho Aldrik era como una manta de seguridad. Vhalla se enfundó en ella y abrochó cada hebilla con una silenciosa actitud reverente. Encajaba a la perfección, como siempre había hecho; era como si dijese: *Sigues siendo la mujer que eras.*

—Si alguna vez necesitas algo, o si pasas por Mosant cuando la guerra termine —estaba diciendo Tim—, no dudes en buscarme.

—No lo haré. —Vhalla estrechó la mano de la otra mujer, luego se colgó la bolsa de un hombro. No estaba segura de ir a aceptar de verdad la oferta de su doble, pero no haría ningún daño guardarse esa información en un rincón de la mente.

Al dar media vuelta, una sombra le bloqueó el camino y Vhalla reconoció al instante al hombre occidental de poblado bigote. Una sonrisilla irónica levantaba los extremos de su rasgo más característico.

—Mayor Schnurr. —Tim se cuadró y realizó un saludo marcial.

A regañadientes, Vhalla hizo otro tanto, aunque recordaba con gran claridad las duras palabras del hombre apenas hacía unas horas.

—*Lady* Yarl. —El título sonó como un insulto en boca del hombre—. ¿Qué crees que estás haciendo en mis filas?

—Le estaba devolviendo su armadura —respondió Tim con soltura. Eso hizo que Vhalla se preguntase si la otra mujer sentía la opresiva presencia del hombre o si era solo cosa suya.

—Ya lo veo. —El hombre deslizó la mirada de los pies a la frente de Vhalla. Esta apretó los puños—. Como en este momento no parece que estés haciendo nada, puedes acompañar a Tim esta noche en su patrulla —ordenó el mayor Schnurr.

—¿Qué? —Vhalla parpadeó.

—Oh, oh. ¿La Caminante del Viento cree que está por encima de hacer algo de trabajo básico? —El mayor se inclinó hacia delante—. ¿Quieres disfrutar de la protección del ejército sin contribuir en nada?

Vhalla reprimió una contestación cortante acerca de cómo había contribuido ya bastante. Dudaba que el *mayor Schnurr* pudiese contar con «salvar la vida de la familia imperial» entre su lista de logros. Por mucho que quisiera discutir, veía cómo el sol continuaba su viaje de descenso. *Aldrik la estaba esperando.*

—Yarl. —El mayor cruzó los brazos delante del pecho—. No me estás entendiendo bien. No te lo estoy pidiendo, te lo estoy ordenando.

—Por supuesto —se vio forzada a aceptar Vhalla, aun con reticencias.

—Dos turnos por tu vacilación —dijo el mayor como si tal cosa mientras seguía su camino.

—Mayor, no podrá dormir si hace dos turnos... —Tim trató de defenderla sin mucho éxito.

—Entonces, la Caminante del Viento aprenderá a no cuestionar su deber para con la milicia y *aprenderá cuál es su lugar.*

Más tarde, durante su patrulla por la tierra chamuscada que servía de barrera para el campamento imperial, Tim le preguntó a Vhalla si había hecho algo para ofender al mayor. Furiosa, Vhalla intentó encontrar una razón, pero no pudo.

La primera vez que había visto al mayor Schnurr, de hecho, había sido durante su demostración para el emperador en la Encrucijada. Él había sido uno de los mayores ahí reunidos, pero no había dicho nada entonces y ella desde luego que no le había prestado ninguna atención. Tim era arquera, así que Vhalla no tenía ni idea de ante quién respondía el mayor. Suponía que ante Baldair, pero era una suposición gratuita. En cualquier caso, a Vhalla no se le ocurría una razón por la que Baldair pudiera querer rebajarla de este modo, en especial no después de lo cercana que era ahora su relación.

No, a Vhalla se le ocurría una sola persona que pudiera hacer esfuerzos para hacerle la vida lo más difícil posible. Y ese era un hombre que estaba por encima de todos ellos. Eso sumió a Vhalla en un silencio huraño que Tim trató sin éxito de combatir hablando de cosas triviales.

Al cabo de un rato, la gran franja quemada alrededor de la cresta que más alto se alzaba sobre el campamento giraba en curva y Vhalla pudo ver el pálido contorno de unas ruinas de piedra iluminadas por la luz de la luna. Un esqueleto enorme, medio derruido y reclamado por el tiempo… era como algo sacado de un libro de cuentos. La piedra parecía fuera de lugar, comparada con las estructuras de madera que Vhalla había visto utilizar a los norteños para construir sus edificios. Como si estuviesen de acuerdo con ella, esos mismos árboles estaban decididos a arraigar dentro de la estructura y a ramificarse por la antigua construcción para devolverla a la tierra hecha pedazos.

A medida que se acercaban, Vhalla le preguntó a Tim qué sabía de las ruinas. A su sombra, una sensación incómoda flotaba en el aire e incitó a Vhalla a recolocar su mochila sobre sus hombros. Lo único que sabía Tim era que los soldados las llamaban las ruinas de la «vieja Soricium», pero cuán vieja era «vieja» y por qué las habían dejado abandonadas para derrumbarse parecía un misterio.

Al pasar por su lado, Vhalla levantó la vista hacia la estructura que una vez debió alzarse tan alta como los gigantescos árboles, como la base de una pirámide inmensa. Se devanó los sesos en busca de cualquier información que hubiese podido reunir mientras trabajaba en la biblioteca, pero todo lo que Vhalla había leído alguna vez sobre el Norte hablaba de las ciudades aéreas construidas en los árboles. No recordaba nada que pudiese parecerse al edificio que tenía ante ella. Además, era una construcción muy superior a las del Sur, pues las piedras encajaban juntas de un modo tan ceñido que parecía haber sido tallada de una sola pieza.

Vhalla se resistió al impulso de detenerse a inspeccionarlo más de cerca. El lugar contenía el tipo de belleza peligrosa que prometía problemas a cambio de las maravillas que susurraba. De un modo muy parecido a cierto príncipe al que conocía.

*Aldrik.* Vhalla intentó quitárselo de la cabeza. La idea de que su príncipe la estuviese esperando le daba ganas de gritar y mesarse los cabellos por la frustración. *¿Se preocuparía al ver que no llegaba?*

Cuando terminó su turno, Tim parecía aliviada de poder marcharse. La compañía de Vhalla se había vuelto cada vez más sombría y silenciosa cuanto más giraban sus pensamientos en torno al príncipe heredero. Mientras la arquera arrastraba los pies hacia su cama,

Vhalla se planteó la idea de pedirle que le hiciese llegar un mensaje a Aldrik, pero a Tim le había estado costando tanto convencer a los guardias del palacio del campamento de que aceptasen las cosas de Vhalla que no había forma humana de que fuesen a darle un mensaje al príncipe heredero en medio de la noche... no sin una razón contundente. Vhalla se preguntó si Aldrik creería que lo había abandonado.

En cualquier caso, siguió arrastrando los pies a lo largo de las horas nocturnas. Su segundo compañero de patrulla parecía tan entusiasmado como ella por tener que hacer ese último turno, y Vhalla ni siquiera se enteró del nombre del hombre. Una vez que superó su nerviosismo por estar en compañía de la Caminante del Viento, los dos marcharon en muda miseria.

Vhalla podía mantener su Canal con facilidad y estuvo pendiente de que el viento le trajese algún sonido inesperado. Durante una hora o dos, intentó identificar la franja de bosque por la que había corrido, pero era imposible, pues todos los árboles parecían idénticos: una enorme pared negra que los separaba de todo norteño restante que los mataría sin pensárselo dos veces.

Sus pensamientos saltaban de una emoción amarga y exhausta a la siguiente. Para cuando el sol asomó por el horizonte, Vhalla tenía las piernas dormidas y estaba de un humor de perros. Arrastró los pies hasta la tienda de Fritz sin molestarse siquiera en acercarse al palacio del campamento.

Tanto Fritz como Elecia estaban profundamente dormidos cuando Vhalla entró en la tienda. Tiró su mochila en un rincón y colapsó, con armadura y todo, medio encima de los actuales ocupantes de la tienda. Fritz hizo poco más que gemir y rodar hacia un lado. Elecia se despertó sobresaltada, dispuesta a estrangular a Vhalla de la sorpresa.

—Por todos los dioses, ¿qué pasa contigo? —gruñó Elecia, antes de dejarse caer indignada al darse cuenta de quién se había caído medio encima de ella.

—Silencio.

—Hueles como un perro y estás cubierta de barro. —Elecia olisqueó el aire.

Durante la segunda mitad de la noche había estado lloviznando a ratos. Vhalla apenas se había percatado, visto lo cargado que era el ambiente en la jungla y lo húmedo que parecía todo siempre. Sin embargo, ahora que había dejado de moverse, notó que tenía la ropa empapada y pegada a la piel debajo de la armadura.

—Muévete. —Vhalla musitó su orden de una sola palabra y se sentó—. Tengo que cambiarme.

Abrió su mochila, mientras deslizaba los dedos por la solapa de cuero. Era tan agradable tenerla de vuelta que casi olvidó la frustración que había albergado durante toda la noche. La ropa del interior estaba bastante limpia y, sobre todo, era suya, con sus agujeros desgastados y todo.

Se quitó la armadura y luego despegó la túnica mojada de su piel pálida y arrugada. Elecia arqueó las cejas y miró de reojo a Fritz cuando Vhalla empezó a desatar la tela que rodeaba sus pechos.

—¿Qué? —Vhalla le dedicó a Elecia una sonrisa cansada—. Está dormido y, aunque no lo estuviese, esto apenas lo interesaría.

—Aun así —objetó Elecia—. Eres una duquesa del Oeste. Ten algo de decencia.

—Somos amigas y tú también eres mujer. —Vhalla se encogió de hombros y se cambió de manera ostentosa. El Oeste tenía sus propias nociones de modestia y el Sur tenía sus ideales de lo que era ser una dama. Vhalla era del Este, así que no tenía por qué atenerse a ninguna de las dos cosas. Y lo que era más importante, esto irritaba a Elecia, lo cual infundía energía al cuerpo cansado de Vhalla.

Cuando volvió a abrochar la armadura que Aldrik había hecho para ella, Vhalla se sintió más como sí misma de lo que lo había hecho en mucho tiempo. Aunque no era la misma persona que había sido la última vez que se había puesto esa ropa. Ahora era diferente. Parte Serien, parte Vhalla y parte una mujer que todavía estaba emergiendo.

Elecia esperó a que Vhalla terminase antes de hablar otra vez.

—Por cierto, Aldrik me pidió que te diese esto —murmuró en un tono apenas audible.

Le ofreció un pequeño vial. Si Vhalla no supiese que era imposible, habría pensado que era veneno, dado el brillo casi asesino en los ojos de la occidental. Lo aceptó vacilante, al tiempo que arqueaba las cejas a la espera de una explicación.

—Elixir de la Luna —aclaró Elecia, el ceño fruncido. La comprensión borró todo escepticismo de la frente de Vhalla—. Es para…

—Ya sé para lo que es. —Vhalla le sonrió a Elecia. Las mejillas de la mujer se arrebolaron, y la Caminante del Viento se dio cuenta de que la noble aún no había tenido motivo para tomar la poción ella misma. Antes de ahora, Vhalla solo había tenido una ocasión real para tomarla, pero esperaba que la poción preparada por Elecia supiese mejor que el agua de alcantarilla que se había visto obligada a ingerir la otra vez.

No fue así y Vhalla hizo una mueca de asco.

—¿Ya la habías tomado antes? —Elecia estaba demasiado sorprendida para guardar el decoro debido.

—Dos veces, un solo hombre. —Vhalla asintió.

—Estos orientales de baja cuna y sus afectos —musitó Elecia—. ¿Lo sabe Aldrik?

—Por supuesto que sí. —Vhalla estaba ofendida. *¿De verdad creía Elecia que Vhalla no le diría eso a Aldrik?*

La mujer de pelo rizado sacudió la cabeza.

—Ten cuidado con él, Vhalla. —Elecia echó un vistazo a Fritz para asegurarse de que el sureño seguía dormido—. Su corazón no es tan fuerte como le gustaría que creyera la gente. No es verdad que esté hecho de piedra y fuego.

Vhalla no sabía por qué se sintió incitada a tocar a la otra mujer, pero su mano agarró el antebrazo de Elecia para tranquilizarla. La prima de Aldrik la miró a los ojos con atención.

—Ya lo sé. Esa es una de las muchas razones por las que lo quiero.

Tanto Vhalla como Elecia se giraron cuando el poste de la tienda vibró bajo los nudillos de alguien.

—'Cia —susurró Jax—. ¿Vhalla está ahí?

—Lo estoy. —Vhalla fue a guardar su ropa cuando un destello plateado captó su atención.

Jax asomó la cabeza al interior de la tienda, acuclillado en el exterior.

—Tienes a alguien preocupado por ti.

—Apuesto a que sí —admitió Vhalla con tono cansado.

—¿Dónde estuviste? —Elecia se dio cuenta de pronto de que Vhalla no había estado donde ella había creído que estaba: en la cama de Aldrik.

—Me asignaron turno de patrulla. —Vhalla puso los ojos en blanco, al tiempo que sacaba una tela oscura del fondo de su mochila.

—¿Quién te asignó la patrulla? —Elecia parecía sorprendida.

—No importa. —Vhalla negó con la cabeza tras decidir que era mejor ignorar al mayor occidental que parecía tener algo contra ella sin ninguna razón en absoluto. Lo más probable era que el hombre solo estuviese tratando de ganarse el favor del emperador. El desagrado de su líder hacia Vhalla estaba más claro a cada día que pasaba, y ella no tenía ninguna duda de que todo el que pudiera hacer su vida miserable se ganaría cierta suma de oro.

Deslizó los dedos por el pespunte plateado que fijaba un trozo del dibujo de un ala cosido a la parte de atrás de la capa que había llevado su doble. Esta era la última capa; las otras dos se habían perdido al caer sus portadoras.

—Bueno, pues te ha hecho llamar para el desayuno. —Jax no necesitaba explicar a *quién* se refería.

—Iré con vosotros. —Elecia se pegó a los talones de Vhalla en cuanto esta salió de la tienda. Fritz gimió otro poco y rodó hacia el otro lado para seguir durmiendo—. Es probable que el príncipe necesite otra ronda de pociones. Y si ha estado preocupado…

—Elecia miró de Jax a Vhalla mientras se mordía la uña del dedo pulgar con suavidad—. Supongo que necesitará también algo para la cabeza.

—No fueron demasiadas copas. Ya me ocupé de eso. —Jax hizo un gesto con la mano para descartar esa opción.

Vhalla contempló la capa enrollada un momento más mientras cavilaba si guardarla otra vez o no. Ponérsela sería un acto bastante provocativo, pero sintió una profunda satisfacción al pensar en que el emperador la viese con ella. Llevaría la cosa que él había utilizado para desposeerla de su nombre.

Cuando la capa se desenrolló, Elecia soltó una exclamación ahogada y Jax entornó los ojos. Vhalla agarró la prenda con fuerza.

Un profundo corte empezaba en la mitad del ala plateada que llevaba bordada. Cortaba a través de la tela antes de conectar con otras rajas. Era como si alguien hubiese atacado la capa con una daga y la hubiese hecho jirones del pecho hacia abajo.

—¿De dónde has sacado eso? —preguntó Jax en tono sombrío.

Vhalla contempló las rajas negras con una sorpresa pasmada. *¿Habría sido Tim?* La chica había parecido muy amistosa. Había caminado y charlado con Vhalla la mitad de la noche.

—Alguien está tratando de enviarte un mensaje. —Elecia fue la que por fin dio voz a lo que todos estaban pensando.

Vhalla sopesó la situación durante un momento más, antes de echarse la capa destrozada sobre las hombreras de su armadura. La ató por la parte delantera y dejó que los jirones de tela cayeran hasta sus tobillos. Le daba aspecto de haber sufrido un ataque violento.

—Bien. —Vhalla apretó los puños y dejó que su Canal cortara a través de su agotamiento. No había dormido más que unas pocas horas las dos últimas noches, y algo le decía que iba a ser otro día largo—. Yo tengo mi propio mensaje que enviar.

Echó a andar hacia el palacio del campamento, dejando que Elecia y Jax se apresurasen detrás de ella para alcanzarla. Vhalla guiñó los ojos la luz mañanera, mientras hacía acopio de fuerzas para lo que le depararía el día. No importaba quién la estuviera amenazando ahora, el emperador o cualquier otro; todos acabarían desilusionados cuando la batalla terminase y ella siguiese en pie.

Un viento de una frialdad sorprendente barrió a través del campamento e hizo que los restos de la capa revoloteasen a su alrededor como las alas de una bandada de cuervos.

# CAPÍTULO

## 9

El palacio del campamento estaba desierto, excepto por un solo hombre. Aldrik se volvió desde donde había estado caminando de un lado para otro, y su rostro se vino abajo del alivio al ver a Vhalla. Ella le lanzó una mirada de disculpa, aunque toda verbalización se cortó en seco cuando la apretó contra su pecho.

A Vhalla le entró miedo y se contoneó para apartarse de él.

—Todavía no se ha levantado nadie —susurró Aldrik contra su pelo para aplacar su preocupación por que pudiera verlos su padre.

Vhalla se relajó un poco, los ojos pendientes de Jax desde detrás del brazo de Aldrik. El hombre los miraba con interés, pero no mostraba la misma sorpresa que todos los demás que habían descubierto la relación entre Aldrik y ella. Había una comprensión apenada en la postura de sus hombros. Eso inquietó a Vhalla más que la reacción de cualquiera de los demás hasta entonces.

Aldrik se apartó para apoyar las palmas de las manos en los hombros de Vhalla.

—¿Qué pasó?

—Me asignaron turno de patrulla —explicó Vhalla.

—¿Patrulla? —Aldrik frunció el ceño—. Hubiese pensado que estaba explícitamente claro que nadie debía asignarte ese tipo de patrullas. Es demasiado peligroso para ti.

—No creas —protestó Vhalla ante una noción tan ridícula.

—Vhalla, no quiero que te pase nada malo. —Una mueca de disgusto tironeaba de la comisura de sus labios.

—Aldrik —dijo ella con terquedad—, sobreviví a la Noche de Fuego y Viento, a un intento de asesinato, una caída por el Desfiladero y he cruzado el Norte yo sola. —Vhalla dio un paso atrás y retiró las manos de Aldrik de sus hombros—. He matado a más personas que dedos tengo en las manos. Ya no soy la chica que encontraste en la biblioteca y puedo cuidar de mí misma.

Aldrik la miró incrédulo, pero el brillo que había en sus ojos empezó a avivarse con un destello de admiración. Aldrik concentró toda su atención en ella, hasta el punto de que Vhalla sintió que refulgía. Le sonrió con valentía, al tiempo que les daba un apretón suave a sus manos.

—Bueno, ahora que eso está zanjado —intervino Elecia, aclarándose la garganta para aliviar la incomodidad de la situación—, siéntate, primo, y deja que te examine. —Sus palabras resonaban con una desaprobación exasperada ante el hecho de que las manos de Vhalla estuviesen entrelazadas con las de Aldrik.

—Estoy bien...

—Todavía no lo bastante bien para mí. —Elecia puso los ojos en blanco—. Y ahora, siéntate. —Aldrik obedeció a su clérigo y Elecia se dio prisa en inspeccionar al príncipe heredero—. Jax, tráenos algo de comer, ¿quieres? —pidió Elecia.

Jax se marchó con un asentimiento.

—¿Qué llevas puesto? —preguntó Aldrik, que acababa de darse cuenta del atuendo de Vhalla.

La Caminante del Viento reajustó la capa sobre sus hombros. Luego le explicó la noche, al tiempo que giraba sobre sí misma para enseñarle los cortes en la espalda de la prenda. Los ojos de Aldrik se oscurecieron y volvió de inmediato a su defensa acérrima de Vhalla.

—El mayor Schnurr —masculló Aldrik—. Deberías mantenerte lejos de él.

—Pero... —Su protesta fue interrumpida por Elecia.

La mujer morena se volvió hacia Vhalla para mirarla de arriba abajo.

—Aldrik tiene razón —corroboró. *Eso* sí que la calló—. El mayor es Oeste viejo —explicó Elecia cuando la atención de Aldrik se había replegado al interior de sus propios pensamientos.

—Sí, pero soy una dama del Oeste —objetó Vhalla. Elecia soltó una carcajada desdeñosa.

—Mírate, señorita dama del Oeste. —Una sonrisilla malvada de la occidental le indicó a Vhalla que así era como bromeaba la mujer.

—Schnurr es el tipo equivocado de Oeste. —Aldrik por fin había vuelto al presente, lo que fuese que estuviera pensando resuelto por el momento—. Oeste *viejo*, Vhalla. No como mi tío. —Su príncipe la miró pensativo—. Del tipo que todavía lleva el estandarte del fallecido rey Jadar y pretende recuperar los días de xenofobia hacia el Sur, la monarquía del Oeste, la esclavitud de los Caminantes del Viento y su uso para sus propios propósitos nefarios...

Vhalla se quedó callada, la capa de pronto pesaba un quintal sobre sus hombros. Los Tiempos de Fuego, el genocidio de los Caminantes del Viento, habían tenido lugar hacía casi ciento cincuenta años. Era inconcebible para ella pensar que ese sentimiento pudiese perdurar todavía en alguien.

Sin embargo, Vhalla recordó la Proclamación Carmesí que le había otorgado lord Ophain, el tío de Aldrik. El hombre había dicho que era para curar viejas heridas y moverse hacia un futuro nuevo entre el Este y el Oeste. Vhalla había pensado que era un simbolismo hueco; jamás habría pensado que tenía un significado en tiempos modernos.

Jax regresó con algo de comida, percibió el ambiente de la sala y dejó las cosas en silencio sobre la mesa.

—No tengo miedo —dijo Vhalla al cabo de unos instantes. Se sentó al lado de Aldrik—. Soy una sola Caminante del Viento y ha pasado mucho tiempo.

Aldrik estaba a punto de mostrar su desacuerdo cuando Elecia lo interrumpió.

—Tienes que comer más que eso.

—Creo que soy capaz de decidir cuánta comida puedo comer. —Aldrik miró de soslayo a la joven.

—Sí, claro. —Elecia resopló y agarró otro tubérculo para Aldrik—. En serio, primo, ¿para qué me traes si no me vas a hacer caso?

—¿Durante cuánto tiempo has estudiado las artes curativas? —preguntó Vhalla desde el otro lado del resignado príncipe.

Elecia hizo una pausa para pensarlo un poco.

—Toda su vida. —Jax estaba sentado al otro lado de la mesa.

—¿De verdad? —Vhalla estaba impresionada.

—El talento natural no es nada si no lo pules. —Elecia nunca dejaba pasar una oportunidad para dar lecciones.

—Para su edad, Elecia es una de las mejores curanderas del mundo —fanfarroneó Aldrik.

Vhalla pensó que a Elecia le iba a explotar la cara de todo el orgullo que la iluminó. Por irritante que pudiese ser la otra mujer, era agradable ver a alguien que sintiese tanto afecto por Aldrik. Al pensarlo bien, Vhalla empezó a reevaluar a regañadientes todas las acciones de Elecia y a verlas desde la posición de un familiar protector, alguien que parecía más bien su hermana pequeña que su prima.

—Buenos días a todos. —Baldair bostezó en el umbral de la puerta que llevaba al pasillo de atrás, una Raylynn desgreñada a su lado.

—¿Vosotros dos otra vez? —Jax los miró pasmado—. Algún día tienes que enseñarme cómo consigues que el príncipe Rompecorazones te invite una y otra vez a su cama. —Jax se inclinó hacia atrás para hablar con Raylynn por detrás de la espalda de Baldair.

Hubo que reconocer que Raylynn aguantó el tipo bastante bien. Vhalla casi sintió envidia de cómo a la mujer parecía no importarle lo que pensasen los demás sobre su búsqueda de placer y compañía.

—Son unas habilidades que no aprenderás nunca.

—Pero entonces, ¿cómo puedo conseguir que Baldair me invite a *mí* a su cama? —gimoteó Jax en tono juguetón.

—Por la Madre, Jax, es demasiado pronto para esto. —Baldair enterró la cara en sus manos.

Una risa contagiosa se apoderó de Vhalla de repente.

—¿Y a ti qué te pasa? —le preguntó Raylynn a Vhalla con desdén mientras alargaba la mano hacia uno de los humeantes tubérculos.

—Oh, mi querido príncipe. —Jax suspiró de manera dramática en dirección a Aldrik—. Me temo que la chica ha perdido la cabeza.

—Esto es una locura. —Vhalla se desternillaba de la risa.

—La única loca aquí eres tú. —Elecia puso los ojos en blanco.

—Estoy desayunando con la mitad de la familia real, dos guardias dorados y una noble occidental en el asedio de Soricium —se tronchó Vhalla—. Y me parece de lo más normal.

La risa grave de Aldrik armonizó con la de Vhalla.

—Bueno, me alegro de que te sientas un poco más a gusto.

—La familia más retrógrada que puedas conocer jamás. —Baldair sonrió.

—Pero familia de todos modos. —Jax le dio un codazo suave a Baldair, y el príncipe se rio entre dientes al tiempo que asentía. Vhalla recordó cómo tanto Daniel como Craig elogiaban la Guardia Dorada por ser más familia que soldados.

Baldair se volvió hacia Aldrik, e hizo una pausa. Respiró hondo y Vhalla contuvo la respiración, preparada para las palabras del príncipe más joven.

—Aunque, bueno, supongo que siempre lo fuimos. No somos precisamente lo que alguien calificaría de convencional. ¿Recuerdas esas cenas horribles a las que nos llevaba tu tío cuando visitábamos el Oeste, Aldrik?

Elecia resopló con desdén.

—Habla por ti —dijo Aldrik con tono altivo, e hizo entrechocar su costado con el de Elecia en aquiescencia silenciosa.

—No, no, hubo esa cena... —Baldair hizo un ruidito pensativo—. Aquella en la que nos metimos en esa pelea callejera.

—¿Una pelea callejera? —Vhalla no podía imaginar a los príncipes peleando como matones por las callejuelas de una ciudad.

—Oh, eso. —La voz de Aldrik sonó inexpresiva, pero no disgustada. Su hermano pequeño sonrió de oreja a oreja.

—Ophain pensó que sería bueno para nosotros porque había chicos más o menos de nuestra edad.

—¿Cuándo ocurrió eso? —intervino Elecia.

—Tú eras todavía una niña —explicó Aldrik. Vhalla utilizó esa información para imaginar a un Aldrik de trece años en la historia.

—Aquellos dos chicos eran de lo más engreídos —continuó Baldair—. Lo estaban pidiendo a gritos.

—¿Por qué tengo la sensación de que esto acaba siendo culpa tuya? —Vhalla se tapó la boca para ocultar su comida medio masticada mientras hablaba.

Baldair se agarró la camisa por encima del pecho.

—¡Me hieres, Vhalla! ¿Por qué habrías de suponer que fue culpa *mía*?

—Ya veo por qué te gusta —le comentó Jax a Aldrik con una risita y un gesto de la cabeza en dirección a Vhalla.

Aldrik esbozó una sonrisa engreída hacia Baldair, sin hacer nada por objetar. Vhalla se limpió las manos grasientas sobre los pantalones holgados. Vio a Baldair poner los ojos en blanco en dirección a su hermano mayor antes de continuar la historia, pero Vhalla se sintió perdida por un momento.

¿Este grupo la aceptaba? *¿La aceptaban al lado de Aldrik?*

—… pero si no hubiesen dicho que Solaris era un nombre absurdo, no hubiese tenido que decirles que podíamos aclarar eso en la calle —estaba diciendo Baldair.

—Y entonces me lo encuentro, magullado y ensangrentado. —Las ganas de Aldrik de continuar la historia delataron su fingido tono desinteresado.

—Y dice —intervino Baldair, señalando a Aldrik—. «¡Nadie puede pegar a mi hermano más que yo!». ¡Y se lanza a por ellos! ¡Y le da al *más grande* de los dos un puñetazo en la cara!

—¿Tú? —exclamaron Vhalla y Elecia al unísono.

—Un príncipe heredero debe demostrar que no tolera que los demás cuestionen su mando. —Aldrik dio otro bocado con indiferencia a su comida, lo cual hizo que Vhalla volviese a desternillarse de risa.

—No creo que nadie haya cuestionado nunca tu mando. —Baldair puso los ojos en blanco, pero su sonrisa lo traicionó. Fue una sonrisa a la que se unió Aldrik, y ambos hermanos hicieron una pausa, los otros cuatro de la mesa olvidados por unos instantes—. Hermano, ¿cuándo fue la última vez que hablamos así?

El segundo hermano intentó conectar a un nivel más profundo, Aldrik se replegó. Fue una cosa demoledora de ver. Su expresión se ocultó detrás de la máscara que había creado como mecanismo de supervivencia durante años. Vhalla se dio cuenta de que todavía no comprendía a qué se debía.

Aun sin entenderlo, quería cerrar esa brecha más que nunca. Quería que sonrieran a menudo como habían hecho ahora. Su relajación parecía mucho más natural que el silencio tenso que los rodeaba ahora mismo.

—Aldrik. —Sus dedos se deslizaron con descaro alrededor de los de él, donde tenía la mano apoyada en la mesa—. Tu hermano te ha hecho una pregunta —lo animó con ternura.

—Yarl. —La voz del emperador serpenteó por la sala y toda la ligereza del ambiente se marchitó y murió.

Vhalla se giró despacio, junto al resto del grupo, y miró al emperador que, de alguna manera, había cruzado la mitad de la distancia entre su mesa y la puerta de atrás. *¿Cuánto tiempo llevaba ahí?*

—Creo que querías decir *príncipe* Aldrik.

La mano de Vhalla resbaló despacio de encima de la del príncipe y cayó en su regazo. Sin embargo, ya era demasiado tarde. El emperador lo había visto. A sus ojos frígidos e implacables no se les había pasado nada por alto. Vhalla apretó la mandíbula en un intento por no tiritar mientras el emperador la fulminaba con la mirada desde lo alto.

—Creo que lo mejor será que te marches —ordenó el emperador. Vhalla se puso en pie y dejó que los jirones de su capa cayesen por el otro lado del banco, lo cual acentuaba las marcas de los cortes.

—Vhalla, no... —Aldrik miró de ella a su padre, demasiado sorprendido como para conjurar su elegancia habitual.

—No pasa nada, mi príncipe. —Vhalla lo salvó de sí mismo. Y tuvo cuidado de acariciar las palabras «mi príncipe» al pronunciarlas. Las trató con todo el cuidado que su amor merecía. Vhalla le daría al emperador lo que pedía: utilizaría los títulos de Aldrik, pero no del modo que él quería.

—Espero no volver a encontrarte merodeando por aquí. —El emperador se sentó. Raylynn y Jax ya se estaban escabullendo hacia la puerta. Incluso Elecia casi les pisaba los talones—. No querría que eso causase ningún tipo de confusión —explicó el emperador.

—¿Confusión? —repitió Vhalla.

—Entre los otros *plebeyos* —dijo el emperador con énfasis—. Podrían hacerse la idea equivocada de que eres uno de nosotros.

—Por supuesto que no, mi señor. Esa es una idea bastante absurda. —Vhalla no consiguió disimular toda la amargura de su voz.

—Yo también lo creo. —Los ojos del emperador centellearon con maldad—. Ahora, te sugiero que pases el día demostrándome por qué permito que sigas con vida...

—¡Padre! —Aldrik estampó las manos sobre la mesa.

—... y mueve esa torre de asedio con tu magia, como hablamos ayer —terminó el emperador, ignorando con habilidad el pronto de su hijo. Aldrik se puso en pie—. ¿Adónde crees que vas tú? —preguntó el emperador Solaris.

—Creo que es obvio. —Aldrik se irguió en toda su altura—. Es demasiado valiosa para ir por ahí sin protección.

—Te necesito conmigo esta mañana. —La temperatura de la habitación dio la impresión de subir mientras el emperador actual y el futuro se enzarzaban en una batalla de miradas.

—Preferiría ir con Vhalla. —Aldrik tiró el guante. Al emperador le dio un tic en el ojo.

—La Guardia Dorada de tu hermano será suficiente. ¿No es cierto, Baldair?

—Sí, nosotros cuidaremos de ella. —Baldair se levantó a toda prisa (huyó a toda prisa, más bien) y fue a reunirse con Raylynn y Jax.

—Padre, esto...

—Mi príncipe. —Vhalla se atrevió a interrumpirlo—. Supongo que todavía estaréis cansado por vuestro largo sueño. —Tuvo sumo cuidado con cada palabra que decía—. Vuestra preocupación por mí va más allá de lo que merece alguien como yo. —Vhalla bajó los ojos, aunque se odió al instante por ese acto de humildad necesario. Ya no estaba por debajo de Aldrik y el último hombre ante el que quería degradarse era ante el emperador—. Pero comprendo que tenéis otras obligaciones. Por favor, ocupaos de ellas.

—Menudo día este, cuando una chica de baja cuna le recuerda al príncipe heredero sus obligaciones —se burló el emperador con desdén—. Ahora, *siéntate*, Aldrik. Tenemos muchas cosas de las que hablar.

Vhalla observó cómo el príncipe se dejaba caer abatido sobre el banco. Sus hombros lucían derrotados, pero sus ojos ardían furiosos. La Caminante del Viento dejó que Baldair la acompañase afuera, al sol, aunque buscó ver a Aldrik incluso mientras la puerta se cerraba. Rezó por que siguiera bailándole el agua a su padre, pero no pudo evitar que se le hiciera un nudo en el estómago.

—Bueno, ¿qué hay que hacer? —le preguntó Vhalla a nadie en particular. Uno de los miembros de la Guardia Dorada, Elecia, alguien a su alrededor sabría qué pasaba ahora. El cerebro de Vhalla no funcionaba bien del todo, *estaba muy cansada*... En lo único que podía pensar era en Aldrik y en su padre solos en esa sala sobrecogedora.

Un hombre se separó de donde había estado apoyado contra la pared del edificio junto a la puerta.

—Yo te enseñaré lo que necesitamos mover.

Vhalla se puso tensa al instante. *Daniel*. Hoy llevaba el pelo castaño oscuro recogido en la nuca, aunque varios mechones sueltos flotaban alrededor de la pelusilla de su mandíbula. Vhalla frunció los labios y los apretó en una línea fina. Nadie más dijo nada. Jax, Baldair, Elecia, Raylynn, la mitad del ejército podría haber estado ahí de pie, pero ninguno de ellos salvó a Vhalla.

—Tú no —murmuró.

—Lo siento. —Daniel dio un paso poco bienvenido hacia ella—. Permíteme disculparme.

Vhalla se mordió el labio de abajo para evitar que temblara de la frustración. Tenía tantas ganas de odiarlo... Sería mucho más fácil si pudiese odiarlo por sus celos mezquinos.

—¿Nadie más lo sabe? —Vhalla buscó la ayuda de Baldair y Raylynn. Jax y Elecia ya habían desaparecido, *los muy traidores*.

—¿Daniel? —Hubo un idioma entero de palabras en torno al nombre del hombre en boca de Baldair. El príncipe echó un vistazo al guardia, una preocupación visible en sus ojos ante la relación continuada de Daniel con Vhalla. Raylynn también pareció oír el significado y miraba expectante al oriental.

—Sé lo que estoy haciendo —les aseguró Daniel a sus amigos—. Le enseñaré lo que los mayores decidieron mover.

—Te dejo en sus manos —le dijo Baldair a Vhalla después de un largo debate interno.

Vhalla quería gritarle a la espalda del príncipe mientras este se alejaba. *¿Qué creía que estaba haciendo?* Iba a encontrar a Baldair, lo iba a sentar y lo iba a obligar a decirle todo lo que pasaba por esa frustrante cabeza suya.

Pero por el momento, la atención de Vhalla por fin volvió a lo inevitable: Daniel. Los ojos del guardia brillaban con un arrepentimiento sincero. Vhalla cruzó los brazos.

—Hablemos mientras caminamos —sugirió él. Vhalla asintió y arrastró sus pies medio paso por detrás de él, los ojos clavados en el suelo—. Tenías razón —empezó Daniel—. Yo fui el que asumió cosas. —Levantó la cara hacia el cielo y observó cómo las efímeras nubecillas se deslizaban por un lienzo de azul interminable—. No me debes nada por haber pasado tiempo conmigo. Puedes hacerlo sin que signifique nada, o, bueno, nada que no pretendas que signifique.

Su disculpa era al mismo tiempo una justificación y algo que inducía a la culpa.

—En verdad, creo que los dos queríamos lo mismo: olvidar los agujeros de nuestros corazones dejados por otras personas. —Daniel hizo una breve pausa, bajó la vista hacia ella y Vhalla lo miró a los ojos. Su color avellana no tenía nada de especial; de cada diez orientales cualesquiera, nueve de ellos tendrían la misma variación de ese tono. Sin embargo, el brillo que tenían entonces, la forma en que el sol iluminaba su honradez y sinceridad crudas... estaba despampanante—. No puedo culparte por buscar algo para llenar el vacío cuando yo estaba haciendo lo mismo.

—Bueno, eso no hace que esté bien —dijo Vhalla al fin. Juntó las manos, más pendiente de sus pies que de los soldados a su alrededor, el campamento o donde fuese que la estuviera llevando Daniel—. Tú mismo acabas de decirlo. Te estaba utilizando para algo. —La confesión fue apenas un susurro.

—Solo porque algo no esté bien no hace que esté mal. —El tono de Daniel cambió, y eso hizo que un pequeño escalofrío trepara por la columna de Vhalla—. Dime algo. Durante todo este «utilizarse», ¿fuiste infeliz?

—No, pero...

—Entonces no pudo estar mal —afirmó con confianza—. Yo estaba contento, tú estabas contenta. No nos preocupemos tanto sobre lo que era o lo que es. No intentemos convertirlo en algo que no es. Tú puedes tomar tus propias decisiones, y créeme que lo sé. Puedes hacer lo que quieras y... —vaciló un segundo, pero lo suficiente para que Vhalla se percatase— *con quien* quieras. Así que dejémoslo correr, ¿te parece?

Vhalla pensó en el tiempo que había compartido con Daniel. Era extraño pensar que, de no haber sido por la guerra y por su situación personal, nunca lo hubiera conocido. Marchar con él, entrenar con él, como Serien y como Vhalla, había sido divertido. A lo mejor más de lo que debería haberlo sido. Vhalla notaba las mejillas calientes.

—Vale.

Daniel observó la gran torre que había aparecido delante de ellos, pero sus ojos no la veían. Tenían una mirada que inspiraba la misma sensación que había sentido Vhalla al ver a Elecia y Aldrik juntos, antes de saber que eran familia.

Vhalla notaba la garganta gomosa. No quería hacerle esto a Daniel; él era un muy buen amigo y había algo que parecía muy equivocado en la posición en la que estaba.

Como si percibiese su preocupación, Daniel devolvió su atención a ella y se rio un poco al ver su cara aterrada.

—No estés tan preocupada, Vhalla. —Pasó un brazo por encima de sus hombros y la sacudió con suavidad—. No diré ni una palabra y sigo siendo tu aliado. Puedo seguir siendo eso por toda la eternidad. O quizás algo más si alguna vez lo deseas y surge la oportunidad mutua.

Vhalla abrió la boca, pero ni siquiera estaba segura de qué habría dicho, y el mundo le ahorró tener que averiguarlo. Preservó la delicada estasis entre ellos y Vhalla se sintió más que aliviada de haberla recuperado.

—Bueno, pues esa torre es la que los mayores decidieron que era la más importante de mover. —Señaló y Vhalla se dio cuenta al instante de por qué Daniel había estado en contra de trasladarla en primer lugar.

Vhalla había creído que era algún otro tipo de estructura, de lo alta que era. La torre de asedio era un gran triángulo, con plataformas en las que podían esconderse arqueros y ranuras a los lados. Tenía también grandes picas que sobresalían en todas direcciones, listas para empalar a cualquiera que tuviese la mala fortuna de ser empujado contra ella.

—¿Cómo se mueve? —Vhalla caminó alrededor de la multitud creciente. Había aparecido mientras estaba absorta en su conversación susurrada con Daniel. Los otros soldados se habían fijado en la Caminante del Viento envuelta en su dramática capa hecha jirones, y mostraban una mezcla de asombro y una especie de fascinación morbosa.

—No las construimos con la intención de moverlas. —Daniel sonrió.

—¿La estructura es sólida? —preguntó Vhalla.

—Supongo —repuso Daniel con cierto tono de disculpa.

—Genial. —Vhalla puso los ojos en blanco—. No acepto ninguna responsabilidad si se rompe.

—Ahora estás hablando como una dama. —Daniel sonrió otra vez.

Vhalla ignoró esa afirmación, los comentarios del emperador demasiado frescos en su mente.

—¡Despejad la zona! —gritó, y apretó los puños. Su Canal corrió a su encuentro y Vhalla respiró hondo.

—Ya la habéis oído, *¡despejad la zona!* —repitió Daniel con una voz que se oyó con claridad por encima de los hombres y mujeres que entrenaban en las inmediaciones. Los soldados empezaron a desperdigarse. Cuando se giró otra vez hacia ella, Vhalla le hizo un gesto de agradecimiento con la cabeza—. ¡Cuando tú quieras, Caminante del Viento!

Vhalla dio un paso para adentrarse en el círculo de personas más próximas a la pared de la torre. Sintió los ojos de todos sobre ella. Algunos pertenecían a personas entusiastas que ya habían visto sus hazañas anteriores y ahora les susurraban a sus amigos. Otros pertenecían a escépticos, que observaban con la cabeza ladeada y los brazos cruzados.

Vhalla vio a Tim y vaciló un instante. La chica parecía horrorizada por el estado de la capa que había devuelto. Vhalla intentó convencerse de que *Tim no podía ser la que le había enviado el mensaje.* En cualquier caso, esperaba que quienquiera que estuviese detrás de aquello entendiese su respuesta obvia.

Vhalla alargó las manos delante de ella y probó la estructura con pequeños soplos de aire. La pared crujió y pequeñas nubecillas de polvo salieron con un suspiro de sus esquinas. Vhalla trató de percibir dónde parecía soportar la mayor presión.

Unos pocos de los presentes se rieron en voz baja y Vhalla sonrió con suficiencia; creían que ese era su intento. Apretó con las palmas de las manos hacia abajo. *Parejos...* tenía que mantener sus movimientos parejos. Vhalla levantó las manos hacia arriba y, al mismo tiempo, el edificio se levantó un palmo del suelo.

*Más presión, más corriente hacia arriba.* Recurrió a las profundidades de su Canal. La pared gimió y osciló. Decenas de soldados huyeron despavoridos de su camino mientras la estructura titilaba en medio del aire. Vhalla movió la mano mientras sentía una gota de sudor bajar rodando por su sien.

Erguida de nuevo, se dio cuenta de que debía aplicar fuerza por todos los lados en la parte superior para darle estabilidad, pero la mayor parte de la fuerza debía aplicarla desde abajo para darle elevación. Consiguió controlarla en medio del aire y se permitió girarse hacia Daniel y los otros mayores que se habían reunido ahí, incluida la Guardia Dorada al completo. De no haber estado dedicando tanta energía a levantar la estructura, se hubiese reído de sus expresiones.

—Enseñadme dónde la queréis —dijo en voz alta, para que alguien se pusiese en marcha.

Vhalla lo tenía controlado, pero en el mejor de los casos era difícil y quería moverse lo más deprisa posible. Por suerte, Daniel se recuperó de su sorpresa más deprisa que los demás y echó a andar. Vhalla observó con su propio asombro cómo caminaba directamente debajo de la torre, depositando toda su fe en la magia de su amiga. A Vhalla se le hinchió el pecho ante el simbolismo curativo de ese gesto. El pelo de Daniel volaba alrededor de su cara a causa de las ráfagas de viento en la base de la torre antes de cruzar hasta el otro lado.

La magia y caminar, o moverse en general, siempre tenía sus propias complicaciones. Los primeros pasos de Vhalla fueron más como arrastrar los pies por la tierra. Al cabo de unos instantes, consiguió mantener la torre en alto y empujarla hacia delante sin volcarla al mismo tiempo, pero fue un proceso delicado que obligó a Daniel a mirar hacia atrás una y otra vez para comprobar si Vhalla se había rezagado demasiado.

Continuaron girando en torno a la fortaleza, un paso lento tras otro. Vhalla jadeaba ya cuando se dio cuenta de que estaban solo a medio camino. Siguió a Daniel con cuidado, un pie y después el siguiente, y la masa de gente parecía seguirla a la misma velocidad. Los minutos se arrastraban al ritmo de sus pasitos cortos.

A lo lejos, Vhalla vio un claro vacío, y solo pudo rezar por que ese fuese su destino. También le dio las gracias a la Madre por que no fuese un día ventoso. De otro modo, mantener esa pared gigante estable podría haber sido imposible. Estaba exhausta.

—¡Vhalla! —gritó Daniel—. Aquí, deposítala aquí.

La torre gimió de un modo sonoro cuando la devolvió al suelo, y Vhalla mantuvo las manos estiradas durante un segundo más antes de dejarlas caer inertes a sus lados. Daniel empezó a caminar de vuelta hacia ella, al tiempo que aplaudía despacio. Vhalla levantó la cara hacia el sol con una pequeña risa de triunfo... y de alivio.

Los soldados que la rodeaban estallaron en aplausos y Vhalla sonrió de oreja a oreja. Sus ojos se cruzaron con otros que le resultaban familiares mientras escudriñaba a la multitud ahí congregada. El emperador y Aldrik se habían unido a ellos en algún momento de la lenta marcha, y ahora estaban rodeados de los mayores. El emperador Solaris se había puesto su armadura completa, y el blanco de su yelmo centelleaba al sol.

—Bien hecho, señorita Yarl. —El elogio sonó gratuito en sus labios, pero Vhalla encontró más satisfacción en el hecho de que se hubiese visto forzado a pronunciarlo.

—Vivo para servir. —Hizo una pequeña reverencia.

Un repentino sonido sibilante cortó el aire. El tiempo dio la impresión de ralentizarse a su alrededor. Vhalla echó la cabeza atrás mientras se giraba y su mano volaba hacia arriba. Aspiró una bocanada de aire brusca. Las palabras del emperador y la distancia hasta el campamento habían ocultado el chasquido de la cuerda del arco. La flecha salió disparada hacia arriba, rozó las yemas de sus dedos y dejó un oscuro rastro de sangre. Después de una finta tan violenta, Vhalla pugnó por recuperar el equilibrio.

El brazo de Daniel atrapó sus hombros y el guardia se arrodilló para dejarla caer hacia atrás entre sus brazos, de modo que descansaba con delicadeza sobre su rodilla. Pegó la cabeza de Vhalla a su pecho y colocó su cuerpo con armadura entre la cabeza y el cuello expuestos de Vhalla y la fortaleza. Otra flecha impactó de manera sonora para colarse entre la coraza de Daniel y su hombrera.

—¡Daniel! —Vhalla trató de levantarse, de luchar, el corazón en un puño.

—Estoy bien, solo está atascada. No ha atravesado la cota de malla. —Daniel observó sorprendido los ojos aterrados de Vhalla. *Tenía miedo por él*—. Tú mantente agachada.

Vhalla oyó otra cuerda de arco en el viento y se devanó los sesos para que se le ocurriese una manera de desviar la flecha. Todo estaba sucediendo demasiado deprisa. La gente se estaba moviendo, pero parecían lentos e inútiles por el *shock*.

La flecha chisporroteó en la pared de fuego que los rodeó de repente a Daniel y a ella. Aldrik cruzó a través de las llamas en un alarde realmente temible. Las llamas lamieron su rostro y la armadura, por lo que quedó iluminado de un modo precioso, pero sin que se le quemase ni un pelo.

—*Mi dama* —musitó Aldrik con los dientes apretados mientras tendía una mano hacia ella. Daniel se echó atrás; ríos de sudor corrían por sus mejillas y su cuello como si se estuviese cociendo vivo en su armadura. Vhalla aceptó la mano de Aldrik y se puso en pie. El príncipe medio tiró de ella hacia él.

Estaban en su propio mundo. Ni siquiera el siseo de una última flecha al impactar sin ningún efecto contra el fuego los distrajo. Daniel observó la frente seca de Vhalla, cómo las llamas no la quemaban mientras crepitaban alrededor de los dedos de Aldrik, unos dedos que ella agarraba. *Y Daniel no era ningún tonto.*

—Gracias, lord Taffl —dijo Aldrik con una formalidad forzada.

—Es un placer cumplir con mi deber, mi príncipe —respondió Daniel, y notó un escalofrío incluso dentro del infierno.

—Puedes retirarte. —Aldrik todavía no había soltado la mano de Vhalla, así que esta la liberó despacio.

Las llamas menguaron para dejar solo una pared en dirección a la fortaleza, y Daniel se alejó de ellas.

Aldrik le hizo un gesto a Vhalla para que caminase junto a él.

—Mi dama.

Vhalla echó a andar a su lado y la pared de fuego los siguió según avanzaban.

—No malgastéis vuestros esfuerzos y flechas —les ordenó Aldrik a los soldados que habían adoptado a toda velocidad posiciones de batalla—. No van a atacar. Iban tras la Caminante del Viento.

Uno a uno los presentes empezaron a relajarse, aunque seguían mirando pasmados. Vhalla se concentró en avanzar, los ojos fijos en la espalda del príncipe mientras hacía un intento vano por apaciguar su corazón desbocado. El romance, la alegría… habían hecho que olvidase la verdad: que ella era muerte.

*Podría haber matado a Daniel.* Vhalla apretó los puños. Lo odiaba; odiaba todo eso. Jamás podría escapar de quién era; lo único que le quedaba era aceptarlo, llevarlo a cuestas como la andrajosa capa que cubría sus hombros.

Aldrik hizo una breve pausa para lanzarle una mirada significativa a su padre. En alguna parte de su intercambio no verbal, Vhalla casi pudo oír el desafío procedente del príncipe, una invitación a que el emperador dijese o hiciese algo en contra de su despliegue abierto de afecto hacia ella. Los músculos del rostro del emperador se abultaron cuando apretó la mandíbula.

Aldrik continuó adelante en silencio.

La gente se abrió para dejarlos pasar mientras él la acompañaba de vuelta al palacio del campamento. El príncipe mantuvo la pared de llamas durante todo el trayecto. Vhalla apenas se percató de la creciente distancia entre ella y la ciudad amurallada de Soricium. Le temblaban las manos de apretarlas tan fuerte.

—Levanta tu capucha.

Vhalla obedeció, tirando de la pesada capucha de cota de malla sobre su cabeza. *Era algo que debería haber hecho desde el principio*, se regañó enfadada. Pocos pasos antes de la entrada al palacio del campamento, Aldrik relajó por fin las llamas. La hizo pasar al interior deprisa y ella soltó un aire que no se había dado cuenta de haber estado conteniendo. Salió un pelín tembloroso.

Vhalla se esforzó por mantener el ritmo de las largas zancadas de Aldrik mientras la sala de mayores y mesas pasaba por su lado como un borrón. Y de repente, estaban en la habitación de Aldrik. El príncipe se apresuró a cerrar la puerta detrás de ella y puso las manos sobre sus hombros temblorosos.

—Vhalla, mi dama, mi amor, ya estás a salvo —la tranquilizó. Ella negó con la cabeza.

—Puede que yo sí, pero ellos no lo estarán. —Aldrik dio la vuelta a su alrededor para mirar a sus ojos desprovistos de lágrimas—. ¿No puedo ir a ninguna parte sin que alguien intente matarme? —susurró Vhalla—. El emperador mismo lo desea; y hay quien es obvio que piensa igual. —Señaló a su capa hecha jirones—. El Norte cree que ni siquiera soy humana.

—Jamás debí dejar que fueses sola —maldijo el príncipe en voz baja—. No todo el mundo quiere verte muerta. —La mano de Aldrik, envuelta en su guantelete de cota de malla, alisó el pelo rizado de Vhalla, indomable en su longitud incómoda justo por debajo de los hombros. El tinte que había utilizado para teñirlo casi había desaparecido ya, y Vhalla había renunciado a intentar domarlo al estilo occidental—. Hay quien está impresionado por ti, quien te admira. Hay quien te considera un demonio y hay quien te ve como a una diosa.

—Quiero irme a casa. —Los dedos de Vhalla arañaron contra la armadura de Aldrik, desesperados por agarrar algo.

—Te llevaré a casa. —Aldrik agarró sus manos—. Iremos juntos. Regresaremos al Sur y tú te quedarás a mi lado.

Vhalla se quedó muy quieta.

—Necesito Proyectar. —Soltó a Aldrik e ignoró cualesquiera palabras que se estuvieran cociendo detrás de los ojos del príncipe. No era momento para ellas—. Nadie podrá regresar hasta que esto termine.

Aldrik asintió y la ayudó a quitarse la armadura antes de sentarse ante el pequeño escritorio, atestado de papeles ya. Los empujó hacia los lados hasta hacer hueco para una hoja en blanco que colocó delante de él, su pluma preparada.

Vhalla se tumbó en la cama y respiró hondo. A casa. Vhalla pensó un poco en ello, los ojos clavados en el techo. De alguna manera, se dio cuenta de que su casa ya no era la granja del Este ni las cuatro grandiosas paredes de la Biblioteca Imperial. Vhalla se giró hacia Aldrik, pero él no se daba cuenta de adónde habían ido sus pensamientos. *La casa de Vhalla se había convertido en donde fuese que estuviera él.* Y haría lo que necesitaba hacer para regresar al palacio con Aldrik.

Vhalla cerró los ojos y salió de su cuerpo.

# CAPÍTULO
## 10

Vhalla estaba de pie delante de la enorme entrada a la fortaleza. Habían excavado un foso seco al pie de las murallas de piedra, ancho y profundo. Listo para engullir a cualquiera que se atreviese a atacar, listo para que los arqueros disparasen una lluvia de flechas desde las murallas sobre las desafortunadas almas atacantes.

El puente levadizo estaba cerrado, un enorme arco de piedra embutido casi a la perfección en la muralla. Esta se resistió a la presencia de Vhalla, que tuvo que abrirse paso a través de ella a la fuerza. Estaba claro que era algo logrado en parte con magia.

*Estoy dentro*, le informó a Aldrik cuando estuvo estable de nuevo.

—Excelente. —La voz de Aldrik reverberó a través de sus oídos físicos y de vuelta a ella con la misma claridad que si estuviese a su lado—. Dime lo que ves.

*Es un pasillo oscuro y estrecho. Algún tipo de caldero cuelga en lo alto y parece que también tienen escombros apilados en conductos detrás de grandes cuñas atadas a cuerdas.* Vhalla escuchó el arañar de la pluma de Aldrik y describió solo lo indispensable para que pudiese anotarlo todo.

—Planean cerrar la verja como defensa contra una primera ola —comentó Aldrik—. Ya has cumplido con tu labor y solo has dado un paso en el interior.

*Más adelante*, describió Vhalla a medida que avanzaba, *el pasillo se abre. Hay espacio antes de la segunda muralla.*

—¿Segunda muralla? —Un roce de papeles.

*Sí, mi loro.*

La risa grave de Aldrik resonó a través de ella.

—No habíamos oído nada de una segunda muralla. Descríbela.

*Después de la primera muralla hay una franja vacía, de la anchura de unos cuatro hombres tumbados en fila, y después hay una segunda muralla. Veo pasarelas que la conectan con la muralla exterior. Pero solo veo una entrada en la planta baja.* Vhalla procedió a caminar por el perímetro de la ciudad circular.

El paseo era antinatural, y no solo porque lo estuviese experimentando por medio de la Proyección. El espacio entre las murallas vibraba cargado de magia, magia que rebotaba de una muralla a otra. Vhalla se quedó muy quieta. Había un poder antiguo ahí. Manaba desde las profundidades de la tierra y fertilizaba los campos y a la gente que vivía sobre ella.

Dos norteños cruzaron por una de las pasarelas en lo alto, sumidos en una conversación acalorada en un idioma gutural desconocido para Vhalla. Sin embargo, no fue el extraño y melódico diálogo lo que había captado su atención, sino el arco en la mano de la mujer.

Repetían una palabra una y otra vez con un veneno especial en el tono: *Gwaeru*.

*¿Hablas el idioma del antiguo Shaldan?*, preguntó Vhalla cuando los dos arqueros llegaron al final de la pasarela y entraron en la muralla interior.

—Apenas hablo occidental —dijo Aldrik con un suspiro.

*Creo que* Gwaeru *significa Caminante del Viento.*

—¿Y cómo es posible que te hayas enterado de ese detalle?

*Creo que acabo de ver a la mujer que ha intentado derribarme*, pensó Vhalla de un modo un poco siniestro.

—Recuerda su cara para que pueda tener el placer de matarla yo mismo. —El afán protector le infundía un deje a la voz de Aldrik que hubiese sonado amargo para cualquier otro, pero a oídos de Vhalla, resonaba de un modo cálido.

*Voy a pasar a través de la segunda muralla. Parece más vieja, hecha de un tipo de piedra diferente que la exterior. Transmite una sensación de magia sólida.* Vhalla se detuvo ante la opresiva muralla. Las corrientes de magia cambiantes que veía parecían estar todas paralizadas por la piedra.

—Entonces, necesitaremos a nuestros mejores Rompedores de Tierra. —Oyó el arañar de la pluma de Aldrik otra vez.

Vhalla hizo una pausa en su conversación para pasar a través de la muralla, lo cual embarulló por completo sus sentidos mágicos y, por un momento angustioso, creyó que había vuelto a caer de algún modo en su Canal. Siguió adelante, desesperada por encontrar aire. La tierra asfixiaría su forma mágica viva si se lo permitía.

Al otro lado, pensó que podía respirar otra vez (al menos, en términos metafóricos)... hasta que vio la escena que tenía delante. *Por la Madre...*

—¿Qué pasa, Vhalla? —preguntó Aldrik preocupado.

*Aldrik...* La Caminante del Viento intentaba procesar lo que estaba viendo.

El palacio era un despliegue de arquitectura magnífico, como la más grandiosa casa del árbol que un niño pudiese soñar jamás. Edificios de piedra y de madera estaban conectados por pasarelas arqueadas suspendidas a todos los niveles. Era como si alguien hubiese vaciado el palacio del Sur y hubiese dejado al descubierto sus entrañas, una telaraña de estrechas pasarelas y túneles. Los árboles eran tan viejos y altos que algunos estaban fosilizados o habían sido convertidos en piedra por arte de magia, mientras que otros habían sido tallados y ahuecados para convertirlos en espacios habitables.

El castillo se volvía más denso a medida que uno se movía hacia arriba y hacia dentro. Del punto central más alto salía una única pasarela larga, un punto de acceso al que solo llegaban plataformas. Conectados al punto de acceso había otros cuartos y edificios. A Vhalla no le cupo ninguna duda de que los caciques dormían en ese cénit.

Sin embargo, no era la arquitectura la que la había dejado paralizada. Tampoco era la construcción aparentemente imposible. Lo que había hecho detenerse en seco a Vhalla era la gente.

—Vhalla, ¿qué pasa? —repitió Aldrik en el silencio.

Volvió a hacerle caso omiso mientras asimilaba la escena que tenía delante.

Multitud de hombres y mujeres norteños de todos las formas y tamaños habían construido chozas dentro de la muralla interior, una ciudad de tiendas de campaña, similar a la del ejército imperial que los rodeaba. El palacio parecía albergar a más personas que solo las que habían vivido y trabajado ahí antes. Gran número de refugiados habían acampado ahí, huyendo del ejército sureño invasor. Había demasiadas personas, incluso para un espacio tan inmenso, así que todos parecían estar amontonados unos encima de otros.

Sus rostros callados y sombríos se grabaron en la memoria de Vhalla. La vida continuaba. La gente se afanaba en sus quehaceres diarios. Los niños jugaban, las mujeres cuidaban del ganado, los hombres cocinaban y arreglaban cosas que necesitaban un arreglo. Pero los hombros de todos ellos estaban encorvados con la pesada carga de la verdad.

Una verdad que la golpeó de sopetón. Fue una revelación demoledora, una lección de humildad. E hizo que su ira y su sed de sangre desapareciesen para dejar paso a su vergüenza. Hizo que cada noche que había pasado deseando ver muertos a los norteños, por Sareem, por Larel, pareciese menos significativa.

Esta gente no eran asesinos despiadados.

No eran un enemigo sin rostro, medio salvaje y medio desquiciado. No eran menos que humanos. No eran distintos de ella solo porque procediesen de otro sitio, hablasen de manera diferente, vistiesen diferente y tuviesen un aspecto diferente.

Eran iguales que ella. Eran personas que habían perdido sus casas, sus posesiones, y era probable que a sus familias mientras huían al último lugar que tenían, el último lugar sagrado que seguía siendo su hogar, antes de que el imperio del Sur lo engullese, les arrebatase sus nombres y su historia y los consumiese de una pieza, para convertirlos en «el Norte».

Todo lo que había oído y aprendido sobre la guerra había sido por boca del imperio. Era la lengua colectiva que se meneaba en nombre del emperador. Lo habían aguado todo mediante excusas y explicaciones para que pareciese lógico. Pero no había nada lógico en esto. Esto no era por fe, ni por paz. Esta gente moría por avaricia.

—Vhalla, di algo —suplicó Aldrik.

Había creído saber lo que era la guerra, pero a medida que los ojos vacíos de esas personas y sus cuerpos demasiado delgados se grababan a fuego en su alma, se dio cuenta de que no sabía nada de nada. Eran todos niños y niñas jugando a la guerra, escribiendo sus propias canciones para que los bardos las cantaran. Pero los bardos nunca cantaban sobre esto.

De repente, volvieron a su mente los rostros de las personas a las que había matado.

*Somos monstruos.*

Vhalla estaba congelada en el tiempo. Esas personas... había parecido tan justificado, tan lógico en ese momento... De pronto, fue consciente de que era ella la que había invadido su hogar. Cabalgaba con la gente que estaba destrozando su forma de vida. Y ahora había venido a ayudar a asestarles el golpe final. Shaldan no había sido un estado desgarrado por la guerra hasta que el imperio se había abierto paso hasta ahí.

—Vhalla, no eres un monstruo —dijo Aldrik con firmeza. Su voz sonó más alta y Vhalla sintió que una extraña calidez se extendía por sus mejillas—. ¿Qué estás viendo?

Por la proximidad de su voz, por las manos sobre su cara, supo que Aldrik se había apartado de sus papeles. Preguntaba por el bienestar de ella, no por él ni por la guerra.

*Están amontonados en masa. Hay muchísima gente, pero la mayoría no parecen guerreros.* Empezó a caminar por el campamento de tiendas. *Hay niños, Aldrik.*

—¿Dentro de las murallas? —preguntó.

*Sí, con sus familias, o quizá no. No lo sé... Están muy delgados.* Vhalla vio cómo colgaba la ropa de los hombros de muchos de ellos.

—El asedio dura ya más de ocho meses —explicó—. Pero los acorralamos hace ya más de un año. Sus reservas deben ser escasas. ¿Puedes encontrar dónde tienen sus almacenes de alimentos?

*¡Hay niños!* Vhalla estaba horrorizada. Observó a dos niños jugar, ajenos de algún modo a los adultos a su alrededor, cuyos ojos estaban vacíos de mirar durante tanto tiempo a cuerpos que pronto serían cadáveres.

—Eso no importa.

Vhalla sabía que Aldrik se estaba forzando a ser estoico y fuerte, a ser el príncipe que tenía que tomar una decisión cuando no había ninguna respuesta correcta. Oyó la emoción bajo sus palabras, el dolor por tener que decirlas. Pero de repente, sintió un enfado tremendo por el hecho de que pudiera decirlas siquiera.

*¡Sí que importa! ¡Me niego a asesinar a niños!*

—No tienes elección.

Vhalla trató de recuperar la compostura. Luchó y pugnó con la escena que tenía delante, intentó justificarla con las razones que el imperio le había transmitido durante toda su vida. El imperio luchaba por la paz, pero todo lo que ella veía ahora era a civiles desesperados, aferrados a armas que nadie los había entrenado para utilizar nunca. El imperio luchaba por la prosperidad... y había niños que se morían de hambre. El imperio luchaba por la justicia... y en el proceso infringía las leyes de las que alardeaba.

Asesinos, eran asesinos bajo las órdenes del mayor asesino de todos.

*No puedo, no puedo hacer esto, Aldrik.* Vhalla no volvió a su cuerpo de nuevo; tampoco avanzó. No hizo nada.

—Sí puedes —la animó Aldrik.

*¡Les estamos arrebatando su hogar!*

—Su hogar ya está perdido —dijo el príncipe con tono lúgubre—. ¿Qué crees que ocurrirá si te niegas? ¿Crees que puedes impedir lo inevitable? Esto se puso en marcha mucho antes de que nos conociésemos, mucho antes de que tú hubieses Despertado a tus poderes. El Norte iba a caer desde el principio. Han alargado esto con su resistencia.

*¡Por supuesto que lo han hecho! Es su hogar.* Vhalla nunca había pensado que pudiese encontrar ninguna comprensión para la gente que el imperio pretendía que ella matase. Pero en ese momento, se preguntó si lucharía contra los norteños en el caso de tener elección.

—Su cacique hizo esto. Ella puso a su gente en esta situación. Y ahora está dispuesta a verlos morirse de hambre antes que entregar su ciudad.

*¿Tuvieron elección?*

—Todos los líderes tienen la elección de responsabilizarse de su gente —afirmó Aldrik—. El Norte es una bestia que está herida y sangrando. Morirán, con o sin ti. Si mueren más deprisa, sufrirán menos. Puedes darles eso, mi amor.

*Eso es horrible.*

—Es la verdad —insistió Aldrik a la defensiva, aunque no negó que fuese horrible.

Vhalla sabía que lo era, pero oírla de boca de Aldrik fue más duro de lo que hubiese imaginado. Esto era peor que cualquier otra cosa por la que había tenido que pasar, pero él no lo entendía. Vhalla se había imaginado luchando en un campo de batalla. En cada preparación mental para las batallas por venir, Vhalla se había imaginado enfrentada a un enemigo sin rostro, algo informe e incorpóreo; se había visto luchando contra el Norte como una entidad, no como personas normales y corrientes.

Este era un enemigo que no podía mantenerse en pie. Era un enemigo que estaba encorvado y suplicando. Un enemigo que solo rogaba poder disfrutar de los últimos retazos de felicidad que podían reunir con los jirones de sus vidas destrozadas. Vhalla no estaba ahí para ser una soldado del imperio, ni su campeona. Estaba ahí para ser la mayor verdugo utilizada jamás por el imperio Solaris.

Ya no era una guerra; era una masacre en ciernes.

—Los almacenes de comida —le recordó Aldrik, mientras el calor mágico de sus manos hormigueaba por las mejillas Proyectadas de Vhalla.

Tenía que moverse. Aldrik estaba en lo cierto. Esto terminaría con o sin ella, y ella podía aliviar el sufrimiento acortándolo. Vhalla quería llorar y gritar a cada paso que daba. La gente era ajena al enemigo que se desplazaba entre ellos. Vhalla blindó su corazón. Había aprendido a hacerlo como Serien, y la sombra de la otra mujer levitaba protectora sobre ella.

Mientras se aventuraba más hondo en el palacio, en busca del lugar donde guardaban sus principales reservas de comida, oyó algo que no había esperado: la lengua común del Sur. Se quedó paralizada y trató de encontrar la fuente de esas palabras familiares. La persona que hablaba era norteña, a juzgar por su acento marcado.

Vhalla entró sin problemas en una de las enormes tiendas. Le recordó a la Torre de los Hechiceros: una gran sala central y una escalera en curva que llevaba al siguiente rellano. Vhalla siguió los sonidos hacia arriba y cruzó un espacio abierto hasta una de las habitaciones construidas pegadas al exterior del árbol.

—… dijiste que estarían muertos. —Vhalla pasó por una puerta y encontró a la arquera de antes caminando por una habitación pequeña.

—Y tú habías prometido entregarnos a la Caminante del Viento, *viva.*

A Vhalla se le heló la sangre en las venas al girarse hacia la otra mitad del espacio. Un hombre occidental, sucio y con aspecto cansado, estaba sentado sobre uno de los bancos bajos y planos. Tenía el pelo grasiento y el rostro demacrado, pero no parecía incómodo. No estaba encadenado ni atado. Estaba relajado en compañía de la norteña, pese a que su armadura de estilo sureño chocaba de manera extraña con su entorno.

—¿Por qué quieres tanto a la Caminante del Viento? —preguntó con desdén la mujer con su acento cerrado.

—Mis hombres cumplieron su parte del trato: desorientaron a las tropas en el Desfiladero a pesar de que las tuyas se habían desmandado en la Encrucijada y habían decidido matar a la chica después de que nosotros los hubiésemos escondido y atendido con gran generosidad.

El mundo de Vhalla se paralizó a medida que el hombre hablaba.

—*Gwaeru* —dijo la mujer, seguido de una serie de palabras apasionadas que Vhalla solo pudo suponer que eran insultos.

Vhalla estudió a la norteña con atención. Su pelo largo y negro estaba recogido en múltiples trencitas, recogidas a su vez en un intrincado moño en la parte de atrás de su cabeza. Llevaba ropa parecida a la de los otros guerreros norteños que Vhalla había visto: prendas de cuero y lo que parecía un pendón con elaborados bordados y un agujero cortado para la cabeza, ceñido con un cinturón a la cintura.

Vhalla tomó nota de los pedazos de corteza de aspecto pétreo atados sobre sus hombros a modo de armadura. *No es una Rompedora de Tierra.*

—¿Cómo dices? —resonó la voz de Aldrik por encima de la conversación.

Vhalla había olvidado que sus pensamientos le llegarían también a él. *Te lo cuento enseguida. Ahora necesito escuchar*, se apresuró a decir Vhalla, pues no quería perderse nada de la discusión que tenía lugar delante de ella.

—Te ayudaremos a que la familia imperial muera mientras duerme, siempre y cuando tú entregues a la Caminante del Viento a los Caballeros de Jadar. Ese fue el trato desde el principio. Y he de recordarte otra vez, antes de que salgas corriendo a disparar más flechas, que la queremos *viva*. —El hombre se echó hacia delante, los codos en las rodillas—. Cualquier otro intento de matarla y nos veremos obligados a asumir que el trato se ha roto.

Eso enfureció a la mujer.

—¡Lo que dices no tiene ningún sentido! Haremos trato nuevo. Vosotros matáis a la familia Solaris sin ayuda de Shaldan y os lleváis a la Caminante del Viento cuando esté desprotegida. En agradecimiento, ¡Shaldan os dará a *achel*!

Eso hizo que el hombre pensase en silencio durante un momento.

—¿Tenéis el hacha? —preguntó con interés genuino.

—Shaldan conoce su historia. No hemos olvidado, como han hecho muchos del sur —respondió la mujer de manera enigmática.

El cerebro de Vhalla ató cabos de repente. El hacha de la que estaban hablando... no podía ser la misma que le había mencionado el ministro Victor, ¿verdad? Él le había dicho que era un hacha que podía cortar a través de cualquier cosa y que haría invencible a quienquiera que la portase.

—¿Por qué no habéis utilizado el hacha, si la tenéis? —El occidental arqueó las cejas—. La Espada de Jadar ayudó a los caballeros a mantener a raya al imperio durante diez años.

Vhalla no había leído nunca nada sobre ninguna espada especial en las batallas de Mhashan.

—¿Crees que guardamos algo así aquí? ¿Dentro de la sagrada Soricium? —preguntó la mujer con desdén—. No, esa arma monstruosa descansa donde debe, bajo los ojos atentos de los más ancianos.

—Si lo que dices es verdad...

—Digo verdad.

—Tendré que consultarlo con mis camaradas. —El hombre se puso en pie, aunque tuvo especial cuidado con la pierna derecha—. Enviarás el mensaje mañana.

—Mañana. —La mujer asintió y maldijo en voz baja mientras pasaba hecha un basilisco por delante de la forma Proyectada de Vhalla para salir al pasillo. Cerró la puerta de un portazo a su espalda.

Vhalla siguió al hombre con la mirada mientras este caminaba despacio hacia la ventana, con una leve cojera. La joven levantó la mano y vio la forma borrosa del hombre al otro lado. Si pudiese utilizar su magia en esta forma, podría hacerlo caer por la ventana con una ráfaga de viento. Podría hacerlo caer dando volteretas por el lado del árbol y hasta el implacable suelo cuatro pisos más abajo.

—¿Vhalla? —Aldrik la distrajo de sus pensamientos asesinos—. ¿Has encontrado ya los almacenes de alimentos?

*No, miraré otra vez.* Se arrastró fuera de la habitación con toda la fuerza de voluntad que poseía y volvió a bajar por las escaleras.

—¿Otra vez? ¿No los has estado buscando? —La preocupación de Aldrik era evidente.

*Te lo contaré todo cuando no esté Proyectando. Estoy muy cansada.* Vhalla levantó la vista hacia el sol cuando volvió a emerger en la planta baja. Nunca había pasado tanto tiempo Proyectada; regresar a su cuerpo físico ya iba a ser difícil.

Aldrik guardó silencio mientras ella deambulaba por el campamento una vez más. La conversación que había oído solo había servido para empeorar su humor y confundir sus sentimientos aún más. Volvía a odiar a los norteños, pero solo al grupo selecto que apoyaba la guerra para lograr sus propios objetivos personales.

Vhalla estaba descubriendo que no era una región o una raza de personas lo que la amargaba, era un tipo de personas. Eran los líderes que estaban dispuestos a hacer cualquier cosa por su legado. Odiaba a los que se aferraban al pasado a costa del futuro. Más que nada, no podía soportar al tipo de personas que se preocupaban solo de sí mismas a costa de los demás.

Vhalla se preguntó qué tipo de persona era ella. ¿Su simpatía por los plebeyos la absolvía de ser la verdugo de la corona? ¿Su odio hacia el emperador borraba la culpa de retorcer el cuchillo en el moribundo vientre del Norte? ¿Su amor por Aldrik justificaba el aceptar sus palabras de que así era como tenía que ser? ¿De que el impulso que los llevaba hacia otra masacre no podía detenerse?

Vhalla regresó a su cuerpo despacio. Notaba la cabeza pesada y los ojos borrosos por la restricción de su campo visual. Aldrik estaba a su lado, pero los oídos de Vhalla aún no se habían alineado del todo y las palabras del príncipe sonaban embarulladas. Vhalla se concentró en encontrar su corazón, después sus pulmones, y después todo lo demás.

—Aldrik —graznó.

—Mi amor —susurró él, el rostro iluminado por el sol que entraba por la ventana abierta.

Las lágrimas quemaban el pecho de Vhalla y bajaban como riachuelos por sus mejillas. Hipó y estiró las manos hacia Aldrik cuando este la envolvió entre sus brazos. Vhalla trató de aferrarse con la mayor fuerza posible a su camisa, enterró la cara contra su pecho y dejó que todo lo que él era la engullese. Extrajo fuerzas de su calor, estabilidad del corazón que latía al mismo ritmo que el suyo, consuelo de cómo olía.

Aldrik no dijo nada mientras ella lloraba. Se recolocó un poco para dejar que se acurrucase contra él, pero no intentó detener sus lágrimas. Sabía lo que hacer; Vhalla se dio cuenta con un dolor sordo de que había habido un tiempo en que él había llorado esas mismas lágrimas. Había lamentado la pérdida de su humanidad, sacrificada sobre el altar de un deber que unas fuerzas más allá de su control habían construido.

Los dedos de Aldrik desenredaron su pelo con cariño, y besó la parte de arriba de su cabeza. Vhalla se apartó un poco, contempló la fantasmagórica piel sureña blanca del príncipe, ahora pintada de naranja por la luz del sol poniente. Era como si el fuego dentro de él ardiese justo debajo de su piel; brillaba de un modo demasiado bonito para el horrible rincón del mundo en el que se encontraban.

—Debemos ayudarlos —susurró Vhalla—. A los norteños.

—Vhalla. —Los labios de Aldrik se entreabrieron por la sorpresa.

—*Debemos hacerlo* —insistió—. Nadie más lo hará. Lo sé, Aldrik, lo sé. —Vhalla negó con la cabeza—. Pero no puedo mirar hacia otro lado en su caso.

Aldrik respiró hondo y Vhalla se preparó para su objeción.

—¿Qué quieres que haga? ¿Cómo crees que puedo ayudarlos?

El rostro de Aldrik se enturbió al otro lado de los ojos lacrimosos de Vhalla. Se estaba ofreciendo a ayudar. Vhalla había esperado verlo reservado, que insistiese en que era inevitable. Había una especie de confusión perdida en la cara de Aldrik, pero su príncipe hablaba con sinceridad.

—Serás el emperador de la paz. —Decirlo en voz alta hizo que un pequeño escalofrío bajase rodando por sus brazos y hasta las manos que él sujetaba con fuerza. Aldrik iba a ser el emperador. Este hombre, su amor, iba a ser el emperador—. Empieza a consolidar tu puesto como tal ahora.

—Si pido indulgencia en la batalla, perderé el respeto de todos los soldados.

Vhalla contempló ceñuda el rincón de la habitación, frustrada por esa verdad.

—Lo sé. Pero cuando la guerra termine, comprométete a reconstruir el Norte, sus casas.

—El coste de eso, Vhalla…

—¿Tu padre y tu hermano no trajeron tesoros de vuelta con ellos desde el frente? —Se enderezó y se frotó los ojos con el talón de la mano—. ¿Acaso no se ha beneficiado el imperio con tierras y saqueos?

Aldrik guardó silencio.

Vhalla estaba cansada, más que cansada, pero también estaba decidida.

—Devuélveles esa riqueza y reconstruye esta tierra. Demuéstrales que el imperio que tienen razones de sobra para odiar no es solo malvado.

Aldrik la miró como si no la hubiese visto jamás. Puso sus manos sobre las mejillas de Vhalla, a ambos lados de su cara.

—Sí, mi dama, lo haré.

—¿Qué? —Vhalla no había esperado que aceptase sus sugerencias con tanta facilidad.

—Tienes razón. Prometo que verás cómo esto se hace realidad.

—¿En serio? —preguntó con escepticismo.

—¿Alguna vez he roto una promesa que te haya hecho? —La comisura de la boca de Aldrik se curvó hacia arriba. Vhalla negó con la cabeza, mientras él seguía acariciando sus mejillas con los pulgares—. Y nunca lo haré.

Aldrik atrajo la cara de Vhalla hacia la suya y esta recibió su boca con un beso firme y hambriento.

—Tú le devolverás el corazón a este imperio, mi dama. —Aldrik apoyó la frente contra la de ella—. Intentaré que esta guerra acabe lo antes posible y, cuando esté hecho, hablaré a favor del Norte y de su gente.

—Gracias. —Vhalla apretó los labios contra los de él en señal de gratitud.

Era una demostración barata. Vhalla sabía que no los absolvía. Era como intentar lavar la sangre de sus manos con barro, sin importar que estuviesen mugrientas con los actos que estaban cometiendo. Pero era todo lo que podían hacer.

*Era mejor que nada*, se insistió a sí misma. Habría un tiempo, cuando la guerra terminase, para averiguar cómo más podía ayudar. Por el momento, se centraría en acabar con ella lo más deprisa que pudiera y con la mayor limpieza posible.

—Deja que te diga dónde están los almacenes de comida.

Aldrik pasó la siguiente hora asomado por encima del hombro de Vhalla mientras esta trazaba diagramas chuecos de lo que había visto. Hizo todo lo que pudo por etiquetarlo todo, desde los recintos del ganado hasta la zona donde se apiñaba el grupo más denso de civiles. La pluma se detuvo en el aire.

—Hay algo más —empezó Vhalla despacio, sin tener muy claro cómo proceder.

—¿Qué? —Aldrik pudo deducir bastante de su tono.

—Encontré a un hombre occidental entre ellos.

—Sería un prisionero de guerra. —Aldrik apoyó una mano en su hombro—. Estuvimos tanteando Soricium durante meses antes de poder cortar un camino a través para montar el asedio.

—No, no estaba retenido en contra de su voluntad. —Vhalla contempló el papel delante de ella y la mano de Aldrik se apretó. Era demasiado listo para no comprender al instante lo que estaba diciendo—. Había hecho un trato con ellos, en nombre de los Caballeros de

Jadar: si el Norte me atrapaba y me entregaba a ellos viva, ellos matarían a la familia Solaris.

Vhalla levantó la vista hacia Aldrik. El príncipe mostraba una quietud asesina. Ella guardó silencio para dejarle formular la mejor respuesta.

Aldrik giró sobre los talones, el fuego crepitaba alrededor de sus puños. Echó a andar hacia la puerta. Vhalla se levantó al instante, pero la habitación daba vueltas por su agotamiento y tuvo que agarrarse a la silla para no caerse. Aldrik se detuvo, miró con atención su figura cansada. Volvió a su lado de inmediato y recogió sus embarullados bocetos.

—¿Cuándo dormiste por última vez? —Aldrik la medio sujetó y giró con ella hacia la cama.

—Dormí un poco hace un par de noches —admitió Vhalla—. Y contigo, ayer.

—Debes descansar —susurró contra los labios de Vhalla, y selló su petición con un beso.

—Es de noche, debería...

—Ahora te vas a quedar aquí. —Aldrik retiró las mantas de la cama.

—¿Qué? —Se había puesto roja como un tomate ante esa idea.

—Ahí fuera no estás a salvo, no si los Caballeros están organizando un numerito. No volveré a dejar que te alejes de mí. Por lo que respecta a mi padre, me quedaré con Baldair en su cuarto. —Aldrik hizo una pausa para ayudarla a meterse debajo de las mantas—. Pero vendré tan a menudo como quieras.

Vhalla estaba demasiado cansada para discutir con él y las almohadas ya la estaban envolviendo en su hechizo. Agarró la mano de Aldrik con fuerza.

—Tu padre —protestó.

—Vhalla, no voy a pedirle esto. Voy a informarle de ello —declaró Aldrik en un tono que ella no le había oído utilizar nunca. Lo miró asombrada mientras él se enderezaba—. Volveré luego, al menos para ver cómo estás, pero por el momento, descansa. Pase lo que pase, no estaré lejos.

Vhalla asintió y Aldrik salió de la habitación. Caminaba más erguido, con una especie de confianza que Vhalla no había visto en él jamás. No sabía exactamente qué estaba cambiando a su príncipe, pero había algo distinto, lo había oído en sus palabras.

No había hablado como un príncipe. Había hablado como un emperador.

# CAPÍTULO
## 11

Vhalla se removió al abrirse la puerta. Recordó el día aterrada y visualizó de inmediato a una figura encapuchada que se dirigía hacia ella con una daga en la mano. Tomó aire y se sentó, todos los músculos en tensión, lista para luchar o huir.

Los ojos de Aldrik captaron la tenue luz de la luna y centellearon en la oscuridad. Se quedó quieto, como si esperase que ella lo echase del cuarto. Vhalla contuvo la respiración. El príncipe heredero había acudido a hurtadillas a su lado bajo la protección de la noche. Parecía otro mundo, como si el día fuese el sueño y este momento fuese real.

La puerta suspiró con suavidad cuando Aldrik la cerró del todo; luego cruzó hasta la cama, su respiración lenta y pausada. La miró desde lo alto con unos ojos que ella solo había visto una vez antes pero que se alegraba de volver a ver ahora. Vhalla se apoyó en los codos, atraída por el deseo de encontrarse con su boca cuando esta descendió hacia ella.

El colchón cedió bajo el peso del príncipe, y este hizo que todos los pensamientos de Vhalla se esfumaran con la adoración que hizo caer sobre ella. Aldrik sabía a metal y a humo y al regusto dulce del licor. La magia estaba caliente sobre su lengua y se fundió con la piel de Vhalla. Esta cedió su control, echó la cabeza atrás y dejó que el príncipe tomara lo que quería.

Se deleitó en la confianza de las manos de Aldrik, que aliviaron las penurias del día. Descartaron los feos jirones de tela que la confinaban y dejaron las emociones de Vhalla desnudas delante de él, la esencia cruda de quien era.

La destreza de los dedos y las caderas de Aldrik hizo que a Vhalla se le cortase la respiración en cuestión de segundos. Ahora que su miedo inicial a tenerla se había diluido, una nueva llama había prendido en el interior del príncipe. Se movía a placer, explorando a Vhalla como si fuese un enigma fabricado para él, y solo para él, por los mismísimos dioses.

A un nivel más profundo que el físico, la magia de Vhalla atrajo a la de él y se enroscó alrededor de ella. Se enredó sin remedio a través de su Vínculo, de su Unión, y los convirtió en un batiburrillo crudo y precioso. Aldrik era de una temeridad maravillosa. No levantó muros ante el cuerpo o la mente de Vhalla, y esta exploró y saboreó cada rincón oscuro y secreto de él.

Para cuando los primeros rayos de sol grisáceos se colaron en la habitación, habían conseguido dormir solo unas pocas horas. Vhalla estaba tumbada sobre el costado, la cara de Aldrik enterrada en su pelo y la respiración del príncipe caliente contra su cuello. Uno de los brazos del príncipe heredero se había deslizado alrededor del tronco desnudo de Vhalla, el otro remetido debajo de la almohada.

La Caminante del Viento parpadeó cansada en dirección al implacable amanecer. La luz era tan cruda que eliminaba con su ardor los sueños febriles y acalorados de la noche. Notó que Aldrik se removía.

—No te vayas —susurró.

—Está amaneciendo y mi padre cree que estoy durmiendo con Baldair. —Su voz sonó pastosa y áspera por el sueño.

—Me volveré loca si te marchas de esta cama. —Vhalla le agarró la mano con fuerza.

—Y puede que yo me vuelva loco si me quedo. —Aldrik hundió los dientes en la piel suave donde el cuello de Vhalla se encontraba con su hombro.

—Sería imposible que... —Las palabras de Vhalla se perdieron cuando Aldrik empujó con sus caderas contra ella—. ¡Eres insaciable!

Se contoneó en sus brazos para mirarlo. Aldrik tenía una sonrisa medio beoda dibujada con pereza en los labios. Su pelo era un caos azabache, desparramado en parte sobre los hombros y enredado contra la almohada. Vhalla había descubierto a un príncipe que nadie sabía que existía y lo había hecho suyo.

—He tenido un sueño de lo más maravilloso —murmuró él.

—¿Ah, sí? —Vhalla pasó los dedos por su pelo, pero se engancharon en un nudo—. ¿De qué iba?

—De lo más maravilloso que tengo. —El príncipe agarró la mano de Vhalla y se la llevó a los labios—. De ti.

A pesar de todo, aún podía hacer que Vhalla se sonrojara.

—¿Tienes ese tipo de sueños con frecuencia?

Aldrik hizo una pausa y contestó con cierta vacilación.

—En realidad, sí. —Apretó la boca contra la de ella—. Aunque, claro, puede que eso no sea demasiado sorprendente, pues estoy bastante enamorado de ti.

Vhalla sonrió contra sus labios y Aldrik engulló su júbilo con avidez. Retrasaron el amanecer todo lo que pudieron, pero el momento se hizo añicos cuando oyeron una puerta cerrarse al final del pasillo. A Vhalla se le quedó la sangre helada y Aldrik apretó los brazos a su alrededor. Esta vez, el gesto fue puramente protector.

Los pasos del emperador se acercaron, antes de girar hacia la sala principal.

—Debería irme —susurró Aldrik a toda prisa. Vhalla suspiró, pero no puso más objeciones. El príncipe se levantó y ella observó con descaro cómo se vestía—. Te veré en un rato.

Vhalla se quedó tumbada en la cama e hizo caso omiso del sol naciente durante más tiempo del que era apropiado. Por fin, cuando las mantas perdieron el calor de Aldrik, se decidió a levantarse. Se vistió despacio, contenta de descubrir que el montoncito de ropa que había generado por quedarse en la habitación de Aldrik antes de que él llegara seguía en el mismo sitio.

Cuando por fin emergió, la recibió una sala principal casi vacía. Baldair estaba sentado solo, estudiando unos papeles, platos más bien vacíos desperdigados a su alrededor.

—Te has perdido el desayuno. —El príncipe la miró desde donde estaba.

—Ya lo veo. —Vhalla se sentó ante un plato intacto, uno que solo podía asumir que era para ella.

—Además, estaba buenísimo. —Baldair puso los ojos en blanco.

—Apuesto a que sí. —Vhalla arrancó un pedazo de pan rancio sin ninguna ceremonia. Se hizo el silencio entre ellos, pero no era incómodo. Vhalla había empezado a comprender a Baldair, o al menos eso creía. Durante el tiempo que había pasado con su hermano y con él mismo, había empezado a descubrir y a ver por dónde iba el príncipe más joven—. Entonces, ¿te lo ha contado?

Baldair asintió.

—Nos lo dijo a mi padre y a mí ayer por la noche. ¿Es verdad?

—¿A qué te refieres? —Vhalla se preguntó de pronto si la había malinterpretado.

—A lo de que hay un grupo occidental que pretende ayudar al Norte a matarnos —repuso Baldair con seriedad.

—¿Crees que mentiría sobre algo así? —Vhalla frunció el ceño.

—Bueno, sería una manera muy conveniente de poder pasar todas las noches en su cama.

Vhalla puso los ojos en blanco.

—Pasaría todas las noches en su cama si nos diera la gana. Para ser sincera, preferiría tener que colarme a hurtadillas para hacerlo que tener que enfrentarme a la ira de tu padre.

—En eso tienes mucha razón. —Baldair se rio—. Pero por desgracia, no es algo que vayas a poder utilizar para convencer a mi padre de que dices la verdad.

—Tu padre decide lo que quiere pensar de mí e ignora todo lo demás. —Vhalla jugueteó con algo de carne y salsa en su plato con la esperanza de que ablandase el trozo de pan rancio.

—¿Sabes? He decidido que me gusta esta faceta tuya. —Baldair la observó pensativo y Vhalla le lanzó una mirada que lo animaba a continuar—. La confianza atrevida —aclaró—. Veo pinceladas de Aldrik, hasta el punto de saber que tu atrevimiento me dará un dolor de cabeza antes o después… cuando esté dirigido a mí. Pero al mismo tiempo, es lo opuesto a él. Es mucho más vivaz. Te has vuelto bastante decidida.

—¿Sí? —preguntó, poco convencida.

—Sí —declaró Baldair con convicción—. Y veo cómo eso le está devolviendo vida a mi hermano, cosa que no había visto en años.

Vhalla no quiso dejar pasar la oportunidad.

—Háblame más de tu hermano y de ti.

—¿Qué quieres saber? —Baldair reunió todo el tacto que poseía para preguntarlo con delicadeza.

—¿Qué pasó entre vosotros? —El príncipe suspiró—. Parecéis estar luchando por las mismas cosas, incluso por la felicidad del otro, o eso he visto y te he oído afirmar —comentó Vhalla—. Entonces, ¿por qué os tratáis como su fueseis enemigos?

—Hay cierta fealdad debajo de esa pregunta que no estoy seguro de que quieras ver.

—¿Qué? ¿Crees que va a hacer añicos la preciosa imagen que tengo de mi familia soberana? —preguntó Vhalla con incredulidad. Baldair ya se estaba riendo otra vez.

—¿Por qué no se lo preguntas a Aldrik?

—Lo haré, más tarde. —Quería oír lo que ambos príncipes tenían que decir—. Pero ahora te lo estoy preguntando a ti.

—Eres insufrible. —No había ni asomo de malicia en su afirmación.

—Sí, ya me lo han dicho otras veces. —Vhalla sonrió de oreja a oreja.

—*Oh, por la Madre*, no quiero ni pensar en las cosas que te habrá llamado mi hermano. —Baldair sacudió la cabeza y la agachó un momento, mientras respiraba hondo—. De niños, teníamos una relación cercana. —El príncipe dorado echó la cabeza hacia atrás—. Yo lo veneraba. Él era todo lo que yo creía que era admirable en el mundo. Era mágico, poderoso, amable y compuesto, incluso de niño. Iba a ser el emperador y era *mi* hermano. —Vhalla masticó en silencio, pues no quería distraer a Baldair de sus recuerdos—. Todos los sirvientes nos recordaban que algún día Aldrik se haría un hombre y no podría seguir jugando conmigo. Así que siempre supe que ese momento llegaría. —Baldair respiró hondo—. Pero no fue como dijeron.

—¿El qué no lo fue? —preguntó Vhalla en voz baja, sin querer sacar al menor de los príncipes de su trance inducido por los recuerdos. Aquello era lo más que había averiguado, aparte de historias de pasada relatadas por ambos príncipes, y Vhalla sabía que había algo importante a punto de salir a la luz aquí. En el fondo de su mente, algo rondaba de un modo perezoso, algo que quería que ella recordase un detalle importante de lo que Baldair iba a decir a continuación.

—Esperaba que fuese cuando se convirtiera en hombre, después de su mayoría de edad a los quince años. —Baldair negó con la cabeza—. Pero hubo una noche lluviosa, Aldrik todavía tenía catorce años. Ni siquiera sé lo que pasó, pero todo cambió. Se encerró en su habitación y se negó a salir durante semanas. Los clérigos entraban y salían con rostros sombríos, pero nunca averigüé qué lo afligía.

»Él me ignoró durante todo ese tiempo, sin importar todas las veces que fui a su puerta a llamarlo. —El tono de Baldair se volvió amargo—. Cuando por fin salió de la habitación, ya no era mi hermano.

Las palabras hicieron que a Vhalla le doliese el corazón por ambos. Algo se había torcido de un modo muy muy horrible y antinatural.

—Desde entonces pasaba más tiempo en la Torre. No hacía nada más que rondar por la biblioteca, incluso después de que acabasen nuestras clases. Era un autómata, una cáscara vacía. —Baldair apretó el puño y lo estampó contra la mesa. Vhalla dio un respingo, pero el príncipe no pareció darse cuenta de su acción. Continuó hablando como si tal cosa—. Ahí es cuando lo supe. Supe que era porque él era el príncipe heredero y yo era solo el reserva. Yo no era lo bastante bueno. Jamás sería lo bastante bueno.

»Empecé a meterme en peleas. Me aficioné a las mujeres en cuanto fui lo bastante mayor para saber siquiera lo que eran. Y eso era agradable... aún lo es. —Baldair se rio entre dientes, pero fue un sonido triste y hueco, desprovisto de su melodía habitual—. ¿Qué importaba? A nadie le preocupaba; sigue sin preocuparles.

»Lo bauticé como la «oveja negra». —Baldair hizo una pausa, como si pensara en eso por primera vez—. Le dije que la oveja negra era una persona indeseada. Alguien que no estaba bien y no pertenecía a su entorno. Que él era la oveja negra debido a su pelo negro y su hechicería. Después de todo, nadie más en nuestra familia tenía ese aspecto. Creo que fue después de eso cuando empezó a vestir más de negro.

De repente, los ojos del príncipe dorado se llenaron de una especie de pánico infantil.

—¿No crees que él... que ahora viste de negro porque yo...? No, ¿verdad?

Vhalla abrió la boca, pero censuró la verdad al instante. Sabía lo suficiente sobre su príncipe para no tener ninguna duda de que la elección de Aldrik en materia de ropa había sido directamente influenciada por su hermano, aunque ese no fuese el único catalizador.

—Deberías preguntárselo a él.

—¿Acaso no has estado escuchando? ¿No nos has visto? —Baldair sacudió la cabeza—. Nosotros no hablamos. Esto no tiene un final feliz, Vhalla. Esta no es una de esas historias en las que los dos miembros distanciados de la familia se vuelven a reunir y crean un nuevo vínculo entre ellos.

—¿Por qué no? —preguntó Vhalla. Baldair parecía no encontrar respuesta a eso—. ¿Por qué no empezáis a escribir un nuevo capítulo? —Vhalla sonrió. La oleada instantánea de emoción, de esperanza, en la cara del joven príncipe lo delató—. Aldrik es más confiado de lo que crees.

—Contigo —señaló Baldair.

—Entonces os ayudaré. —No era asunto suyo hacer lo que estaba haciendo. Las vidas de los príncipes se habían decidido una década antes de que Vhalla conociese siquiera a ninguno de ellos. Pero estaba demasiado comprometida para parar. Había una extraña sensación de absolución en el hecho de ayudarlos, como si eso pudiese proteger a una parte pequeña de su alma—. Si de verdad quieres crear nuevos lazos con él, te ayudaré.

—¿Por qué? —El príncipe más joven no parecía capaz de encontrar más palabras que esas.

—Porque lo quiero. —Baldair no se sobresaltó, lo cual lo honraba—. Porque no es tan listo como cree, no cuando se trata de esto, y tú eres demasiado visceral para expresar lo que de verdad quieres decir.

—Me hieres —se burló, con una carcajada.

—Sí, claro. —Vhalla agitó el tenedor por el aire, al tiempo que se metía otro poco de comida en la boca.

Las puertas del extremo opuesto de la sala se abrieron para dar paso a Aldrik, el emperador y un puñado de mayores detrás de ellos. Los ojos de Vhalla se posaron al instante en el mayor Schnurr, al tiempo que se ponía de pie con los músculos agarrotados. Estaba claro que el hombre no le tenía ninguna simpatía, dada la expresión que puso en cuanto la vio. Vhalla lo miró con el mismo escepticismo, teniendo muy presente que cualquiera entre ellos podía ser un espía. Si fuese aficionada a las apuestas, apostaría su dinero por él.

—Me alegro de verte despierta, *milady*. —Aldrik fue más rápido que su padre.

—Buenos días, mi príncipe. —Vhalla agachó la cara con respeto, pero mantuvo los ojos arriba para ver qué información lograba descifrar de su expresión. Aldrik esbozó una sonrisa radiante en dirección a Vhalla; era obvio que se alegraba de verla.

—Los mayores tienen algunas preguntas con respecto a tus Proyecciones que no pude contestar durante el desayuno. —Aldrik los condujo hacia la mesa alta. Vhalla reconoció sus torpes bocetos del interior de la fortaleza.

—¿Los habéis informado de mis hallazgos? —preguntó Vhalla con delicadeza, mirando a Aldrik por el rabillo del ojo.

—La información relevante sobre el interior del palacio —afirmó.

Vhalla interpretó sus palabras como que gran parte de los mayores no sabían que había traidores entre ellos. Era probable que así fuese mejor. Poner a los mayores histéricos solo haría que la persona o personas implicadas fuesen más difíciles de encontrar, pues seguro que les daban indicios a los espías de que habían sido descubiertos.

—De aquí a aquí. —Erion señaló de la muralla exterior a la interior—. ¿Qué anchura hay?

—Unos cuatro hombres tumbados en fila —contestó Vhalla, haciendo caso omiso del emperador, que se acababa de instalar al final de la mesa. Vhalla agradeció que Aldrik se colocara entre ella y su padre.

—¿Y de aquí a aquí? —El brazal dorado de Craig centelleó cuando señaló a una de las chozas que Vhalla había marcado como almacén de comida.

—Otros diez hombres o así —calculó Vhalla.

—Entonces, los fundíbulos llegarán —caviló Craig.

—Deberían —convino Erion, y los dos hombres se volvieron hacia el emperador.

—Señorita Yarl —masculló el emperador, como si hiciera rechinar cristal entre los dientes—. ¿Estás segura de la ubicación de los almacenes de comida?

—Sí, lo estoy —repuso con firmeza.

—¿Su construcción?

—Parecida a lo que tenemos aquí. Lona, pieles, cuero, madera.

Vhalla se agarró a la mesa, consciente de las órdenes que estaban a punto de emitirse. Observó los mapas que había dibujado. La tinta que había sellado el destino de los norteños entre los que había caminado.

—Se ha propuesto que lancemos objetos en llamas o ganado muerto para destruir y envenenar sus reservas de alimentos. Prolongar el asedio y matarlos de hambre, en lugar de arriesgarnos con un ataque abierto con todas nuestras fuerzas —declaró el emperador, lo cual confirmaba las sospechas de Vhalla—. ¿Qué opinas tú?

Vhalla estudió la cara del emperador. ¿Qué respuesta querría que diera? *Esto era un juego, era todo un juego.* Vhalla plantó bien los pies en el suelo y mantuvo la cabeza alta.

—No funcionará —proclamó con valentía, para consternación de la mesa entera—. Debemos atacarlos de frente y de inmediato.

—¿Perdona? —El emperador estaba demasiado sorprendido por la tenacidad de Vhalla para formular una contestación más contundente.

Vhalla se recordó lo que era. Ella era muerte; era la verdugo del Norte. Bueno, pues si el destino de los norteños estaba en sus manos, columpiaría el hacha lo más deprisa y del modo más limpio posible.

—¿Qué es esta traición? —preguntó el mayor Schnurr con desdén—. ¿Cómo osas expresar ideas contrarias a la voluntad del emperador?

—Expreso lo que nos conducirá a la victoria —replicó Vhalla.

—¿Victoria? —se burló el mayor—. ¿Qué sabe una niña pequeña sobre batallas y victorias?

El mayor occidental sabía justo qué decir para hacer hervir la sangre de Vhalla.

—Sé cosas de sobra.

El resto de la mesa permaneció en silencio, sin atreverse a entrar en la insensata batalla verbal en la que había decidido enzarzarse la Caminante del Viento.

—¿Tú? ¿Una aprendiza de bibliotecaria de baja cuna? Seguro que te enseñaron a leer a los quince años. —El mayor no tenía ningún interés en ceder.

—Me enseñaron a leer a los seis años —lo interrumpió Vhalla.

Unas cuantas cejas se arquearon.

—Imposible, tú...

—Mayor, con todo el respeto, no sabe *nada* sobre mí. Le respeto, les respeto a todos. —Vhalla miró alrededor de la mesa, el cuello estirado, la barbilla fuerte. Se aseguró de alargar las palabras y de evitar las conjunciones, como hacían las clases altas, como hacían Aldrik y el emperador—. Se criaron rodeados de nobleza. Conocen un mundo que yo no conozco. Saben qué tenedores utilizar en ocasiones formales y no vacilan en batalla. Pero yo me crie en un mundo que ninguno de ustedes puede ni imaginar.

Vhalla se giró otra vez hacia el mayor Schnurr para volver a centrar su frustración solo en él.

—Yo me crie en un mundo en el que tenía miles de amigos, cada uno de los cuales me esperaba en una estantería, todos y cada uno de los días. Mientras ustedes practicaban con el arco o la espada, yo leía. La Biblioteca Imperial es el hogar de mis confidentes, y pasé casi una década aferrada a cada una de sus palabras. Las conozco bien y, si *dejan de cuestionarme*, seré tan amable de compartir sus secretos con todos los presentes.

Las bocas abiertas permanecieron calladas y los ojos como platos la observaban con atención. Vhalla tragó saliva. Todavía no había dormido lo suficiente. Estaba cansada por la falta de sueño y por que aún la viesen como la chica que ya no era.

—Continúa, señorita Yarl. Todos queremos oír lo que tienes que decir —la instó por fin el mayor Zerian en nombre de toda la mesa.

Vhalla asintió aliviada en su dirección. Respiró hondo para tratar de recuperar la compostura. Nadie la tomaría en serio si la consideraban demasiado sensiblera.

—No vamos a matarlos de hambre. No vamos a obligarlos a rendirse a base de hacer miserables sus vidas. El ejército lleva ocho meses haciendo eso sin ningún resultado real. —Vhalla señaló a los papeles desperdigados sobre la mesa—. Para los clanes de Shaldan, Soricium es vida. —No estaba dispuesta a desacreditar su orgullosa historia englobándolos a todos como «el Norte»—. En el acervo popular de

Shaldan, Soricium es el lugar natal del mundo. Consideran que ese bosque está compuesto por los árboles primordiales que los antiguos dioses crearon primero.

Vhalla se devanó los sesos mientras repasaba en su cabeza cada libro polvoriento de los archivos que había leído en su vida. Recurrió a datos de la noche que Aldrik había regresado, la noche en la que había leído más acerca del Norte de una sola tacada de lo que había leído hasta entonces. La noche que Vhalla había salvado al príncipe... Ahora rezó por haber obtenido también esa noche los conocimientos suficientes para salvar incontables vidas más poniendo fin a esta guerra lo más deprisa posible.

—Se dice que el clan principal desciende de esos habitantes originales, una estirpe pura que se remonta al principio de los tiempos. Son un pueblo que considera que sus líderes descienden de los dioses. Esperar que abandonen su tierra, su hogar, su linaje está destinado al fracaso. *Soricium es Shaldan*, y el Clan Principal es Soricium. Si no entienden eso, no podrán comprender por qué los clanes continúan luchando cuando el imperio les ha arrebatado gran parte de sus tierras.

—Entonces, ¿qué propones hacer? —preguntó Baldair.

Vhalla le dedicó un leve asentimiento de agradecimiento por respaldarla.

—Para ganar esta guerra, debemos aplastarlos. Debemos arrasar Soricium y acabar con el clan principal. De otra manera, tendrán motivos para levantarse de nuevo.

—Parece una victoria bastante fácil —caviló una mujer.

—No espere que lo sea —la advirtió Vhalla. *¿Acaso no la habían escuchado?*—. Los norteños defenderán Soricium y al clan principal hasta el último aliento del último moribundo. Si consiguiésemos una rendición, no sería porque los asombrase nuestro poder, ni por nuestra destreza táctica, ni por ninguna ventaja en nuestro entrenamiento.

Vhalla se giró hacia el emperador, y el odio bulló ardiente en sus venas. Vio con gran claridad cuál era la misión del hombre: no deseaba la paz, *ansiaba doblegar y someter*. Anhelaba poder y el control que este le proporcionaba. La miraba con un brillo peligroso en los ojos, pero Vhalla decidió no hacer caso de la advertencia que vio en ellos.

—Depositarán sus espadas ante vuestros pies e hincarán la rodilla para salvaguardar el último rescoldo de su historia, para proteger el último árbol que quede en pie después de la brutalidad que les mostraremos.

Vhalla debería haber parado ahí, pero se vio arrastrada por el momento. Este genocidio había creado una conexión improbable con su propia historia. Ella procedía de una gente a la que habían utilizado como esclavos, a la que habían quemado solo por existir. Eso le hacía sentir asco hacia el feo asunto en el que estaba metida hasta el cuello.

—Hacer esto, golpearlos cuando están débiles, condenar a gente que no supone amenaza alguna, enviará un mensaje acerca del monstruo que ha caído sobre su tierra. Conocerán lo que es la verdadera desesperanza cuando sus símbolos y su cultura queden reducidos a un manchurrón ensangrentado sobre su suelo sagrado. Y entonces, el Norte *alimentará* a ese monstruo para saciar su apetito de conquista y tendréis vuestra victoria con la tripa bien llena.

Las palabras de Vhalla se apagaron envueltas en un silencio aturdido, y todo el mundo contuvo la respiración, a la espera de la reacción del emperador.

# CAPÍTULO 12

Vhalla sentía que estaba a punto de estallar de tanto intentar mantener todos sus nervios bien contenidos y a raya. El emperador todavía no había mostrado reacción alguna y todo el mundo permanecía atascado en un limbo. Vhalla acababa de llamar al emperador Solaris «monstruo» a la cara, y ahora esperaban su reacción. Los ojos azules del hombre estudiaban a la Caminante del Viento y ella lo estudiaba a él. La joven buscó cualquier resquicio de humanidad dentro del hombre que estaba a punto de conquistar tres países, un continente entero. Si tenía algo de humanidad, estaba tan reprimida que Vhalla no fue capaz de verla.

El emperador abrió la boca por fin.

—Entonces, ¿estamos todos de acuerdo? —preguntó Aldrik por encima de su padre. La mesa entera miró del emperador actual al futuro, confusos e inseguros—. ¿En prepararnos para lanzar un ataque en masa contra Soricium?

—Creía que era para esto para lo que la habían traído aquí en primer lugar. —Jax hizo un gesto con la barbilla en dirección a Vhalla—. No solo para decirnos dónde guardan sus verduras.

—Como era de esperar, la lógica de Vhalla es sólida —comentó Daniel, dándole también su apoyo.

A Vhalla le sorprendió ver que otros mayores asentían con la cabeza. Trató de encontrar a alguien que se mostrase en contra de su plan o que pudiese ser el potencial espía. No tuvo suerte.

—Zerian —dijo el emperador al fin, tras fijarse en el asentimiento apreciativo que el canoso mayor le estaba dedicando a Vhalla—. ¿Estás de acuerdo con ella?

—Así es, mi señor.

—¿Estás de acuerdo con una *niña pequeña*? —casi balbuceó el emperador.

—Estoy de acuerdo con el rumbo de acción que creo que mejor os conducirá a la victoria. —Zerian era demasiado viejo y curtido como para temer al emperador.

—Planearemos el ataque para dentro de menos de dos meses —anunció Aldrik—. No veo ninguna razón para alargar esto hasta la primavera.

La cabeza de Vhalla voló hacia Aldrik sorprendida. *Y entonces encajó*, todo ello. Los planes del titiritero habían dado sus frutos con tan poco esfuerzo que nadie había visto su mano invisible en ellos.

—Acordado —declaró Baldair en apoyo del príncipe heredero.

—Excelente. —Aldrik miró con atención a su hermano pequeño—. Baldair, confío en tu guardia para empezar a evaluar cómo debemos movilizar a las tropas para un ataque semejante.

El emperador le estaba lanzando una mirada asesina a su hijo mayor sin ningún disimulo. Se estaba creando una brecha de una evidencia peligrosa entre ellos. Los otros mayores se habían dado cuenta, y Vhalla empezaba a ver cómo se movían con la marea del poder, dispuestos a apostar por quienquiera que pareciese tener más posibilidades a largo plazo. Y ahora mismo, ese era Aldrik. *Pero ¿y si eso cambiaba?*

—*Lady* Vhalla, ven conmigo, por favor. —Aldrik se apartó de la mesa—. Será más útil que pases tu tiempo en la fortaleza, averiguando todo lo que puedas.

Vhalla asintió conforme y siguió a Aldrik.

—Esperaremos ansiosos toda futura información por tu parte, *lady* Vhalla. —Al hablar, el mayor Zerian ni siquiera levantó la vista del papel que Daniel le había entregado, pero su declaración le proporcionó a Vhalla unos cuantos asentimientos de apoyo más.

Siguió a Aldrik por el pasillo de atrás, sin dejar de abrir y cerrar los dedos con nerviosismo.

—¿Tenías la intención de que sucediera eso? —Vhalla fue la primera en hablar cuando entraron en la habitación. Aldrik arqueó una ceja oscura en ademán inquisitivo—. Cuando me pediste que encontrase los almacenes de comida, ¿de verdad querías saber dónde estaban para destruirlos? ¿O me pediste que los buscase solo para que otra persona pudiese sugerirlo? ¿Para luego poder acabar con la idea de prolongar el asedio más allá de la fecha límite marcada por tu padre para mi éxito?

El príncipe cruzó hacia ella, un brillo malvado y apreciativo en sus ojos.

—¿Has deducido todo eso tú sola? —Vhalla tragó saliva y asintió. La expresión de Aldrik hizo que se le calentara la piel—. Eres brillante, mi amor. —El príncipe se agachó hacia ella y todo el cuerpo de Vhalla se centró en cómo las bocas de ambos encajaban a la perfección—. Pero —la expresión de Aldrik cambió al apartarse un poco— debes tener cuidado. Hablas como una dama, empiezan a verte como una dama, pero todavía no estamos en ese punto.

—Te refieres a tu padre. —Vhalla se apartó para quitarse la armadura con actitud frustrada.

—Sigue siendo el emperador. —Aldrik suspiró. Sonaba tan poco contento como se sentía Vhalla.

—¿Por qué *es* así? —La Caminante del Viento se giró—. ¿Cómo puede ser tan cruel?

Aldrik se quedó muy quieto y Vhalla se mordió el labio. En cualquier caso, el príncipe cortó su ademán de disculparse por haber hablado así sobre su padre.

—No siempre fue así. —Ahora fue Vhalla la que se quedó quieta, pendiente de cada palabra—. Cuando yo era pequeño, apenas hablaba de guerra o de conquista. —Aldrik la miraba sin verla—. Pero eso cambió…

—¿Qué fue lo que cambió? —lo instó Vhalla.

—Unos emisarios del Norte, hace mucho tiempo, le negaron a mi padre algo que quería. Eso lo amargó. —Aldrik estaba tan quieto que sus labios apenas se movían.

—¿Qué quería?

—Los Caballeros tenían uno, y ellos... Así que Egmun le dijo que era necesario. Le contó a mi padre la historia del continente y Egmun dijo... dijo que era necesario, que era el último. Mi padre jamás dejaría que cayese en manos de los Caballeros...

—¿Qué, Aldrik? —suplicó Vhalla, impaciente por que el príncipe formulara frases cohesionadas. Le hormigueó la piel solo ante la mención del nombre del senador que más odiaba—. ¿Qué quería Egmun?

—Conocimientos. —Aldrik apretó los ojos con fuerza—. Por encima de todo, quería conocimientos... y después a mí. —Los ojos del príncipe se abrieron de golpe y hubo algo espantosamente horrible en la forma en que Aldrik la miró—. Cuando el Norte se negó, Egmun dijo que yo podía ayudar, que todavía podía hacer que mi padre estuviese orgulloso. Se lo di. Le di ese atisbo de verdad, y *yo* convertí a mi padre en lo que es ahora.

—¿Qué? —Vhalla agarró las manos de Aldrik con fuerza—. Aldrik, lo que dices no tiene ningún sentido.

—No. —Negó con la cabeza y liberó sus manos del agarre de la joven. La acción parecía tan anormal ahora que tenían una relación tan estrecha que Vhalla ni siquiera supo cómo reaccionar—. No voy a hablar de esto.

—Aldrik...

—*¡He dicho que no, Vhalla!* —La joven se apartó de él acobardada—. Lo siento, lo siento. —Aldrik sacudió la cabeza y se pellizcó el puente de la nariz con un gran suspiro—. Ya te dije que hay algunas cosas de las que nunca querré hablar. Necesito... —Tragó saliva con esfuerzo—. *Necesito* que simplemente lo aceptes.

Vhalla estudió su cara, aunque él seguía sin querer mirarla a los ojos. Había tocado un tema harto sensible. La última vez que Aldrik había actuado de un modo tan impropio de él había sido cuando ella le había confesado que sabía lo de su intento de suicidio.

Vhalla dio un paso hacia él, alargó los brazos y tiró de él hacia ella, luego apoyó la mejilla en su pecho. Los brazos de Aldrik colgaron flácidos a los lados durante unos instantes antes de envolverse alrededor de los hombros de Vhalla. Ella cerró los ojos.

—Lo acepto. Siento haber fisgoneado.

—Mi Vhalla, mi dama, mi amor —suspiró Aldrik.

—No pasa nada; lo entiendo. —En verdad, no lo entendía. Vhalla no tenía ningún secreto oscuro tan horrible que alterase su mente. No tenía nada que la bloquease de ese modo y la convirtiese en piedra con solo mencionarlo, ni siquiera la Noche de Fuego y Viento.

Pero entendía que fuera lo que fuese debía de ser horripilante. Cualquier cosa que pudiese incitar a una persona a quitarse la vida debía serlo. Vhalla tragó saliva. Había una oscuridad en lo más profundo de su príncipe en la que ella aún no había penetrado. El miedo que eso le infundía palidecía en comparación con su deseo de pasar el tiempo suficiente con él como para llevar luz a ese vacío.

El intercambio que habían tenido atormentaba los pensamientos de ambos, de modo que la Proyección de Vhalla fue silenciosa. Cruzó sin pensar la larga distancia entre el palacio del campamento y Soricium, y mantuvo sus pensamientos encerrados en la parte más interna de su mente para evitar que ninguno de ellos llegase hasta el príncipe.

Esa nube colgó por encima de ellos hasta llegar la noche. El tiempo que Vhalla pasó en el palacio no fue demasiado fructífero, algunos detalles básicos, pero nada que pudiese cambiar las tornas de la guerra a su favor. Aldrik le pidió que intentase encontrar más información acerca de los espías, pero Vhalla ni siquiera pudo encontrar al occidental. Dondequiera que estuviese, el informante consiguió evitarla, aun sin querer.

En su conjunto, la Proyección pareció decepcionante e inútil, y Vhalla se vio forzada a asimilar el hecho de que no encontraría un montón de información cada vez que entrase en Soricium. Aldrik consiguió aceptar lo mismo, con la ayuda de una o dos copas de una bebida fuerte, y poco a poco la nube se disipó. Sus días se convirtieron pronto en una repetición de reuniones cortas con los mayores por las mañanas y por las tardes, y actividades de Proyección durante el día.

Intentaron descubrir al espía y a menudo hablaban de ello en privado, pero sin ningún resultado. No obstante, sabían que los espías se estaban comunicando; era algo bien orquestado y parecían haberlo convertido en una ciencia. Vhalla escudriñaba las caras de los mayores durante las reuniones, mientras se preguntaba cuál de ellos clavaría un cuchillo entre las escápulas de Aldrik. Pero nunca sacaron nada de sus indagaciones.

Era una monotonía que acabó por rechinar contra el cerebro de Vhalla. Su curiosidad y su hambre de conocimientos nuevos estaban limitados por el hecho de que parecía estar dando muchos pasos para no llegar a ninguna parte. Y no ayudaba que Aldrik estuviese tan decidido a mantenerla bajo arresto domiciliario. Después del intento de asesinato cuando movió la torre y de haberse enterado de que había espías en el campamento, Aldrik hacía hincapié en mantenerla ocupada dentro del palacio del campamento en todo momento.

Después de dos semanas de eso, Vhalla estaba a punto de volverse loca. Pero los hados se apiadaron de ella.

Vhalla se abrió paso a través de las murallas de piedra de Soricium como había hecho otras veces, haciendo caso omiso de los norteños, ajenos a su presencia. Se dirigió hacia las plantas superiores tras tomar varias escaleras por dentro de los árboles y llegar a las plataformas y pasarelas voladas.

Empezaba a conocer la disposición del palacio lo bastante bien como para creer que pronto podría decirle a Aldrik que podía guiar a alguien por su interior. Pero eso le causaba un miedo muy distinto. Vhalla sabía quién encabezaría la carga, y eso contenía sus palabras cuando Aldrik le preguntaba cuán bien conocía ya los laberínticos pasadizos.

Él estaría en primera fila. No confiaría en nadie más para ir al lado de Vhalla, y la idea de guiarlo de cabeza al entorno más hostil del mundo la llenaba de un miedo incontrolable.

Arriba, hacia un lado, hacia el otro, por innumerables pasarelas en zigzag, y luego aún más arriba, volvió a recorrer el mismo camino que los días anteriores hasta llegar a territorio desconocido. Llegó a una plataforma ancha con una barandilla baja tallada de manera intrincada. Apoyada contra la pared de un recoveco esculpido con gran arte había una mujer delgada de aspecto elegante, la arquera que Vhalla había visto antes y una chica más joven, de no más de catorce años. La arquera estaba a un lado del recoveco y la chica al otro, la mujer entre ambas.

—¿Por qué se están moviendo como lo hacen? —preguntó la mujer delgada y elegante.

Vhalla supuso que era la cacique del clan principal, debido a su delicado tocado.

*Por fin lo he encontrado*, informó Vhalla a Aldrik. Miró al hombre occidental que se dirigía a las tres mujeres.

—¿El occidental? —preguntó Aldrik.

*Sí, pero necesito escuchar.*

El príncipe se guardó cualquier otro comentario.

—¿Has pensado en nuestro nuevo trato? En ese caso, mi información podría mejorar —estaba diciendo el occidental.

—¿Te atreves a no contarme toda la información que tienes? —La lengua común sureña de la mujer era más clara y refinada que la de la otra norteña.

—Desde luego que no, *milady*. Solo me refería a que determinadas cosas podrían mejorar aún más nuestra relación.

—*Milady* —repitió la mujer con tono mordaz—. Ahórrame tus nociones de nobleza sureña.

—No soy sureño —se revolvió el hombre—. Mi gente fue esclavizada por la avaricia de Solaris, igual que la vuestra está amenazada ahora por ella. Redujo la rica historia de Mhashan a un mero punto cartográfico en su mapa. *Conozco vuestro sufrimiento.*

—Asumes demasiado. —La cacique inclinó la cabeza hacia atrás, para poder mirar al occidental desde más arriba todavía—. Todo ello está al sur de Soricium.

—¿Nos entregaréis el hacha? —preguntó el hombre occidental para devolver la conversación a su tema original.

—El hacha. Dime, ¿para qué queréis a *achel*?

—Eso no tiene importancia. —El hombre cruzó los brazos delante del pecho.

—El emperador trajo la guerra aquí porque nos negamos a entregarle a *achel*. Pero *achel* duerme en su sepulcro de piedra, bajo el ojo atento de los dioses. Ha dormido ahí desde los días del gran caos, cuando la luz era oscuridad. —La cacique palpó el arco tallado detrás de ella—. No permitiremos que caiga en manos sureñas que han perdido las viejas costumbres.

—¿Te estás retractando de tu oferta? —preguntó el hombre, ceñudo.

—Za no tenía ningún derecho a ofreceros a *achel* —dijo la cacique con una mirada de soslayo que irradiaba desaprobación.

La arquera que Vhalla había visto en otras ocasiones, Za, apartó la mirada con una vergüenza evidente. Vhalla siguió la dirección de los ojos esmeraldas de la mujer hacia el punto en el que se enfocaron por instinto. El campamento imperial se extendía a sus pies, luego había una distancia larga hasta la senda quemada que discurría alrededor de su perímetro exterior, pero en la cima de ese perímetro se apreciaba un manchurrón contra el fondo del bosque.

La misma sensación que había notado Vhalla la noche que había ido de patrulla flotaba ahora en el viento. La *Vieja Soricium*, ahí era hacia donde había mirado la arquera, Vhalla no tenía ninguna duda.

—Si *achel* está fuera del trato, entonces tendré que ponerme en contacto con mis aliados en el campamento —declaró el hombre. Una amenaza clara de retrasarlo todo aún más.

—Adelante, *sureño*. Jamás te entregaríamos a *achel*. —La cacique mandó retirarse al occidental enfurruñado.

Vhalla se retiró de su Proyección y parpadeó despacio. Aldrik estaba sentado ante su pequeña mesa. Se pellizcaba el puente de la nariz y parecía cada vez más exhausto a medida que se acercaba la primavera.

—Oh, bienvenida de vuelta. —Aldrik se fijó en ella cuando se sentó—. ¿Has encontrado al sureño otra vez?

—Sí, pero nada productivo en cuanto a descubrir quiénes son sus informadores o cómo se comunican. —Vhalla había intentado averiguarlo a cada vez, sin resultado alguno. Empezaba a sospechar que ya tenían a Caminantes del Viento comunicándose por ellos. Aldrik maldijo.

—Mi padre empieza a pensar que no hay ningún espía.

—Los hay —insistió Vhalla, al tiempo que columpiaba las piernas por el borde de la cama.

—Te creo. Solo está buscando cualquier oportunidad para socavarte. —El príncipe se puso de pie y se estiró.

—Aldrik. —Vhalla hizo caso omiso del comentario sobre el emperador—. Cristales…

—¿Qué? —Se quedó muy quieto.

Vhalla había sabido que obtendría una reacción así, pero no tenía ni idea de por qué. Respiró hondo y se preparó para lo que tenía que preguntar.

—¿Se pueden emplear cristales para fabricar armas?

—¿Has oído eso en la fortaleza?

Vhalla asintió.

—Están hablando de algo llamado *achel*, un hacha de cristal…

—El mundo ha perdido la cabeza. —Aldrik puso los ojos en blanco, e hizo un intento valiente por aliviar la tensión de sus hombros encogiéndolos—. Armas de cristal de los días de la primera magia, forjadas por los dioses y entregadas a los líderes originales de cada reino. Suena como algo que los Caballeros de Jadar creerían que pueden utilizar para «reclamar el Oeste» o alguna tontería por el estilo. No te creas ni una sola palabra.

—Antes de marcharme, Victor dijo…

—¿Qué dijo? —Aldrik se volvió hacia ella, un brillo de advertencia en los ojos.

—Algo sobre un hacha de cristal. —El príncipe la estaba poniendo nerviosa. Rara vez había visto a Aldrik tan a punto de perder el control. Vhalla recordaba con exactitud lo que le había pedido el ministro. Quería que llevase a casa un arma de cristal con un poder legendario. Pero esas palabras permanecieron selladas detrás de los labios de Vhalla.

—Victor puede ser un tonto, la única cosa que me gustaría que no hubiese aprendido de Egmun, en especial cuando se trata de cosas que ilustran lo que ve como el gran poder de los hechiceros. —Aldrik se pasó una mano por el pelo—. Le habló a mi padre de lo mismo, y ahora se le ha metido en la cabeza encontrar esa cosa.

El emperador era la última persona que Vhalla quería que obtuviese ningún arma con un poder épico.

—¿Por qué tiene la gente tantas ganas de hacerse con ella? —Vhalla se puso de pie—. Yo no había oído nunca nada sobre armas de cristal.

—Son rumores susurrados, incluso entre los hechiceros. —Aldrik caminaba de un lado para otro mientras hablaba, para soltar toda su energía nerviosa—. Los cristales, como bien sabes, pueden mancillar con facilidad a los hechiceros a través de sus Canales mágicos. Incluso los Comunes pueden ser corrompidos con el tiempo suficiente y una exposición lo bastante fuerte.

—Como la Guerra de las Cavernas de Cristal. —Aldrik se quedó quieto mientras Vhalla continuaba hablando—. Los hechiceros estaban intentando liberar el poder encerrado dentro de las Cavernas y ese poder los corrompió, los convirtió en monstruos, y después a los que trataron de detenerlos, hasta que apenas podía contenerse…

—¡Conozco la historia! —espetó Aldrik, al tiempo que se volvía con brusquedad hacia ella. Vhalla dio un paso atrás—. ¿Crees que soy un ignorante?

—Aldrik, ¿por qué estás tan molesto? —Vhalla frunció el ceño.

—¿Por qué no haces más que sacar este tipo de temas? —exclamó él.

—¿Por qué te molestan tanto? —Se irguió en toda su altura y se plantó justo delante del príncipe.

—*Ya lo dije.* Te dije que no fisgonearas. Ya es bastante malo saber que cualquier noche podrías soñar e invadir mis recuerdos —escupió Aldrik.

Vhalla se desinfló. Ni siquiera había pensado en eso durante semanas; desde su Unión, sus sueños a veces contenían recuerdos del príncipe.

—¿Cómo te atreves a echarme eso en cara? —susurró.

Aldrik se pellizcó el puente de la nariz y suspiró.

—Vhalla, estoy cansado. Solo márchate un ratito.

Ella lo complació con una mirada ceñuda y un resoplido, antes de salir de la habitación cerrando la puerta no con demasiada suavidad. Por suerte, el emperador no estaba en la sala principal. Los mayores entraban y salían como de costumbre; la mayoría asentía en su dirección a modo de saludo, pero ninguno la molestó ni dejó de hacer lo que estuviese haciendo para conversar con ella.

Vhalla se sentó en el rincón del fondo y jugueteó sin mucho entusiasmo con algo de comida. Las Proyecciones constantes y no salir del palacio del campamento debido a la preocupación de Aldrik por su bienestar se combinaban para ponerla de bastante mal humor. Se iba a volver loca antes de que la guerra terminase, y preguntarse qué insistía en ocultarle el príncipe no estaba ayudando.

*Ojalá pudiese dormir y soñar con el recuerdo que tanto quería ocultarle.*

Elecia se sentó al lado de Vhalla, parecía haberse materializado de la nada. A menudo estaba en el palacio del campamento; ser la prima del príncipe heredero y un miembro de la nobleza le daba acceso indiscutido. No obstante, solía estar ocupada con los clérigos y Vhalla no había tenido demasiado tiempo para hablar con ella excepto de pasada. Con frecuencia, la mujer parecía aparecer solo para pasarle a

Vhalla un vial con cierta poción de asqueroso sabor sin decir ni una palabra.

—No estás comiendo lo suficiente —comentó Elecia. Vhalla puso los ojos en blanco.

—Estoy bien.

—Cada vez comes menos. ¿Por qué?

Vhalla maldijo la atención clerical de la mujer.

—Joder, déjame en paz.

—Si vas a ser una dama, al menos deberías aprender mejores maneras de insultar. —Elecia hizo un ruidito pensativo—. Es probable que se deba a esta comida.

—No es...

—Deberías comer algo recién cocinado en una de las hogueras del campamento. Es mucho mejor. —Elecia se puso en pie—. Órdenes de una clériga.

Vhalla observó a la otra mujer sorprendida. Columpió despacio las piernas por encima del banco y se puso en pie. Elecia echó a andar hacia la puerta.

El aire nocturno golpeó los pulmones de Vhalla y la lleno de vida una vez más. *El aire en el palacio del campamento estaba como estancado,* pensó Vhalla. Salir de ahí con su forma Proyectada no había sido suficiente. Necesitaba el viento.

—Mi primo puede ser muy tonto. Tiene buenas intenciones, las dos lo sabemos, pero no es demasiado considerado cuando se trata de aceptar que las cosas que quiere pueden tener sus propias necesidades y deseos.

Vhalla se vio obligada a suspirar para mostrar su acuerdo.

—Suena como si hablases por experiencia.

—Soy su prima favorita —declaró Elecia—. Pero nunca ha tenido del todo el deseo o la oportunidad de acaparar mi atención y mi tiempo como hace contigo. —Vhalla abría y cerraba los dedos mientras Elecia hablaba, disfrutando del viento—. No se da cuenta de que te está asfixiando. —Elecia guiñó los ojos en dirección a Vhalla.

*Está comprobando mis Canales*, pensó Vhalla.

—Tu magia ya tiene mejor aspecto ahora que estás fuera. —Elecia se giró hacia delante otra vez, satisfecha—. Además, ha habido alguien que me ha estado dando la tabarra para que lo dejara verte.

Fritz casi placó a Vhalla en el mismo momento en que la vio. La joven le devolvió el abrazo con la misma fuerza que la abrazaba él; se dio cuenta de que era sorprendentemente agradable abrazar a alguien que no fuese su príncipe.

—Empezaba a pensar que era verdad que Aldrik te había conjurado del viento y que antes solo habías estado en mi imaginación. —Fritz entrelazó el brazo con Vhalla.

—¿Qué? —Vhalla se echó a reír y dejó que la condujeran hacia una hoguera.

—Los soldados tienen todo tipo de teorías acerca de vosotros dos —explicó Fritz.

—¿Sí? —Vhalla pestañeó sorprendida.

—Oh, sí. Que él te conjuró del aire para luchar por el imperio Solaris. Que en realidad eres un Demonio del Viento. Que fuiste un regalo de la mismísima Madre para luchar a su lado. —Fritz contaba sus dedos a medida que explicaba teorías—. Y que eres su amante secreta y tu poder se magnifica cuando tenéis relaciones. —Vhalla se puso del color del carmesí occidental—. Creo que esa es la última —le dijo el sureño a Elecia con tono cantarín.

La clériga estampó un puño sobre la cabeza de Fritz.

—Esa es la ultimísima cosa que quiero imaginar a mi primo haciendo —proclamó, pese a ser la que le proporcionaba a Vhalla una fuente constante de Elixir de la Luna. Elecia miró a Vhalla por encima del hombro—. En especial con ella.

—Uy, no sabes la de historias que podría contarte. —Vhalla se rio entre dientes mientras observaba a Elecia palidecer horrorizada.

—Entonces, ¿es verdad? —Fritz parecía a punto de explotar.

A Vhalla le ardían las mejillas otra vez y nunca se había alegrado tanto de llegar a una hoguera rodeada de soldados.

Por mucho que no quisiera admitirlo, Elecia había tenido razón: necesitaba sentir el viento en el pelo otra vez. También necesitaba la compañía casual de los plebeyos. Necesitaba reírse. Necesitaba fingir que era libre.

Fritz también tenía razón: los soldados parecían tener todo tipo de teorías acerca de ella, y las consultaban con grados variados de valentía. Vhalla hizo todo lo posible por no desalentar sus preguntas. Lo último que quería era convertirse a sí misma en una figura distante. Había pasado toda su vida luchando desde el otro lado de la nobleza; todavía luchaba con Aldrik y se prometió que eso no ocurriría con ella.

Al cabo de un rato, como era de esperar, Jax llegó en su busca. A regañadientes, Vhalla aceptó regresar, lo cual no fue fácil cuando Fritz se colgó de su brazo hasta que ella juró volver pronto. Los hechiceros le pidieron que fuese a entrenarlos, y Vhalla prometió hacer eso también.

El palacio del campamento estaba en silencio, pues gran parte de los mayores se habían retirado ya. El emperador y Baldair tampoco estaban por ahí, así que Vhalla se excusó y fue directa hacia el pasillo de atrás. Hizo una pausa breve delante de la puerta de Aldrik y suspiró. No había hecho bien en incordiarlo con algo que sabía que lo molestaba. *Se disculparía.*

La cabeza de Aldrik giró hacia ella en el instante en que entró.

Aldrik se levantó y osciló un poco antes de apoyar las yemas de los dedos en la mesa para recuperar la estabilidad. Vhalla respiró hondo, luego cruzó la habitación. Se enzarzaron en una batalla de miradas: el perdedor sería el primero en romper el silencio.

—Estaba preocupado por ti —murmuró Aldrik aliviado.

—Deberías haber salido un rato. —La boca de Vhalla se curvó en una sonrisa cansada. El príncipe parecía exhausto.

—No... —Aldrik negó con la cabeza—. No hubiese sido buena idea. Me alegro de que Jax te encontrase.

Aldrik tenía los hombros encorvados y los ojos de Vhalla se deslizaron hacia la mesa. Un pensamiento rondaba por el fondo de su cabeza. Las acciones de Aldrik, todos esos signos no tan discretos empezaron a entretejerse en un patrón de comportamiento evidente que quedó confirmado por la copa que vio en la mesa, medio llena de licor.

Vhalla recordó todas las otras veces que había visto alcohol en las proximidades del príncipe. Estaba la mañana en que ella había acudido corriendo a él después de haber soñado con su intento de suicidio. Entonces había habido botellas en la mesa. Había soñado ser él y recurrir al alcohol para borrar el dolor de la gente a la que había matado. El tío de Aldrik lo había regañado por ello y los soldados habían murmurado cosas. Elecia había temido por la cordura de su primo después de una noche de preocupación. Vhalla lo había oído todo y lo había descartado como momentos aislados.

—¿Por qué? —susurró, y levantó los ojos hacia los de él. Vhalla vio cómo Aldrik intentaba sin éxito ocultar la sorpresa y el miedo al darse cuenta de que ella había atado cabos.

—No pasa tan a menudo —se apresuró a decir, y dio un paso inestable hacia ella—. Estaba preocupado por ti, eso es todo.

El dolor de encontrar otra sombra más que asfixiaba el corazón del príncipe no era nada comparado con la dolorosa certeza de que estaba intentando mentirle.

—¿No confías en mí?

—Sabes que sí. —Aldrik alargó las manos hacia ella, pero Vhalla dio un paso atrás. No permitiría que las manos del príncipe aliviasen este dolor, no con tanta facilidad.

—Estoy cansada de decirte esto: *no me mientas* —exigió. Una ira ardiente surcaba sus venas. *Después de todo lo que habían pasado juntos, ¿él iba a intentar restarle importancia a la verdad?* Hizo todo lo posible por mantener la voz calmada y serena. Gritarle no solucionaría nada—. ¿Cuán a menudo?

Aldrik suspiró y se mesó los cabellos, mientras debatía consigo mismo durante unos segundos largos. Por un momento, Vhalla pensó que se iba a replegar en el hombre insensible que sabía que podía ser. Su sorpresa al ver que no lo hacía se vio superada por el tono desgarrador de su respuesta.

—No llevo la cuenta. Embota el dolor cuando necesito que lo haga. Cuando no puedo pensar más en algo y necesito dejar que salga de mi mente.

—Aldrik. —Vhalla tomó sus manos con suavidad, para salvar así a su pelo del maltrato de sus movimientos nerviosos—. No lo necesitas.

Aldrik observó la copa sobre la mesa durante un momento largo, luego negó con la cabeza.

—Tú no lo entiendes. No entiendes lo que acecha en mi mente. No entiendes lo deprisa que da vueltas mi cabeza cuando no tiene algo que la sujete al suelo.

—Ayúdame a entenderlo —suplicó Vhalla, con un esfuerzo por mantener sus propias emociones a raya—. *Tú me quieres.* Me quieres, ¿verdad? —Aldrik se quedó muy quieto—. Pues si me quieres, ayúdame a entender. —La manos de Aldrik se relajaron al oír sus palabras, luego se quedaron flácidas. Vhalla sabía que el amor no sería suficiente para arreglar esto, que el cambio solo podía provenir de él, pero el amor podía ser el catalizador del proceso que él tendría que lograr por sí solo. Y ella insistiría en ello—. Podemos hablar de ello, yo te apoyaré y...

—Entonces, ¿qué voy a ser, tu proyecto compasivo? —espetó Aldrik.

—No. —Vhalla frunció el ceño por ser la diana de su enfado—. Las personas que se quieren se apoyan las unas a las otras, Aldrik. Es natural.

—Natural para ti. —El príncipe retiró las manos, caminó despacio hacia la ventana—. Jamás lo entenderías.

—No podré hacerlo si no me lo cuentas —insistió.

—¡Esto no está abierto a discusión! —La voz de Aldrik se volvió un pelín más grave.

Vhalla contempló su espalda con frustración. Por desconcertante que fuese descubrir su problema con la bebida, era aún peor ver que la estaba excluyendo. La distancia y sus intentos de engaño competían para ver cuál de las dos cosas dolía más.

—Aldrik…

—¡He dicho que no! —Ni siquiera la miró.

Vhalla agarró el picaporte de la puerta y salió al pasillo antes de que él acabase con su paciencia y le rompiese el corazón. Para cuando Aldrik se percató siquiera de que la puerta de la habitación de Baldair estaba abierta, Vhalla ya la había cerrado a su espalda.

—¡En el nombre de la Madre! ¿Qué…? —Baldair se sentó a toda velocidad, al tiempo que se aseguraba de que su cintura, y su acompañante desnuda y sonrojada, estuviesen tapadas.

Vhalla miró al príncipe dorado, sin sentir la más mínima culpa por haberlo interrumpido. No era como si le fuese a costar retomar su fiesta cualquier otra noche.

—Te necesito.

El joven príncipe echó una sola mirada a la cara de Vhalla y se puso en movimiento. Salió de la cama, sin vergüenza alguna, y Vhalla desvió la mirada. Ver a Baldair desnudo era como ver a un miembro cercano de la familia. Era extraño, pero no por las razones habituales por las que las mujeres solían sentirse aturulladas alrededor del príncipe Rompecorazones.

La preciosa occidental no se movió hasta que Vhalla apartó la mirada, mucho más tímida que el príncipe Rompecorazones con el que la habían pillado en la cama. La puerta a la espalda de Vhalla intentó abrirse. Vhalla se apoyó contra ella y le lanzó a Baldair una mirada significativa para que se diese prisa.

—Sal por la ventana, querida, y no digas ni una sola palabra —le ordenó Baldair a la mujer.

La occidental asintió y desapareció como le habían indicado. La discreción debía de ser obligatoria para aquellas que quisieran una oportunidad de primera mano de descubrir cómo se había ganado su título el príncipe Rompecorazones. Vhalla no volvió a pensar en ello. Alguien llamó a la puerta con suavidad a su espalda.

—Hermano —llegó la voz de Aldrik, no tan callada como debiera. Lo último que Vhalla quería era que el emperador se despertase.

—¿Qué pasa? —susurró Baldair.

Había habido un tiempo en el que la presencia descamisada de Baldair hubiese dejado sin palabras a Vhalla. Ahora, no podía sentirse más aliviada por la imagen.

—No quiero estar cerca de él ahora mismo. Está siendo testarudo y no sé qué hacer, pero no puedo dormir con él cuando está así.

—¿Así cómo? —Baldair casi parecía demasiado temeroso de preguntar.

—Lo bastante borracho como para intentar mentirme —espetó Vhalla con tono cansino.

Baldair abrió mucho los ojos al oír esa admisión. Apoyó las manos en los hombros de Vhalla y la separó de la puerta, luego se puso delante de ella en ademán protector antes de abrirla.

—Cállate o despertarás a padre —susurró Baldair con tono firme.

—¿Está Vhalla…?

—Va a dormir en mi habitación esta noche —anunció Baldair.

—¿Qué? —La palabra llevaba una nota amenazadora.

—Y yo voy a dormir contigo —aclaró el príncipe más joven.

—No, yo dormiré…

—Conmigo hasta que tu cabeza se despeje lo suficiente para que veas lo idiota que estás siendo. —Baldair empujó a su hermano de vuelta a su propia habitación, dejando a Vhalla sola.

Escuchó sus susurros a través de la puerta antes de arrastrar los pies hacia la cama de Baldair. Se tapó las orejas con las mantas y tiritó con suavidad. Con los ojos clavados en la pared, empezó el largo proceso de intentar poner orden en sus emociones encontradas.

# CAPÍTULO
## 13

Vhalla despertó al sentir que la palma de una mano frotaba con suavidad su espalda.

Parpadeó cansada, confusa al ver que los baúles estaban al lado de la cama en lugar de en un rincón de la habitación. Entonces la noche volvió a ella de sopetón.

Dio media vuelta deprisa y sus ojos se toparon con los de Baldair, que estaba sentado al borde de la cama. El príncipe le dedicó una sonrisa cansada. Reflejaba su agotamiento y su desilusión; Vhalla no tenía ninguna duda de que esa última iba dirigida a determinado hermano mayor.

—Buenos días —susurró el príncipe.

Vhalla supo entonces cómo lograba que las mujeres volviesen una y otra vez a su cama, si les hablaba con semejantes tonos aterciopelados a primera hora de la mañana.

—¿Aldrik?

—Todavía duerme. —Baldair se movió para que Vhalla pudiera sentarse—. Apenas ha amanecido. —A juzgar por la tenue luz que se filtraba entre las lamas de la contraventana, lo que decía Baldair era cierto—. ¿Qué pasó? —preguntó Baldair con suavidad.

Vhalla se concentró en la mañana gris.

—Me di cuenta de que no lo había estado viendo con los dos ojos abiertos. ¿Hace cuánto tiempo que es así?

—¿Hace cuánto tiempo le da Aldrik a la bebida? —preguntó Baldair para estar seguro. Vhalla asintió—. Por la Madre, desde no mucho después de hacerse un hombre. —Vhalla frunció el ceño. *¿Desde los quince más o menos?*—. Siempre lo ha hecho, en distintos grados —explicó Baldair—. A veces, no es más que lo que bebe cualquier otro hombre o mujer. Otras veces...

—Debe dejar de recurrir al alcohol para gestionar sus problemas —decidió Vhalla. Ella no era contraria a la bebida en absoluto, ni siquiera a la indulgencia ocasional que cruzaba la línea del exceso, pero Aldrik no veía el alcohol como un entretenimiento casual al que rendirse de vez en cuando. Estaba intentando convertir las copas en soluciones a problemas, y eso era peligroso.

—No va a dejar de beber así sin más. —Baldair le dio un apretoncito en el brazo—. No sabe cómo funcionar sin el alcohol cuando se encuentra atrapado contra una pared. Y es difícil echárselo en cara, porque funciona sorprendentemente bien cuando bebe.

—No, no funciona, si cree que lo necesita para superar tiempos difíciles. —Vhalla negó con la cabeza y columpió los pies por el borde de la cama.

—¿Dónde vas? —preguntó Baldair, aunque no se movió.

—Con mis amigos. —Vhalla se detuvo junto a la puerta—. Si Aldrik pregunta por mí, puedes decirle que puede ir a buscarme él mismo si quiere volver a verme. Con una disculpa y una nueva promesa.

—Lo vas a matar si lo obligas a dejar de beber de la noche a la mañana —la advirtió Baldair.

—Al menos tiene que dejar de pensar que lo necesita. Me tiene a mí, te tiene a ti y tiene a Elecia.

Baldair pareció sorprenderse de que lo incluyera.

—Puede que él opine diferente.

Vhalla miró incrédula al príncipe más joven. *¿Cómo podía nadie justificar las acciones de Aldrik?*

—O se compromete a solucionar esto, o hemos terminado.

Vhalla había salido por la puerta antes de que el príncipe consiguiese superar su *shock* al oír su afirmación. La sala principal estaba desierta y el campamento estaba tranquilo y silencioso. Vhalla

se dirigió a la tienda de Fritz sin dudarlo y se deslizó entre Elecia y
él al llegar.

—¿Qué diab...?

—Qué asustadiza eres. —Vhalla sacudió la cabeza en dirección a
Elecia.

—¡No espero que nadie se meta de repente en mi cama!

—Pues bien que dejas que lo haga este. —Vhalla señaló a Fritz, que
seguía dormido. De verdad que el hombre tenía uno de los sueños más
profundos que Vhalla había visto jamás—. Y encima huele a tipo sudoroso.

Elecia suspiró y volvió a tumbarse.

—Hablando de tipos sudorosos y de compartir camas, ¿qué estás
haciendo tú aquí?

—No quiero hablar de ello. —Vhalla cerró los ojos con fuerza y
se sorprendió cuando Elecia solo dijo una palabra más al respecto.

—Perfecto.

Vhalla consiguió dormir unas cuantas horas más, mejor sueño del
que había obtenido en toda la noche. Elecia era sorprendentemente
cariñosa y acogedora cuando dormía, y Vhalla no tardó nada en utilizar esa información, confirmada por Fritz, para hacer rabiar a la occidental con tono mordaz. Vhalla nunca había visto a Elecia tan roja de
vergüenza y de ira.

La mañana progresó hacia la tarde y Vhalla se preparó para cuando Jax fuese a buscarla a petición del príncipe heredero. Nunca llegó
a hacerlo. Eso hizo que se preguntara si Baldair le había dado el mensaje a Aldrik. Después Vhalla se sintió frustrada por pensar en él y se
zambulló en un debate sobre teoría mágica con Fritz. No pasó mucho
tiempo antes de que el ciclo se repitiese.

Al cabo de un tiempo, Elecia se marchó a hacer algo con los clérigos, pero Fritz se quedó con ella. Por una vez, parecía contento de
saltarse el entrenamiento.

—Se ha estado comportando como una tratante de esclavos —se
quejó Fritz en cuanto Elecia se marchó—. Lo único que quiere que
haga es entrenar.

—Bueno, estamos en guerra —se burló Vhalla.

—Una guerra que *tú* terminarás. —Fritz le sonrió de oreja a oreja.

—¿De verdad lo crees? —Vhalla puso los ojos en blanco.

—¡Por supuesto que sí! —Fritz parecía sorprendido por que ella pudiera pensar de otro modo—. Y no soy el único. Ayer por la noche solo viste una pequeña muestra de ello. Los soldados están convencidos de que eres algo especial.

—Sin embargo, no lo soy. —Vhalla suspiró y una extraña presión se asentó sobre su pecho al pensar en ello. Reprimió todo comentario amargo acerca de cómo cualquiera de esos soldados podía ser un espía aún por apresar.

—Eres asombrosa. —Ella resopló con desdén—. ¡Lo eres! —insistió Fritz.

—Suenas como mi padre. —Solo mencionar a su padre la hizo sentir una punzada de añoranza por el Este, pero era un tipo de nostalgia extraño. Vhalla no creía que fuese a poder volver durante un tiempo. Había cambiado demasiado; ya no tendría un lugar ahí.

—Entonces, tu padre es un genio —insistió Fritz.

—Él te diría que mi madre era la lista. —Vhalla apoyó el antebrazo en su frente.

Fritz rodó sobre el estómago y se apoyó en los codos.

—Nunca hablas de ella.

—No hay nada que decir.

—Eso no puede ser verdad —comentó Fritz.

—Murió cuando era pequeña. Fiebre otoñal. —Vhalla sabía que ya le había contado eso al sureño—. Pero... —Suspiró con dulzura—. Era capaz de hacer crecer plantas de la tierra más arenosa en el más seco de los años. Tenía piernas fuertes con las que nunca temía trepar adonde yo me hubiese encaramado... a nuestro árbol o al tejado... Y tenía una voz preciosa cuando cantaba.

—¿Tú cantas? —la interrumpió Fritz. Vhalla negó con la cabeza.

—Heredé la voz de mi padre, no la de ella.

—Cántame algo.

—No. —Vhalla se echó a reír—. No quieres oírlo.

—Por favor —suplicó Fritz.

Insistió hasta que Vhalla por fin aceptó. La melodía era lenta y grave, la nana que su madre le había cantado todas las noches. Contaba la historia de una mamá pájaro que quería conservar a sus polluelos en el nido y les arrancaba las plumas para evitar que se fuesen volando. Vhalla ni siquiera llegó a la parte en que los pajarillos empezaban a llevar las pieles de otros animales antes de que Fritz estallara en carcajadas.

—Lo siento —resolló Fritz—. Es verdad que tienes una voz espantosa.

Vhalla puso los ojos en blanco.

—Ya te lo había dicho. Mi madre se quedó con su voz, pero me transmitió su buena cabeza. Ella fue la que me enseñó a leer.

—¿Cómo aprendió ella? —preguntó Fritz. No era habitual que personas de la clase social de Vhalla supiesen leer.

—Sus padres trabajaban en la oficina postal de Hastan.

—¿Los conociste?

Vhalla negó con la cabeza.

—No aprobaron su matrimonio con mi padre. Esperaban que la alfabetización de su hija le permitiese casarse con alguien «mejor» que un granjero.

Vhalla se preguntó si sus abuelos seguirían vivos siquiera. Si lo estaban, se preguntó qué pensarían de que ella tuviese una relación sentimental con el príncipe heredero. La idea le dio un retortijón en el estómago.

Como si ella misma lo hubiese invocado, en ese momento se abrió la solapa de la tienda. Jax les sonrió a los dos.

—Ya te dije que estaría aquí.

Vhalla se sentó y Fritz hizo otro tanto justo cuando un Baldair de aspecto desconcertado se arrodilló a la entrada de la tienda. Sus insondables ojos cerúleos absorbieron los de Vhalla, y la joven se movió incómoda. Solo su mirada hablaba a gritos.

—Ha perdido la cabeza —susurró Baldair.

—¿Qué ha pasado? —Vhalla salió de la tienda a toda velocidad. A pesar de todas sus frustraciones, estaba dispuesta a correr al lado de Aldrik.

—Fui a su habitación a ver cómo estaba y no lo encontré. Había botellas rotas por el suelo. —Baldair se llevó una mano a la frente en señal de incredulidad.

—¿Alcohol? —susurró Vhalla. Baldair asintió.

—Y ahora mismo está ayudando a dirigir los ejercicios de la Legión Negra —aportó Jax.

—Cosa que no ha hecho desde hace *años*. —Baldair ladeó la cabeza para mirar a los ojos perplejos de Vhalla.

El corazón de Vhalla latía desbocado en su pecho. Tenía que ver eso, que *verlo a él*, para creerlo.

—¿Dónde está?

Jax y Baldair la guiaron hacia uno de los muchos recintos de entrenamiento donde trabajaba la Legión Negra. Varios Portadores de Fuego se lanzaban lenguas de llamas los unos a los otros, al tiempo que daban patadas y puñetazos con pies y manos ardientes. Aldrik caminaba entre ellos y el fuego centelleaba sobre su armadura.

Vhalla se fijó en las oscuras ojeras bajo sus ojos cansados, pero nadie más parecía hacerlo. Todos los otros soldados admiraban al príncipe con cautela. Vhalla recordó lo que había dicho la mayor Reale acerca de que la Legión Negra había crecido con Aldrik.

Lo estaba intentando, pensó Vhalla, de varias maneras. Estaba intentando ser el príncipe de su gente, ser un hombre mejor y… solo quizás… ser mejor para ella. Iba en serio sobre hacer un esfuerzo por ella y por ellos.

—Recordad, un Portador de Fuego debe estar siempre a la ofensiva. —Aldrik tenía las manos cruzadas a la espalda—. Nuestras habilidades son más eficaces con un ataque incesante.

Los soldados asintieron para demostrar que lo entendían y continuaron con su entrenamiento.

—Si vuestra magia es superior, podréis quemar a través de la piel pétrea de un Rompedor de Tierra o podréis tomar el control de las llamas de otro Portador de Fuego; si no, tendréis que apuntar a los ojos como un Común cualquiera. El hielo de un Corredor de Agua tampoco es ningún problema, a menos que sea alguien con una fuerza extraordinaria.

—¿Y qué pasa con un Caminante del Viento? —preguntó Vhalla.

Todo el mundo se quedó parado al fijarse en su presencia junto al mayor en jefe de la Legión Negra y el más joven de los dos príncipes. Aldrik se volvió para buscarla con ojos desesperados. Vhalla tragó saliva y permitió que una sonrisa comprensiva se dibujara en sus labios.

—Eso, *lady* Yarl, no suele ser un problema —repuso Aldrik con cautela, a modo tentativo—. No hay demasiados Caminantes del Viento por ahí.

—Esa es una bonita forma de decir que no lo sabéis, mi príncipe —bromeó Vhalla con descaro.

La mirada colectiva de los soldados voló de vuelta a Aldrik. Observaban la escena con una preocupación nerviosa y parecían estar conteniendo la respiración, a la espera de la reacción del temperamental príncipe. Aldrik no se dio ni cuenta de cómo lo miraban, toda su atención fija en la Caminante del Viento que se dirigía hacia él.

—Tal vez deberíamos averiguarlo —sugirió Aldrik con una sonrisilla irónica.

—Por curiosidad académica, creo que debemos —convino Vhalla con falsa modestia.

En cuestión de momentos, un círculo de gente los rodeaba y habían establecido que Jax sería el árbitro. Vhalla se puso en guardia ante Aldrik por primera vez. Sentía la magia del príncipe chisporrotear sobre la piel de Aldrik en oleadas cálidas; el sutil pulso mientras la controlaba, la cambiaba y la pulía como un espadachín con una piedra de afilar.

Apretó los puños y Jax dio la orden de que el enfrentamiento comenzara. Vhalla se movió, Aldrik se movió, y la magia de ambos iluminó el pequeño círculo. Las llamas de Aldrik danzaron sobre los vientos de Vhalla. Ella se movía y esquivaba sus ataques deprisa; solo con su cota de malla, era más rápida que él con su armadura completa.

El príncipe dio un paso atrás, levantó una pared de llamas. Era un movimiento osado y potencialmente peligroso, *si* su fuego pudiese hacer daño a Vhalla, *si* ella no fuera tan rápida como el viento mismo. Aldrik desplazaba el peso de un pie al otro para mantener el equilibrio con elegancia. Ella se rio, y él le regaló una pequeña sonrisa que le alegró la vista.

Estaban muy igualados, con los latidos del corazón de Aldrik en el fondo de la mente de Vhalla. La pericia en combate del príncipe fluía por las venas de la joven, combinada con la destreza que había adquirido Vhalla después de meses de su propio entrenamiento. A los dos se les pasó por alto el asombro boquiabierto de los otros soldados. Por el hecho de que la Caminante del Viento bailara a la par con uno de los mayores hechiceros del mundo, por el hecho de que ella demostrase ser mejor que Aldrik con la misma frecuencia que ocurría lo contrario, por el hecho de que el príncipe pareciera encontrar divertimento, incluso alegría, y no frustración en ello.

Estaba sin aliento y exhausta. No sabía cuánto tiempo llevaban luchando, pero había llegado a su límite hacía ya varias ráfagas de viento y por fin levantó una mano para rendirse, jadeante. Se agarró una rodilla con la mano contraria mientras trataba de recuperar la respiración y ralentizar los salvajes latidos de su corazón en sus oídos.

Nadie dijo nada mientras Aldrik se acercaba a ella.

—*Lady* Yarl. —El príncipe cruzó los brazos delante del pecho.

Vhalla vio la diversión que iluminaba sus ojos. Le sonrió en respuesta.

—¿Mi príncipe?

—No sé si esta prueba ha sido concluyente.

—Tal vez debamos repetirla en otro momento —sugirió ella.

—Tú ponme a prueba. —Aldrik dejó que su tono principesco eclipsara su actitud bromista.

—Disculpadme. —Vhalla se enderezó, una amplia sonrisa plantada en la cara. Había percibido lo que quería decir. Sabía bien cómo lo ponía a prueba—. Pero puede que me divierta.

El príncipe heredero soltó una carcajada, luego se volvió hacia los soldados.

—Todos vosotros, seguid entrenando. Espero que seáis tan diestros como *lady* Yarl la próxima vez que venga por aquí. —Aldrik se volvió hacia ella—. Estoy hambriento.

—Yo también —reconoció ella, y aceptó la invitación de Aldrik, que empezó a conducirla de vuelta al palacio del campamento junto a un perplejo Baldair.

—Os movéis muy bien juntos —comentó, de un modo poco elocuente.

—Debéis tener un sexo estupendo —se burló Jax desde la derecha de Aldrik.

—¡Jax! —gimió Baldair.

Vhalla se puso más roja que el sol poniente. Aún tenía la respiración acelerada por el entrenamiento y, de repente, le hormigueaban los dedos con ganas de tomar los de Aldrik.

—Vhalla. —El príncipe heredero llamó su atención con una tosecilla incómoda.

—¡*Lady* Vhalla! —gritó una voz que los interrumpió. La Caminante del Viento se giró para ver a Timanthia llegar a la carrera por uno de los senderos secundarios de la ciudad de tiendas. Oyó a Aldrik aspirar una bocanada brusca de aire—. Mi príncipe. —Tim derrapó al parar e hizo una reverencia torpe. Sus ojos volaron de vuelta a Vhalla al instante—. Te he estado buscando.

—¿Sí? —Pensó en la capa hecha jirones que le había devuelto la chica.

—Desde tu demostración, desde que vi... —Tim retiró unas hebras de pelo rubio oscuro de sus ojos—. No sé qué le pasó a tu capa. Estaba intacta cuando la enrollé, cuando regresamos a Soricium.

—Ya veo. —Vhalla no sabía si debía creer a la chica.

—Pero bueno, en cualquier caso, lo que hiciste fue asombroso. Lo de mover esa torre de asedio. —Tim rebuscó en sus bolsillos—. Mis amigos empezaron a preguntarme cosas de ti; querían saber más acerca de tu magia, sobre cómo es ser tú.

Tim sacó un retal de tela oscura de su bolsillo. Pintado sobre él con una espesa pasta blanca había un intento burdo de copiar el símbolo emplumado que habían bordado sobre la capa original.

Vhalla lo miró confusa.

—Empezamos a hacer esto, mis amigos y yo. —Tim se lo pasó de una mano a otra.

Jax y Baldair dieron un paso hacia ella, e incluso Aldrik se inclinó hacia delante para ver mejor.

—Sé que no es muy bueno, es solo el potingue que usan con las tiendas para hacerlas impermeables. No lleva pintura de verdad.

—¿Por qué? —preguntó Vhalla, perpleja—. ¿Por qué hacéis estas cosas?

—Bueno —farfulló Tim—. Creemos que nos traerá suerte. Tú has sobrevivido a un montón de cosas, el ataque a la capital, la tormenta de arena, el intento de asesinato, el cruce del Norte. Y sin ofender, no hay ninguna razón para que una chica bibliotecaria sobreviviese a todo eso. —Tim se tapó la boca a toda velocidad—. Perdón, no debí decir eso.

—No, tienes razón. —Vhalla se rio.

—En cualquier caso, supongo que creemos que hay algo bendecido en los vientos de la Caminante del Viento, y que esto nos protegerá en las batallas por venir. —Tim miró insegura la tela que tenía en las manos.

—No creo que…

—Podéis usarlo —anunció Aldrik junto a Vhalla, cortando lo que esta había empezado a decir.

Los ojos de Vhalla volaron hacia el príncipe sorprendida.

—¿En serio? —Tim levantó la vista hacia Aldrik.

—Fue diseño mío, así que con mi permiso os basta —declaró en tono inexpresivo antes de apartar la mirada.

Vhalla lo miró, pasmada por que confesara abiertamente haber hecho eso.

—Supongo que entonces está bien. —Vhalla sonrió para transmitirle confianza a la chica.

—¡Gracias! —Tim sonreía de oreja a oreja. Echó un vistazo a los príncipes, como si de repente se acordase de cuál era su lugar—. Estoy segura de que tenéis asuntos importantes que atender. No debería entreteneros más.

La sonrisa de Vhalla se borró en cuanto Tim desapareció.

—Eso no los protegerá —susurró a nadie en particular.

—Tampoco sus oraciones a la Madre. ¿Vas a decirles que no recen?

Vhalla parpadeó en dirección a Aldrik; parecía algo raro que decir sobre la religión del imperio siendo príncipe.

—No, pero...

—Vhalla, los soldados necesitan esperanza, y de eso hay muy poco por estos lares —explicó Baldair—. Necesitan coraje, motivación, creer en una fuerza mayor... en cualquier fuerza mayor. Necesitan símbolos y modelos para esa esperanza.

Vhalla asintió, sus pensamientos un paso por detrás de los de Jax y Baldair. Rumió las palabras del príncipe. Baldair estaba viendo algo que ella no veía. Hacía ya algún tiempo que lo hacía.

—Me alegra saber que la gente te mira a ti en busca de valor e inspiración. —Aldrik habló solo para ella y captó su mirada de sorpresa—. Siento cómo actué ayer por la noche. Y siento... bueno, ya sabes. —Su labia le falló. Aldrik hizo una pausa y Vhalla lo imitó—. Tenías... tienes razón. Y prometo que, si todavía me aceptas a tu lado, trabajaré para dejar de recurrir a ello.

—Por supuesto que te acepto. —Era más fácil perdonarlo que estar enfadada. Parecía correcto estar en paz con Aldrik. Estar peleados, sin importar lo justificado que fuese, era un estado antinatural para ellos. Era como si su mano derecha decidiera discutir con la izquierda. Ambas eran parte de ella—. Aunque sí espero que hablemos de ello. —Aldrik se puso tenso—. Con el tiempo, cuando estés preparado —cedió Vhalla con una sonrisa dulce. Por el momento no serviría de nada insistirle; este era un tema que se beneficiaría de dar pasitos pequeños, con tiempo y con paciencia. Intentar solucionarlo en un frente de guerra no era la más ideal de las situaciones.

Aldrik le lanzó una mirada cálida y muy agradecida, y ella apenas pudo reprimirse de deslizar la mano en la de él, aunque sí anduvo más cerca del príncipe de lo que era apropiado. Su costado rozaba contra el de Aldrik a cada paso que daban y el príncipe no se mostró tímido con sus sonrisas. Vhalla sonreía de oreja a oreja. Estaban tan sobrepasados por el alivio que no se dieron ni cuenta de las miradas pasmadas de los soldados durante el camino de vuelta al palacio del campamento.

Pasaron otro par de días en una paz relativa. Las mañanas las pasaban con Baldair, Raylynn, Jax y Elecia. A la segunda mañana, Elecia se atrevió a llevar a Fritz al palacio del campamento con ella, y la personalidad tenaz y extrovertida del sureño encajó con facilidad con la extraña mezcla de nobles.

Vhalla pasó las tardes Proyectando en Soricium, pero no había cambiado gran cosa. Sus preparativos para un ataque progresaban como previsto y Vhalla sabía que golpearían en pocas semanas. El ejército estaba pulido casi a la perfección para la batalla.

Habían pasado cuatro días cuando Vhalla por fin encontró a la cacique en la plataforma de observación, como había empezado a llamarla.

—Se están preparando para arrasar Soricium —informó el hombre occidental.

*Ojalá pudiese averiguar de dónde viene su información...*, pensó Vhalla. Empezaba a ser casi demasiado fácil aceptar que había un espía entre ellos.

—La Caminante del Viento es una informadora. Podría estar aquí ahora mismo. —Había algo siniestramente divertido en saber que las palabras del hombre eran ciertas—. Este es el poder malvado del que os advertí.

—No tiene importancia. —La cacique deslizó los dedos por la madera tallada detrás de ella—. Pronto estaremos lejos de su alcance.

—¿Cómo? No podéis correr más deprisa que el viento. —El hombre entornó los ojos mientras trataba de desvelar el farol.

Vhalla no esperaba estar de acuerdo con un Caballero de Jadar, de todas las personas posibles, pero ahora lo estaba.

—El clan principal sobrevivirá. Nos llevaremos nuestros conocimientos, las semillas del corazón de nuestros árboles, y huiremos de Soricium. —La chica y Za, una a cada lado de la cacique, hicieron una mueca al oírla.

—¿Crees que el ejército os dejará marchar? —preguntó el hombre.

—No tendrán elección. El poder del Norte se acerca ya para vencerlos, para liberarnos, para llevarnos a un sitio donde podamos liderar a nuestras fuerzas y expulsar al emperador solar de nuestras tierras.

—Imposible —se burló el Caballero—. No hay forma humana de que podáis coordinar un ataque así.

—Vosotros los sureños y vuestras mentes cerradas. Debe doler estar tan desconectados de las viejas costumbres. —La cacique levantó una mano y la columpió hacia atrás para dar una palmada sobre los dibujos tallados en la madera.

Vhalla observó cómo el arco se iluminaba con algún tipo de magia que no había visto nunca. Refulgió con una luz tenue antes de apagarse de nuevo. No cambió nada más.

—¿Cuándo nos marchamos? —El occidental parecía lo bastante impresionado con el despliegue.

—¿Nos? —La mujer norteña arqueó las cejas—. Yo nunca he hablado en plural.

Za sacó una flecha de su aljaba.

—No, no, todavía nos necesitáis. —El hombre dio un paso atrás con nerviosismo.

—Nunca os necesitamos, y la poca utilidad que teníais ya ha expirado. —La cacique acarició la madera detrás de ella y unos pulsos centelleantes se iluminaron desde las yemas de sus dedos.

—Podemos ayudaros. Los Caballeros de Jadar son los aliados de…

Una flecha voló directa a la boca del hombre mientras hablaba. Entró justo por el centro y le salió por la parte de atrás de la cabeza. El occidental cayó de rodillas, se arañó el cuello e intentó agarrar la flecha.

—No os necesitamos —lo corrigió la cacique—. Siete caídas más del sol y su ejército conocerá el poder de mi gente, y seremos libres para luchar un día más.

Vhalla volvió a su cuerpo mientras Za cargaba una segunda flecha.

—Convoca a los mayores ahora. —Vhalla se incorporó hasta quedar sentada—. Trae a tu padre —añadió a regañadientes.

—¿Qué ha pasado? —Aldrik se levantó de su puesto ante el escritorio, donde había estado trabajando sin ningún tipo de bebida.

—El tiempo es precioso ahora. —Vhalla estaba cansada de su Proyección, pero tenía un miedo creciente a que el descanso fuese un lujo escaso en los próximos días. *¿Qué significaba esto para los planes del imperio?* Se puso en pie—. Se lo explicaré a todo el mundo al mismo tiempo. Sería una pérdida de tiempo y de esfuerzo pasar la información de uno en uno.

—¿Tan urgente es? —Sus palabras sonaron pesadas. Vhalla asintió con seriedad.

Luego esperó a la derecha de Aldrik, de pie en el centro de la mesa mientras los mayores llenaban la sala. La mayoría de ellos mostraban caras de confusión, pero nadie cuestionó la petición del príncipe y todos obedecieron a sus mensajeros. El emperador entró poco después y su habitual expresión amarga se desplegó por su rostro al ver a Vhalla junto a Aldrik.

—¿Por qué has convocado esta reunión? —El emperador se volvió hacia su hijo.

—Vhalla tiene algo de lo que informar —repuso Aldrik.

—¿De qué? —El emperador no parecía contento con la respuesta de Aldrik.

—Ni siquiera yo sé todos los detalles todavía —confesó el príncipe.

El emperador lo miró pasmado y Vhalla se percató de lo lejos que habían llegado sus libertades con Aldrik. Había hecho que el príncipe heredero convocase una reunión basándose solo en su palabra. Aldrik había doblegado a todo el mundo a la voluntad de Vhalla con el poder que le confería ser el príncipe.

—Señorita Yarl … —empezó el emperador, interrumpido por la entrada de Baldair y su Guardia Dorada.

—¿Para qué es esta reunión de urgencia? —preguntó Baldair al llegar a la mesa. Miró a su hermano en busca de la respuesta.

—El propio Aldrik no parece saberlo del todo —declaró el emperador con frialdad—. Lo que espero es que sea importante, Yarl. Estamos todos demasiado ocupados para jugar a tus jueguecitos. —Sus ojos se posaron de nuevo en ella, y Vhalla sintió su amenaza.

—No estoy jugando a ningún jueguecito —dijo con firmeza. Ahora no era el momento de retractarse, de dudar ni de mostrar debilidad, se recordó. Ya había sido valiente delante del emperador antes y podía volver a hacerlo—. Los norteños planean un ataque.

—¿Qué? —La palabra explotó por la mesa a su alrededor.

—Eso es ridículo —comentó el mayor Schnurr con desdén.

—Lo oí con mis propios oídos. Siete caídas de sol más, dijo la cacique de Shaldan —informó Vhalla.

—Los líderes le mienten a su gente todo el tiempo. —El emperador agitó una mano por el aire.

—¿Ah, sí? —Vhalla no dejó escapar la oportunidad de lanzarle una leve pulla, y el emperador la miró con una sorpresa airada. Antes de que pudiera recuperarse, Vhalla continuó—: La cacique no se estaba dirigiendo a su gente. Hablaba con el occidental que ha estado trabajando con ella en nombre de los Caballeros de Jadar.

Multitud de susurros y miradas de incertidumbre se extendieron por la mesa. Los mayores todavía no habían sabido eso. Parecía inútil mantenerlo en secreto durante más tiempo. Además, el secretismo no les había hecho exactamente mucho bien.

—¡Mentiras! Mentiras y calumnias es todo lo que podemos esperar de la *Caminante del Viento*. —El mayor Schnurr estampó el puño sobre la mesa.

—Mayor Schnurr —casi ronroneó Aldrik, al tiempo que daba medio paso hacia Vhalla. Las yemas de sus dedos rozaron los riñones de la joven—. Yo tendría *mucho* cuidado con sus siguientes palabras.

—¿Había un Caballero de Jadar trabajando con ellos? —Erion frunció el ceño desde el otro lado de la mesa. Vhalla asintió con ademán solemne—. Debo enviar un mensaje a mi padre —musitó Erion entre dientes.

—¿Puedo decirle a mi tío que tenemos a los Le'Dan de nuestro lado contra esta amenaza? —le preguntó Aldrik a Erion.

—Los Le'Dan son amigos de la Caminante del Viento. —Erion asintió en dirección al príncipe y después a Vhalla.

La joven observó cómo el mayor Schnurr se quedaba de piedra en un extremo de la mesa.

—Pero ¿cómo van a coordinar un ataque semejante? —preguntó Raylynn.

—Mediante algún tipo de magia. —Vhalla negó con la cabeza—. Es algo que no había visto nunca. Tiene que ver con los árboles.

—¿Estás segura? —preguntó otro mayor.

—Lo estoy. —Vhalla asintió.

—Pero si no conoces la magia...

—Les estoy contando todo lo que sé. —Vhalla plantó ambas manos sobre la mesa y se inclinó hacia delante—. Ha habido comunicación. Se avecina un ataque de una magnitud que la cacique cree que superará a nuestro ejército. Están arrinconados y muriendo. Este es un acto de desesperación. El clan principal planea aprovechar el ataque como escapatoria, para mantener al Norte vivo.

—Vhalla tragó saliva, agradecida y sorprendida de que sus brazos no hubiesen empezado a temblar—. Así que podemos debatir si vamos a confiar en mi palabra, o podemos decidir lo que en realidad se va a *hacer*.

Todos la miraron en un silencio pasmado. Vhalla volvió a tragar con esfuerzo. El veterano mayor Zerian a su derecha se echó a reír. Todos los presentes se giraron hacia él despacio.

—Hemos llegado a un punto lamentable si una chica de una biblioteca tiene que poner a las mayores mentes militares del imperio en su lugar. —El mayor sonrió a Vhalla y esta vio un brillo desquiciado en sus ojos—. Aunque, claro, todos sabemos ya que no eres solo una joven bibliotecaria cualquiera. Continúa, *lady Yarl*.

Vhalla vio la mirada escandalizada que el emperador le lanzó al mayor al oírlo utilizar el título honorífico, luego asintió con firmeza.

—Creo que deberíamos atacar el palacio antes de que se cumpla ese plazo. Hemos estado entrenando, el ejército está listo y yo estoy preparada para guiarlo. —Tragó saliva de nuevo. *¿De verdad acababa de decir eso?*—. El espía occidental ya les había informado de nuestros planes de ataque, pero todavía tenemos ventaja. Podemos pasar a sus líderes por la espada e incendiar su bosque sagrado. —Vhalla quería sentirse horrorizada consigo misma, pero se había recordado que era lo que debían hacer, se lo había recordado tantas veces que ahora se lo creía—. No sabemos lo que nos deparará su ataque, pero será un golpe duro para su moral que sus fuerzas de apoyo vean su bosque sagrado en llamas. —Unos cuantos de los mayores asintieron en señal de aquiescencia—. Además, subirá la moral de nuestros soldados y, si debemos luchar, vendremos de una victoria. Por lo tanto...

—Ya es suficiente. —El emperador casi gritó esas palabras por encima de ella y la mesa entera se sobresaltó.

Vhalla se separó de la mesa. Frunció los labios y tragó saliva, mientras sus emociones oscilaban entre el odio, la ira y el miedo.

—¿Acaso no he hablado con una claridad cristalina? No estás aquí para hablar de estrategia. Estás aquí para traerme la victoria.

Por eso te permito vivir. —Se intercambiaron unas cuantas miradas de sorpresa ante las palabras del emperador. Aldrik se movió para mirar de frente a su padre—. No atacaremos Soricium antes de lo previsto —anunció el emperador antes de que nadie pudiese decir ni una palabra.

—Mi señor. —El mayor Zerian era el más valiente de todos ellos. Aldrik parecía demasiado consternado, como si todavía estuviese procesando la declaración de su padre—. Llevamos *semanas* entrenando y esta es nuestra mejor opción.

—Soportaremos el ataque y continuaremos con el asedio hasta que yo diga lo contrario —sentenció el emperador.

Vhalla lo miró con un horror pasmado. ¿El emperador iba en contra de toda lógica solo por rencor hacia ella? Sintió un odio absoluto hacia ese hombre al que no le importaba su gente en absoluto, no le importaba el sufrimiento de los demás. Lo único que le importaba era la percepción de su poder.

—Yo estoy de acuerdo con Vhalla. —Aldrik por fin se había recuperado.

Los ojos del emperador volaron de inmediato hacia su hijo mayor.

—Yo también estoy de acuerdo con ella —declaró Daniel en su defensa.

Vhalla lo miró con un agradecimiento horrorizado ante su atrevimiento.

—Yo también estoy de acuerdo con *lady* Yarl. —Erion se puso de parte de su compañero de la Guardia Dorada.

—¡No es ninguna *lady*! —El emperador parecía haber tenido suficiente ya, y el pecho de Vhalla se comprimió al oír su tono.

—Sí que lo es en el Oeste —dijo Erion con calma—. ¿Estáis diciendo que las tradiciones del Oeste no importan, mi señor? —Había una implicación peligrosa en sus palabras.

—Yo jamás diría algo así. —El emperador negó con la cabeza; no quería que lo encontrasen insultando a la gente de la que dependía para ganar su guerra.

—Como he dicho antes, los Le'Dan están de parte de la Caminante del Viento. Es un honor para mí que sea una dama de mi hogar —casi decretó Erion.

Vhalla vio otros gestos afirmativos, incluso uno o dos procedentes de sureños. Eso solo pareció empeorar aún más la actitud del emperador con respecto a ese tema.

—Creo que tus líderes han hablado, padre. —La voz de Aldrik provino de un lado de Vhalla. Sus ojos no estaban ni cerca de verla mientras desafiaba a su padre con una mirada color obsidiana.

—¿Eso crees? —dijo el emperador despacio.

—En efecto.

El emperador no la miró cuando volvió a hablar; estaba demasiado empecinado en intimidar con la mirada a su hijo.

—Olvidas tu lugar, Aldrik —murmuró el emperador, antes de añadir en voz más alta—: Señorita Yarl, gracias por tu informe. Puedes retirarte.

Vhalla parpadeó, paralizada en el sitio. *Después de todo, después de todo lo que había hecho, ¿ahora la echaba a patadas?*

—¿Acaso has malentendido mi orden? —El emperador por fin se giró hacia ella y eso la puso en movimiento al instante.

—Por supuesto que no. —Se apartó de la mesa y se encaminó hacia la habitación de Aldrik.

—Me gustaría que esta fuese una conversación privada, señorita Yarl —añadió el emperador.

Vhalla se detuvo. Algo en la pulla de esa insinuación hizo que un escalofrío subiese por su columna.

—Yo jamás…

—Pareces tener costumbre de escuchar las conversaciones privadas de los líderes —la interrumpió el emperador.

—Pero eso fue… —Parpadeó perpleja. ¿De verdad estaba volviendo sus propias órdenes contra ella? *¿Y era tan arrogante como para hacerlo delante de todo el mundo?*

—Preferiría no correr ningún riesgo. Jax —dijo el emperador, al tiempo que se giraba hacia el occidental—, ¿tienes lo que te confié?

—Mi señor, le aconsejaría no hacer esto. —Una repulsión pura alimentó la débil objeción de Jax.

—¡Harás lo que te ordene! —casi gritó el emperador.

Jax se volvió impotente hacia Baldair, luego hacia Aldrik. Ninguno de los príncipes parecía capaz de decir nada en contra. Todos los ojos permanecieron expectantes en el occidental de pelo largo.

El mayor en jefe arrastró los pies fuera de la habitación mientras el emperador se giraba hacia ella. Vhalla jamás había visto la expresión que llevaba dibujada en la cara en ese momento. De todos sus encuentros con el emperador, este fue el que más miedo le dio. Porque una satisfacción mórbida y peligrosa empezaba a curvar su boca, como la de una bestia salvaje que había encontrado una presa herida.

# CAPÍTULO 14

—Señorita Yarl —empezó el emperador, mientras se apartaba de la mesa—, ¿comprendes bien lo que eres? —Vhalla mantuvo la boca cerrada y dejó que el emperador continuara, todos los ojos fijos en él—. Permíteme educarte, y también a mis mayores. Eres una *herramienta*, eres un arma, eres alguien a quien necesito para conquistar el Norte, y puesto que eres mi más leal sirvienta, estás más que contenta de hacer eso por mí.

—Lo estoy, mi señor —aceptó Vhalla en voz baja. Por primera vez en mucho tiempo, la mirada impávida del emperador la asustó de verdad.

—Por supuesto que lo estás, niña. —El emperador se había plantado delante de ella y la miraba con desprecio desde lo alto—. No te tengo aquí para pensar. Menuda tontería sería eso. No vayas a creer que tus poderes te convierten en algo que no eres.

Vhalla se mordió el labio hasta hacerse daño, así se aseguraba de reprimir cualquier protesta.

Jax volvió a entrar con una caja cuadrada de madera en la mano. Había un cierre en la parte frontal que ahora estaba abierto. Vhalla miró dubitativa lo que había escrito en occidental sobre *él*.

—Mi señor. —Jax sujetaba la caja con los nudillos blancos—. Os sugiero que reconsideréis este rumbo de acción. No sabéis lo que…

—¡Silencio! —espetó el mayor Schnurr—. *Tú* no eres quién para poner objeciones al emperador. —El mayor le lanzó a Jax una mirada asesina.

—Sé muy bien con qué fuerzas estoy tratando. —El emperador abrió la caja con actitud reverente y admiró su contenido—. Parece que debo recordarle a todo el mundo que solo yo doy órdenes a esas fuerzas.

Al ver el contenido de la caja, los ojos de Vhalla se abrieron como platos y la invadió el pánico. Abrió la boca para hablar, para arrastrarse si hacía falta. No dejaría que volviesen a meterla ahí dentro, de vuelta en esa diminuta y oscura celda carcelaria. Su cerebro no entendía que ahora estaba en el Norte, a un mundo de distancia de donde la habían encerrado durante su juicio posterior a la Noche de Fuego y Viento.

—Os juro, mi señor, que no utilizaré mis poderes sin vuestro permiso, y nunca contra el imperio —imploró con voz temblorosa.

—Oh, señorita Yarl, eras mucho más impresionante cuando no sonabas asustada —murmuró el emperador, en una voz tan suave que no lo oyó nadie más que el mayor occidental.

El emperador Solaris levantó el contenido de la caja: un gran par de grilletes que se utilizaban como gruesas bandas alrededor de las muñecas y estaban conectados por una bisagra. Incrustadas en el hierro había unas piedras pulidas que Vhalla reconoció vagamente como cristales.

Aldrik por fin los vio también.

—Padre, *¿qué es eso?*

—¿De dónde lo habéis sacado? —Erion puso cara de muy pocos amigos.

—Lord Ophain los trajo a petición mía. Hay quien todavía parece recordar cómo obedecer mis órdenes. Se fabricaron en el Oeste para mantener a criaturas como ella controladas. —El emperador fulminó con la mirada al lord que había hablado fuera de turno.

—Lord Ophain no querría esto. —Erion no estaba dispuesto a arredrarse.

—¡Estás siendo muy descarado, lord Erion! Todo depende de mí, *mi palabra es la ley*, y debo asegurarme de que la ley se obedece sin dudar —declaró el emperador, poniendo al furioso lord occidental en su lugar—. Tus manos, señorita Yarl.

Vhalla iba a vomitar. En lo único que podía pensar era en la sensación del hierro al cerrarse en torno a sus muñecas una vez más. Le iba a hacer daño otra vez, más que la vez anterior. El emperador iba a cumplir todas sus promesas sobre el oscuro futuro que la aguardaba.

—¡Tus manos! —Su paciencia empezaba a escasear.

Vhalla apretó los puños para evitar que temblaran, tragó saliva con sabor a bilis. Despacio, levantó las muñecas, pero donde el hierro debía tocar su piel, unos dedos cálidos se cerraron a su alrededor.

Aldrik la apartó de ahí, los dedos apretados y los ojos echando chispas. Vhalla ni siquiera lo había oído moverse.

—No le vas a poner eso —masculló en tono amenazador. El príncipe interpuso su cuerpo a medias entre Vhalla y su padre.

El emperador parecía completamente estupefacto ante la oposición abierta de su hijo delante de todos sus súbditos.

—Aldrik, te estás poniendo en ridículo.

—Esto está mal —insistió el príncipe. Tiró de Vhalla medio paso hacia él; ella cerró los puños y los apoyó contra el pecho de Aldrik—. Te ha servido con diligencia y sin preguntas. Me ha salvado la vida, más de una vez, así como las vidas de innumerables personas más de tu ejército. Y es probable que haya salvado tu campaña hoy. ¿Y tú quieres encadenarla?

Vhalla se empapó de las palabras que prácticamente rezumaban desagrado. Había una ira temible y apenas controlada en los rasgos del príncipe heredero. Tenía la mandíbula en tensión y la boca apretada en una línea fina mientras fulminaba a su padre con la mirada. Vhalla podía sentir el poder que irradiaba, e incluso Jax dio un paso atrás.

—Hijo mío, sé que estás *intrigado* por la magia de la chica, pero esto es para mejor. —Los ojos del emperador mostraban un brillo peligroso—. Vuelve a la mesa, para que podamos terminar con esto y retomar nuestra reunión.

Aldrik ignoró a su padre con descaro y bajó la vista hacia Vhalla. Su voz se suavizó de manera notable al hablarle.

—Ven, Vhalla. Puesto que mi padre insiste tanto en tener privacidad, deja que te acompañe donde podrás descansar; estoy seguro de que estás cansada de tus Proyecciones anteriores.

Vhalla asintió, agradecida. No sabía si Aldrik creía de verdad lo que estaba diciendo. O si la había visto temblar como una hoja de otoño y sabía que necesitaba estar en cualquier otro sitio para recuperar la compostura.

—¡Aldrik! —El emperador pronunció el nombre de su hijo como una maldición.

—Sé que ya te han preguntado esto antes, pero ¿podemos tener tu palabra de que tu magia jamás será utilizada en contra de la voluntad del imperio Solaris? —Los pulgares de Aldrik acariciaron con suavidad las muñecas de Vhalla.

—Tenéis mi palabra, mi príncipe —dijo en voz baja, y la ternura de los ojos y la actitud de Aldrik la tranquilizaron.

—¿Es su palabra suficiente para vosotros, mayores? —Aldrik se volvió hacia la mesa.

No se movió nadie. A Vhalla no le sorprendió. Aldrik les estaba pidiendo que desafiasen abiertamente al emperador en favor de su hijo. Ya no importaba lo correcto o lo incorrecto de su elección.

—Para mí es suficiente. —Daniel fue el primero en hablar y la miró a los ojos con decisión. Vhalla tragó saliva del alivio. Aun cuando estaba medio abrazada por Aldrik, Daniel se mantenía a su lado.

—Y para mí —lo secundó Jax. Miraba con el ceño fruncido las esposas que el emperador sujetaba aún en las manos.

—Yo lo repito una vez más: los Le'Dan están de parte de la Caminante del Viento y del Lord del Oeste —proclamó Erion con orgullo.

—No veo ninguna razón por la que no debamos confiar en ella. —Vhalla no había esperado el apoyo del mayor Zerian.

—Yo siempre he conocido a Vhalla como una mujer de palabra —dijo también Baldair.

Los otros mayores parecieron tranquilizarse al ver que el segundo hijo estaba asintiendo o expresando una pequeña aprobación a la posición de Aldrik.

—Hemos dejado atrás el tiempo en que eran necesarias semejantes cosas. —Aldrik se volvió hacia su padre—. Guarda esa reliquia para que pueda regresar al rincón oscuro del museo de donde salió.

Se produjo un silencio largo. El emperador miró a Aldrik con los ojos entornados, luego a la mesa, y por fin se centró solo en ella. Vhalla contuvo la respiración. Notaba los dedos de Aldrik calientes sobre su piel, y le agradó el hecho de que no la hubiese soltado.

—Señorita Yarl —le dijo el emperador solo a ella—. Esto ya no es cuestión de lo que eres o no eres capaz de hacer. Ya no es cuestión de tu palabra o de lo que harás o no harás. Lo más imperativo es que respetes la voluntad de tu emperador, *tu verdadero señor*.

Las manos de Aldrik se apretaron en torno a las muñecas temblorosas de Vhalla, que odiaba la posición en la que estaba. Aborrecía al emperador con cada fibra de su ser. Respiró hondo y, a pesar de todo aquello, supo lo que tenía que hacer.

Los ojos del príncipe volaron hacia ella cuando Vhalla tiró contra sus dedos. Su sorpresa le hizo abrir la mano y ella liberó sus muñecas. La temeridad le daba descaro, y cerró los dedos alrededor de los de Aldrik, que se habían quedado levitando en el aire.

—Mi príncipe, os agradezco vuestra confianza y vuestra fe en mí —susurró con suavidad. Los labios de Aldrik se entreabrieron para objetar, pero Vhalla sacudió la cabeza con firmeza—. Soy una súbdita leal y debo cumplir la voluntad de mi emperador.

Sus manos soltaron las de Aldrik, aunque este hizo ademán de reclamarlas de vuelta. Vhalla lo detuvo con una mirada de advertencia. Había tomado su decisión.

Sin embargo, al contrario de lo que decían sus palabras y todas las palabras que no diría jamás en público acerca del asunto de ahí en adelante, no fue una decisión tomada por un deseo de seguir al emperador. Estaba inspirada en los sentimientos contrarios. Con el apoyo de los mayores detrás de ella, se consolidaría como una soldado obediente. Se convertiría de manera premeditada en una humilde sirvienta, maltratada por su amo hambriento de poder.

O al menos eso era lo que esperaba que pasase cuando extendió las muñecas delante de ella.

Ahora que por fin había conseguido lo que quería, el emperador colocó el metal frío sobre la piel de Vhalla y cerró las esposas con un chasquido. En cuanto engancharon, los cristales brillaron con un resplandor tenue, la conexión realizada en un círculo completo. Vhalla soltó una exclamación ahogada y se tambaleó, antes de doblarse por la cintura y caer de rodillas; era como si alguien le hubiese dado una patada en la tripa. No, era como si alguien le hubiese arrancado el pecho por completo.

—¡Vhalla! —Aldrik estaba de rodillas a su lado.

—No la toquéis —lo advirtió Jax—. Su cuerpo está ahora bajo la influencia de los cristales, mi príncipe; podrían reaccionar mal con vuestra magia.

Vhalla pugnó en busca de aire. Era como si las esposas le hubiesen robado la capacidad para respirar o para pensar. Notaba todo el cuerpo extraño y estaba mareada por el vértigo.

—¿Estás bien? — Vhalla apenas registró el paso adelante que dio Daniel.

—S... sí. Es... —Jadeó, mientras pugnaba por respirar. Era como si el aire mismo hubiese desaparecido. El mundo estaba demasiado quieto. Incluso su propia voz sonaba distante y amortiguada—. Un *shock*.

—Creo que se llaman Canales, la forma en que un hechicero extrae su poder. —El emperador tenía un brillo curioso en los ojos—. Estas esposas las diseñaron Caminantes del Viento en Mhashan a fin de utilizarlas con otros hechiceros, para bloquear esos conductos.

*Con otros Caminantes del Viento*, lo corrigió Vhalla en su cabeza. Se le nubló la vista mientras contemplaba las esposas. Esas cosas las habían fabricado esclavos, para esclavos.

—Funcionan bloqueando la fuente de magia de un hechicero e impiden que esta se abra durante el tiempo que las esposas están puestas —explicó el emperador a una mesa horrorizada en su mayor parte—. Dadas las habilidades de una Caminante del Viento, estoy de acuerdo en que eliminar su hechicería es el mejor rumbo de acción.

Vhalla no se había dado cuenta de lo acostumbrada que estaba ahora a sentir la magia. Era parte de ella, y su ausencia era como si le hubiesen arrancado una extremidad. Aun así, se puso en pie como pudo. Aldrik la agarró del codo para ayudarla. Vhalla no tenía la fuerza suficiente para advertirlo de que no la tocase.

—Vhalla ha demostrado su lealtad, padre. Quítaselas. —Baldair frunció el ceño ante la expresión vacía de la joven.

—Puedes retirarte, señorita Vhalla. —El emperador volvió a la mesa.

La Caminante del Viento se miró los pies, al tiempo que trataba de ignorar las manos que tenía atadas juntas delante de ella. Intentó instar a su cuerpo a moverse.

—¡Ya basta! ¡Me he hartado de esto! —Aldrik agarró la caja que aún sujetaba Jax y se la arrancó de las manos. Cayó con estrépito cuando Aldrik la tiró a un lado después de recuperar una llavecita que tenía dentro. El príncipe agarró las muñecas de Vhalla. Los cristales refulgieron en repuesta al contacto de Aldrik.

El príncipe rechinó los dientes e introdujo la llave en la bisagra central que sujetaba los grilletes unidos. Las esposas se abrieron con un chasquido y cayeron de las muñecas de Vhalla con un golpe metálico. Con la mandíbula apretada, Aldrik los recogió del suelo y los tiró otra vez dentro de la caja, que luego cerró de un portazo.

—Jax —gruñó Aldrik—. Llévate eso al bosque y entiérralo en algún sitio *lejano* y *profundo*. Y asegúrate de que su localización sea un secreto que te lleves contigo a la tumba.

Jax le dedicó a Aldrik un asentimiento de aprobación y aprovechó el caos para marcharse antes de que nadie pudiese poner objeciones a su misión.

—¡Mi príncipe, esa es una reliquia del Oeste! —El mayor Schnurr estaba horrorizado.

—Es una reliquia de odio. —El príncipe le lanzó una mirada asesina al disidente—. Es una reliquia de la que los verdaderos occidentales no se enorgullecen. —El mayor Schnurr sacudió la cabeza, una mezcla de ira y desagrado en la cara. Abrió la boca para hablar, pero enseguida lo pensó mejor y salió furioso por la puerta—. Vhalla, ven conmigo. —Aldrik la tomó de la mano.

—Hijo, ni se te ocurra… —empezó el emperador. Su compostura por fin comenzaba a desmoronarse a causa de esa insolencia en público, a causa de que su juego de poder no saliese como tenía planeado.

—Padre, encuentro que tu comportamiento hacia *lady* Yarl, nuestra invitada, tu leal súbdita, la persona que has traído aquí para ayudarte a lograr tu victoria, ha sido *espantoso*. La has puesto a prueba una y otra vez, y cada prueba la ha pasado de manera más asombrosa que la anterior. —Aldrik señaló con un dedo a su padre—. Pues se acabó. No pienso permitir que le hagas más daño, ni que exijas que ella se haga daño a sí misma, para tu propia diversión o para aplacar tu inseguridad. Entiendo que las presiones de la guerra han alterado tu buen juicio. Con suerte, tú te darás cuenta pronto de lo mismo, pues no tengo ningún interés en hablar de nada más hasta que hayas presentado unas disculpas muy merecidas.

Todos los presentes miraron al príncipe estupefactos, incluida Vhalla. Aldrik ni siquiera se percató de ello, pasó un brazo por los hombros de la joven y se la llevó deprisa hacia el pasillo de atrás. Vhalla esperaba oír las pisadas airadas del emperador detrás de ellos, pero no llegó sonido alguno. Todo desapareció cuando Aldrik la condujo al lugar que habían convertido en su refugio seguro y cerró la puerta de un portazo a su espalda.

—No puedo creer que ha… haya hecho algo así, por la Madre —bufó Aldrik—. *Cristales*. ¿Ha traído cristales aquí? ¡Está loco! Y no puedo creer que mi tío se los proporcionara.

—Estoy segura de que lord Ophain no tuvo elección —señaló Vhalla, al tiempo que esperaba que fuese verdad.

Aldrik le hizo caso omiso y siguió hablando.

—¿Cómo se atreve a utilizar contigo las cadenas que usó el Oeste para tratar a los Caminantes del Viento como si fuesen ganado, para explotarlos, para matarlos?

En torno a sus dedos, se prendió un fuego intenso. Vhalla agarró su puño con las dos manos, mientras las llamas lamían alrededor de sus dedos.

—No quemes nada.

La ira de Aldrik en su nombre era tan reconfortante como temible, pero Vhalla sabía que más ira no solucionaría los problemas que había que solucionar. Era una furia como esta la que empujaba al príncipe a lugares oscuros. Necesitaba que él lo viera; necesitaba mantenerlo lejos de ahí. La ira de Aldrik se suavizó en el momento que sus ojos conectaron.

—¡Vhalla! *Por todos los dioses*, Vhalla. —Levantó las manos hacia la cara de ella, el fuego extinguido—. ¿Cómo se ha atrevido…? ¿Cómo pudiste hacerlo? No deberías habérselo permitido.

—Al permitirlo, creo que lo hice parecer aún peor —explicó. Aldrik soltó una carcajada áspera.

—¿De verdad pensaste eso?

—¿Estaba en lo cierto? —Vhalla rebuscó en su expresión aturdida.

—Desde luego que sí. —Aldrik apretó sus labios contra su frente y ella cerró los ojos.

—No deberías haber hecho eso, Aldrik. —Vhalla pensó en las manos de Aldrik sobre ella cuando estaba bajo los efectos de los cristales, en la advertencia de Jax. Pensó en la insolencia ante su padre.

—No. *No me digas eso* —exigió con firmeza—. Hice justo lo correcto. Estoy harto de quedarme de brazos cruzados mientras mi padre te trata como lo hace. A la mierda las apariencias.

Se oyeron unas sonoras pisadas que se acercaban por el pasillo. Vhalla contuvo la respiración y Aldrik la abrazó con fuerza. Cada cosa horrible que podía pasar cruzó por la mente de la joven: soldados que venían a llevársela de su lado, a encerrarla, a ponerle otra vez esas horribles cadenas… Eso acabó con las fuerzas que había reunido. La puerta se sacudió cuando la persona del otro lado la aporreó.

—Hermano, sal aquí fuera otra vez antes de que tengamos una guerra civil entre manos. —Baldair estampó el puño contra la puerta otra vez. Aldrik respiró hondo, la cara enterrada en el pelo de Vhalla—. Sé que lo que padre hizo estaba mal. —Baldair bajó la voz—. En realidad, fue espantoso, pero ¿de verdad te sorprende? Vhalla lo puso en ridículo delante de sus líderes. Estaba perdiendo su poder y necesitaba demostrar que todavía tenía el control. Padre no es nada más que un hombre lleno de orgullo.

Aldrik se apartó de Vhalla para abrir la puerta de par en par.

—Entonces, ¿tengo que permitir que sus acciones se perdonen para cuidar su *tierno orgullo*? —preguntó Aldrik con cara de pocos amigos.

—Los mayores occidentales están indignados por el hecho de que utilizara las esposas. Creen que eso perjudicará a las relaciones comerciales del Oeste…

—¡Como deben estar! —La ira de Aldrik había vuelto con todas sus fuerzas y lo estaba pagando con su hermano—. Vhalla es una inspiración para el Este, un faro de esperanza, una nueva era, y él prefiere enviar el mensaje de que tratará a los Caminantes del Viento como los trataron hace más de un siglo, que los buscará, los encadenará y los matará. ¡La llamó herramienta a la cara! Ni siquiera es una persona para él, sino una *cosa*. No culpo a los líderes occidentales por no querer que nadie piense que el Oeste sigue comulgando con unas ideas tan arcaicas… ¡visto que mi tío proporcionó los medios!

—Amenazan con irse a casa. —Baldair extendió las manos en ademán suplicante, ignorando la diatriba moralizante de su hermano—. Los encabeza Erion, que no quiere escucharme porque «no soy del Oeste».

—Bien, entonces padre verá por qué debe respetar a las personas de las que depende —escupió Aldrik.

—Aldrik. —Vhalla interrumpió la conversación y llamó la atención de ambos príncipes solo con su tono. Cruzó hasta su amante de pelo moreno y levantó una mano hacia su mejilla. Él suspiró con suavidad ante el contacto—. Ve.

—Pero...

—No. —Vhalla negó con la cabeza—. Necesitas demostrarles que el futuro emperador es un hombre más grande, un hombre mejor que el actual. Quiero que esta guerra termine. Me tragaré cualquier ofensa contra mi persona para lograr ese objetivo, y necesito que tú hagas lo mismo.

—Vhalla —susurró Aldrik en voz baja.

—Ve y encuentra un final para esto —le suplicó—. Dijiste que me llevarías a casa.

—Eres una mujer asombrosa. —Levantó la mano para ponerla sobre la de ella y la miró con adoración.

Vhalla le sonrió con dulzura.

—Entonces, ¿vienes? —Baldair esperaba en el umbral de la puerta.

—Sí. —Aldrik asintió—. Y pienso dejar claro que mi regreso se debe a una mujer a la que mi padre preferiría encerrar como a un animal.

Baldair levantó las manos por los aires en señal de derrota ante la actitud de Aldrik.

El príncipe heredero se inclinó hacia delante y dio un suave beso en la frente de Vhalla una vez más. Ella cerró los ojos y soltó un suspiro suave. Si era sincera, quería que se quedase con ella. La presencia de Aldrik la tranquilizaba, la hacía sentir más segura. Como si cuando estaban juntos, nada pudiera pararlos. Pero él hizo lo que le había pedido, lo que debía hacerse. Aldrik la soltó y fue hacia su hermano.

—Vhalla —dijo Aldrik con ternura, pero con firmeza—. Si cualquiera que no sea yo abre esta puerta o intenta entrar a la fuerza, lucha contra quien sea. No descartaría que mi padre intentase algo solapado mientras estoy lejos de ti.

Vhalla asintió con ademán cansado.

—Buena suerte a los dos.

En cuanto la puerta se cerró, los sucesos del día cayeron de golpe sobre ella y Vhalla se apoyó en la pared como soporte. Sus rodillas cedieron y se deslizó al suelo para hacerse un ovillo al lado de la puerta. Se agarró los brazos con fuerza e intentó mantener a raya su tiritona, borrar el recuerdo de Rata y Lunar y Egmun.

También se preguntó, horrorizada, cuánto sabía ahora el emperador acerca de ella y los cristales. Las esposas estaban diseñadas para funcionar con cualquier hechicero normal; a lo mejor la mentira de Aldrik de que ella no era capaz de manejar gemas mágicas todavía se sostenía. Si el emperador se enteraba de que sí podía hacerlo, eso podría convertirla en algo más. Podría convertirla en el medio del emperador para liberar un poder legendario de las Cavernas de Cristal. Le dolía la cabeza de pensar en lo que podía estar tramando ese hombre horrible, y Vhalla cerró los ojos con fuerza.

Debió de quedarse dormida, porque lo siguiente que supo fue que Aldrik la estaba meneando con suavidad.

—Vhalla —susurró.

—¿Q... qué? —Parpadeó soñolienta.

—¿Por qué estás en el suelo? —Su voz sonaba pastosa, agotada.

—No lo sé... supongo que me quedé dormida. —Vhalla no quería contarle sus miedos. Estaba segura de que ya los conocía—. ¿Qué hora es?

—Tarde. —Aldrik bostezó y la ayudó a ponerse en pie.

No tardaron nada en quedarse solo con la ropa más básica. Vhalla se deleitó en el nivel de comodidad que habían encontrado el uno con el otro. Tenía que disfrutar de las pocas cosas que todavía podían proporcionarle bienestar.

—¿Has estado reunido todo este tiempo? —preguntó Vhalla.

—Lo estuve... lo estuvimos.

—Menudo caos he provocado —musitó, al tiempo que se dejaba caer sobre el borde de la cama.

—No, mi padre ha provocado su propio caos. De hecho, ha sido bastante divertido y refrescante observar cómo intentaba arreglarlo. —Aldrik fue hasta ella.

Vhalla levantó la vista hacia su príncipe. No llevaba nada más que unos pantalones básicos de algodón, ceñidos con una cuerda a la cintura. Su pelo colgaba lacio, despeinado de la batalla de palabras y los juegos de poder del día. Caía como una cortina alrededor de su cara y proyectaba sombras dramáticas sobre sus rasgos angulosos. La llamita que titilaba con lealtad a su lado iluminaba cada cicatriz de su cuerpo y contaba historias de penurias y pruebas. Vhalla tragó, la garganta seca de repente. Había algo en los ojos de Aldrik que parecía totalmente diferente.

—Esta noche, a lo largo del último año, en especial desde la Encrucijada, te he visto crecer. He visto cómo encontrabas una fuerza que nadie imaginaba que tuvieses, te he visto manejar asuntos de estado con habilidad, tratar con la nobleza con destreza, forzar tus límites más allá de toda expectativa —empezó Aldrik.

—Solo intentaba ayudar. —Las palabras salieron precipitadas por su boca. Había algo en la actitud de Aldrik que la alborozaba. Que la alborozaba tanto que la preocupaba. Su cuerpo sabía lo que veía en los ojos de Aldrik desde la primera palabra que dijo, pero su mente rechazaba esa noción. Estaba aterrada a partes iguales entre la idea de que lo dijera todo y que no dijera nada de nada.

—¿Disfrutas con ello?

—¿Que si disfruto con ello? —repitió. No hubo ningún comentario sobre loros. Aldrik estaba pendiente de su respuesta—. Supongo —susurró Vhalla—. Nunca había tenido que sintetizar conocimientos de este modo para utilizarlos de verdad. Es cada detalle de teoría o de historia aplicado. Es más de lo que he hecho nunca a diario y, aunque me aterre, a menudo me estimula.

—Hay un puesto que necesito ocupar. Ese puesto requiere este tipo de cosas todos los días. Alguien debe asumir esa responsabilidad antes de que pueda ser emperador. —La garganta de Aldrik subió y bajó en un intento de tragarse el nudo que la atoraba—. Requiere a alguien brillante, alguien fuerte y amable. Alguien que pueda atemperarme y recordarme mi propia humanidad, incluso en los momentos más oscuros.

—Eso suena como mucho trabajo —susurró Vhalla de un modo ambiguo. El momento estaba a punto de llegar a su cénit y, con él, todo su mundo se haría añicos.

—Lo es y lo será. —Aldrik abrió y cerró los dedos—. Pero también tiene sus recompensas. La gente confiaría en la palabra de esa persona, la respetaría, la admiraría. Podrá moldear el futuro de este imperio para bien, para tener paz. —Observó el suelo durante un momento, un tenue rubor trepó por sus mejillas—. Podría convertir mi jardín de rosas en su oficina, para siempre, si así lo eligiera.

Aldrik sabía muy bien qué decir.

—¿Y cómo aplica uno a ese puesto? —susurró Vhalla.

—No es algo a lo que puedas aplicar. —Los ojos de Aldrik volvieron a conectar con los de Vhalla, cuyo pecho se hinchó—. Te lo deben pedir.

—¿Quién lo pide?

—Yo. —Aldrik se arrodilló delante de ella.

Vhalla intentó hacer algún ruido. Intentó respirar. Se le habían entumecido las puntas de los pies de la sorpresa. El mundo parecía colgar de cada palabra del príncipe.

—¿Querrías que lo hiciera? —preguntó Aldrik, al tiempo que agarraba las manos de Vhalla.

—No te entiendo. —Lo dijo en voz tan baja que sus palabras apenas se oyeron. Los latidos de su corazón sonaban más fuertes.

—¿Te gustaría, *lady* Vhalla Yarl, convertirte algún día en la emperatriz Vhalla Solaris?

# CAPÍTULO

## 15

—¿Qué? —Todo se había quedado congelado en una singularidad imposible: el mundo entero concentrado en el príncipe heredero, descamisado, una rodilla hincada en tierra delante de ella.

Aldrik escrutaba la cara de Vhalla con una esperanza tan cargada de miedo que el pecho de la joven amenazaba con explotar. El príncipe no dijo nada más. Sabía que ella había oído su proposición.

*Aldrik se había declarado.*

A ella.

Los segundos se alargaron y Vhalla se dio cuenta de que aquello no iba en broma. No tenía truco. Solo había un príncipe que esperaba delante de ella, un príncipe que parecía más asustado cuanto más lo miraba ella pasmada.

—Yo no, no puedes... elegirme a mí. —Vhalla negó con la cabeza.

—Sí puedo. Y lo he hecho. —Aldrik apretó las manos sobre las de ella, un deje asustado se coló en sus palabras—. Vhalla, no te obligaré a hacer nada que no quieras. Si... —Se le quebró la voz y tuvo que hacer una pausa—. Si dices que sí. No nos casaríamos hasta que te hiciesen una dama de la corte, y nuestro compromiso se mantendría en secreto hasta entonces... aunque prometo que lo honraría. Pero debo saberlo, debo saber si es un camino que querrías seguir conmigo, los dos de la mano.

Cada pensamiento que tenía Vhalla competía para llamarle la atención en su cabeza: un compromiso secreto, una vida con Aldrik, gobernar sobre un reino que nunca estuvo destinada a gobernar, la rosaleda del príncipe, *ser emperatriz*. Tenían tantas cosas aún por dilucidar... Tanto de sus vidas estaba en el aire... Vhalla quería soltar las manos de las de él y pedir que su mundo fuese más seguro antes de poder plantearse siquiera una idea tan estrambótica.

Pero se quedó quieta de repente. ¿Y si no tenían tiempo para eso? ¿Y si moría al día siguiente? ¿Y si, y si, *y si*? Esas palabras daban vueltas por su mente y trataban de enturbiar lo único que quería. La única cosa por la que había estado luchando desde que había sabido qué era. La única cosa que esperaba justo delante de ella.

—Sí.

Más adelante habría tiempo de asegurarse de que esa era la decisión correcta, habría tiempo antes de hacer ningún juramente ante los dioses y ante los hombres. Y si no había tiempo para ello, entonces disfrutaría de la fantasía hasta su último aliento.

Aldrik parpadeó, su mandíbula se relajó, sus labios se entreabrieron.

—No será fácil —murmuró.

—Eso ya me lo has dicho antes —le recordó ella.

—Tendrás que aprender a ser una dama a ojos de la corte.

—Lo sé. —Vhalla se preguntó si de repente se arrepentía de su decisión—. Quiero estar contigo, Aldrik. Eres mi Vínculo, mi destino está atado al tuyo. Eres el primer hombre al que he querido de verdad, y quiero quedarme contigo para siempre, si me aceptas.

—Mi dama —susurró con tono asombrado—. ¡Mi dama!

Aldrik la levantó de la cama al tiempo que él se ponía de pie. Separó las manos de las de ella para apretarlas alrededor de su cintura, mientras el cuerpo de Vhalla se henchía para apretarse contra el de su príncipe. Aldrik apretó los labios con firmeza contra los suyos en un beso que no dejaba espacio a más dudas.

—Tengo algo para ti —anunció Aldrik, al tiempo que se apartaba un poco de ella.

—¿Qué? —Vhalla parpadeó perpleja.

Aldrik se movía como un hombre al que le habían quitado varios años de encima.

—Debería estar forjado en oro, sería más apropiado para una futura emperatriz, pero la plata parecía extrañamente adecuada, y tengo más experiencia con ese metal para esto. —Aldrik rebuscó en un baúl hasta sacar una bolsa que contenía una caja, que a su vez contenía una bolsita de seda más pequeña. El príncipe regresó y le ofreció el paquetito blanco—. Me han dicho que los hombres del Este les ofrecen una prenda a sus futuras esposas como promesa de prosperidad.

Vhalla tomó la bolsita con sumo cuidado, los dedos temblorosos. *Esto está pasando*, se recordó mientras la abría. Acababa de decirle al príncipe heredero que se casaría con él. Eso suponía que una cantidad imposible de cosas tenían que salir bien. *Pero si todo lo hacía…*

La prenda que Aldrik había decidido regalarle debía de estar encantada, porque le robó todo el aire y su atención.

El reloj de bolsillo era más pequeño que el de él, pero también estaba fabricado en plata. Colgado de una fina cadena, tenía un gancho que podía cerrarse por la parte superior del reloj para llevarlo como un collar o a la forma tradicional. La parte de atrás estaba pulida como un espejo. Grabado en la parte delantera estaba el sol ardiente del imperio, cortado por la mitad por un ala, la misma ala que habían bordado por detrás en las capas de las Caminantes del Viento.

—Pediste tiempo —explicó Aldrik—. Te escuché cada vez que suplicaste que el tiempo parase, que no llegase la mañana. Quiero que sepas que yo compartía tus mismos sentimientos. Quería darte la promesa de mis minutos, mis horas, mis días. —Sus largos dedos se cerraron alrededor de los de ella, alrededor del reloj—. Mi futuro es tuyo, Vhalla Yarl.

—Tienes un plan. —Vhalla podía verlo en su forma de moverse.

Aldrik sonreía de oreja a oreja cuando retiró el reloj de sus manos, abrió el cierre con adoración y lo pasó alrededor del cuello de Vhalla.

Sus dedos se demoraron sobre la plata, justo por encima de sus pechos, hasta donde colgaba.

—En efecto. —Vhalla se encontró perdida al instante en el negro perfecto de los ojos de Aldrik—. Pero es un plan que dependía de tu respuesta.

Vhalla levantó una mano, sintió el peso del collar cuando él retiró los dedos.

—¿Cómo?

—Primero, debemos ganar la guerra y conseguir tu libertad. Pero eso es algo que ya sabíamos los dos. —El runrún de la mente del príncipe estaba de repente escrito en su cara—. Pero en el proceso, te convertiremos en una dama de la corte, lo cual debe ocurrir para que nuestro futuro juntos no sea cuestionado. A cada día que pasa, mientras te veo con los mayores, aumenta mi confianza en que eso sucederá con facilidad.

Vhalla se dejó caer otra vez en la cama, asombrada.

—Los mayores están enamorados de ti. Admiran tu «naturaleza noble» y fuerte, tu elegancia, tu aplomo, tu extraordinaria inteligencia y tu elocuencia y, después de esta noche, tu lealtad inspiradora. —Aldrik se sentó a su lado—. Mi padre se excusó durante la cena, es probable que para ocultar su cara, y en cuanto se libraron de su presencia, lo único de lo que hablaron todos fue de ti.

—Pero ellos no pueden convertirme en una dama. —Las manos de Vhalla todavía se pasaban el reloj de una a otra, mientras aprendían cada una de sus curvas.

—No, solo mi padre puede hacer eso —convino Aldrik. A Vhalla se le cayó el alma a los pies.

—Entonces no hay esperanza.

—Mi amor, ¿crees que te pediría que te casaras conmigo si creyese que no había esperanza de hacerlo? —Aldrik sonrió—. *Piensa*. Sus mayores pedirán que te nombre dama de la corte. Su gente aclamará tu nombre como heroína de esta guerra. Tanto el Este como el Oeste te mirarán como referencia.

—Eso seguirá sin obligarlo a hacerlo. —Vhalla estaba segura de la profundidad del odio del emperador hacia ella.

—Y por eso mi plan dependía de saber si querías ser mi esposa antes de ponerlo en marcha. —Aldrik tomó sus manos y volvió a serenarla con su mero contacto—. Ya te dije que mi padre quiere abdicar de su trono cuando yo cumpla treinta años, si he cumplido con mis obligaciones. Esas obligaciones incluyen casarme y producir un heredero.

Vhalla asintió, pero no estaba segura de comprenderlo del todo. Su mundo estaba patas arriba, y Vhalla solo tenía que agarrarse a las manos del príncipe hasta saber por qué dirección iba a salir el sol.

—Cuando la guerra haya terminado, le diré que te he entregado mi corazón y mi palabra como hombre. Le quedarán solo dos opciones: elevarte a la condición de dama y dejar que me case contigo, o perder la sucesión perfecta por la que ha estado luchando. Si no me concede esto, me negaré a ver a cualquier otra mujer. Honraré la promesa que te he hecho en silencio, para siempre. Esperaré a que él muera por causas naturales y después accederé al trono y te elevaré yo mismo.

Vhalla repasó el plan en su cabeza. Era absurdo. Era una locura. Y lo besó por ello.

—¿Estás contenta? —preguntó Aldrik al apartarse sin aliento.

—¿Cómo puedes preguntar eso? —Vhalla se rio con suavidad—. Aldrik, no eres en absoluto como esperaba… y eres todo lo que nunca supe que necesitaba.

Vhalla lo besó como si de verdad le hubiese dado todo el tiempo del mundo, como si el amanecer no fuese a llegar nunca. Se permitió derretirse en su calor y solo creer, ignorar el dolor y vivir en la fantasía. Aldrik la empujó hacia atrás y cayeron enredados sobre la cama.

Al cabo de un rato, sus pechos agitados se apaciguaron y los dos amantes se quedaron quietos. Vhalla se durmió con los brazos de Aldrik cerrados a su alrededor. Los acontecimientos del día empezaron a difuminarse a medida que Vhalla se adentraba en el mundo de los sueños.

*Vhalla reconoció al instante los recuerdos de Aldrik. Quizá fuese por su aclimatación a su mundo onírico, o por cómo Aldrik y ella habían profundizado en su Unión, pero tuvo pocos problemas para identificar el recuerdo y separarse de Aldrik desde el principio.*

*Sus ojos se centraron en el niño moreno que subía por dentro de la Torre. Su cuerpo era larguirucho y torpe; era como si sus brazos y piernas hubiesen crecido de la noche a la mañana y el resto de él todavía tuviese que ponerse a su altura. Llevaba una chaqueta blanca, abierta sobre una camisa dorada, con pantalones rojos. Vhalla admiró el color en él, rojo del Oeste, dorado y blanco del imperio. Llevaba el pelo suelto y caía más allá de sus hombros, liso y negro.*

*Junto a Aldrik caminaba un hombre sureño con el pelo cortado a capas alrededor de las orejas. Frotó el indicio de perilla que le cubría la barbilla. El chico levantó la vista hacia él con una carcajada.*

*—Parece pelusa. —La voz de Aldrik sonó más aguda de lo que ella estaba acostumbrada, y se quebraba de vez en cuando para producir una resonancia más grave.*

*—Han pasado solo cuatro días —se defendió el hombre con una carcajada.*

*—Todavía parece ridícula. —Aldrik cruzó las manos detrás de la cabeza mientras caminaban. Era raro verlo pasear tan relajado.*

*—Lo que tú digas, mi príncipe. —El hombre metió las manos en los bolsillos de sus pantalones azules oscuros.*

*—Puedes llamarme Aldrik, Victor —dijo con un suspiro—. ¿Cuántas veces tengo que decírtelo?*

Victor, pensó Vhalla. ¿Ese era el ministro de Hechicería de joven?

*—Mi príncipe, eres casi un hombre; tienes que tomarte tu puesto en serio —lo regañó con suavidad.*

*—Sí que me lo tomo en serio —protestó Aldrik indignado.*

—¿Oh? ¿Por eso te he visto escabullirte de tus clases en múltiples ocasiones con una tal señorita Neiress? —Victor le sonrió a su acompañante.

—Larel es diferente. —Aldrik cruzó los brazos delante del pecho.

Vhalla pensó que el color de sus mejillas era adorable. Se asentó con dulzura sobre la tristeza que le causaba la mención de Larel.

—¿Lo es? —preguntó Victor.

—Ya sabes que lo es. —Aldrik dejó caer las manos a los lados.

—Vale, vale, mi príncipe. No sería tu mentor si no te diese consejos de vez en cuando. —Victor mantuvo los ojos al frente, esperando, y Vhalla vio llegar ese momento que esperaba.

—Las cosas nunca han sido de ese modo entre nosotros. —Aldrik inspeccionó un botón de su chaqueta.

—¿En serio? —Victor observó al joven príncipe con curiosidad.

—Yo... nosotros... creímos que... —El chico hizo una pausa, incómodo—. Pero no lo es. Somos solo amigos.

Victor le dedicó una sonrisa cómplice pero no dijo nada. Parecía tan hechizado como Vhalla por la naturaleza incómoda de explorar el amor de juventud.

Por cómo hablaba Aldrik de su relación con Larel, Vhalla ubicó este recuerdo en un punto de la vida de Aldrik antes del comentario de Baldair acerca de ser la oveja negra, antes de que Aldrik matase por primera vez, pero algún tiempo después de que Larel y él se besasen. Se empapó con tristeza de la imagen del joven Aldrik. Se preguntó cuántos momentos felices había tenido después de esa época. Cuánta parte de su vida la había pasado envuelto en oscuridad y soledad. Se preguntó cuán lejos estaba el hombre que conocía hoy del niño que veía ahí, de donde estaría un hombre normal.

Poco después, los dos se detuvieron delante de una puerta que Vhalla reconoció: la puerta a las habitaciones del ministro de Hechicería. Aldrik levantó una mano y llamó. Vhalla repasó la historia que había visto a través de Aldrik. Si era un niño más o menos de esa *edad, si Victor todavía era un hombre joven... un escalofrío de horror reptó a través de ella.*

*La puerta se abrió y Egmun apareció ante los dos.*

*—Mi príncipe. —Egmun hizo una pequeña reverencia.*

*—Ministro —contestó Aldrik. Entonces, para completo horror de Vhalla, el chico sonrió al hombre que ella odiaba más que a nadie en el mundo. Y ese hombre le devolvió la sonrisa—. ¿Qué tal? —preguntó Aldrik como si tal cosa, al tiempo que entraba en la habitación.*

*—Tengo pocas quejas. —Egmun cerró la puerta detrás de los dos visitantes y Vhalla se dio cuenta de que, de alguna manera, estaba de pie en la oficina junto a Aldrik—. En especial cuando estoy en presencia del hechicero más poderoso del mundo.*

*—Me halagas, Egmun —dijo Aldrik, y le restó importancia al comentario con un gesto de la mano. Luego se sentó en una de las sillas. En cualquier caso, la sonrisilla que tiraba de la comisura de sus labios indicaba que esos halagos no le molestaban demasiado.*

*—¿Qué tal te has sentido desde nuestra última sesión? —Egmun se sentó detrás del escritorio, juntó las yemas de los dedos.*

*—Ya deberías saber que unas cosas tan triviales no pueden hacerme daño. —Aldrik sonrió con suficiencia, pero Vhalla vio la verdad detrás de su confianza infantil.*

*—Por supuesto. —El ministro se rio entre dientes antes de volverse hacia Victor—. ¿Y tú?*

*—Estoy bien —respondió Victor con rigidez.*

*—Mentiroso. —Aldrik bostezó. Victor le lanzó una mirada ceñuda.*

*—Victor, tienes que ser sincero conmigo. —Egmun miró al hombre joven con actitud expectante.*

*—Mi Canal parecía un poco raro el otro día. —Victor fulminó con la mirada a Aldrik, que se limitó a encogerse de hombros.*

*—Estaremos pendientes, pero tal vez tengas que parar —comentó Egmun.*

¿Parar qué?, *quería preguntar Vhalla.*

—*Puedo continuar* —*declaró Victor a la defensiva.*

—*Ya lo veremos.* —*El tono de Egmun llevaba un leve deje termi-nante*—. *Por lo tanto, hoy, mi príncipe, serás solo tú.*

*Egmun se puso en pie y Vhalla pudo percibir un temblor nervio-so por parte del chico. ¿Qué era lo que ponía nervioso a Aldrik? De repente, se sintió inquieta. Vio a Egmun dirigirse hacia un armari-to al fondo de la habitación. Vhalla recordó una noche, que no po-día haber sido muy alejada de esta, en algún lugar oscuro donde Egmun había obligado a la joven alma de Aldrik a ensuciarse de sangre.*

*Cuando el ministro regresó, llevaba una caja en las manos. Vha-lla la inspeccionó. Vio escritura occidental sobre el cierre, pero no tenía nada más de particular. Aunque algo en ella le resultó lo bas-tante familiar como para remover su memoria; la había visto en al-guna parte ya antes. Alguien la había abierto para ella. Vhalla trató de echar un vistazo mejor cuando Egmun la dejó sobre la mesa. Sintió cómo Aldrik aspiraba una bocanada de aire y se quedaba muy quieta de la aprensión. Egmun abrió la caja con un chasquido.*

Vhalla se despertó sobresaltada por el sonido de boles y platos que entrechocaban. Rodó hacia el otro lado de la cama, sorprendida al descubrir que Aldrik no estaba con ella. Estaba de pie junto al ori-gen del ruido: una bandeja de aspecto ajado con algunos platos sobre ella.

—Buenos días. —Aldrik sonrió—. ¿Cómo está mi dama hoy?

Vhalla se grabó el apuesto rostro de su príncipe en la memoria. El sueño ya se estaba difuminando con la luz del día.

—He tenido un sueño. —Aldrik hizo una pausa en busca de con-firmación de que se refería a lo que él pensaba—. Un recuerdo —acla-ró Vhalla con delicadeza.

—¿Cómo fue? —Vhalla notó cómo trataba de mantener la voz serena, y el pánico alejado de sus ojos y de su corazón.

—Nada importante. —Vhalla negó con la cabeza, desesperada por no echar una sombra sobre ellos tan pronto en el día, en especial no después de una noche tan feliz—. Victor y tú en la Torre, trabajando con Egmun en algo.

—¿En qué estábamos trabajando? —Las palabras de Aldrik no revelaron emoción alguna.

—No lo sé. —Vhalla vio el conflicto escrito con claridad en su cara—. No parecía demasiado importante. —Esbozó una sonrisa alegre—. ¿Eso es comida?

La pregunta lo sacó de su trance.

—Oh, sí. Pensé que tomar el desayuno en la cama podía ser agradable. —Aldrik parecía igual de ansioso por cambiar de tema.

—¿Nadie va a cuestionar el hecho de que me traigas comida a la cama? —se burló Vhalla, mientras se echaba hacia un lado para que él pudiera trasladar con cuidado parte de los boles y los platos al destartalado colchón.

—Que cuestionen si quieren. —Aldrik puso los ojos en blanco—. Si tienen tanto tiempo libre como para preocuparse por lo que como y con quién lo como, están dejando de lado cosas importantes —proclamó con arrogancia.

Vhalla se rio con alegría, contenta de ver que no habían perdido el buen humor y que podían dejar el sueño a un lado.

—Esta es la primera vez en mi vida que desayuno en la cama. —Había oído de nobles que hacían ese tipo de cosas, pero la gente de su clase tenía que despertarse y empezar el día. Tampoco contaban con personas que cocinaran para ellos.

—¿Ah, sí? —murmuró Aldrik mientras masticaba un trocito de carne.

—Sí. —Vhalla asintió y alargó la mano hacia un bol de arroz. Sin embargo, había percibido la breve vacilación en las palabras de Aldrik—. ¿Y tú?

El príncipe hizo una pausa, luego levantó la vista hacia ella. Vhalla se quedó muy quieta cuando él estiró una mano para acariciar el reloj de plata que descansaba contra su pecho.

—Yo sí lo había hecho. Una vez antes de ti —dijo pensativo.

—¿Oh? —Fue más un ruido que una pregunta directa, así que Aldrik tenía la opción de ignorarlo.

—Se llamaba Inad. —Vhalla parpadeó al oír el nombre de una mujer en boca de Aldrik. No por celos, sino porque casi nunca había mencionado a las personas con las que había estado en el pasado. Le había contado que había estado en la cama con tres mujeres antes que ella, y Aldrik no era del tipo de persona que tenía encuentros casuales entre las sábanas, así que Vhalla sospechaba que cada una había sido alguien importante para su príncipe—. Fue la mañana después de mi primera vez. Ella me lo trajo, y fue especial.

La mano de Aldrik cayó del pecho de Vhalla, pero esta atrapó sus dedos antes de que tocasen la cama.

—¿Qué pasó con ella? —preguntó Vhalla. No parecía que él albergase ningún tipo de ira hacia la mujer.

—Mi padre se enteró de lo nuestro. —Aldrik suspiró—. Se suponía que debía reunirme con ella en la biblioteca un día.

—¿La biblioteca? —Vhalla pestañeó sorprendida.

—Yo no había cumplido aún los veinte. —Por fin la miró otra vez—. No creo que tú estuvieses por ahí todavía.

Vhalla asintió. En ocasiones, su diferencia de edad no parecía nada, en otras parecía como si él hubiese vivido una vida extra antes de que la existencia de Vhalla le hubiese importado a nadie. Aunque, claro, su existencia no había sido nada notable hasta que apareció su magia... hasta él.

—Aunque es bastante irónico. —Se rio entre dientes—. Siempre parezco encontrar algo más importante que los libros en esa biblioteca. —Los ojos de Aldrik conectaron con los de ella y el pecho de Vhalla se llenó a rebosar de la adoración que cargaba su mirada—. En cualquier caso... —Aldrik observó el mundo a través de las lamas de las contraventanas—. Mi padre se enteró y no se alegró nada. Ella era un miembro de clase baja de la corte, periférica en realidad, y su familia había estado involucrada en no sé qué escándalo. No se la consideraba apropiada para mí; él no la consideraba apropiada.

—¿Qué hizo? —preguntó Vhalla.

—Envió a su familia de vuelta al Oeste —contestó Aldrik—. O eso es lo que me dijeron. No volví a ver ni a oír nada de ella nunca más.

—Eso es horrible. —Vhalla frunció el ceño. ¿No podía su padre darle a Aldrik ni un momento de respiro?

—Desde luego que me dejó un sabor amargo en cuanto a las damas de la corte y la influencia de mi padre en mi vida romántica. —Aldrik asintió pensativo—. Me di cuenta de que, para la mayoría de ellas, yo no era más que un medio para convertirse en emperatriz. Cuando me veían, veían los títulos, el poder y el oro que venía con ser la emperatriz Solaris. Ese era el tipo de mujeres que mi padre quería conmigo. Las que traían sus propios títulos y aspiraciones. Ellas eran los emparejamientos «adecuados» porque podían darme algo a cambio de lo que yo les daba a ellas. —Se echó hacia atrás—. Inad era diferente porque ella nunca estuvo en ese saco; ser emperatriz era algo que nunca cruzó su imaginación cuando estaba conmigo.

La emoción en los ojos de Aldrik la hizo pensar un poco. Estaba esperando a que ella atase cabos. Una pequeña sonrisa se dibujó en los labios de Aldrik. Vhalla sacudió la cabeza y se rio con suavidad.

—¿Me viste de ese modo desde el principio? —preguntó.

—No —confesó Aldrik—. Ya te lo dije en la capilla hace muchos meses. Al principio, eras solo una fascinación, una diversión, y quizás algo práctico cuando me enteré de tus poderes. Te convertiste en algo más cuando descubrí que, de alguna manera, estabas dispuesta a tolerar al idiota supremo que soy.

—No eres un idiota supremo. —Vhalla puso los ojos en blanco, al tiempo que se metía unas cantidades de comida muy poco elegantes en la boca.

—Desde luego que puedo serlo —insistió Aldrik.

—Bueno, no creo que te des el reconocimiento debido. —Vhalla hizo ademán de sacar otra cucharada del bol y se sorprendió de habérselo terminado entero. Era más fácil comer en compañía de Aldrik, pensó. Sus melindres con la comida se desvanecían cuando se sentía tan a gusto.

Poco después, los dos se levantaron y recogieron las cosas. Vhalla se escabulló al cuarto de baño para ocuparse de sus abluciones matutinas mientras Aldrik organizaba la bandeja. Cuando Vhalla emergió, vio que el príncipe había ocupado su lugar habitual tras el escritorio.

—Hoy vas a Proyectar otra vez —la informó—. Para ver si podemos enterarnos de algo más de lo que traman.

—Creo que la gente sospecha que me has encerrado bajo llave en tu habitación y que jamás me dejarás salir durante más de unas pocas horas al día. —Vhalla se dejó caer otra vez en la cama con una carcajada.

—Soy un hombre más sano cuando te tengo cerca. Apenas se me puede culpar por eso. —Aldrik le devolvió una mirada igual de pícara antes de volver a su trabajo.

Vhalla agarró el reloj de su cuello y echó un vistazo a las manecillas que se movían en el interior. Estaba caliente al tacto y los familiares eslabones de la cadena confirmaron su teoría inicial cuando había visto el reloj de Aldrik por primera vez. Su príncipe también sabía fabricar artilugios intrincados.

—Oh, ¿qué decidieron los mayores? —preguntó Vhalla, cambiando su foco de atención de admirar el perfil de Aldrik a algo más productivo. El príncipe soltó un gran suspiro.

—Mi padre se mostró inflexible en cuanto a no querer invadir y quemar Soricium de manera precipitada. Nadie parecía dispuesto a arriesgarse a enemistarse más con él.

—No puedo culparlos por ello —murmuró Vhalla, con lo que descartó cualquier expectativa de que el emperador siguiera su sugerencia. De un modo u otro, aquello terminaría.

—Los mayores ya están empezando a organizar las tropas. Hemos enviado a nuestros mejores exploradores al bosque a localizar dónde se están reuniendo los norteños. Si es posible, eliminaremos a algunos de sus grupos antes de que tengan tiempo de atacar, pero tampoco queremos alertarlos del hecho de que conocemos sus planes.

—Bueno, al menos el espía que tenían dentro de la fortaleza está muerto. —Vhalla encontró algo de beneficio en eso. A pesar de que significara que era probable que jamás descubrieran a los informantes en el lado imperial de la muralla.

—Mi padre quiere esperar a que el ataque norteño fracase, luego enviar un mensaje final exigiendo la rendición antes de reducir Soricium a cenizas —la informó Aldrik.

—Quiere que sea como lo que pasó con tu tío y con el Oeste —caviló Vhalla en voz alta, pensando en cómo la familia que antes reinaba en el Oeste aún conservaba algo de poder, aunque hubiesen matado al rey.

—Eso creo —afirmó Aldrik—. Aún queda un poco de sentido común en su cabeza. No aniquilará por completo al clan principal si le juran lealtad. Ellos podrán ayudarle a contener al Norte mejor que cualquier líder foráneo. Tú misma dijiste que el Norte está muy comprometido con su historia.

—¿Quieres que explore un poco el bosque? —preguntó Vhalla.

—No. —Aldrik negó con la cabeza—. Nuestros exploradores están bien entrenados y cubrirán más terreno del que podrías cubrir tú sola. Tu tiempo y tu esfuerzo serán más provechosos si los concentramos en el palacio.

—Entendido. —Vhalla cerró los ojos y se deslizó fuera de su cuerpo.

Les quedaban seis puestas de sol más hasta lo que esperaba que fuese la batalla final por el Norte.

# CAPÍTULO
## 16

Para cuando salió de su Proyección, Vhalla estaba hambrienta y Aldrik insistió en que cenasen con los mayores. Vhalla no iba a oponerse a nada que metiese comida en su cuerpo. Antes o después tendría que enfrentarse al emperador; preferiría que ese momento se produjese con Aldrik, *con su futuro marido*, a su lado.

El príncipe había dicho que los mayores no estaban enfadados con ella por el incidente de los grilletes, pero Vhalla se preguntó si eso era cierto en cuanto entró en la larga sala. La reunión que habían estado celebrando se había interrumpido para la cena, pero la comida quedó en el olvido casi de inmediato. Al verla, la mitad de la sala se puso en pie.

—*Lady* Vhalla. —Se sintió agradecida al instante por que Erion rompiese el silencio. El lord occidental había cruzado para ponerse delante de ella y hacerle una profunda reverencia—. Quiero disculparme de manera formal por el incidente de ayer.

Vhalla se movió, incómoda bajo el peso de tanta atención.

—No fue idea suya, Erion. No tiene nada de lo que disculparse.

—Aun así. —El lord se enderezó—. No quiero que pienses que el Oeste se siente así hacia ti, ni hacia ningún Caminante del Viento vivo hoy en día.

—Ya lo sé. —Vhalla le dedicó una sonrisa tranquilizadora que pareció ser bienvenida por los lores occidentales.

Sus ojos se cruzaron con los de Jax durante un momento largo, pero el mayor en jefe de la Legión Negra no dijo nada. El silencio, sin embargo, fue lo bastante revelador. Llevaba aparejado una incomodidad contrita, y Vhalla supo que esa era toda la disculpa que recibiría de él. Se había dado cuenta la noche que había regresado el emperador: los dos eran peones de la corona. A las criaturas que apenas tenían voluntad propia no se las podía hacer responsables de sus acciones; en realidad, no.

Aldrik la condujo a un punto en el centro de la mesa que apareció como por arte de magia. La colocó a su derecha y Vhalla se sentó, para escudriñar de inmediato la comida ahí desplegada en busca de lo que pareciese más apetitoso. Si alguna vez regresaba al palacio, jamás volvería a quejarse de la comida de los sirvientes y el personal. Miró de reojo a Aldrik, *si es que volvía a comer esos platos alguna vez*.

—Si te sirve de consuelo, me aseguré de que la maldita caja fuese enterrada lejos y profundo. —Jax la sorprendió con su anuncio, y la sonrisa pícara que se desplegó por su rostro al terminar de hablar le aseguró que las cosas habían vuelto a la normalidad entre ellos—. Y si alguien intenta llevarte cerca de ella otra vez, confío en que luches con uñas y dientes.

Vhalla se rio ante la imagen repentina de ella haciendo caer de culo al emperador con una ráfaga de viento.

—Cuando esta guerra termine, deberías venir al Oeste, *lady* Vhalla —comentó otra mujer occidental.

Vhalla no pudo evitar darse cuenta de que el mayor Schnurr estaba ausente mientras toda la mesa demostraba estar de acuerdo con esa sugerencia.

—¡Brindemos por ello! —Erion levantó su copa.

—Creo que tu recepción sería gloriosa. Tenemos bibliotecas solo sobre temas mágicos que estoy seguro de que están más allá de tus más imaginativas expectativas. —Jax parecía saber muy bien cómo tentarla.

—Bueno, cuando lo dices de ese modo… —caviló Vhalla.

—Vhalla tiene un lugar en la capital —declaró Aldrik con firmeza.

Vhalla perdió la pelea con el rubor que tiñó sus mejillas al instante. Un lugar en la capital a su lado, quería decir. Si decía esas cosas, todo el mundo estaría al tanto de su compromiso en cuestión de semanas. *Su compromiso...* el corazón de Vhalla todavía daba volteretas al pensarlo.

Jax hizo una pausa para mirar al príncipe.

—Hace tiempo, mi príncipe, que no haces un viaje a la tierra natal de tus antepasados. ¿Hace cuánto tiempo que no visitas la tumba de tu madre? ¿Por qué no vais juntos? —Una curva taimada se apoderó de las comisuras de su boca—. Imaginad la recepción para los dos, lado a lado. El príncipe occidental, maestro hechicero, regresando a casa con la primera Caminante del Viento en más de cien años. Y no encadenada, sino como una mujer libre, ¡una dama quizás! Una soldado condecorada y una erudita...

—Yo no diría que soy una erudita —protestó Vhalla.

Jax no pareció oírla mientras continuaba.

—... ¡una chica que ha ascendido de su servidumbre para cambiar el mundo! La gente llorará por las calles, ¡les pondrán a sus bebés vuestros nombres! ¡Son acciones sobre las que cantan los bardos y que hacen sollozar a las doncellas! —Jax se agarró el pecho—. Vosotros dos vais a...

—Jax, basta. —Aldrik se pellizcó el puente de la nariz con un gran suspiro.

El mayor en jefe estalló en carcajadas y Vhalla enterró la cara en su comida para ocultar sus mejillas cada vez más ardientes. Mentiría si dijera que la descripción de Jax no la había tentado a ir al Oeste. Vhalla se fijó en las miradas divertidas, aunque aprobadoras, de los otros occidentales sentados a la mesa. Se llevó una mano al pecho y deslizó los dedos por el pequeño reloj.

No se percató de que más de un lord y una dama de la mesa se fijaron en el nuevo detalle que colgaba de su cuello.

—Pinceladas de la locura de Jax —musitó Aldrik.

—Ah, amigo mío, ¡sabes que te gusta! —Jax alzó su copa en una parodia de brindis.

—Me dices eso cada vez, pero todavía no estoy seguro de que sea verdad —repuso Aldrik con sequedad. Su tono fue justo lo bastante inexpresivo para estar desprovisto de ningún mordiente, y Vhalla supo que era verdad que Aldrik disfrutaba de la compañía del otro hombre.

La conversación enseguida se volvió seria; tenían poco tiempo para gastarlo en temas intrascendentes. Por las preguntas directas y el flujo de la conversación, Vhalla se enteró de lo que se había perdido durante el día. Parecía que nadie estaba entusiasmado por la idea de esperar un ataque desconocido cuando Soricium estaba en una situación perfecta para ser conquistada. Pero el emperador había hablado y no tenían otra opción que doblegarse a su voluntad. El hombre había dejado eso claro de un modo brutal cuando había encadenado a Vhalla a pesar de las objeciones de todos ellos.

En cuanto la comida se terminó, volvieron a sus puestos alrededor de la mesa alta. Aldrik también necesitaba que lo informaran, pues había pasado casi todo el día al lado de la cama de Vhalla. Tenía una cara totalmente distinta cuando hablaba de estrategia y guerra que la que tenía cuando eran solo ellos dos. No obstante, sus ojos mostraban una intensidad similar cuando estaba centrado en la forma de Vhalla y cuando esta estaba bajo sus manos y su peso. Vhalla se movió incómoda en el sitio, caliente de repente.

Erion encabezaría el ataque por el lado oeste del campamento. Se había repartido los espadachines con Daniel, que estaría al este. Baldair lideraría a los espadachines del norte, con Raylynn en cabeza de los arqueros a su lado. El emperador y el mayor Zerian se ocuparían del sur.

Jax anunció que él lucharía con Erion al oeste, lo cual dejaba a Aldrik para ofrecerse a ir por el este en cabeza de la otra mitad de la Legión Negra. Vhalla se forzó a no mostrar emoción alguna mientras observaba cómo escribían el nombre de Aldrik en el lado este del mapa.

Era su deber como príncipe, como líder supremo de la Legión Negra y como futuro emperador. Lucharía a la cabeza de las tropas en el campo de batalla. Vhalla cerró la mano con fuerza alrededor del reloj que llevaba colgado del cuello. Ni siquiera saber que llevaba entrenando para momentos como estos desde que era un niño hacía que esa idea fuese más fácil de digerir.

Los otros mayores explicaron sus posiciones y repartieron su experiencia entre las distintas secciones del ejército. Vhalla se concentró en la asignación de esta persona o de aquella para una posición u otra. A media reunión, el emperador se reunió con ellos otra vez, se instaló a la cabecera de la mesa y una pesada nube pareció instalarse sobre el grupo.

Aldrik le enseñó la lista casi definitiva a su padre.

—¿Dónde irá la Caminante del Viento? —Los ojos del emperador se deslizaron hacia ella, nada más que desdén en su mirada.

—¿La queremos en el palacio? —preguntó Baldair, haciendo caso omiso de la tensión—. ¿Para que nos dé información desde el interior?

—Desde luego que ese es un sitio útil —comentó Raylynn en voz alta.

—¿Dónde quieres estar tú? —El mayor Zerian se volvió hacia Vhalla, acompañado de los ojos de todos los demás.

—Estaré donde más útil pueda ser. —Vhalla miró de reojo al emperador mientras se preguntaba si había una respuesta correcta y una errónea a esa pregunta.

—Por supuesto que lo estarás. —El mayor Zerian mostraba un asomo de una sonrisa curtida—. Lo pregunto porque el lugar en el que más útil serás es el lugar donde *quieras* estar.

—No quiero Proyectar. Quiero luchar. —No hubo ninguna duda en la cabeza de Vhalla.

—¿Qué? —Daniel estaba sorprendido, y no era el único.

—¿En serio? —preguntó Baldair.

—Me trajeron aquí para aportar información o una forma de entrar en el palacio. He hecho lo primero y, en las actuales circunstancias, lo segundo no parece necesario —explicó Vhalla ante las miradas de confusión y curiosidad—. Creo que seré más útil en el campo de batalla.

—Hace tiempo que estoy ansioso por ver uno de los legendarios tornados de los Caminantes del Viento —comentó Jax con una sonrisa divertida.

—No sabemos cómo terminará esta batalla, ni lo que habrá que hacer después de ella. Tal vez todavía necesitemos una manera de entrar en el palacio; parece tonto arriesgar la vida de la única persona que nos la puede proporcionar —señaló Craig.

Vhalla frunció el ceño. Tenía sentido, pero no sintió demasiado aprecio por Craig por sugerirlo en ese momento.

—Creo que deberíamos permitirle luchar —anunció el emperador. Todo el mundo se mostró sorprendido, excepto Vhalla y los príncipes.

*Pues claro que quería que luchara*, pensó Vhalla en tono sombrío. No le sorprendería nada que tuviese algún «accidente» planeado para suceder en el caos de la batalla.

—Si lucha, lucha conmigo —declaró Aldrik, que era obvio que había pensado algo parecido. Había un leve tono amenazador en sus palabras, uno que desafiaba a cualquiera a cuestionarlo.

Incluso el emperador permaneció en silencio.

—Entonces, lucha con vos. —El mayor Zerian fue el que anunció la decisión final.

Vhalla oyó a Aldrik respirar hondo y aguantar el aire mientras se inclinaba sobre el papel en el que habían estado trabajando. Observó cómo su mano se movía para anotar apretujado el nombre de su futura esposa en un pequeño espacio al lado del suyo. La tinta se secó y, así sin más, estuvo hecho.

Los siguientes días pasaron con mayor facilidad de la esperada. Vhalla jamás hubiese imaginado encontrar paz, no digamos ya felicidad, en el fin del mundo. Y sin embargo, esa era la única manera de describir los sentimientos que habían arraigado en su pecho.

Prepararse para la guerra era un trabajo agotador. Pasaba casi todo el día Proyectando y, cuando no lo estaba haciendo, estaba al lado de Aldrik aportándole sus ideas para preparar al ejército. Los mayores parecían haberla aceptado como uno de ellos y escuchaban sus pensamientos incluso cuando Aldrik no tomaba parte en la conversación, incluso cuando estaba lejos, ocupado con alguna otra cosa. Era un poco llamativo, pero mostraban pocos reparos en aceptarla como la voz del príncipe en ausencia de este. Aldrik lo fomentaba al dar autoridad a cualquier cosa que ella hubiese decidido.

El emperador tampoco los molestó, ni a ella ni a Aldrik. Vhalla no se engañaba hasta el punto de creer que él también la había aceptado. Era mucho más probable que se sintiese tan humillado por el aprecio que le tenían Aldrik y los mayores que estaba lamiéndose las heridas en silencio. O tramando algo. *Probablemente ambas cosas.*

Vhalla notó los ojos de los mayores fijos en su reloj más de una vez, pero nadie hizo preguntas. No podía decirse lo mismo de Fritz. Él no hacía más que farfullar al respecto y admirarlo cada vez que Vhalla iba a visitarlo.

La Caminante del Viento decidió no contarle al sureño lo de la proposición de Aldrik y se limitó a explicar esa prenda como un regalo. Fritz no la cuestionó y Vhalla se sintió culpable por aprovecharse de la confianza ciega de su amigo. Algo de todo ello seguía siendo de una irrealidad imposible. Seguía siendo un sueño, un fingimiento, una fantasía que fuese a casarse algún día con Aldrik.

Por las noches, el príncipe le aseguraba lo contrario de todas las maneras que sabía, de maneras que Vhalla ni siquiera había imaginado que fuesen posibles.

Cuanto más se acercaba el día final, una cosa más empezó a colarse entre cada uno de sus pensamientos. La víspera de la batalla, era en lo único que podía pensar: el hacha. Sabía que existía, podía sentirla en los huesos, y el ministro Victor le había pedido que la encontrase. Si era tan poderosa como él decía, lo último que quería Vhalla era que cayese en las manos equivocadas.

No se había dado cuenta de que había estado mirando al vacío hasta que una mano se posó sobre sus riñones. Vhalla dio un respingo, sobresaltada. Encontró a Aldrik a su lado.

—Vete a la cama —la instó con ternura. Aldrik había tomado su distracción por cansancio—. Esta es la última noche y vas a necesitar todo el descanso que puedas lograr.

—¿Y tú qué? —preguntó Vhalla, al tiempo que miraba a su alrededor para asegurarse de que no hubiese nadie lo bastante cerca como para oírlos.

—Yo estaré quemando el aceite de medianoche. —Aldrik negó con la cabeza—. No dormir es volver a la normalidad para mí.

—Ya no —lo corrigió Vhalla al instante.

—Tal vez estés en lo cierto. La verdad es que lo normal ahora es dormir toda la noche del tirón. —Aldrik sonrió.

—Te estoy llevando por el mal camino —bromeó Vhalla con tono ligero.

—¿Cómo te atreves a hacerme dormir y cuidar de mí mismo? —respondió él con un enfado fingido.

—¿De veras no pasa nada si me voy? —preguntó Vhalla, mientras echaba otro vistazo a lo ajetreada que todavía estaba la sala.

—Todos tenemos que dormir en algún momento. Algunos de los otros ya han cerrado los ojos.

—¿Y tú cuándo lo harás? —preguntó Vhalla.

—Pronto. —Aldrik apartó la mirada.

—¿Cómo de pronto? —Vhalla sabía cuando su príncipe la estaba evitando.

—Quizá cuando amanezca. —Aldrik volvió a sacudir la cabeza—. No me esperes.

—Vale. —Vhalla suspiró y le lanzó una última mirada al emperador. Ella ya había pasado bastante tiempo junto a Aldrik. No estaba dispuesta a tentar más a la suerte exigiendo que se retirase siempre con ella, que desapareciesen los dos de un modo no tan misterioso al mismo tiempo.

Aldrik encorvó los hombros al concentrarse más en el trabajo que tenía delante de él sobre la mesa. Vhalla se alejó y todos los mayores que aún estaban por ahí le dedicaron asentimientos respetuosos. El emperador ignoró su partida por completo.

Vhalla estaba abriendo la puerta de la habitación de Aldrik justo cuando un Baldair un poco desgreñado salía de la suya. Vhalla no se había dado cuenta de cuándo se había separado del grupo antes; ahora se detuvo un momento y le regaló una pequeña sonrisa.

—Hola, Vhalla. —Baldair bostezó.

—Hola, Baldair. —Se demoró un poco al percatarse de la pausa que había realizado el príncipe.

—Vhalla. —El joven echó un vistazo por el pasillo—. Puede que no tenga otra oportunidad para decir esto...

—¿El qué?

—Buena suerte. —Las palabras eran de lo más sencillas, pero tenían un significado profundo—. Y mantente con vida.

—Ese es el plan. —Esbozó una sonrisa cansada—. Lo mismo te digo, Baldair.

Justo cuando Vhalla creía que la conversación había terminado, el príncipe volvió a hablar.

—Te echaría de menos.

—¿Eh?

—Es verdad —insistió—. Si te sucediera algo, te echaría de menos.

—Baldair, tu afecto llega un poco tarde. —Vhalla se rio con suavidad.

—Eso no es lo que quiero decir y lo sabes. —El príncipe le revolvió el pelo, luego dejó la palma de la mano unos instantes sobre su coronilla—. A lo largo de estas últimas semanas, te has convertido en parte de la familia, y en cierto modo disfruto de tenerte por aquí.

—¿En cierto modo? —Vhalla no pudo resistirse.

—¡Por la Madre, mujer, acepta el cumplido! —Se puso las manos en las caderas y se rio entre dientes.

—Yo también disfruto de tu compañía, Baldair. —Vhalla sonrió. *Su relación había mejorado mucho*—. Ahora que has dejado de atormentarme acerca de tu hermano.

—Sí, bueno… —Baldair se pasó una mano por el pelo—. Creía que estaba siendo útil, para los dos. Pero has inducido unos cambios enormes en él. No es el mismo hombre que era hace tan solo un año, y debo admitir que es a ti a quien debemos agradecérselo. Nunca lo había visto como es ahora, y siento haber intentado detener su progresión.

—No estoy enfadada contigo. —Vhalla se percató de que Baldair esperaba su veredicto.

—Me alegro —dijo el príncipe con énfasis—. Creo que *cuando* estemos de vuelta en el palacio, me gustaría conocerte otra vez, Vhalla.

—¿Oh? —Arqueó las cejas.

—Te he conocido como una chica de la biblioteca que me sirvió para divertirme un poco a costa de mi hermano. —Ella soltó una carcajada, pero él continuó hablando—. Como una soldado, un añadido a la legión de mi hermano. Después como la… *amante* de mi hermano. —Tosió un poco al decir *la* palabra.

—Es como si no hubieses visto nunca a tu hermano con una mujer —bromeó Vhalla.

—¡No suelo hacerlo! ¡Es… extraño! Se supone que él no es esta criatura cálida y amable —protestó Baldair. El momento de ligereza terminó deprisa cuando sus ojos cerúleos se posaron en el pecho de Vhalla.

Bajó la vista, dubitativa, al percatarse de la fuente de su atención. Su mano voló hacia el reloj que ya era un peso familiar en su cuello.

—Me gustaría conocerte mejor, eso es todo —declaró Baldair en tono pensativo—. Como la mujer que mi hermano ha considerado digna.

—A mí también me gustaría conocerte mejor —repuso Vhalla en voz baja. Baldair *lo sabía*, estaba segura de ello. Sabía reconocer una obra de Aldrik tan bien como ella, aunque no supiese que el reloj era un símbolo de su compromiso, el joven príncipe era muy consciente de que era algo significativo. Que las cosas habían cambiado de manera formal con ello.

—Te veré entonces. —Baldair cerró una mano sobre el brazo de Vhalla—. Cuando celebremos la victoria.

Ella sonrió y asintió, luego observó cómo se alejaba. La expresión no se borró de su cara hasta que estuvo sola en la habitación de Aldrik.

*Victoria*, la palabra daba vueltas en su cabeza. Al día siguiente lucharían contra la última defensa del Norte. Apretó el reloj con tal fuerza que se le pusieron los nudillos blancos.

Decidida, se giró hacia la ventana. No podía verla nadie; la detendrían si lo hicieran. Vhalla se puso su cota de malla y levantó la capucha. Abrió la contraventana y salió a la noche para alejarse deprisa del palacio del campamento.

Disponía de una sola noche. Tenía hasta el amanecer, cuando su príncipe volvería a la cama y querría acurrucarse con ella. Vhalla tenía que defender la victoria imperial. En algún lugar en la oscuridad, un hacha que podía cortar a través de almas aguardaba.

# CAPÍTULO
## 17

Vhalla mantuvo la cabeza gacha mientras cruzaba el campamento. Había una fuerza palpable en los movimientos de los soldados y ella se deslizó inadvertida entre el tenso ajetreo. El ejército estaba al tanto del ataque, y todo el mundo parecía estarse preparando para enfrentarse a lo que les deparase el día siguiente.

En más de una ocasión, vio a soldados cosiendo alas pintadas a su ropa, grabando el símbolo de la Caminante del Viento en su armadura. Vhalla se mordió el labio y pensó en Tim. ¿Qué habría pasado mientras trabajaba en el palacio del campamento? ¿De verdad creía toda esta gente que un símbolo podía protegerlos contra lo que fuese que lanzara el Norte contra ellos?

Sin embargo, no dijo nada. Continuó su camino hacia el borde del campamento y subió por la ladera hacia el sendero quemado que discurría por todo el perímetro. Vhalla se preguntó por un momento cómo era Soricium antes del asedio. Debía de haber habido árboles donde estaba acampado ahora el ejército imperial. ¿Habría sido como la capital en el sur, con miles de personas viviendo alrededor de la fortaleza?

Vhalla se hubiese detenido a meditar un poco sobre eso, pero no quería darse la vuelta todavía y dejar que su perseguidor supiese que era consciente de su presencia. Había oído unas pisadas detrás de ella desde poco después de partir del palacio del campamento. Al principio, pensó que era solo un soldado que tenía algo que hacer en la misma dirección que ella, pero hacía demasiado tiempo que las pisadas la seguían como para ser mera casualidad. Apretó los puños y esperó hasta coronar la cresta y adentrarse en el sendero quemado. Hasta estar solos.

Respiró hondo y se preparó. Había una sola explicación para que una persona la estuviese siguiendo. Fuera lo que fuese lo que planeaban los Caballeros de Jadar, no tendrían éxito.

Vhalla cambió el peso de lado y giró sobre un pie al tiempo que cruzaba una mano delante del pecho. La magia acudió a sus dedos en un santiamén, lista para ser lanzada. Todo su cuerpo se paralizó en una posición extraña en el mismo momento en que sus ojos se toparon con otros conocidos.

—¿Daniel? —balbuceó, confusa.

—¿Adónde vas? —La mano del guardia descansaba sobre la empuñadura de su espada con una ligereza engañosa que delataba su entrenamiento. Si lo hubiese atacado, habría estado preparado. Habría esquivado el ataque y contraatacado antes de que Vhalla hubiese tenido la oportunidad de pestañear siquiera... de no estar aprovechando los profundos conocimientos de combate de Aldrik.

—¿Adónde vas *tú*? —replicó.

—Yo te lo he preguntado primero. —Era una respuesta infantil, pero eso no la hacía menos eficaz.

Vhalla desplazó su peso y dejó caer el brazo.

—Necesito hacer algo.

—Algo imprudente y temerario —precisó Daniel por ella.

—Quizá. —Vhalla se encogió de hombros. La verdad era que no había pensado demasiado en su rumbo de acción. Solo sabía que debía hacerse.

—Quizá. —Daniel negó con la cabeza y se rio bajito, en gran parte para sí mismo. Esa mirada era una que Vhalla no había esperado ver nunca más. Había una ternura profunda en ella, una admiración que le daba a Vhalla ganas de recordarle que era una mujer comprometida.

Se llevó la mano al cuello para agarrar el reloj de Aldrik, pero estaba debajo de su cota de malla y sus dedos quedaron apoyados con torpeza sobre el metal.

—Te conozco. —Daniel dio un paso hacia ella—. Tienes una afición especial por ser temeraria y atraer el peligro.

—¿Y? —Vhalla dio un paso atrás—. ¿Me vas a obligar a volver atrás?

El oriental se rio, sacudió la cabeza y agitó su pelo castaño.

—Desde luego que no. Puedes vivir tu vida como quieras. Pero te protegeré, si aceptas mi espada.

—¿Porque te lo ha ordenado Baldair? —Vhalla no sabía por qué importaba.

—¿Alguna vez he necesitado una orden para estar cerca de ti? —En eso tenía razón y Vhalla no podía refutársela.

—¿No te ha enviado él? —Vhalla se dio cuenta de que Daniel había creído que se refería a la orden anterior y general de protegerla que les había dado Baldair.

—¿Baldair? —Ahora Daniel también estaba confuso—. No. Te vi en el campamento y decidí comprobar adónde ibas.

—¿Cómo supiste que era yo?

Daniel cruzó la distancia restante y Vhalla esperó. El guardia dio el medio paso que le hacía cruzar el umbral del espacio personal que era un poco demasiado familiar. Estaba a escasos centímetros de ella y, de no haber llevado armadura los dos, Vhalla hubiese podido levantar una mano y palpar su duro pecho, la forma en que los músculos se curvaban bajo la palma de su mano. Los ojos avellana de Daniel eran tan cálidos como un día de verano.

—Nunca he visto otra cota de malla como esta. —Deslizó los dedos por el borde de la capucha.

La áspera yema de un dedo resbaló de la cota de malla y cayó sobre la frente de Vhalla para deslizarse con suavidad por su piel. Vhalla fue consciente entonces de que para Daniel no había cambiado nada. Aunque sabía lo de Aldrik y ella, aunque sabía a quién le había entregado el corazón, él seguía sintiendo un nivel de ardor más que amistoso por ella. No obstante, cuando retiró la mano, se resignó con elegancia al papel que podía desempeñar en la vida de la joven.

A Vhalla le dolía el corazón con emociones encontradas.

—Bueno, ¿me vas a contar qué esperas conseguir aquí fuera? —Daniel dio el medio paso con el que salía del espacio personal de Vhalla.

—Creo que cuanto menos sepas, mejor —decidió después de un breve momento de debate. Y retomó su camino hacia su destino; no había tiempo que perder.

—Eso suena agorero. —Daniel echó a andar a su lado.

Vhalla contempló la estructura a la que se aproximaban. Sí que era una noche un poco agorera. La luna llena los observaba como un ojo muy abierto del Dragón del Caos que el acervo popular decía que moraba en ella. Cuanto más se acercaban a las ruinas de la vieja Soricium, más intensa era la sensación de ser observados.

Era una sensación exactamente igual a la que había sentido aquel día en la Encrucijada, cuando los ojos de una Portadora de Fuego se habían demorado en ella demasiado tiempo. Sin embargo, ahora estaban a medio continente de distancia de esa tienda de curiosidades. Era mucho más probable que los ojos que Vhalla percibía fuesen los de un enemigo al acecho.

Las ruinas eran más extensas de lo que las recordaba. Parecían casi el doble de grandes de un extremo de la tierra chamuscada al otro. Ahora se alzaban más altas que cualquier edificio que hubiese visto jamás, aparte del palacio, y Vhalla se sintió muy pequeña en su presencia. Los árboles y las raíces que se retorcían a través de la piedra parecían penetrar solo hasta cierto punto. Bajo la fachada medio derruida había una capa de piedra más lisa, de un modo muy parecido a lo que había visto en Soricium.

—¿Alguna vez ha entrado alguien ahí dentro? —le preguntó a Daniel. No era su primera campaña ahí, así que Vhalla pensó que a lo mejor él lo sabía.

—¿Dentro? No. —Negó con la cabeza.

Vhalla se detuvo al borde de los árboles, los ojos fijos en la enorme oscuridad creada por la cubierta vegetal de la jungla. Ni siquiera la luz de la luna podía penetrar hasta el suelo del bosque. La última vez que había entrado en esa jungla, había salido casi sin nada.

Apretó los puños y dio un paso adelante, agradecida por la presencia de Daniel.

Empezó a caminar alrededor del edificio, deslizando la mano por la piedra. Ahí había una magia distinta de cualquiera que hubiese percibido jamás. La mayoría de la magia que había encontrado en su vida parecía moverse. Los Portadores de Fuego crepitaban e irradiaban calor. Los Corredores de Agua iban y venían como las mareas. Los Rompedores de Tierra eran vibrantes y coloridos en su magia. Pero esto… *esto* era un pulso arraigado a algo mucho más profundo que cualquier Canal que Vhalla hubiese encontrado nunca.

Incluso Daniel se había quedado callado. Sus ojos estaban atentos a todo, mientras escudriñaba las copas de los árboles y el suelo del bosque en busca de cualquier señal de ataque. Vhalla notó que se le ponían de punta los pelillos de la nuca. La sensación de que unos ojos los observaban aumentó tanto que hizo una pausa para cambiar a su vista mágica y escuchar el viento para ver si detectaba la respiración de algún enemigo.

Todo estaba en silencio.

El bosque mostraba una quietud tan sepulcral que Vhalla se giró para mirar hacia atrás, desesperada por ver un mísero rayo de luz de luna por el camino que habían recorrido ya. Sin embargo, la densa maleza ya se había cerrado a su alrededor e impedía ver nada del campamento imperial a sus espaldas. Era como si el bosque fuese una bestia hambrienta que se los hubiera tragado de un solo bocado.

No había ningún sitio al que ir más que hacia delante, así que Vhalla continuó su camino. No sabía qué estaba buscando, pero cuando llegaron a la parte posterior de la estructura, apenas reprimió un suspiro de alivio y un gemido de frustración. Lo único que veía era más de lo mismo. Más piedra moldeada con magia para defender el contenido del edificio de todo... incluso de los árboles.

Se detuvo y repitió en su cabeza los únicos datos que conocía acerca del hacha: *achel dormía en un sepulcro de piedra.* A juzgar por donde había estado mirando Za, Vhalla estaba segura de que este era el «sepulcro de piedra» al que se había referido la cacique.

*Los dioses vigilan lo que es suyo.*

Giró la cabeza hacia arriba. Vhalla entornó los ojos para mirar a través del borde de la cubierta vegetal, donde los árboles no podían invadir la parte superior de la estructura. Allí, muy arriba, estaba el gran ojo que contemplaba desde lo alto el mundo entero: *los dioses.*

—Espera, ¿qué estás haciendo? —bufó Daniel cuando Vhalla plantó los pies contra la roca.

—Tenemos que entrar por arriba —susurró ella en respuesta, sus pies ya a la altura de la cabeza del guardia.

—Vhalla, si te caes...

—Las caídas no pueden dañarme, ¿lo recuerdas? —Era muy probable que cualquier otro no se hubiese atrevido a trepar tan alto, pero Vhalla descubrió que respiraba cada vez con más facilidad a cada tirón de sus brazos, a cada apoyo nuevo que encontraba para sus pies y que la llevaba más arriba. El aire era más libre en lo alto que en la espesa negrura del suelo del bosque. Trepando hacia el cielo estaba la libertad.

Daniel fue una cacofonía de ruido en cuanto intentó ascender detrás de ella.

—¡Daniel! —Vhalla se puso tensa y se detuvo en un estrecho saliente. El guardia hacía el estrépito suficiente como para alertar a cualquiera que estuviese incluso remotamente cerca de donde estaban ellos. Su armadura le entorpecía demasiado los movimientos como para poder continuar adelante. Vhalla suspiró con suavidad, pues sabía lo que debía decirle—. No puedes seguirme.

—¡Vhalla! —protestó él con un pánico genuino.

—Tú mismo lo has dicho: si caes, el resultado no será bueno.

—Quiero ir contigo.

—No me obligues a ver cómo cae al vacío otro hombre que me importa. —Las palabras se le escaparon antes de poder pensarlas dos veces, solo una verdad sin filtros. *Otro hombre que me importa.* Observó cómo calaron en Daniel, cómo se reflejaron en su cara. Era muy probable que la expresión de Vhalla mostrase la misma sorpresa que los ojos avellana del guardia. La joven tragó saliva—. Vuelve al borde del campamento y espérame ahí. Si no he vuelto para cuando el cielo empiece a clarear, ve a buscar a Aldrik.

—No me tengas preocupado durante tanto tiempo —suplicó él.

—No lo haré. —Vhalla observó cómo su amigo se encaminaba de vuelta al lado imperial de las ruinas.

Luego volvió a girarse hacia la piedra. La notaba incómoda debajo de las manos, como si la rechazara cada vez que la tocaba. Cuando encontraba apoyos nuevos para sus pies, le daban la sensación de estar poniendo las suelas de las botas sobre la cara de alguien. No era una escalada difícil, pero el desagrado que parecían irradiar las ruinas con respecto a ella hizo que tardase más de lo que hubiese debido.

Cuando Vhalla llegó a la cima de la estructura, la luna colgaba justo sobre ella. Jadeaba con suavidad por el esfuerzo de la escalada, pero sus ojos detectaron enseguida el punto oscuro en medio del tejado sobre el que estaba. Vhalla se acercó, arrastrando los pies hacia el agujero para asomarse por el borde.

Soltó una exclamación brusca. La luz de la luna entraba por el óculo solo para estallar contra cientos de puntas que la fracturaban en luz estelar dentro un microcosmos giratorio de magia cruda. Este era el poder que estaba contenido dentro de la gruesa pared de piedra de tierra pura. Vhalla se acuclilló en el saliente y miró hacia abajo. El fondo no parecía muy lejano, si es que conseguía aterrizar bien con todos los cristales que había abajo.

Avanzó con cautela hasta el borde, respiró hondo y dio un último paso al vacío. La luz de la luna desapareció enseguida y Vhalla agradeció el aire debajo de ella. Amortiguó su caída sobre un gran cristal, del que se deslizó al suelo para aterrizar con cierta torpeza.

Vhalla se frotó la parte de atrás de la cabeza, donde había golpeado contra una piedra. Había sido un descenso bastante poco elegante. El techo abovedado por encima de ella parecía refulgir de magia, aunque también podían ser sus ojos jugándole una mala pasada. Parpadeó para enfocar bien la vista y se puso en pie.

Cada cristal que tocaba irradiaba poder. En cuanto sus pies o sus manos rozaban la piedra, esta refulgía y se avivaba de un color tan antiguo como los glaciares de las montañas más altas del Sur. Sintió que la magia se estiraba hacia ella, se enroscaba alrededor de sus dedos, la invitaba a utilizarla. Sin embargo, a pesar de todo el poder que albergaba la sala, había una cosa que llamó su atención por encima de todo.

*achel* impresionaba poco con su tamaño. No era más larga que el antebrazo de Vhalla. El mango plano estaba envuelto en finas tiras de cuero, quebradizas ahora por los años, *pero la hoja…* Mostraba un brillo malvado, y la cosa entera parecía tallada a partir de una única piedra centelleante. Irradiaba un poder tan profundo que rechinaba contra los huesos de Vhalla.

*Las armas de cristal eran reales.*

No había nada más en la estructura. Solo los cristales que crecían de cada pared, todos en dirección a un pedestal central sobre el que descansaba *achel*. La hoja del hacha estaba incrustada en el cristal bajo ella.

Vhalla se acercó despacio.

No había señal de trampa alguna; si acaso, eso la hacía desconfiar más. Tenía un atractivo tan bello para su magia que la ponía nerviosa. Irradiaba un poder parecido al de Aldrik, lo cual le transmitía a Vhalla la sensación de la piel del príncipe sobre la suya. Sus ojos aletearon antes de cerrarse por un breve instante.

Los volvió a abrir a toda velocidad al sentir otra vez los ojos de alguien sobre ella. Miró hacia atrás con nerviosismo. No había nadie ahí; eran solo cristales. De hecho, no tenía ni idea de cómo iba a salir de la sala.

Vhalla contempló el hacha mientras mantenía un debate acalorado consigo misma. Alargó una mano. Dudó. *¿Y si estaba mucho más protegida ahí de lo que podía estar en cualquier otro sitio?* El temblor de su mano hizo que la yema de su dedo rozase el mango y brotó un intenso fogonazo de magia.

Vhalla se vio forzada a taparse los ojos cuando toda la sala se iluminó, luego parpadeó estrellitas mientras intentaba recuperar la vista.

—Déjala. —La voz era fantasmagórica, tenue, escalofriante y extrañamente familiar. Rescoldos de magia flotaban por el aire, levitaban como plumas brillantes hechas de luz de luna plateada.

*Ya no estaba sola.*

Al otro lado de la sala había una mujer vestida con ceñidas prendas de cuero negro que abrazaban sus generosas curvas. Una bufanda larga estaba apilada alrededor de sus hombros y de su cabeza, teñida de un intenso color carmesí que a Vhalla le recordó a las vestiduras que llevaban las Matriarcas. La única parte visible de su rostro eran dos refulgentes ojos rojo rubí.

Vhalla quería preguntarle a la mujer quién era. Quería plantar los pies bien en el suelo y prepararse para luchar. Pero no parecía capaz de mover ni un músculo.

—Deja el arma; no te lleves a *achel* de su tumba —repitió la mujer, aunque la bufanda amortiguaba su voz. Levantó una mano y unas runas que Vhalla no había visto nunca brillaron de un fantasmagórico tono blanco por encima del brazo de la mujer. A Vhalla le recordó vagamente a la extraña magia que había utilizado la cacique. No obstante, esta mujer no parecía norteña. Por la piel morena de alrededor de sus ojos y el pelo que escapaba de su especie de turbante, parecía occidental... *quizás.*

La mujer puso la palma de una mano sobre los cristales detrás de ella, y la piedra gimió y crujió para doblegarse de manera antinatural a su voluntad. Los cristales abrieron un camino hasta la jungla más allá, y la misma luz fracturada de la luna flotaba por el aire. Las runas que refulgían por encima de su brazo se desvanecieron.

—Sigue mi consejo y márchate. No toques la magia de los dioses, Vhalla Yarl.

El aire pareció estremecerse y la luz empezó a caer más deprisa.

—¿Quién eres? —Vhalla encontró por fin su voz, al tiempo que recuperaba el control poco a poco.

—He tenido muchos nombres —susurró la mujer.

Refulgía con suavidad y se convirtió en más luz que sustancia. La mujer pareció romperse bajo su propio peso y la oscuridad hizo añicos su rostro. Para cuando Vhalla pudo moverse de nuevo, su visitante se había esfumado.

Las rodillas de la Caminante del Viento cedieron y se desplomó, mientras boqueaba en busca de un aire que la estabilizara. Un escalofrío la recorrió de arriba abajo después de la visión. ¿Magia? No sabía lo que acababa de experimentar, pero había un elemento en ello que iba mucho más allá de cualquier cosa que hubiese conocido jamás.

La única explicación que tenía sentido era que fuese algún sistema de defensa imbuido en los cristales. Vhalla asintió para sí misma y se puso en pie de nuevo. Un espectro irreal destinado a espantar a todo aquel que tratase de llevarse el hacha. Aunque el túnel seguía ahí.

Vhalla se enzarzó en una incierta batalla de miradas con *achel*.

Si se marchaba ahora, cualquier norteño podía entrar ahí y llevarse el arma. Vhalla estaba más convencida que nunca que, de suceder eso, estarían todos en grave peligro. A través del óculo en lo alto, vio que la luna estaba ya fuera de su campo de visión. No había tiempo para dudas.

Agarró el mango.

El poder envió ondas sucesivas a través de ella. Ansiaba liberarse. Estaba listo para caer sobre el mundo. Con cada movimiento de los dedos de Vhalla, era como si el hacha le susurrase: «*Sí, sí, sí*».

Vhalla liberó el arma sin apenas esfuerzo. Con un tirón y un leve pulso mágico, el pedestal de cristal soltó a su cautiva. Se produjo un *pop* audible y la sala se quedó en silencio.

Un sonido como el del hielo fino cediendo bajo su poco peso susurró a través de la caverna. Era un siseo inquietante que puso los pies de Vhalla en movimiento al instante. Cada una de sus pisadas hacía añicos los cristales debajo de ella, como si ya no fuesen capaces de sostener su propio peso.

Esprintó hacia el pasillo al tiempo que se calaba la capucha para evitar que esquirlas de piedra le entrasen en los ojos. Era como una lluvia de cristal y los suaves tintineos y crujidos se estaban convirtiendo a toda velocidad en un estrépito sonoro. Su corazón latía acelerado y sus pies aumentaron su velocidad, temerosa de quedar atrapada dentro de la estructura en proceso de derrumbarse.

Pero salió de ahí en un santiamén.

Vhalla miró atrás hacia el túnel del que había emergido. Más de los cristales estaban resbalando de sus sitios, ahora apagados y adormecidos, casi como obsidiana en la oscuridad.

Siguió avanzando, consciente de que el sonido seguro que atraería a todos los norteños que pudieran estar por la zona. Esprintó por el lateral del edificio y se paró en seco cuando cruzó hacia el sendero quemado. Las ruinas habían parecido muchísimo más largas antes.

—¡Vhalla! —Daniel se puso de pie con estrépito de donde había estado sentado al pie de un árbol cercano, fuera de la vista de cualquier patrulla. Vhalla miró hacia el horizonte, donde la luna colgaba baja—. Estaba a punto de ir en busca de ayuda. —Corrió hacia ella.

—¿Qué? —La joven seguía mirando el cielo, las estrellas ya medio difuminadas. Vio lo que no quería ver—. Pero si solo he estado ausente un ratito. Una hora… quizás.

—Te has ausentado durante horas —la corrigió Daniel. Caminó a su alrededor para ponerse delante de ella y bloquear su mirada aturdida. Los ojos del guardia volaron hacia el arma que Vhalla sujetaba con un agarre férreo—. Por la Madre, ¿qué es eso?

Vhalla miró el hacha pasmada; de alguna manera, había olvidado que la tenía. Centelleaba con suavidad bajo el incipiente amanecer, pues emanaba su propia luz antinatural. Sus ojos saltaron hacia Daniel. No había pensado lo que haría cuando tuviese el hacha. Tampoco había planeado que Daniel, de todas las personas posibles, supiese que estaba en su posesión.

—Tengo que esconderla —susurró Vhalla con tono urgente—. Nadie puede saber que la tengo.

—¿Qué es? —Daniel parecía sincero en su ignorancia.

—No importa. —Negó con la cabeza, aunque notó un retortijón en las entrañas por ocultarle información. Por tolerante que fuese Daniel con respecto a la magia, Vhalla sabía que no le haría ni pizca de gracia la idea de los cristales. Ni siquiera a los hechiceros les entusiasmaba esa idea. Daba la impresión de que las únicas personas a las que les había emocionado jamás eran locos y asesinos—. Casi ha amanecido. Tengo que volver.

El rostro de Vhalla se tensó de miedo. Desplazó su peso de un pie al otro. No podía llevársela a Aldrik. Ni siquiera podía arriesgarse a que la viera, ahora que sabía lo nervioso que lo ponía la mera idea de los cristales.

¿Debía enterrarla? ¿Y si alguien veía la tierra removida y excavaba? ¿Y si no podía enterrarla lo bastante profundo y la lluvia y las pisadas la dejaban al descubierto? El único sitio donde sabía que estaría a salvo era con el ministro Victor; él sabría qué hacer. Pero estaba al otro lado del mundo.

—Ayúdame. —Daniel manipuló desesperado los cierres de su armadura. Ella lo miró con una expresión aturdida de confusión—. Vhalla, ayúdame a quitarme esto. —Miró el hacha que tenía en la mano, sin saber cómo podía ayudarlo mientras la sujetaba con su agarre férreo de nudillos blancos—. Vhalla —le dijo Daniel con más suavidad—. Deja el hacha en el suelo y ayúdame.

Obedecer su orden era más fácil que intentar dilucidar la abrumadora confusión que nublaba su mente. Vhalla dejó caer el hacha y volvió a la vida. En un abrir y cerrar de ojos estaba al lado de Daniel, desenganchando con destreza su coraza y sus hombreras. Todo el tiempo que había pasado con él como Serien les había proporcionado a sus dedos una habilidad sorprendente con la armadura de un espadachín. Daniel dejó caer la armadura al suelo y después se quitó el chaleco de cota de malla. No se molestó en desatar los brazales de cuero; en lugar de eso, sacó una daga de debajo de una greba y cortó la camisa por los brazos.

Vhalla observó dubitativa y roja como un tomate mientras el guardia le tiraba el retal de tela. Nunca lo había visto sin camisa, y su entrenamiento con la espada era bien visible. Aldrik era todo delgados músculos fibrosos de tanto depender de su magia como su principal fuerza y de los días pasados concentrado solo en libros. Daniel era el vivo ejemplo del aspecto que tenía un cuerpo masculino cuando entrenaba duro. Los dos hombres eran prácticamente una tesis de contrastes.

—Vhalla. —Daniel sacudió la tela delante de ella para devolverla a la realidad—. Envuélvela en esto.

Al percatarse de cuál había sido su intención, Vhalla la agarró y se arrodilló para envolver con sumo cuidado el hacha con ella. Había esperado que un arma que era legendaria por cortar a través de cualquier cosa derritiera la tela como un cuchillo caliente corta la mantequilla, pero la hoja permitió que la envolviera una, dos, tres veces.

Para cuando Vhalla se puso en pie, Daniel casi había terminado de ponerse la armadura otra vez. Lo ayudó a apretar unos cuantos cierres a los que no podía llegar por sí solo.

—Tienes que volver al campamento, ¿no? —preguntó Daniel cuando ella dio un paso atrás. Vhalla asintió en silencio. Con *quién* iba a volver flotaba de un modo tan palpable en el aire entre ellos que era como si el príncipe en persona les estuviese concediendo el honor de su presencia—. Yo me llevaré esto. —Daniel recogió el hacha—. Y lo esconderé. Nadie tiene ninguna razón para sospechar de mí ni para registrar mis cosas. Puedes recuperarla luego.

—No la uses con nada —lo advirtió Vhalla. No tenía ninguna razón en concreto para advertirlo de tal cosa, pero le pareció lo correcto. Había un poder profundo en esa arma en el que Vhalla no confiaba. Ni siquiera estaba segura de confiar en sí misma para tenerla otra vez en las manos—. E intenta no tocarla demasiado —añadió Vhalla, pensando en la corrupción de los cristales un poco demasiado tarde.

—No voy a dormir con ella ni nada. —Daniel se rio bajito, pero Vhalla lo miró con determinación—. Vale, vale, no lo haré; tienes mi palabra.

—Gracias.

—Ahora, corre, *lady* Vhalla. O arruinarás la ilusión de que has estado dormida en tu cama durante todo este tiempo. —Le dedicó una sonrisa cansada.

Vhalla dio un paso atrás, reacia a dejar de mirarlo.

—Gracias —susurró, con la esperanza de que supiese que lo decía por muchísimas cosas más que el arma que sujetaba en la mano.

—Siempre. —Daniel asintió.

Vhalla dio media vuelta, se caló la capucha e intentó llamar lo menos posible la atención durante todo el camino de vuelta al palacio del campamento. Cuanto más se alejaba del hacha, más a gusto se encontraba. Pero hubo una sensación en particular que no cambió hasta que Aldrik regresó a su lado más tarde. La sensación perduró hasta que el príncipe, ajeno a las aventuras de Vhalla, la hizo concentrarse solo en su amante y olvidar todo lo demás excepto sus caricias.

*Era la sensación escalofriante de que alguien la observaba.*

# CAPÍTULO

## 18

No habían dicho ni una palabra desde que se habían dado cuenta de que el otro estaba despierto. El príncipe heredero y su prometida descansaban en extremos opuestos de la almohada, sus dedos entrelazándose y soltándose a medida que el amanecer se cernía sobre ellos. Con su mano libre, Vhalla jugueteaba con el reloj que llevaba al cuello.

—Vhalla —dijo por fin Aldrik. Su tono le indicó que no le iba a gustar lo que estaba a punto de decir—. Si…

—No hagas eso —le suplicó con suavidad, y apretó la cara contra su pecho desnudo. Respiró hondo para grabarse en la memoria el olor a humo y fuego y sudor que rondaba por encima del tenue aroma a eucalipto… El olor de Aldrik.

Él negó con la cabeza, la nariz enterrada en el pelo de Vhalla.

—Si —insistió—, si la batalla no va como previsto… Si me sucede algo…

—Aldrik —rogó Vhalla. Todavía quedaban horas para que se pusiera el sol, y sus fuerzas ya empezaban a vacilar.

—Dile a Baldair que vaya a mi habitación en la Torre. Nunca ha estado ahí, pero puede ordenarle a Victor que lo lleve. Dentro, hay un cuartito en el que hay un gran baúl negro. Su llave está escondida en el jardín de rosas, debajo de una piedra suelta cerca del banco. —detalló Aldrik con cuidado.

—No pasará nada…

—Vhalla, *por favor.* —Aldrik apretó los brazos a su alrededor—. Dile esto a Baldair, y dile que quiero que te quedes con todo lo que hay en el baúl y con cualquier otra cosa que él pueda darte para garantizar que tendrás una vida tranquila y cómoda. Baldair te creerá; me ha dado su palabra de que se ocupará de que estés sana y feliz, y ahora confío en él para que lo haga.

Vhalla apretó los ojos como si así pudiese ignorar de dónde provenían sus palabras solícitas. Sus pensamientos derivaron hacia el hacha de la noche anterior. Si pudiese hacerse con ella antes de la batalla, ¿podría ayudar a cambiar las tornas de la guerra? Vhalla sopesó por un momento la posibilidad de contárselo a Aldrik, de ir a por el hacha y utilizarla en cualquiera que fuese la batalla que tenían por delante. Sin embargo, después de todas las reacciones previas del príncipe a los cristales, lo último que quería era arruinar su momento juntos. Además, no confiaba del todo en el arma; había algo que no entendía sobre ella y que la instaba a mostrarse cauta.

—Pero no vuelvas al Sur —continuó Aldrik.

—¿Qué? —Vhalla parpadeó sorprendida, su debate anterior olvidado de golpe.

—Si yo… —Aldrik hizo una pausa, incapaz de forzarse a decir las palabras—. Si no estoy ahí para protegerte, ve al Oeste. Busca a mi tío. Él te mantendrá tan a salvo como lo haría yo. Sabe que esa es mi voluntad.

—Pero los Caballeros de Jadar… —musitó Vhalla insegura.

—El lugar más seguro será con el hombre que los conoce y ya tiene controlados sus movimientos —insistió Aldrik—. Mi tío lleva luchando contra los Caballeros desde que se alzaron contra mi familia en protesta por que mi madre se casase con mi padre. Con mi tío estarás a salvo, y eso es lo que quiero. Es lo único que quiero si no estoy ahí para convertirte en mi mujer, si no puedo protegerte yo mismo.

Vhalla aspiró una bocanada de aire temblorosa.

—¿Lo harás? —preguntó Aldrik en voz baja para interrumpir su protesta. Vhalla asintió—. Prométemelo —insistió él.

—Te lo prometo. —Vhalla lo dijo para complacerlo, pero fue como una puñalada en el estómago—. No lo permitas; no permitas que te suceda nada. —Lo agarró por detrás de las orejas, asustada—. Este imperio te necesita. Necesita tus manos para limpiar toda la sangre y curar sus heridas.

Aldrik negó con la cabeza.

—A mí solo se me da bien romper cosas, sembrar la destrucción. —Su voz sonaba cansada.

—No.

—Vhalla, tienes que conocerme por lo que...

—Tú has construido esto —lo interrumpió Vhalla, y Aldrik parpadeó en su dirección sorprendido—. A *nosotros*, tú nos has construido a nosotros. —Vhalla le enseñó el reloj que le había regalado como prueba de lo que decía—. Y es una de las cosas más preciosas que he conocido nunca.

Aldrik no tenía palabras; se limitó a apoyar la frente contra la de ella y pugnó por recuperar el control de sus emociones. Vhalla sintió el más leve de los temblores en la mano que sujetaba la suya e insistió en que no habría lágrimas. Insistió por medio de cada inspiración que era más débil que la última espiración.

—Te quiero, mi dama, mi futura esposa —susurró Aldrik. Sus dedos se movieron alrededor de los de ella para deslizarse por el reloj colgado de su cuello.

—Te quiero —dijo Vhalla. Nunca nada había sido más cierto—. Mi futuro marido.

Las palabras los sumieron a los dos en un silencio pasmado. Los dos lo habían dicho. Había sido oficial en secreto durante días, pero de alguna manera, decirlo de un modo tan abierto lo hacía mucho más real.

Vhalla miró a Aldrik. Los dos lo lograrían. Apretó los dedos alrededor de los de él.

Aldrik por fin se apartó, casi una hora después. Dio la impresión de que los dos tardaron todo ese tiempo en reunir la fuerza suficiente para que él se separase de su lado. Vhalla también se incorporó, observó cómo se vestía su príncipe.

—¿Qué va a pasar? —preguntó con voz queda.

—Vamos a repasarlo todo otra vez —explicó su futuro esposo, mientras ella caminaba hacia él vestida solo con una de las largas camisas de Aldrik.

Los ojos del príncipe se quedaron fijos en sus piernas denudas mientras Vhalla abrochaba su armadura con cuidado, con actitud reverente.

—Te prefiero de lejos a cualquier otro escudero que haya tenido nunca para ayudarme —declaró Aldrik con una pequeña sonrisa.

Vhalla se rio con suavidad. Era el momento más relajado que habían compartido en mucho tiempo. Una broma que harían dos amantes normales, no las palabras de desesperación susurradas que habían estado compartiendo durante semanas.

—Me alegro de poder serviros, mi príncipe —murmuró Vhalla y se llevó a los labios la mano de Aldrik, enfundada en su cota de malla. La besó, pensativa.

—Te quiero. —Aldrik la besó una vez más y se marchó.

De repente, Vhalla sintió náuseas y puso una mano sobre su frente. Buscó a tientas el reloj colgado de su cuello y estudió las manecillas. Era casi mediodía; el sol se pondría antes de que se diese cuenta siquiera.

Se puso su propia armadura con el mismo cuidado. Se aseguró de que cada cierre estuviese bien ajustado, cada enganche apretado y en su sitio. Se aseguró de que la cota de malla de su capucha no tuviese ninguna arruga y que sus guanteletes y sus grebas estuviesen igual.

La sala principal estaba sorprendentemente tranquila. Baldair estaba sentado con la Guardia Dorada; unos pocos de los mayores analizaban una o dos cosas, Aldrik con ellos. El emperador parecía estar absorto en algo al fondo de la sala, acompañado de los miembros más veteranos. Pero por lo demás, había poca actividad.

Vhalla acabó sentada con la Guardia Dorada, pues Aldrik estaba demasiado concentrado en lo que estaba haciendo como para dejarlo ahora. La joven no había comido todavía, pero eso no la inspiró a hacer nada más que mirar sin ningún entusiasmo la comida. Se recordó que el sustento era necesario, pero no parecía capaz de reunir la suficiente fuerza de voluntad para ello. Estaba demasiado nerviosa para comer.

—Vhalla. —Su nombre susurrado por Daniel la sacó de golpe de su ensimismamiento.

En cuanto los ojos de ambos conectaron, compartieron libros enteros de palabras tácitas. La mirada del guardia fue como una caricia lejana, se empapó de ella como si fuese la última vez. Vhalla se dio cuenta de que, cada uno a su manera, todos estaban asimilando el hecho de que nadie sabía quién estaría sentado a la mesa a la mañana siguiente. Todos estaban pronunciando despedidas silenciosas, cargadas de miedo.

—Come —le dijo su amigo al final.

—Lo sé. —Vhalla agarró un tenedor.

—Intenta no estar nerviosa —sugirió Daniel a modo de ayuda.

—Intenta decirle al sol que no salga. —A Vhalla le irritó un poco que sugiriese algo así siquiera.

—Entonces, ten fe en la gente que te rodea. —Se inclinó hacia delante—. Estaré ahí mismo, a tu lado.

Vhalla lo miró consternada. De repente, recordó que Daniel luchaba en primera línea del lado en el que estaban asignados Aldrik y ella. El nombre que había sido solo tinta en un mapa de un campo de batalla se volvió real de pronto y, con ello, el horror se abrió paso hasta lo más profundo de su ser. Había demasiadas personas que le importaban, demasiadas para poder protegerlas a todas.

—La Legión Negra sabe que debe protegerte, a ti y al príncipe —afirmó Jax con más seriedad de la que Vhalla le había oído utilizar en mucho tiempo.

Vhalla deslizó su atención hacia el hombre a la derecha de Daniel.

—No quiero que hagan…

—¿Que hagan qué? —la interrumpió Jax—. ¿No quieres que la Torre proteja a sus líderes?

—Yo no soy su líder. —La protesta empezaba a sonar débil, incluso para ella misma.

—¿No lo eres? —Jax se inclinó hacia delante, los codos en la mesa—. ¿Cuándo fue la última vez que estuviste en el campamento? ¿No has visto que hay más alas pintadas que rayos del sol Solaris? —Los ojos de Jax se posaron en el reloj de Vhalla y ella, por instinto, cerró la mano sobre él—. No naciste para ser su líder, *te eligieron*. Y eso tiene un peso mucho mayor.

Vhalla se vio sobrepasada al instante y se apresuró a ocupar su boca con comida para tragarse las emociones que amenazaban con consumirla. Para masticar los nervios y las implicaciones no tan sutiles que sugería Jax. Al final, su comida desapareció, pero su estómago todavía parecía vacío.

Todos los miembros de la Guardia Dorada entraron o salieron en algún momento, cada uno ocupado en algo distinto, así que Vhalla no estuvo sola nunca. Erion trató de infundirle confianza, Craig intentó hacerla reír, pero ninguno de ellos pudo apaciguar el torbellino en su corazón. Era la espera lo que la mataba, las horas que pasaban despacio mientras rondaban por esa habitación demasiado pequeña de repente. Maldijo a los norteños para sus adentros por no elegir atacar al amanecer.

Vhalla deseó tener un libro para leer. No, leer no; no estaba en un estado en el que leer fuese a ser posible. Pero un libro para mirar, para sujetar, para poder sentirse como cualquier cosa menos una soldado a punto de matar.

Sin embargo, cuando la mano de Aldrik se cerró sobre su hombro con un asentimiento, una soldado era lo que debía ser. Vhalla se caló bien la capucha, Aldrik se puso el yelmo, y salieron del palacio del campamento juntos. Vhalla fijó la vista en Soricium, en sus enormes paredes y sus árboles gigantescos, que parecían arder con la luz naranja del sol de última hora de la tarde.

Se preguntó qué estaría pasando en el interior. Si ellos también se estaban preparando para la batalla. Si ellos también se sentían como animales salvajes caminando de un lado para otro dentro de su jaula.

Para el observador casual, el campamento parecía seguir su ritmo habitual, pero Vhalla pudo ver a hombres con espadas desenvainadas agazapados en sus tiendas, esperando el toque de corneta. Vio a los arqueros cargados de flechas y ocultos en sus nidos de las paredes de picas. Vio la patrulla aumentada que sería el principio de la frontera interna del imperio alrededor del palacio, para evitar cualquier fuga.

Un ejército entero aguardaba, cada persona en un lugar planificado con sumo cuidado. Cada una escondida y preparada para asestar un golpe mortal. Vhalla escudriñó el borde superior de la hondonada poco profunda en la que descansaba Soricium. Sabía que las patrullas de la periferia se habían retirado a propósito y que los que quedaban tenían órdenes de mostrarse laxos. Querían que el Norte viniese a ellos. Querían que la última esperanza de su enemigo corriese de cabeza a sus fauces abiertas y expectantes para poder devorar al Norte de una sola pieza.

Vhalla se detuvo al lado de Aldrik, a la sombra de una torre de asedio. Él se volvió hacia los árboles y Vhalla lo vio abrir y cerrar los puños. Ella hizo siguió su ejemplo: abrió su Canal. *Matar o morir.* Bien o mal, esta era la única opción que le quedaba. No importaba por qué estaba ahí; si no luchaba, caería.

Vhalla levantó la cara para mirar al príncipe a su lado. Su rostro apenas era reconocible con el yelmo y la mandíbula apretada. Escrutaba los árboles con ojos nerviosos y desorbitados. Vhalla respiró hondo y cambió su visión, extendió su oído.

Todo estaba en silencio, mientras el sol continuaba su descenso. Vhalla oyó a los soldados imperiales moverse inquietos. *¿Y si estaba equivocada?* Si no llegaba ataque alguno, era muy probable que la ahorcasen.

Sin embargo, a través de sus nervios, los oyó, una masa borrosa a lo lejos que avanzaba por las copas de los árboles y por tierra. Era un ejército oculto que esperaba masacrar a los soldados que se estarían instalando en sus tiendas para pasar la noche. Vhalla calculó que los norteños eran menos que ellos, al menos por el lado oriental. Sin el factor sorpresa del lado del Norte, el Sur debería vencer en esa batalla.

Decidió ahorrar su poder y volvió a cambiar su visión a su estado normal. Llegarían pronto. Vhalla oyó el gemido de las cuerdas de los arcos al tensarse en la penumbra creciente.

Había una cosa que revelaba que el campamento era diferente de cualquier otro día: *el silencio*. Todo el mundo esperaba con el alma en vilo. Vhalla vio un destello de magia por el rabillo del ojo. Un hombre acuclillado en una tienda, lejos de donde solía dormir, blandía una daga hecha de hielo.

Fritz echó un vistazo hacia ella y Vhalla pronunció su nombre en silencio, sorprendida. Él sonrió con debilidad y le dedicó un leve asentimiento. Elecia también estaba a su lado. Vhalla se dio cuenta demasiado tarde de que, en lugar de pasar la noche buscando hachas legendarias, podría (*debería*) haberla pasado con sus amigos. *¿Acaso no había aprendido nada de la muerte de Larel?*

Se oyó un grito desde la llanura quemada y polvorienta, anunciando a los norteños que cargaban entre los árboles. La cabeza de Vhalla voló de vuelta al lejano retumbar de pisadas. El enemigo había movido ficha y se había lanzado al ataque sin percatarse del monstruo que estaba a punto de despertar. Vhalla observó al ejército aguantar, cada soldado demostró un control extremo.

La primera línea de norteños estaba casi en el borde exterior del campamento cuando sonó el cuerno. Reverberó de una torre a la siguiente. Los hombres tiraron las tiendas a un lado, algunas rajadas directamente por los soldados imperiales ocultos debajo de ellas. Los norteños tuvieron solo un momento para registrar lo que estaba sucediendo antes de que la primera oleada de flechas cayera sobre ellos.

Vhalla captó un atisbo de Daniel en cabeza de la primera carga y su corazón empezó a latir tan fuerte en su pecho que debería haberle roto una costilla. Todas las personas que le importaban se prepararon para lanzarse al ataque. Aldrik, Daniel, Fritz, Baldair, e incluso Elecia; ¿cómo podía mantenerlos a todos a salvo?

Al son del coro de las flechas al cargarse en los arcos y del himno del acero contra el acero, Aldrik echó a correr. Vhalla esprintó a su lado, borró todo de su mente y se centró en lo que debía ser. Vio cómo su futuro esposo levantaba la mano cuando la segunda oleada de norteños salía de la lejana línea de los árboles. Un pulso furioso empezó a resonar en sus oídos.

*Había llegado el momento.*

# CAPÍTULO
## 19

Vhalla no oyó el gemido grave del fundíbulo cuando lanzó su primera carga hacia el borde exterior del bosque. El chirrido de las espadas se difuminó. Estaba solo él, estaba solo su cuerpo, su respiración, *su vida*, y la magia palpitante que fluía sin restricciones entre ellos.

El brazo de Aldrik se movió a través del aire y Vhalla supo cuál era su voluntad antes de que la magia saliese del cuerpo del príncipe. Vhalla estiró una mano. Aldrik se paró de pronto; ella se detuvo con él, en el mismo instante. El príncipe apenas registró el movimiento de ella y Vhalla se preguntó si lo sentía del mismo modo que ella. Si también sabía que la profunda conexión que habían estado alimentando durante meses por fin estaba lista para mostrarse al mundo.

La magia de Aldrik se avivó. Vhalla levantó las dos manos juntas y su viento captó la llama del príncipe, la magia crepitó alrededor de las yemas de sus dedos. El andamio del poder de Aldrik lo sujetó todo junto y la Unión de ambos permitió a Vhalla apoyarse en la hechicería de Aldrik, coser la suya a los bordes... convertirla en algo más grande que ninguna de las dos partes.

Vhalla abrió los puños, estiró los dedos y proyectó las manos por encima de su cabeza, desplegadas hacia el cielo. El fuego imitó su movimiento y salió disparado hacia las alturas, un espejo llameante de su movimiento. Creó una enorme columna de fuego, brillante contra el cielo nocturno, como si pretendiese tragarse la luna entera.

Vhalla se tomó un momento para admirar la creación de ambos, pero entonces perdió el control de ella y las llamas desaparecieron en el viento.

Vhalla cruzó la mirada con el príncipe mientras brotaban vítores por todo el campamento al ver su colosal pira. Lo sabían, todo el mundo podía verlo, estaba tan claro como las llamas que aún lamían los árboles que ardían delante de ellos: *juntos* eran imparables. Vinculados, Unidos, locamente enamorados, ya no había nada que pudiera limitarlos. Eran una única fuerza de la naturaleza.

Caminaban al unísono, echaron a correr en perfecta sincronía. Los soldados corrían detrás de ellos, pero Vhalla ya no prestaba atención. Su príncipe, su respiración, sus movimientos, era todo lo que necesitaba.

Aldrik paró en seco una vez más y abrió los brazos a los lados. Los Portadores de Fuego se acercaron corriendo desde las filas de atrás y formaron una línea recta desde cada brazo.

—¡Rodeadlos por ambos lados! —gritó Aldrik por encima del caos.

Sus brazos gesticularon para indicar dónde quería las llamas. Todos los Portadores de Fuego se movieron al unísono. Cada uno tenía su propio método para utilizar su magia, pero todos se concentraron en crear una zona de fuego separada.

Los Rompedores de Tierra norteños se enfrentaron de cara a las llamas; algunos de los más débiles no tuvieron éxito y su piel de piedra se prendió como la yesca. Los otros soldados corrían desesperados e intentaban evitar a toda prisa el fuego. A medida que se apelotonaban hacia el centro, hubo unos pocos desgraciados que se vieron empujados gritando hacia las llamas por efecto de la presión de sus propios aliados a su espalda. Los que consiguieron llegar al final del embudo creado por las llamas se encontraron con la primera línea del ejército imperial.

Los ojos de Vhalla cayeron sobre un destello dorado, un pomo con forma de trigo centelleó a la luz del fuego. Vhalla no sabía cómo había encontrado a Daniel entre todos los soldados, pero sus ojos de quedaron clavados en él durante un breve instante. Se movía como un bailarín al son su propia endecha de sombría victoria. Con su propia belleza macabra.

Vhalla respiró hondo y extendió las manos una vez más. *Diez*, reclamaría el arma de un norteño con cada dedo. Concentrada en el entorno de Daniel, diez espadas volaron por el aire con un gesto de sus manos. Y con un giro de muñecas, Vhalla las lanzó de vuelta sobre el enemigo en una lluvia de espadas.

Unos pocos soldados sureños contemplaron la escena confusos. Daniel se giró un instante, pero sus ojos no encontraron los de Vhalla en el caos. En cualquier caso, ella sabía que la había estado buscando en ese breve segundo, consciente de que la Caminante del Viento cuidaba de él cuando podía. No pensó más en ello; sus manos ya estaban en movimiento de nuevo.

Era como tocar un instrumento invisible, como si sus dedos tañeran cuerdas en medio del aire. Aldrik dio otra orden a su lado, pero ella ni siquiera la oyó. Por cada espada que Vhalla levantaba por los aires, dos más parecían surgir a toda velocidad de debajo de los árboles en llamas.

—¡Vhalla! —la llamó el príncipe, y ella salió de su trance al oír su nombre en labios de Aldrik.

Se pusieron en movimiento otra vez. El príncipe empujaba a la Legión Negra hacia delante al encuentro de la ya creciente confusión de sangre y muerte. Los oídos de la joven detectaron el repiqueteo de unas flechas siendo cargadas desde algún punto entre los árboles a su derecha.

—¡Aldrik! —A Vhalla ni siquiera se le ocurrió pensar dos veces que había utilizado el nombre sin título. Él se volvió hacia ella al instante—. ¡Dame llamas! —gritó, y confió por completo en que estarían ahí mientras levantaba la palma de la mano hacia el cielo abierto.

Aldrik levantó la mano a la vez que ella y Vhalla lo sintió una vez más: la sensación de un cuerpo más allá del suyo, de ella fuera de sí misma y él dentro de ella. El cielo oscuro se iluminó con una cúpula de fuego, las flechas se prendieron en pleno vuelo y cayeron como palitos humeantes e inofensivos sobre los soldados con armadura bajo ellas.

—¡Más! —exigió Vhalla. Aldrik levantó un segundo brazo para complacerla. Vhalla dio incluso un paso al frente mientras proyectaba la mano hacia delante para enviar un manto de llamas hacia los árboles del sudeste, donde se habían originado las flechas.

En cuanto la magia abandonó su control, Vhalla se tambaleó, desequilibrada por el brusco movimiento de su brazo. Osciló un poco, pero una mano firme la agarró para enderezarla. El príncipe tenía una sonrisilla dibujada en los labios. Una mueca un poco desquiciada por el secreto que compartían, el secreto que estaban exponiendo al mundo poco a poco.

—¡Mi príncipe! —Un soldado rompió el trance—. La primera línea se está fracturando. —El hombre miró de Vhalla a Aldrik, a la espera de órdenes.

—No —murmuró Vhalla, y sus ojos volaron hacia el frente. No pudo encontrar a Daniel y su pecho se comprimió en un nudo apretado—. *No* —bufó furiosa.

—¡Portadores de Fuego y Rompedores de Tierra! —bramó Aldrik—. Después Corredores de Agua. Dad apoyo a la carga de los espadachines primero.

Vhalla observó a los soldados prepararse para la segunda ola. Más de la mitad de ellos eran de la Legión Negra, pero casi todos, espadachines incluidos, tenían un ala pintada en sus corazas. La batalla se ralentizó por un breve instante y Vhalla dio un paso al frente para salir de la sombra del príncipe.

—¡Los detenemos aquí! —chilló—. No cruzarán esta línea. *¡Los detenemos aquí!*

Cuando levantó el puño por los aires, el mundo se llenó de un grito de guerra tan estridente que casi hizo añicos el cielo. Vhalla se giró y vio desintegrarse lo poco que quedaba de la primera línea de su ejército. Se le quedó el aire atascado en la garganta a medida que los norteños llegaban hasta ellos, la vorágine de la batalla por fin sobre ella.

Aldrik fue el primero de los dos en moverse. Su cuerpo medio cubrió el de Vhalla para bloquear el ataque de un espadachín enemigo. Su mano enfundada en cota de malla alcanzó la cara del enemigo y el norteño gritó de la agonía. El hombre cayó como un guiñapo chamuscado.

Vhalla volvió a la vida y desarmó a su siguiente atacante. Con un rápido gesto de sus dedos, la espada estaba en su mano justo a tiempo de girar sobre sí misma y bloquear una espada nueva que zumbaba hacia ella desde atrás. Los latidos de su corazón sonaban aterrados en sus oídos. Era un ritmo frenético que intentaba no perder comba con la locura que los rodeaba.

Vhalla apretó los dientes. El norteño era mucho más fuerte que ella y no tardó ni un segundo en desarmarla de su espada robada. Ella se tambaleó hacia atrás, mientras trataba de recuperar el equilibrio. Se oyó un gruñido detrás de ella, luego un estallido de llamas. Aldrik había eliminado al hombre al que ella había desarmado, pero aún no la había mirado. El atacante de Vhalla dio un paso atrás, levantó su arma por encima de la cabeza...

Un soldado se abalanzó hacia el punto blando debajo de su brazo, donde se articulaba la armadura. Vhalla vio un destello azul, una daga de hielo incrustada en el costado del hombre. El norteño soltó un grito de dolor y su espada pasó inofensiva junto a Vhalla cuando él se giró por instinto hacia su nuevo atacante. Fritz dio un salto atrás, el hombre levantó su espada y la joven se abalanzó sobre él.

Plantó la mano sobre la boca sorprendida del norteño y luego reclamó su respiración. Vhalla observó el frágil momento justo antes de que el rostro del hombre explotara delante de ella y trocitos de nariz y de ojos salpicaran sus mejillas y su armadura. Apenas tuvo tiempo de respirar antes de girar en redondo y proyectar un brazo hacia delante para desarmar a un hombre que estaba atacando a Aldrik.

—¿Dónde has aprendido a hacer eso? —preguntó el príncipe mientras tiraba un cuerpo a un lado.

—¿Tienes que preguntar eso ahora? —gritó ella por encima del silbido de espadas y arcos, al tiempo que su espalda chocaba con la de Aldrik al esquivar otra afilada hoja.

La diversión de su futuro esposo reverberó a su alrededor, su carcajada desquiciada crepitó a través del aire. Aldrik sabía que Vhalla era él y ella… los dos al mismo tiempo. Sus movimientos eran una mezcla de todo lo que la Unión le había proporcionado y todo lo que podía ser. Entre la sangre y la carnicería, Vhalla se encontró con su propia sonrisa demente desplegada en los labios, gemela de la de Aldrik. Él giró hacia la izquierda, ella hacia la derecha; luego se alejaron en espiral el uno del otro para derribar a dos más en el movimiento.

—¡Muere! —le gritó un atacante a Vhalla.

—¡Hoy no! —aulló ella de vuelta. La espada del hombre se hundió en el costado de Vhalla, encontrando de alguna manera el camino entre las escamas. Ella hizo una mueca pero extendió el brazo hacia delante. Su mano encontró la boca del enemigo y eso fue todo lo que le hizo falta.

Dio media vuelta, la palma de la mano derecha empapada de sangre. Aldrik tenía a tres sobre él, pero los estaba manejando con una precisión de experto. Vhalla levantó los dedos y envió el fuego del príncipe en un amplio arco para golpear a los tres de una tacada. Gritaron de dolor cuando sus cuerpos se convirtieron en antorchas andantes. Aldrik se dirigió a cada uno de ellos por turno para darles un final rápido.

Los ojos del príncipe se cruzaron con los de Vhalla y el tiempo se ralentizó. Dos orbes color obsidiana… incandescentes… vieron directamente al fondo del alma de la joven. Ella inspiró y vio cómo el pecho de él se hinchaba al mismo tiempo. La mano de Aldrik se estiró por el aire, los pies de Vhalla se aceleraron y alargó un brazo hacia él. Los dedos de Vhalla se cerraron en torno a los de Aldrik y este tiró de ella hacia él.

—Mi dama. —Vhalla lo hubiese oído aunque las palabras hubiesen sido susurradas y todos los soldados gritaran al mismo tiempo—. Eres gloriosa. —La mano libre de Aldrik se estiró por encima del hombro de Vhalla y esta sintió el fogonazo de su magia cuando una lengua de fuego salió disparada detrás de ella. Vhalla ni siquiera se dio la vuelta para ver la caída de esa pobre alma.

—Mi príncipe. —Vhalla deslizó la mano hacia arriba y desarmó a todos los que estaban en su entorno inmediato. Apenas pensó en el hecho de que era la primera vez que había conseguido eso con tantas espadas al mismo tiempo—. Eres como las canciones más épicas de los bardos convertidas en realidad.

Él le dedicó una sonrisilla de suficiencia. Ella le regaló una sonrisa taimada. Aldrik la soltó y Vhalla giró sobre los talones, dándose el impulso suficiente como para caer hacia delante. El viento brotó de ella y unos veinte norteños salieron volando. Vhalla sintió el familiar calor de las llamas de Aldrik detrás de ella y supo que él también había vuelto a la batalla.

La magia de Vhalla la reclamó; era embriagadora, una devoción absoluta al momento. Estaba perdida en alguna parte entre ella misma y él, y aun así, de alguna manera, podía sentirlo a él perdido dentro de ella. Sentía los movimientos de Aldrik tanto como sentía los suyos propios. Vhalla no estaba segura de que una Unión fuese posible sin contacto, pero estaban obteniendo argumentos sólidos a favor de esa teoría.

Rotaban y giraban el uno alrededor del otro, con plena confianza en que el otro estaría justo donde esperaban momentos antes de empezar a moverse siquiera. Sus cuerpos giraban hacia donde el otro lo necesitaba, encontraban huecos y se colaban entre brazos agitados y pies rápidos.

Nadie tenía ni una sola oportunidad contra ellos. Nadie consiguió acercarse siquiera. Los brazos de Aldrik se curvaron alrededor del cuerpo de Vhalla para lanzar un ataque. La espalda de Vhalla rozó contra la de él mientras lo protegía. Aldrik se adentró en sus llamas y ella se unió a él con su propia esencia mágica. Había algo profundamente íntimo en ello.

La respiración de Vhalla empezaba a ser trabajosa... *esta era la verdadera Noche de Fuego y Viento.*

Un ruido desconocido y estrepitoso cortó a través de la oscuridad y se produjo un estruendo sonoro: Aldrik y Vhalla se detuvieron al unísono para volverse hacia la fuente del ruido en el mismo momento exacto. Ella tragó saliva. De la oscuridad de los árboles brotaba un pelotón de caballería. Rompedores de Tierra, pensó, a juzgar por su armadura limitada, montados sobre esas criaturas felinas a las que ya se había enfrentado una vez. Eran menos numerosos que la caballería sureña, pero más de los que Vhalla jamás creyó posibles.

Sus grandes garras cortaron a través de los despojos que eran los últimos hombres que quedaban en pie de la primera línea de ataque. Vhalla calibró el estado del ejército detrás de ella. El círculo interno que rodeaba la fortaleza aguantaba bien, ningún norteño había abierto brecha por ninguna parte que Vhalla pudiera ver. *Todavía.*

Tragó saliva de nuevo. Debían aguantar, no podían dejar que escapase nadie del interior de Soricium ni ayudar a nadie a penetrar en esas enormes murallas.

Resonó un cuerno imperial y Vhalla oyó el retumbar de cascos. Habían lanzado a su propio pelotón de caballería para contrarrestar el ataque norteño. Vhalla echó las manos atrás. Sintió que Aldrik se acercaba a ella y cubría sus flancos mientras ella recuperaba un poco la calma y la respiración. Vhalla ignoró todo lo que pasaba a su alrededor y confió en él para defenderla. Proyectó sus manos hacia delante y observó a la docena de criaturas tambalearse y encabritarse por la fuerza del vendaval que envió en su dirección. Por desgracia, unos pocos soldados sureños también cayeron en el proceso, pero eso le dio a la caballería sureña el tiempo que necesitaba.

Vhalla tenía otras preocupaciones que el tiempo de respuesta de la caballería cuando captó un atisbo de Fritz por el rabillo del ojo. Lo superaban en número tres a uno, y él no era Aldrik. Vhalla perdió la perfecta sincronía que había tenido con su príncipe para correr hacia su amigo. Arrancaron la daga de Fritz de sus manos y Vhalla vio el leve cambio en la forma del sureño, pero su ilusión fue dispersada casi al instante por otro atacante.

La Caminante del Viento se zambulló con torpeza en la batalla. Esquivó una espada y encajó un golpe en el hombro para evitárselo Fritz, que intentaba levantarse a toda prisa del suelo. Vhalla oyó su propia voz gritar de dolor ante la presión que entumeció su hombro. Otra espada se columpió hacia atrás y se mordió el labio mientras trataba de recuperar el control. Fritz rodó, sin haber llegado a ponerse de pie todavía.

El fuego rugió a su alrededor, lamió su piel con su calor. La punta de una espada rozó la mejilla de Vhalla un segundo antes de que su atacante dejara caer el arma con un grito agónico. Aldrik encontró el camino hasta su lado. Las manos de ambos se proyectaron hacia los norteños restantes. Ambas encontraron su objetivo. Los dos norteños murieron al mismo tiempo, uno por efecto del viento, otro por efecto del fuego.

—Vhalla. —Aldrik la miró con cara de preocupación.

—Estoy bien. —Asintió en su dirección, el dolor de su mejilla apenas registrado.

Hubo un repentino aumento en los gritos de los soldados delante de ellos. Los dos dieron media vuelta. Las bestias restantes habían superado a la caballería. Vhalla observó aterrada cómo los caballos sin jinete huían de las afiladas garras y los letales colmillos.

Entonces vio a las criaturas felinas por lo que eran: *ese sería el medio de escape del clan principal*. Sería lo que destrozaría las filas sureñas y conseguiría llegar hasta el palacio del campamento. Sería lo que podría llevarse a la gente que había dentro y lo que preservaría el liderazgo del Norte. Aldrik vio lo mismo.

—¡Legión Negra! ¡Detenedlos! —ordenó.

Todos los hechiceros volvieron su atención hacia las bestias que se acercaban a la carga.

Unas cuantas quedaron empaladas por lanzas de hielo. Otras fueron engullidas por llamas. Pero seguía sin ser suficiente. Vhalla observó cómo las bestias saltaban sobre sus camaradas de negro, cómo las criaturas los hacían trizas. Se le revolvió el estómago cuando una se detuvo para arrancar de un mordisco la cabeza de un sureño caído.

Sin embargo, dos de los jinetes tenían su misión más clara y maniobraron a sus monturas hacia la línea interior con un propósito furioso. No debían dejarlos pasar. Aldrik ya estaba moviendo su fuego todo lo que podía, pero el pelaje de las bestias parecía resistente a las llamas, y el príncipe tenía que concentrar toda su atención en ellas de una en una para que el fuego prendiera y la criatura se desplomase con un grito felino de agonía.

Vhalla echó a correr. Fritz y Aldrik gritaron detrás de ella, pero la joven se zambulló en su Canal. Ya empezaba a notarlo vacilante, pero no tenía otra opción. Si iba a haber alguna vez una noche en que llegase a tocar el fondo de su pozo mágico, sería esta. El viento soplaba bajo sus pies y nada podía atraparla mientras esprintaba a través del campamento. Corrió en curva, esquivó espadas y se coló por medio de escaramuzas, mientras cruzaba el campo a toda velocidad. Tenía los ojos clavados en una criatura, más grande y fuerte que el resto.

Enroscó los dedos y una ráfaga de viento empujó a un caballo sin jinete en su dirección. Vhalla giró en curva otra vez para correr en paralelo a la montura. La yegua pía se acercó más a ella y Vhalla estiró una mano. Sus dedos se cerraron sobre las riendas y no las soltó. El animal, desquiciado, intentó seguir galopando y la joven despegó del suelo. Sus piernas se agitaron frenéticas por el aire, aunque recuperó el equilibrio cuando sus tirones de las riendas lograron que la yegua frenase lo suficiente para volver a ponerse en pie.

De alguna manera, consiguió encaramarse a la silla. Dio media vuelta y vio que los dos jinetes norteños ya casi habían llegado a la línea central. Los arqueros los acribillaban a flechazos. Los soldados con picas se preparaban para el impacto. Vhalla apretó los talones y puso aire bajo los cascos de su montura.

No era en absoluto un caballo de batalla, y la yegua peleó y relinchó. Agitaba la cabeza para todos los lados, lo cual forzó a Vhalla a inclinarse hacia delante y agarrar las riendas lo más fuerte posible. De entrada, el animal se resistió a sus órdenes, pero ella le dio una patada más fuerte, al tiempo que sentía una leve punzada de culpa por forzar a la inocente criatura de ese modo.

La yegua por fin se movió como Vhalla quería, y esta apenas tuvo el tiempo suficiente para estirar una mano a fin de armarse con una espada del suelo, su propietario largo tiempo muerto, antes de alcanzar a la primera amazona norteña. Columpió su espada en un gran arco y el filo de la hoja se estrelló contra la nariz de su enemiga. Fue como golpear la pared de una montaña, y todos los huesos de Vhalla reverberaron por el impacto. Sin embargo, fue suficiente para frenar a la amazona.

Una valiente soldado imperial se lanzó a la carga y atravesó con su lanza el corazón de la bestia gatuna. La guerrera norteña le lanzó a Vhalla una breve mirada asesina, el rostro retorcido de ira mientras caía de su montura moribunda.

—¡Id a por los ojos! —le gritó Vhalla al ejército sureño que estaba al alcance del oído. Sabía que era probable que tuviesen más experiencia que ella, pero un recordatorio no podía hacer daño. Vhalla tiró de las riendas para hacer girar a su yegua.

A lo lejos, una estela oscura seguía avanzando contra el torrente de flechas llameantes. La joven siguió su camino con la vista hasta un hombre con armadura blanca y dorada que ya estaba luchando contra los soldados que empezaban a abrir brecha por el lado sur. Vhalla maldijo de manera colorida y azotó el cuello de su montura con las riendas para galopar hacia el emperador.

Con el viento a su espalda, cubrió la distancia en un tiempo de una brevedad imposible. Vhalla soltó un grito mientras galopaba con la yegua perpendicular a la trayectoria de la bestia gatuna restante. Cuando la Caminante del Viento saltó por el aire, la yegua se vio forzada a embestir el costado de la bestia felina, lo cual desvió las garras de la criatura de su objetivo. Vhalla placó a la soldado norteña montada a lomos de la criatura, al tiempo que dedicaba apenas un momento a pensar en lo mucho que odiaba al emperador.

Cayó al suelo dando volteretas, enredada con la norteña que había decidido jugársela para acabar con la vida del emperador Solaris. La norteña acabó arriba, sentada a horcajadas sobre ella. Vhalla forcejeó, los brazos inmovilizados debajo de las rodillas de su enemiga. La Rompedora de Tierra echó su espada atrás, los brazos por encima de su cabeza.

—¡Gwaeru! —gritó.

Vhalla vio un destello de plata en la noche.

Una lanza empaló el ojo de la norteña. Su boca se quedó abierta de par en par, sin vida. Vhalla giró la cabeza para evitar la punta de la espada que cayó de los dedos inertes de la mujer muerta. El arma asesina se retiró y la joven se quitó de encima el cuerpo sin vida, antes de ponerse de pie a toda prisa.

El mayor Zerian columpió su lanza por el aire y los restos ensangrentados pegados a ella salieron volando. Vhalla le dio las gracias deprisa y miró por un lado del mayor para encontrar a la bestia contra la que se había estrellado de cabeza tirada ahora en el suelo. El emperador Solaris extrajo su espada de la cara de la criatura y encontró a Vhalla.

Los ojos de la joven conectaron con esos otros azules y fríos. Hizo una pausa. No hubo ningún gracias, ningún asentimiento y ningún reconocimiento. El emperador se limitó a dar media vuelta y empezó a ladrar órdenes mientras las otras bestias procedentes del lado occidental empezaban a caer sobre la línea interna. Vhalla oyó el ruido de flechas que cortaban el aire procedentes de la fortaleza y, por instinto, levantó la mano. Desviar los ataques de los arqueros se había vuelto algo facilísimo.

El emperador la miró de nuevo. Vhalla tuvo un momento en el que medio esperaba alguna forma de gratitud por su ayuda adicional, pero el hombre se limitó a dar media vuelta otra vez para seguir dando órdenes. Vhalla apenas tuvo tiempo de que le importase. El mayor Zerian, sin embargo, sí le dedicó un gesto afirmativo con la cabeza. Había visto cómo salvaba al emperador directamente. Era la primera vez que no había ninguna duda de lo que había pasado, y había sido Vhalla Yarl, no Serien. Eso era suficiente para ella.

Sus pies la llevaron de vuelta a través del campo de batalla cada vez menos abarrotado. Vhalla mató a tres norteños más por el camino y ayudó en la muerte de al menos otros cinco al desarmarlos o desequilibrarlos. Vio los cuerpos que habían empezado a amontonarse en el suelo y no pudo discernir quién parecía haber apilado más cadáveres sobre el suelo ensangrentado, el Norte o el Sur.

Cambió a su visión mágica para escudriñar los árboles… y casi se le paró el corazón. Por lo que pudo ver, no había nadie más, no había más soldados esperando en la línea de árboles. No había más. Sus pies se movieron aún más deprisa. *Aldrik*, necesitaba estar con él, estar a su lado cuando se produjese la llamada que inevitablemente iba a resonar por el aire de primera hora del amanecer.

Su príncipe se quitó a un atacante de encima justo cuando ella llegaba hasta él. Abrió los brazos hacia ella, y las manos de Vhalla se cerraron en torno a sus antebrazos mientras las de él hacían otro tanto en torno a los antebrazos de ella.

—¡Estás como una cabra! —le gritó Aldrik por encima del ruido de los hombres y mujeres que morían a su alrededor.

—¡Quizá! —convino ella, y agitó una mano en dirección a una Corredora de Agua que lo estaba pasando especialmente mal.

—¡*No vuelvas* a alejarte de mi lado! —exigió Aldrik; un brazo la soltó para lanzar un torrente de llamas contra la cara de un norteño.

—¿Aunque sea para salvar a tu padre en público? —preguntó Vhalla, al tiempo que apartaba la vista de él para mirar hacia el palacio y desviar otra andanada de flechas. La cara de Aldrik voló hacia la de ella. Vhalla lo recibió con una pequeña sonrisa de satisfacción.

La batalla siguió calmándose poco a poco hasta que una trompeta resonó por el campo y todos los sureños se detuvieron. Otra trompeta replicó la llamada, y luego otra, antes de que el ambiente estuviera vivo con el cántico de guerra sureño. A Vhalla se le cortó la respiración. Sus ojos recorrieron el campo de batalla.

Los últimos norteños estaban cayendo de rodillas delante de sus rivales sureños. El ejército imperial no perdió ni un segundo en darles muerte en el sitio. Fue una carnicería distinta de cualquiera que Vhalla hubiese visto nunca, por todas partes a su alrededor.

En la calma, la Caminante del Viento jadeaba, tratando de recuperar la respiración. Volvió la vista hacia los árboles, mientras sus ojos los escudriñaban frenéticos. Mantuvo los puños cerrados, preparada para la siguiente ola de atacantes. El cuerno sonó de nuevo y una mano se apoyó en su hombro. Vhalla se sobresaltó.

—Se acabó —dijo Aldrik con suavidad. Vhalla estudió la sangre que cubría la cara del príncipe y rezó por que fuese solo de sus enemigos. Volvió a escudriñar los árboles, el corazón desbocado—. Vhalla, está hecho.

No podía creerlo. No obstante, el cuerno sonó de nuevo. El último aliento moribundo de un norteño fue silenciado y todo el mundo dio la impresión de contener la respiración al mismo tiempo. No surgió ningún atacante más de entre los árboles. No hubo más gritos de guerra en la noche. Y en ese primer indicio de luz mañanera, el Sur levantó la voz en un grito de victoria colectivo.

Vhalla no logró animarse a emitir ningún sonido para unirse a ese grito demencial. Se limitó a contemplar la escena, aturdida. Parecía haber muy poco por lo que vitorear, con tantísimos muertos tirados por el suelo a su alrededor. *¿Si este era el aspecto que tenía la victoria, cómo sería una derrota?*

Las manos de Aldrik la agarraron por los hombros, y se sintió mareada. El príncipe la admiró como si ella fuese la razón de todos esos gritos de alegría, y ella lo miró a los ojos con una adoración creciente que casi acabó con su cordura. En ese momento, no quería nada más que abrazarlo. *Lo habían logrado.* Recibirían el siguiente amanecer juntos. De alguna manera, los dos se reprimieron de actuar según los impulsos que tan patentes estaban en sus rostros, aunque el momento de tensión hablaba a gritos del deseo y el alivio que recorrió sus cuerpos exhaustos.

En cuanto Aldrik la soltó, Vhalla buscó con la mirada a Fritz, Daniel, Elecia, *alguien*. Se le paró el corazón cuando vio una masa de pelo rubio encrespado y ensangrentado. Vhalla corrió al lado de Fritz y se echó a reír del alivio en cuanto llegó hasta su amigo. Tenía los ojos cerrados, pero respiraba y, dado todo lo que había sucedido, eso era suficiente. Aldrik llamó a Elecia, que parecía igual de aliviada por el estado estable de Fritz y empezó a atender al sureño de inmediato.

—Vhalla, ven —le ordenó el príncipe con dulzura.

—Quiero quedarme con él. —Sujetaba la mano de su amigo entre las suyas.

—Quiero que estés aquí para esto —insistió Aldrik.

Vhalla abrió la boca para objetar.

—Si Fritz tiene suerte, continuará dormido hasta que pueda curarlo un poco y aliviar su dolor —intervino Elecia con una mirada a Vhalla—. Ve, *lady* Caminante del Viento.

La joven se levantó aturdida. Había una extraña mezcla de resignación y aceptación en la voz de Elecia. La mujer de pelo rizado asintió, como si reconociese por primera vez el cambio en el estatus de Vhalla. Como si ya fuese oficial solo por la victoria.

Vhalla y Aldrik caminaron juntos, sin decir nada, directos hacia el centro del campamento. A medida que pasaban por delante de un soldado, después de otro, el ejército entero empezó a llevarse la mano al pecho. Mientras saludaban, las palmas de sus manos cayeron sobre el símbolo de la Caminante del Viento. Sus ojos lo decían todo, como si pintarlo en sus pechos hubiese sido lo que les había dado la victoria.

Baldair había llegado al centro antes que ellos; estaba maltrecho y ensangrentado, con unos cuantos cortes aquí y allá, pero a fin de cuentas vivito y coleando. Giró la cabeza hacia ellos, al igual que hicieron el emperador y los otros mayores ahí congregados. Vhalla vio

cómo la cara de Baldair se derrumbaba del alivio, una muestra pública de emoción hacia su hermano que Vhalla nunca había visto de
manera abierta hasta entonces: amor. Se tambaleó hacia Aldrik y las
manos de ambos se cerraron en torno a los antebrazos del otro.

—Hermano —graznó Baldair.

—Hermano —repitió Aldrik, mientras miraba asombrado a su
hermano pequeño.

Vhalla se detuvo con una leve sonrisa. A pesar de todo lo que había sucedido entre ellos, se alegraban de verse y era obvio que estaban aliviados por la supervivencia del otro. Era agradable verlos
permitirse esa alegría.

Baldair se giró hacia ella. Soltó a su hermano y miró de arriba abajo la figura ensangrentada de la joven. Vhalla no tuvo ni un momento
para prepararse para lo que sucedió a continuación. Los brazos del
príncipe Rompecorazones se cerraron alrededor de sus hombros y la
levantó por los aires.

—¡Vhalla! —gritó con una carcajada—. Pequeña oriental cabezota.

—Los orientales somos más duros de lo que parecemos —dijo
una voz familiar desde detrás de ella. Vhalla empezó a forcejear de
inmediato entre los brazos de Baldair. El príncipe la depositó en el
suelo y ella se giró, al tiempo que se preparaba para llevarse una desilusión.

Puede que la primera línea se hubiese hecho añicos, pero el maltrecho, magullado y ensangrentado oriental que tenía delante había
logrado salir con vida. Vhalla dio un paso hacia Daniel. Él le regaló
una sonrisa perezosa y esa fue toda la invitación que ella necesitó.
Vhalla lanzó los brazos alrededor del cuello de su amigo.

—¡Los orientales somos muy cabezotas! —Vhalla se rio.

—Y demasiado afectuosos —murmuró Erion, que acababa de
unirse al grupo.

Vhalla soltó a Daniel y sonrió de oreja a oreja a los otros mayores
y miembros de la Guardia Dorada con los que había entablado amistad. Lo habían conseguido. *Lo habían hecho.*

Un hombre a quien Vhalla no reconoció cortó a través de ellos y se apresuró hasta el emperador. Le tendió una bandeja con un pergamino y un frasco de tinta al hombre que pronto sería el regente del continente entero, de todo el mundo civilizado. El emperador Solaris agarró la pluma sin decir ni una palabra y empezó a garabatear en el papel sobre la bandeja que el soldado sujetaba estable.

El emperador plegó el papel y pidió a gritos un arquero. Ataron el pergamino a una flecha, esta se cargó en la cuerda de un arco, el arquero tensó el arma y el papel voló por encima de la muralla.

—Esto termina hoy —anunció el emperador—. Se rendirán y vincularán su futuro al del imperio Solaris… o morirán. —El emperador se alejó en dirección al palacio del campamento—. Notificadme de inmediato cuando den una respuesta.

Vhalla miró a través de la turbia luz de la mañana para descubrir que, de algún modo, esa estúpida estructura había conseguido estar colocada en un lado que había sobrevivido a la batalla en su mayor parte. Se tambaleó por encima de los cadáveres desperdigados por todo el campamento. Caminó entre los dos príncipes silenciosos. El alivio se había diluido con la sombría y grotesca escena que tenían delante. El precio de sus vidas había sido la sangre que ahora teñía el suelo de rojo, la sangre de los desafortunados.

Los mayores se dispersaron para supervisar las labores de limpieza. Vhalla sabía que debería sentirse culpable por retirarse a la privacidad del palacio del campamento cuando tantísimos de los supervivientes no contaban ya ni con una tienda de campaña, pero no encontró la energía suficiente para hacerlo. Solo quería desplomarse, su fuerza física y mágica agotadas.

El emperador debía de tener lo mismo en mente, pues cuando ellos cruzaron el umbral de la puerta ya se había encerrado en sus aposentos. Baldair cerró la puerta detrás de ella y de Aldrik. Una mano, caliente incluso a través de la armadura, se cerró en torno a la de Vhalla. Lejos del mundo, el príncipe heredero tiró de ella hacia él. Una mano con guantelete se cerró en torno a su barbilla para levantar su cara hacia la de él. Los labios del príncipe sabían a humo y a sangre, pero Vhalla se deleitó en ello de todos modos.

El ejército había salido victorioso. Ellos habían sobrevivido. Y seguro que ella se había ganado su libertad. En ese momento de alivio y júbilo compartido, Vhalla aspiró su primera bocanada de aire del nuevo amanecer. Se permitió creer en todo lo que había dicho Aldrik: su futuro juntos comenzaba en ese momento.

# CAPÍTULO
## 20

El día siguiente estuvo dedicado a lo más oscuro de la guerra: las secuelas de la batalla. Después de que el subidón de la gloria se desvaneciese, después de que los gritos de victoria cesasen su reverberación, llegaba el inevitable proceso de recoger los restos. Las tiendas de campaña estaban desperdigadas por doquier, rotas y pisoteadas. Las pertenencias de la gente, los míseros recuerdos de sus hogares, habían quedado enterrados en el barro y la sangre del campo de batalla.

Lo primero era atender a los heridos. Los clérigos montaron un sistema de triaje con el que reservaban sus limitados recursos para aquellos que más los necesitaban. Los Portadores de Fuego cauterizaban las heridas más graves. Los Rompedores de Tierra ayudaban con los casos de envenenamiento y a preparar nuevas pociones con lo que podían encontrar en los bosques cercanos, lo que no había quedado calcinado. Hubo también unos pocos casos inevitables a los que les ofrecieron viales misericordiosos y la elección más dura, la última elección, de sus vidas.

Los que no ayudaban con los heridos tenían incontables cadáveres que recoger. A los cuerpos se les retiraba todo lo que fuese valioso o reutilizable, y pronto hubo una alta torre de armaduras, desprovistas de sus propietarios. Algunos de los caídos tuvieron la suerte de que fuesen sus amigos quienes los encontraran, otros eran de origen noble y se apartaron una o dos de sus pertenencias para devolvérselas a sus familias. Pero la gran mayoría, tanto del Norte como del Sur, no tenían nombres ni rostros reconocibles.

Se erigieron seis piras colosales alrededor del campamento y se llevaron cadáveres hasta ellas sin parar. Los Portadores de Fuego se turnaban la obligación de mantener los fuegos ardiendo con fuerza.

En la muerte, los norteños y los sureños descansaron juntos, antes de que sus cuerpos se convirtiesen en cenizas y sus almas partiesen hacia el reino del Padre. Las piras emanaban un humo denso que apestaba a grasa y carne humana. Los soldados, estuviesen donde estuviesen en el campamento, envolvían telas mojadas alrededor de sus caras para intentar mantener fuera el humo y el olor.

En el exterior tenía lugar esa lúgubre marcha de actividad, pero dentro de la habitación del príncipe heredero, el día progresaba con una paz relativa. Aldrik y Vhalla habían dedicado justo el tiempo imprescindible a quitarse las armaduras y retirar con una esponja la sangre de sus caras y sus manos antes de desplomarse en la cama, aún vestidos con su ropa sucia.

No fue un sueño placentero; fue un coma profundo y exhausto. La cara de Vhalla estaba aplastada contra la almohada, la boca abierta y la respiración profunda. Aldrik estaba despatarrado en la cama, las piernas y los brazos abiertos en todas direcciones, de modo que apenas cabía al lado de ella. Fue un sueño basado en el consuelo de que tenían una cosa menos que temer con el amanecer.

Vhalla cerró la boca y se humedeció los labios. Entreabrió los ojos. La luz del día se colaba entre las lamas de las contraventanas y proyectaba largos rayos ininterrumpidos a través del humo que era inevitable que se filtrase dentro de la habitación. Vhalla hizo una mueca.

—Apesta —se quejó, pero Aldrik apenas se movió.

Vhalla rodó sobre el costado y se acurrucó contra él, la cabeza apoyada en la parte superior de su pecho. Se consoló con la proximidad del príncipe, con su respiración lenta. Sabía que él ya no percibía ese olor, o al menos eso era lo que le había dicho hacía mucho. Había incinerado a tantas personas que apenas registraba el espantoso hedor que emanaba. Vhalla se dispuso a dormirse otra vez, mientras el brazo de Aldrik se cerraba por instinto a su alrededor. Esperaba de todo corazón que las almohadas no apestasen durante todo el tiempo que se viesen obligados a quedarse ahí.

Había vuelto a dormirse, aunque no tenía ni idea de por cuánto tiempo, cuando oyó que aporreaban la puerta de Baldair. Vhalla rodó en dirección contraria a la fuente del ruido, como si eso fuese a hacer que la persona se marchase. Aldrik maldijo en voz baja, pero hizo más o menos lo mismo.

—Chicos —llamó el emperador desde el otro lado de la puerta de Baldair (aún creía, o fingía creer, que Aldrik dormía ahí para que Vhalla pudiese disponer del otro cuarto y así estar protegida).

Los dos se incorporaron al instante. Vhalla miró al príncipe con los ojos desorbitados y asustados.

—Hemos recibido una respuesta. Venid ya —ordenó el emperador Solaris.

—Ya vamos, ya vamos. —La voz amortiguada de Baldair apenas podía oírse.

El emperador no parecía tener ningún interés en esperar a sus hijos, pues oyeron cómo se alejaban sus pisadas.

Aldrik se giró hacia Vhalla con cara de pasmo.

—Una respuesta —murmuró. Vhalla no encontraba las palabras—. ¡Una respuesta! —Aldrik puso las manos a ambos lados de la cara de la joven y tiró de ella para darle un beso feroz—. Apuesto a que es una rendición, dada *nuestra* exhibición de poder.

Aldrik se levantó a toda prisa y se puso una camisa limpia. O más bien, una más limpia que la que había utilizado durante la batalla. Vhalla echó un vistazo a las sábanas, mugrientas por el estado en el que se habían ido a dormir la víspera. De repente, se arrepintió de la decisión de no cambiarse de ropa. No tenía ningunas ganas de dormir sobre esa mugre antes de la marcha de vuelta a casa.

—Iré a ayudar a poner fin a esta guerra. —Aldrik hizo una pausa junto a la puerta—. Después hablaré con mi padre y serás una dama de la corte.

—¿De verdad lo crees? —La mano de Vhalla agarró con fuerza el reloj que llevaba colgado del cuello, y se dio cuenta de lo mucho que necesitaba que eso fuese verdad.

—Por supuesto. —Aldrik sonreía de oreja a oreja—. Estuviste brillante. Todas las miradas se volvían hacia ti en busca de inspiración; estaba pintada sobre la mitad del ejército, literal. Nadie cuestionará el mérito de tu recompensa.

Vhalla abrió la boca para contestar, pero llamaron con suavidad a la puerta.

Aldrik la abrió para su hermano.

—¿Vienes? —Baldair echó un vistazo a Vhalla y esta esbozó una sonrisa cansada.

—Sí, sí. —Aldrik agarró su cota de malla del suelo y se la puso a toda prisa—. Volveré en cuanto pueda. Duerme algo más, si eres capaz —le dijo a la Caminante del Viento.

—No tienes que decírmelo dos veces. —Vhalla bostezó y rodó sobre el costado antes de taparse con las mantas una vez más.

—Qué suertuda —musitó Baldair en voz baja, y Vhalla no pudo evitar reírse bajito. La puerta se cerró y escuchó cómo las pisadas de ambos príncipes desaparecían por el pasillo. Vhalla se llevó la manta a la nariz; el olor era realmente espantoso.

No estaba segura de cuánto tiempo había dormido esta segunda vez, pero fue suficiente para que la luz hubiese avanzado por el suelo una distancia notable. Los gritos y discusiones de varios hombres la devolvieron a la vida. Vhalla bostezó, aunque se arrepintió al instante del movimiento instintivo cuando el aire semiahumado llenó sus pulmones. Le entró la tos y tuvo que sentarse, luego escuchó con más atención los sonidos agresivos que le llegaban.

Intentó utilizar su oído mágico para descifrar las palabras, pero su Canal estaba demasiado débil para mantener siquiera eso. Lo único que logró discernir fue que las voces eran frecuentes y estaban enfadadas. La resonancia grave de la furia de Aldrik competía con los tonos cortantes y feroces del emperador. Vhalla se mordió el labio y se puso de pie, todo el cuerpo dolorido.

Tiró de la cadena que le rodeaba el cuello, abrió su reloj y consultó la hora. Era en torno a las dos, lo cual significaba que había dormido unas ocho horas. Aun así, todavía estaba exhausta. El esfuerzo mágico se había cobrado su peaje y, sin el subidón de la batalla para ocultarlo, se dio cuenta de lo mucho que había gastado la noche anterior.

Hubo otra ronda de gritos y oyó que algo se hacía añicos. Vhalla hizo una mueca. Fuera cual fuese el tema de la discusión, la cosa no parecía ir bien y tenía a dos personas enfrentadas, dos personas a las que Vhalla quería mantener lo más separadas posibles para el beneficio de todo el mundo. A juzgar por la naturaleza amortiguada de las voces y el origen del sonido, le dio la impresión de que estaban en el otro extremo de la sala principal.

Se decidió entonces a enfrentarse a lo que fuese que el mundo tuviese reservado. Se pasó una mano por el pelo grasiento e intentó hacerse una trenza, aun desgreñada. Fue imposible, y Vhalla solo pudo resignarse al hecho de que Aldrik, el ejército y el emperador la habían visto ya en estados más lamentables. Nadie iba a ganar ningún trofeo de belleza.

Ni siquiera se molestó en cambiarse de túnica. Echó un vistazo a su armadura, amontonada en el suelo, pero estaba aún más sucia y lo último que quería hacer era volver a ponerse su piel metálica. *De todos modos, habían derrotado al Norte*, pensó Vhalla mientras salía de la habitación; *no habría más batallas*.

Dio un respingo y se detuvo ante la puerta que daba a la sala principal.

—¡Vas a hacerlo! —espetó el emperador con tono tajante.

—¡No puedes dictar lo que haré y no haré! —Vhalla oyó que otro golpe recalcaba las palabras de Aldrik.

—Esto no es decisión tuya —lo advirtió el emperador con una amenaza implícita en la voz.

—Más que cualquier otra cosa, ¡esto es decisión *mía*! —replicó Aldrik—. ¿Este era tu plan desde el principio? ¿Fue esa la verdadera razón de que te mostrases en contra de su sugerencia de prenderle fuego a Soricium?

El corazón de Vhalla aporreaba en sus oídos y no estaba segura de querer oír nada más de esta conversación en particular. Respiró hondo y, haciendo acopio de más valor del que había necesitado para enfrentarse a los norteños, Vhalla entró en la sala principal con la esperanza de que su presencia interrumpiese la conversación. Echó una mirada evaluativa a la familia real, que estaba de pie en un rincón.

Aldrik tenía las manos sobre la mesa y los hombros bien cuadrados en dirección a su padre, que estaba enfrente de él. Vhalla vio un leve temblor en los brazos del príncipe. Tenía la mandíbula apretada, el rostro incluso rojo del enfado. Jamás lo había visto tan fuera de control solo por la ira. El emperador tenía los brazos cruzados delante del pecho y miraba a su hijo con una mezcla de desprecio y disgusto.

Vhalla se apiadó sobre todo de Baldair, que parecía más bien un testigo inocente. Había dado al menos tres pasos enteros hacia atrás y ahora retrocedió aún más con la excusa de mirarla a ella. Vhalla nunca se había sentido tan incómoda con los ojos de la familia real sobre ella.

El emperador apenas reprimió su mueca de desagrado al mirarla. Sus ojos evaluaron cada centímetro de su escasa altura. Aldrik se volvió hacia ella y Vhalla vio cómo toda su ira se esfumaba para dar paso a una expresión angustiada. Su boca se entreabrió y Vhalla lo miró con impotencia. Aldrik parecía incapaz de tolerar mirarla a la cara durante más de un segundo, así que apartó la mirada mientras negaba con la cabeza. Los ojos de Baldair eran los más amables, con una mezcla de compasión y tristeza que no le dio a Vhalla ningún aliento.

—Vaya, vaya, *vaya*, ¿qué tenemos aquí? A la «Heroína del Norte» —dijo el emperador arrastrando las palabras.

—Mi señor. —Vhalla hizo una reverencia respetuosa.

—Ven aquí. —El emperador señaló justo delante de su mesa.

A Vhalla no le quedó otra opción que obedecer, aunque se sentía como una niña a punto de ser regañada por su profesor. Sin embargo, este profesor era un hombre inclinado a la conquista y que tenía el poder de matarla.

—Dime, *señorita Yarl* —empezó el emperador Solaris, al tiempo que ponía una mano sobre la mesa y se giraba hacia Vhalla—. ¿Cuál sería la recompensa más apropiada para alguien de tu estatus a cambio de tus logros?

Vhalla tragó saliva y se resistió a las intensas ganas de desgarrar su ropa del nerviosismo. ¿Había sacado ya Aldrik el tema de su nombramiento como dama con su padre? ¿Toda esta discusión sería solo por la idea de ascenderla a miembro de la corte? Si lo era, estaba claro que el emperador también debía saber lo que Aldrik pretendía con ello; de otro modo, no estaría tan enfadado.

—Mi señor. —Vhalla tenía la boca seca, y no solo por todo el humo—. Simplemente ha sido un honor servir a la familia Solaris. —Se replegó a la seguridad del decoro y el respeto para evitar responder a la pregunta.

—Ya veo. —Los ojos del emperador la recorrieron de arriba abajo. Vhalla movió los pies incómoda, nerviosa por la sensación de que el emperador pareciese desnudarla con la mirada—. Creo que algún miembro de la familia Solaris ha estado mejor *servido* que otros.

La cabeza del emperador voló de vuelta a Aldrik, y se quedó boquiabierta. La insinuación de sus palabras estaba muy muy clara y Vhalla quería gritar. Quería abalanzarse sobre el emperador, quería abofetearlo, quería poner a este hombre maníaco y hambriento de poder en su sitio con firmeza. Lo que acabó haciendo fue quedarse ahí plantada, indefensa, ante el hombre que era su soberano.

—¡Padre! —La cara de Aldrik se levantó al instante, su voz un gruñido grave—. *No te atrevas.*

—¿Que no me atreva a qué? —El emperador regañó a su hijo como si todavía fuese un niño pequeño—. No olvides, Aldrik, que yo soy el emperador, no tú. El mundo está bajo mi mando y mis decisiones son ley. Y *tú* no tienes ningún poder para decirme lo que puedo o no puedo atreverme a hacer.

Aldrik apretó los puños sobre la mesa. Vhalla vio su control apenas contenido. La magia casi emanaba de él, ansiosa de ver el edificio entero en llamas.

—No vas a… —Aldrik levantó la voz una vez más.

—¡Silencio! —La otra mano del emperador se estampó contra la mesa. Aldrik agachó la cabeza y clavó la vista en el suelo.

Su derrota inquietó a Vhalla más que cualquier otra cosa en ese momento concreto.

—Por favor, excusadme, mis señores. —No podía soportarlo más; no podía aguantar ni un solo momento asfixiante más de lo que fuese que estuviera ocurriendo ahí. Vhalla se retiró antes de que nadie pudiese decir otra cosa.

Al salir por las puertas, respiró hondo, aunque solo consiguió atragantarse y toser con el humo. Se llevó una mano a la boca con una mueca. Sin embargo, pese a lo espantoso que era el aire en el exterior, nada podía compararse con el ambiente sofocante de esa sala.

Echó a andar sin rumbo; no tenía ningún objetivo en particular, aparte de no estar en el palacio del campamento. Las tiendas estaban destrozadas en filas que reflejaban la dirección desde la que los norteños habían lanzado sus ataques. Vio que algunas (la mayoría) estaban pisoteadas sin remedio alguno. Vhalla se preguntó cuánta gente dormiría apiñada e incómoda esa noche. Se preguntó si ella sería uno de ellos, dada la situación con el emperador.

Sus pies la llevaron por instinto al único otro lugar en el que la habían hecho sentir cómoda desde que había llegado al Norte.

Sorprendentemente, las chozas de la Guardia Dorada seguían en pie. Estaba a medio camino de ellas cuando un sonoro portazo resonó por todo el campamento.

Vhalla se giró en dirección al sonido. El emperador tenía un trozo de papel aferrado en el puño, Aldrik arrastraba los pies a la sombra del hombre y Baldair iba detrás, un poco rezagado. Vhalla tragó saliva con nerviosismo.

Jax y Erion estaban sentados alrededor de la hoguera central. Craig, Raylynn y Daniel no estaban por ninguna parte. En cuanto se percataron de la presencia de Vhalla, los hombres le hicieron gestos para que se acercase.

—¡Buenos días! —la saludó Jax.

—Buenas tardes —lo corrigió Vhalla, al tiempo que se sentaba en uno de los tocones que rodeaban la hoguera. Tiró de la cadena de su cuello y abrió el reloj—. Son casi las tres.

—Hace días que admiro tu reloj —se apresuró a decir Erion. Jax le lanzó una mirada de soslayo—. No es la primera vez que lo veo alrededor de tu cuello. ¿Puedo verlo?

Vhalla hizo una pausa, sus dedos se cerraron en torno al reloj. No tenía ninguna razón para decir que no. Negarse exigiría una explicación que no tenía ganas de dar. Resignada, Vhalla lo desenganchó y se lo pasó al hombre.

Erion deslizó los dedos por la parte delantera con ademán pensativo. Los dos occidentales intercambiaron una mirada. Jax hizo un leve gesto afirmativo en dirección a Erion.

—Creía que el príncipe Aldrik había dejado de hacer relojes.

Vhalla se sintió más expuesta de lo que se había sentido bajo el escrutinio del emperador. Recuperó el reloj con brusquedad y una mirada defensiva, antes de volver a colgárselo del cuello.

—Me sorprende que te deje llevarlo de un modo tan ostensible —susurró Jax, medio en voz baja.

—No es propio de nuestro príncipe —convino Erion con discreción—. Está haciendo una declaración bastante evidente contigo.

Los dedos de Vhalla permanecieron sobre el reloj por encima de su camisa, donde ahora descansaba contra su pecho.

—¿Cómo lo habéis sabido?

—Conozco a nuestro príncipe desde que era pequeño —explicó Erion. Vhalla recordó que Daniel le había dicho que Erion había sido el primer miembro de la Guardia Dorada—. Pasó una fase de niño en que eso era todo lo que hacía. Aunque veo que continuó progresando en secreto.

—¿Por qué? ¿Por qué continuó solo en secreto? —preguntó Vhalla.

—¿Quién sabe? —Erion se encogió de hombros.

Vhalla se giró hacia Jax, que tenía una expresión diferente. Ella le lanzó una mirada inquisitiva.

—Supongo que para poder regalárselos a las damas —bromeó el larguirucho occidental en respuesta a la pregunta silenciosa de Vhalla—. ¡Está claro que el príncipe disfruta de más acción de la que creíamos!

Los dos hombres bromearon un rato más, pero la Caminante del Viento mantuvo toda su atención puesta en Jax. Tenía cierto punto de locura, Vhalla siempre lo había sabido, pero había también algo más profundo. Había más en este hombre de lo que se apreciaba a simple vista. *Sabía cosas.*

—Con el ruido que metéis es imposible dormir —refunfuñó Daniel desde el umbral de su puerta. Parpadeó sorprendido en cuanto se percató de la presencia de Vhalla entre el grupo—. ¿Qué estás haciendo tú aquí?

—¿Disfrutar de no luchar? —Vhalla inventó una excusa débil, pero parecieron aceptarla.

Daniel se rio bajito y ocupó un lugar a su lado.

—Hablando de luchar, vi tu pájaro —comentó Jax con entusiasmo.

—¿Mi pájaro? —Vhalla ladeó la cabeza.

—Durante la batalla —aclaró el mayor, lo cual en realidad no aclaraba nada. Jax miró con atención la expresión pasmada de Vhalla y continuó—: La llama gigante.

Entonces sí que lo entendió y Vhalla se dio cuenta de que se refería a cuando había impulsado las llamas de Aldrik hacia el cielo. Con las manos juntas, los dedos desplegados, comprendió cómo podía parecer un pájaro.

—La verdad es que no planeé que fuese un pájaro.

—¡Pues fue una maravilla que lo fuese! —Jax sonrió de oreja a oreja—. Sabía que debías haber sido tú. Los Portadores de Fuego no pueden esculpir llamas de esa manera.

—Tuve buenas llamas con las que trabajar. —Vhalla echó un vistazo hacia la fortaleza. *Seguro que ya habían enviado la última carta.*

Como si los hubiese invocado, los tres miembros de la familia real, del mismo humor que antes, arrastraron los pies de vuelta al interior del palacio del campamento. Vhalla se preguntó si debería estar al lado de Aldrik, enfrentándose también a lo que fuese que se estuviera viendo obligado a soportar. Apoyó la mano sobre el reloj una vez más. *No*, después del breve encuentro de la mañana, dudaba que eso fuese a ayudar en nada.

—¿Qué pasa? —A Daniel no se le pasó por alto su cambio de actitud.

—Oh, nada. —Vhalla se giró otra vez hacia el grupo a toda velocidad. Daniel la miró durante un largo momento.

—¿Te gustaría ver a Fritz? —preguntó Jax.

—¿Sabes dónde está? —Vhalla estaba sorprendida.

—Elecia está con él. —Jax asintió y se puso en pie—. Te llevaré con ellos.

—Gracias. —Vhalla también se levantó, luego se despidió del grupo.

Mientras cruzaban el campamento, el emperador y los príncipes volvieron a salir airados del palacio una vez más. Vhalla se detuvo y observó a Aldrik moverse con rigidez, los puños apretados a los lados. Estaba enzarzado en algún tipo de discusión con Baldair que el emperador estaba fingiendo no oír. La mano de Vhalla voló hacia su cuello para palpar el reloj una vez más. Había algo muy inquietante en la mañana. *¿Qué no estaba saliendo como tenían planeado?* El Norte no podía estar intentando continuar la guerra.

Jax la condujo todo el camino hasta una tienda de clérigos, sin hacer comentario alguno acerca de su silencio. Vhalla se sintió aliviada de encontrar a Fritz despierto y en bastante buen estado. Tenía un corte en un lado de la cabeza que forzó a Vhalla a apartar los recuerdos de la herida similar que había sufrido Aldrik durante semanas. No obstante, la herida de Fritz no era tan grave para nada.

Elecia cedió su puesto al lado de la cama de Fritz, se alejó unos metros e inició una conversación en voz baja con Jax. Vhalla los observó pensativa. Mostraban una familiaridad cómoda; la misma de siempre.

La mujer occidental no se ausentó durante demasiado tiempo. Mostraba una actitud protectora hacia Fritz, y Vhalla se preguntó cuándo la había desarrollado. Se comportaban como hermanos y Elecia aguantaba las tonterías de Fritz más que las de cualquier otro.

Jax se sentó con ellos y hablaron de sus planes para después de la guerra. Él guardó silencio mientras Elecia comentaba lo aliviada que se sentiría de volver al Oeste. A Vhalla no le sorprendió nada saber que la joven estaba impaciente por recuperar todos los lujos y privilegios que le proporcionaba su estatus.

Lo que sí la sorprendió fue cuando Elecia habló de ir a la capital a estudiar en la Torre. Fritz y Vhalla justo la estaban animando a hacerlo cuando el mayor Schnurr entró en la gran carpa.

—¿Yarl? —llamó con voz hosca—. ¿Está aquí la Caminante del Viento? —Escudriñó los rostros sorprendidos de clérigos, heridos y visitantes. Vhalla se puso de pie en el rincón y el mayor sonrió despacio al constatar su presencia—. El emperador ha solicitado verte.

—Jax se levantó con Vhalla y echó a andar a su lado—. ¿Qué crees que estás haciendo *tú*? —El mayor Schnurr habló como si acabase de comerse algo amargo.

—Acompañarla al palacio del campamento —anunció Jax.

—No has recibido la orden de hacerlo. —El mayor Schnurr no parecía contento con esa decisión.

—En realidad... —Jax dio un paso al frente—, sí que la he recibido.

—¿De quién? —preguntó el mayor con desdén.

—Del príncipe Baldair. —Eso paralizó al mayor y confundió a Vhalla—. Ordenó a la Guardia Dorada proteger a *lady* Vhalla como si fuese uno de los nuestros, como si fuese familia del príncipe.

—No sé nada de tal orden.

—¿Estás llamando mentiroso a Baldair? —Un brillo peligroso se iluminó al instante en los ojos de Jax ante semejante idea.

—Para ti es príncipe Baldair, *lord caído en desgracia* —masculló el mayor Schnurr con desprecio.

—Basta. —Vhalla levantó una mano y Jax se acercó más a ella—. No pasa nada, Jax. El mayor me protegerá. Y nos dirigimos a ver al emperador. Estoy segura de que el príncipe Baldair también estará ahí.

Jax sopesó lo que decía. De hecho, dudó durante tanto tiempo que Vhalla se preocupó por que pudiera discutirlo, pero al final cedió y regresó ceñudo al lado de la cama de Fritz. Elecia tenía cara de pocos amigos solo de mirar al mayor Schnurr.

—Adelante. —Vhalla mantuvo la cabeza bien alta, una máscara de confianza casual plantada en la cara.

El mayor Schnurr no dijo ni una palabra, lo cual le pareció estupendo. Apenas era capaz de evitar que la temblorosa bola de nervios de su pecho tomase el control de su corazón. No tuvo el valor de hablar de nimiedades ni de preguntar por qué la habían convocado. El mayor no hizo nada más que girarse de vez en cuando hacia atrás para comprobar que ella seguía ahí.

Aunque la primavera estaba ya sobre ellos, los días seguían siendo cortos, y Vhalla descubrió que el sol ya se estaba poniendo a su espalda cuando entraron en el palacio del campamento. La sala principal estaba desierta, pero oyó voces procedentes de la parte de atrás. No había demasiados gritos, pero tampoco había gran cosa que sonase agradable. Su magia aún no se había recuperado lo suficiente para utilizar su oído mágico; de lo contrario, Vhalla hubiese dejado a un lado cualquier reparo en cuanto a escuchar conversaciones ajenas.

—Mi señor —anunció el mayor—, he traído a la Caminante del Viento.

Vhalla oyó cómo se abría la puerta del emperador.

—Diez minutos —contestó una de las voces que Vhalla más odiaba en el mundo—. Si no he salido para entonces, puedes cumplir con tu deber. —La puerta se cerró con un portazo.

El mayor Schnurr sacó un reloj de bolsillo con una pequeña sonrisa. Miró la hora. Dio un paso al frente y, de repente, Vhalla fue muy consciente de su proximidad.

—Siéntate —le ordenó, y señaló hacia un banco.

El corazón de Vhalla latía con tal fuerza que estaba mareada. Quería ver a su príncipe, pero todo lo que tenía era su voz amortiguada. Se sentó, como le habían dicho.

Jugueteó con la cadena de su cuello. *Diez minutos*, había dicho el emperador. Vhalla miró la esfera de su reloj.

*¿Diez minutos para qué?* Empezó a dar golpecitos en el suelo con el pie, invadida por una repentina energía nerviosa. Miró de reojo al mayor. El hombre todavía tenía esa aura peligrosa a su alrededor, la mano apoyada en la empuñadura de su espada.

*¿Iba a matarla el emperador?* Vhalla le había proporcionado su victoria. Le había demostrado su heroísmo al ejército. Había salvado su vida delante de su general de mayor confianza. No había forma humana de que pudiese matarla ahora.

Le dio vueltas a esa idea en su cabeza. La verdad era que podía hacer lo que quisiese. Para algo era el emperador. Ni siquiera Aldrik podía protegerla, su padre lo había dejado claro una y otra vez.

Vhalla comprobó la hora. Habían pasado unos míseros tres minutos. El mayor no hacía más que mirar la hora también en su reloj. Vhalla jugueteó inquieta con los hilos sueltos de una costura de su túnica.

*¿Debería preguntar sin más por qué estaba ahí?* Vhalla no quería saber la respuesta. En lo más profundo de su ser, algo le decía que no sería nada bueno. Situaciones como esta nunca eran buenas para ella.

*Cinco minutos.*

—Necesito algo de mi habitación. —Vhalla se levantó de pronto.

—Siéntate —le ordenó el mayor.

Vhalla lo fulminó con la mirada y trató de adoptar un aire autoritario.

—Será solo un momento. —Le temblaba la voz de la tensión.

—Siéntate. —La mano del mayor se cerró sobre su hombro y la empujó de vuelta al banco.

Vhalla se sentó con torpeza, apenas evitó caerse. Su corazón aporreaba en sus oídos; no el corazón de Aldrik, solo el suyo. Apretó los puños en un intento de activar su magia, pero el Canal seguía adormecido, no más que un hilillo de poder. Si tenía que pelear, no presentaría demasiada batalla. De repente, Vhalla se sintió muy atrapada con este hombre, este mayor que *debería* ser alguien en quien pudiese confiar.

Más gritos. Vhalla miró su reloj. *Siete minutos.*

El mayor Schnurr comprobó también su propio reloj y dio golpecitos impacientes con el pie en el suelo. A Vhalla se le hizo un nudo en el estómago; estaba segura de que iba a vomitar. ¿Podía llamar a Aldrik? ¿Acudiría el príncipe? *¿Podía hacerlo?* Su cerebro empezó a ponerse histérico a medida que pasaban los segundos.

*Nueve minutos.*

La mano del mayor Schnurr se cerró en torno al pomo de su espada.

A Vhalla se le quedó el aire atascado en la garganta. Se puso de pie.

—Siéntate —gruñó él, dando un paso al frente.

—No —susurró Vhalla, al tiempo que echaba un vistazo hacia la puerta. Si lograba salir fuera, era imposible que el mayor acabase con ella delante del campamento entero, ¿verdad? Podía tomar algo de ventaja; a lo mejor tenía la fuerza suficiente para llegar hasta un caballo.

*No quería morir.*

—Siéntate —repitió el hombre.

*Treinta segundos.*

Vhalla dio media vuelta y echó a correr hacia la puerta. La mano del mayor se cerró alrededor de su muñeca y Vhalla oyó el rechinar de acero contra acero. Vio la espada de Schnurr medio desenvainada. Un sonido tenso y aterrado brotó del fondo de la garganta de Vhalla. Se retorció, pero la mano del hombre mantuvo su agarre. Abrió la boca para llamar a Aldrik, para gritar por su vida, para luchar con cada ápice de fuerza que pudiera quedarle.

La puerta del emperador se abrió de golpe. Oyeron múltiples pisadas sonoras. El mayor hizo una pausa, pero no aflojó su agarre, ni un poco. El emperador fue el primero en aparecer, seguido de Aldrik, que se enfureció al instante al ver la escena; detrás de ellos llegó Baldair con los ojos como platos. Cuando Aldrik dio un paso con intenciones asesinas, el emperador plantó un brazo delante del pecho de su hijo.

—Mayor Schnurr. —El emperador se adelantó—. ¿Qué significa esto? Suelta ahora mismo a *lady* Yarl.

El mayor retiró la mano y Vhalla se apartó a toda prisa. Se frotó la muñeca y miró frenética a los hombres que la rodeaban. Baldair parecía haber visto algo más horripilante que la batalla de la noche anterior. Aldrik ni siquiera intentó mirarla a los ojos.

—Solo la estaba manteniendo a salvo dentro de estas paredes. Ha sido tan descuidada de olvidar ponerse su armadura hoy. —La mano del mayor se relajó sobre su espada, y esta volvió a deslizarse dentro de su vaina.

Vhalla lo miró alucinada.

—En efecto —convino el emperador—. Gracias por tu extrema lealtad. Confío que sepas que ciertas cosas pueden pasarse por alto con quienes me muestran semejante diligencia —dijo el emperador. Con eso lo mandó retirarse, y el mayor Schnurr se marchó.

El emperador se dirigió hacia Vhalla, que se preparó para lo peor. Los ojos del hombre brillaban con malicia, con placer, con orgullo y con la cosa que hizo que a Vhalla se le agriara el estómago: con *expresión victoriosa*. Sujetaba un trozo de papel, otra carta para enviar de vuelta a los norteños. Vhalla se preguntó qué estaba haciendo que la rendición tardase tanto en llegar.

—*Lady* Yarl. —Vhalla se dio cuenta de que el emperador empleaba el título por segunda vez y se sintió confusa—. No te recomiendo pasear por un campamento militar sin la armadura puesta. Nunca sabes quién podría aprovecharlo —dijo con una voz suave cargada de odio. Se giró hacia la puerta—. Ahora, voy a terminar mi imperio.

El emperador salió por las puertas y Vhalla se quedó ahí plantada, aturdida y confusa. Se giró hacia los príncipes, que parecían muertos vivientes. Los ojos de Baldair estaban llenos de aflicción. Vhalla se giró hacia Aldrik, que no había movido ni un músculo. Tenía la cabeza gacha, los ojos fijos en el suelo.

—¿B... Baldair? —Vhalla trató de encontrar su voz. El príncipe más joven se apartó con brusquedad. Vhalla dio un paso adelante—. ¿Aldrik? —susurró.

Los ojos de su príncipe subieron para conectar con los suyos y Vhalla sintió que se le paraba el corazón, que se convertía en plomo y se quedaba atascado en su garganta. Tragó con fuerza, pero nada consiguió que ese maldito bulto desapareciese. Aldrik lucía cansado, derrotado, y completamente desesperanzado.

—Aldrik —repitió Vhalla, y dio otro paso hacia él. El príncipe heredero levantó una mano despacio, un pedazo de pergamino arrugado en su puño. La Caminante del Viento cerró ambas manos alrededor de las de él, pero Aldrik se apartó con brusquedad de su contacto y dejó que atrapase el papel en medio del aire.

Ninguno de los príncipes había dicho nada, pero los dos la miraban ahora expectantes. Vhalla estiró el pergamino con cuidado, lo alisó con las manos y empezó a leer lo que había escrito en él. Se le volvió a parar el corazón.

Repasó lo escrito, una vez, dos, tres. Parpadeó sorprendida. Sus manos se apretaron en torno al documento oficial. Bajó la vista asombrada hacia la firma y el sello del emperador sobre el papel en el que declaraba que la nombraba oficialmente dama de la corte, con todos los privilegios, honores y una suma decente de oro de las arcas imperiales como pago por sus servicios a la corona.

—Lo hemos hecho. —Una sonrisa tironeó de sus mejillas—. ¡Lo hemos hecho!

Cuando miró a Aldrik otra vez, se le borró la sonrisa de la cara. Y toda la alegría con ella. Vhalla había esperado verlo feliz. Había esperado que la abrazara. Había esperado que la besase como la mujer que ahora podía ser su esposa. No esperaba las centelleantes lágrimas que amenazaban con rebosar de sus ojos.

—Aldrik, ¿qué pasa? —se atrevió a preguntar. Él clavó los ojos en un rincón de la sala, respiró hondo—. ¿Qué ha pasado? —Vhalla se acercó a él. Aldrik apretó los ojos y aspiró otra bocanada de aire temblorosa. El papel resbaló de los dedos de Vhalla y cayó al suelo con un revoloteo—. Dímelo —suplicó con suavidad.

Vhalla tomó las manos del príncipe con ternura entre las suyas. Aldrik las retiró con brusquedad por segunda vez. Luego retrocedió un paso. A Vhalla se le comprimió el pecho.

—¡Dímelo! —gritó, aunque se le quebró la voz por el repentino volumen.

El rostro de Aldrik voló de vuelta a ella, crispado de la agonía.

—¡Esto se ha terminado! —espetó—. Ya no somos nada. *¡Le pertenezco a otra!*

Vhalla sintió que su mundo se detenía en seco mientras lo miraba a los ojos y veía la horrible verdad.

# CAPÍTULO

## 21

Vhalla no podía respirar. Era como si hubiese olvidado cómo hacerlo. Pugnó por encontrar aire, pero no parecía capaz de meterlo en sus pulmones. Se quedó ahí plantada, la boca abierta como una tonta, tratando de sentirse menos mareada.

—¿Qué? —consiguió balbucear al fin.

—Estoy prometido. Me voy a casar —anunció Aldrik con brusquedad.

—¿Qué? —repitió Vhalla. Todo lo demás había desaparecido de su cabeza.

—¡No repitas palabras como una mentecata! —bufó él.

Vhalla dio un paso atrás, en una especie de intento de alejarse de su ira.

—Hermano, esto no es culpa suya. —Baldair puso una mano sobre el hombro de Aldrik.

—Si no fuese por ella… —Aldrik miró ceñudo a su hermano, preparando algún insulto—. Entonces… —Devolvió los ojos a Vhalla, la voz atascada en la garganta. Aldrik miró a la mujer a la que le había prometido su futuro. Cerró la boca y se tragó sus palabras.

—¿Qué ha pasado? —Vhalla formuló la pregunta con los sonidos de su corazón recién fracturado crepitando por su garganta.

—Mi padre quería que fuese una cosa limpia. Ha sido como dijiste tú, el Norte jamás se inclinaría ante un poder extranjero. Son demasiado leales a su sangre vieja. —La voz de Aldrik alternaba entre la ira y el agotamiento—. La cacique del clan principal tiene una hija que cumplirá la mayoría de edad dentro de un año. Como por suerte yo no estoy, *no estaba*, prometido a nadie... su rendición se ha endulzado con el compromiso de que uno de los suyos será nuestra futura emperatriz. —Aldrik dio media vuelta y estampó el puño contra una mesa con un grito.

Vhalla agarró el reloj que colgaba de su cuello.

—Pero tú... tú sí lo estás. Sí estabas prometido.

—¿Qué? —Baldair parpadeó confuso.

Aldrik respiró de manera sonora, sus ojos acusadores, como si la retase a atreverse a decir las palabras.

—Aldrik, sí lo estás. Me lo pediste y yo dije...

—¡Silencio, mujer! —El príncipe heredero apartó la mirada y pasó las manos con violencia por su pelo—. Mi padre no sabía eso. Incluso cuando yo se lo... —Aldrik tragó saliva—. No quiso saber nada de la idea. Quería a uno de los norteños bajo nuestro control, para inspirar lealtad a través del dolor que podríamos infligirles al menos, y porque hará leal al Norte. Él lo tenía planeado desde el principio, y nosotros fuimos estúpidos y ciegos.

Aldrik estaba hablando, pero era un idioma diferente. Nada parecía tener sentido. Nada cuadraba. No era posible que lo que estaba viviendo Vhalla fuese real.

—Bueno, ¿y qué hacemos nosotros?

—¿Qué hacemos nosotros? —Aldrik la miró por encima del hombro—. *¿Qué hacemos?* Ya te he dicho que no hay ningún *nosotros*, Vhalla. Hay un tú, y hay un yo. Sal ahí fuera y sé una dama. Yo tendré el maravilloso privilegio de verte sana y salva por la corte. Me caso con esta chica y cumplo con mi deber.

—No. —Vhalla negó con la cabeza—. ¡No! —Se le quebró la voz—. Tú siempre tienes un plan, una salida, tienes labia, una ingeniosa media verdad o una forma de darle la vuelta a la situación. —Recogió el papel del suelo y lo sujetó delante de él—. ¡Mira! *¡Mira!* Tú... tú me has convertido en una dama. ¡A mí! La hija de un granjero no es merecedora del amor del príncipe heredero. Si puedes hacer eso...

Aldrik apartó el papel de un manotazo, como si el documento no fuese nada, y Vhalla lo miró estupefacta.

—¡Se acabó! —Aldrik alternaba entre una ira frustrada y una súplica desesperada para que Vhalla lo comprendiese y se apiadase de su aprieto—. He luchado contra esto durante todo el día. Cuando le dije que rechazaría a cualquier mujer excepto a ti, contraatacó como un cobarde. Te trajo aquí para amenazarme, para obligarme.

Vhalla abrió los ojos como platos, recordó las advertencias ignoradas de lord Ophain: *ella era el punto débil en la armadura del príncipe heredero.*

—Intenté todo lo que pude para formular una rendición alternativa, hasta el momento en que te tuvo aquí con un hombre que te iba a *matar* si cualquiera que no fuese mi padre salía de esa habitación. —Aldrik se miró los nudillos ensangrentados, magullados tras el puñetazo que le había dado a la mesa—. He dado mi mano a cambio de tu vida. Lo mejor que pude hacer fue garantizar tu seguridad como una dama, asegurar tu futuro con el oro de mi familia. *Ese* ha sido mi objetivo.

Vhalla lo miró horrorizada, la boca abierta. No era como si ella no hubiese tenido ni idea de lo que había estado ocurriendo. Agarró el faldón de su túnica. Era culpa suya.

—Si... si hubiese llevado mi armadura puesta... —Le temblaban los hombros—. Entonces... entonces...

—No. —Aldrik suspiró, ablandándose sin querer al ver su agitación—. Schnurr te hubiese clavado la espada en un ojo con la misma facilidad que en cualquier otra parte, y yo sabía que no estabas en condiciones de luchar después de ayer por la noche.

—Tiene que haber algo más que hubiésemos podido hacer. —El volumen de la voz de Vhalla era irregular, cambiaba a cada respiración temblorosa.

—Vhalla, basta. Todo ha terminado. —Aldrik le dio la espalda, exhausto, los hombros encorvados.

—¡No! —gritó ella y corrió a ponerse delante de él otra vez—. ¡No! —Sacudió la cabeza con violencia—. ¿Y todo lo que dijimos? ¿Todo lo que planeamos?

—Eso ya no existe. —Aldrik no tenía el valor de mirarla a los ojos.

—¿Cómo puedes ser así? —espetó ella.

—¿Cómo puedes serlo tú? —Aldrik le rebotó la pregunta—. Creía que tenías muy claro cómo terminaría esto. —Aldrik la miró con desprecio desde lo alto.

El mundo de Vhalla se paralizó por un instante a causa de un recuerdo que se había permitido olvidar, un recuerdo de una mujer, una tienda de curiosidades, fuego y ojos rojos. Una predicción del futuro que había apartado a un lado. Los ojos muy abiertos de Vhalla se anegaron de lágrimas. Lo había sabido: *ella perdería a su centinela oscuro*. ¿Cómo podía haber sido tan tonta de creer que había derrotado al destino en el Desfiladero?

Vhalla se empapó del rostro de su príncipe, aún apuesto para ella pese a lucir rebosante de ira y dolor. Era como si todo lo que ella era para él ahora fuese una tortura. Vhalla negó con la cabeza una vez más, como si pudiese despertar de esa pesadilla terrible. Enterró la cara en las manos y se echó a llorar.

Estaba roto, todo estaba roto a su alrededor. La cosa preciosa aunque delicada que habían construido entre ambos se había hecho añicos. Por encima de sus sollozos, oyó el sonido que hacía su corazón al desgarrarse.

—No —repitió, los ojos cerrados—. ¡No, *no*! ¡Así no era como tenía que suceder! Nosotros… —Sentía un dolor físico, una espantosa agonía desgarradora en lo más profundo de su ser—. No puedo, ¿qué hago yo ahora?

Aldrik estaba ahí cerca, borroso entre las lágrimas.

—Ahora eres libre. Puedes hacer lo que quieras. —Aldrik apartó los ojos, la mandíbula apretada. Estaba pugnando con el sufrimiento de Vhalla, pugnando por no acudir a consolarla.

Ella lo vio, pero no le importó.

—¿Sin ti? —lo presionó.

—¡Sí, sin mí! —bramó él—. ¡Tu propósito aquí ha terminado!

—¿Mi propósito? —Vhalla lo miró pasmada. Su voz se volvió estridente—. ¿Es eso todo lo que era para ti? ¿Una... *una cosa*? ¿Una conquista? ¿Te limitaste a tenerme contenta para tu padre? ¿O querías el honor de decir que fuiste el primero en acostarte con la Caminante del Viento? —le chilló Vhalla con petulancia. Sus palabras ni siquiera eran justas. La vida no estaba siendo justa.

—¿Cómo te atreves? —le gruñó Aldrik, y dio un paso hacia ella.

—¿Cómo te atreves tú, Aldrik Ci'Dan Solaris? ¡¿Cómo te atreves a hacerme creer?! —Tiró de la cadena que rodeaba su cuello, le mostró el reloj—. ¡¿Cómo te atreves a hacer que te ame?! ¡¿Cómo te atreves a volver a tu mundo?! —Vhalla no podía parar—. Desearía no haberte dicho nunca que sí. ¡Desearía no haberte conocido nunca! —chilló.

—¿Ah, sí? Bueno, pues entonces deja que te asegure que el sentimiento es mutuo, *lady Yarl*. —Aldrik se irguió en toda su altura, preparado para darle lo que ella quería. De algún modo, sabía tan bien como ella que necesitaban romper más allá de cualquier remedio. Que no podrían sobrevivir si todavía creyesen en el amor que tan obvio era que todavía se profesaban—. Tú, nosotros, fue todo una gran mentira. Nada de esto fue real desde el principio. Tienes razón, eras solo un trofeo para mí.

—Hermano, para ya —le pidió Baldair. El príncipe más joven dio un paso hacia los amantes enfrentados al ver el tono febril en el que se estaban sumiendo.

—¡Mantente al margen de esto, Baldair! —Aldrik dejó a su hermano paralizado en el sitio con una mirada letal antes de devolver su atención a ella—. Nuestras promesas no significaron nada, *no éramos nada*.

Vhalla sabía que estaba mintiendo. Podía verlo escrito en el rostro de Aldrik, pero eso tampoco absolvía sus palabras. Arañaron su corazón e hicieron trizas sus entrañas. La aflicción no era lógica, era un fuego que se alimentaba a sí mismo.

—Menuda criatura más patética. —Aldrik la miró con desprecio—. Como si alguna vez pudiese quererte. Te engañé como la chica
ingenua que eras.

Vhalla se echó a reír; sus labios temblaban y sus hombros se sacu-
dían con una nueva locura que afloró junto a la resaca de la aflicción.
*Aldrik tenía que seguir presionando.* No podía parar cuando estaba claro
que había conseguido su objetivo. Tenía que enterrar las cosas tan
hondas en el suelo como para que no quedase nada más que una cáscara de cenizas donde ellos estaban.

—Estás equivocado —masculló ella. Vhalla nunca había parecido
tan peligrosa. Tenía un arma mucho más grande que las mentiras de
Aldrik—. Fui yo la que te engañó.

—¿Qué? —Aldrik dio medio paso atrás. Vio algo en la cara de
Vhalla, el punto hasta el que habían llegado.

La Caminante del Viento tuvo medio momento para registrar ese
miedo y ese arrepentimiento; si tan solo hubiese sentido compasión
de él y se hubiese callado…

—Nuestro Vínculo es la mentira más grande de todas —susurró. Aldrik se mantuvo quieto como una estatua, mirándola con una atención
horrorizada—. Nunca tuve la intención de salvarte. Aquella noche creía
que estaba salvando a Baldair. Me zambullí en todas esas notas por él.

De repente, Aldrik había quedado reducido a una ovejita perdida,
sus ojos saltaban de ella a un confuso Baldair.

Pero Vhalla ya no era capaz de callarse, era su turno de presionar
hasta pasarse de la raya. Infligir dolor era una especie de placer siniestro, y no pudo reprimirse. Aldrik le había hecho tanto daño que no
pensaba lo que era correcto o no, lo que era justo o injusto. Quería
beber de la poción tóxica de la venganza y revelar la única cosa que
podía acabar con un mentiroso: la verdad.

—¿De qué estás hablando? —Ninguno de los dos prestó atención
alguna a la confusión de Baldair.

—No eres el único que sabe mentir, Aldrik. —Vhalla se rio con
amargura.

Aldrik la miraba con un horror pasmado. Sirvió de yesca para su ira, y Vhalla vio cómo todo su cuerpo se ponía en tensión. El príncipe apretó los puños e hizo un gesto brusco con la cabeza en dirección a Baldair.

—*Tú.* —Baldair levantó las manos con ademán inocente—. No podías permitirme tener esta *única alegría* sin mancillar —gruñó Aldrik.

Vhalla se sorprendió tanto cuando Aldrik volvió a describirla como su «única alegría» que su sentido común regresó de golpe. No había tenido la intención de involucrar a Baldair en su pelea, solo había querido azuzar más la ira de Aldrik contra ella, contra las brasas mortecinas de su amor fútil. Quería acabar con el futuro de Aldrik y ella. No con el futuro de Aldrik y Baldair.

—Aldrik, él no tuvo nada que ver. —Vhalla dio medio paso delante de Baldair para bloquear el avance del príncipe heredero.

—Una nueva mezquindad, incluso para ti, hermano —lo acusó Aldrik con desdén—. Hacer que tu zorra te proteja.

Vhalla dejó colgar los brazos inertes a sus lados, perdida por completo de repente.

—¡No la llames así! No lo dices en serio. —La defensa de Baldair fue conmovedora, pero Aldrik la ignoró por completo.

—¿Oh? ¿Furcia, entonces? —Aldrik hizo una mueca cuando la palabra salió escupida de su boca—. ¿Quién es el siguiente, ahora que has tenido a los dos príncipes? ¿Vas a meterte en la cama con mi padre?

Vhalla lo miró con repugnancia por que pudiera decir siquiera tal cosa.

—¡Nunca nos acostamos juntos! —bramó Baldair.

—Debí saberlo desde aquel día en el jardín —continuó Aldrik, ignorándolos a los dos—. Cuando me enteré de que ya os habíais visto antes. —Aldrik se centró en Baldair. Había un torrente de dolor de una sinceridad sorprendente detrás de sus ojos—. Tuviste que hacerlo *otra vez.* Y pensar que de verdad creí que las cosas podían ser diferentes entre nosotros.

Baldair había llegado ya a su límite.

—¿Por qué querría que lo fuesen? ¿Para poder pasar tiempo con el bastardo que tengo por hermano?

—¡No me llames así! —rugió Aldrik.

—¿Qué? Sabemos que es verdad, *oveja negra*.

Aldrik se abalanzó sobre él más deprisa de lo que Vhalla pudo reaccionar. Era rápido, pero Baldair era corpulento y el joven príncipe solo tuvo que mantenerse firme para soportar los golpes de su hermano.

—¡Parad los dos! —Vhalla apretó los puños. Su viento no fue lo bastante fuerte para separarlos.

Los hermanos, enzarzados y furiosos, no la oyeron.

Vhalla se dio cuenta entonces de lo que había hecho: había arrinconado al hombre que acababa de perder a la única persona a la que había amado en su vida. Y ahora, había hecho añicos el último salvavidas que tenía Aldrik. Si no contaba con Baldair de su lado, ¿quién cuidaría de él?

El fuego rugió y Baldair cayó de rodillas con un bufido.

—Tú. —El joven príncipe boqueó en busca de aire—. Tú nunca usas tu magia contra mí.

Aldrik echó hacia atrás un puño en llamas.

—Tal vez debas ir a buscar tu espada y convertimos esto en una batalla real. Ya no somos niños.

Baldair soltó un rugido y se abalanzó sobre Aldrik. Lo placó por la cintura y cayeron rodando como una planta rodadora hecha de puños. No parecían capaces de dejar de pegarse el tiempo suficiente para ponerse en pie.

—¡Parad! —gritó Vhalla—. ¡Parad ya, los dos!

No la oyeron. Los hombres habían revertido a niños y se negaban a escuchar ningún razonamiento. Aldrik fue el primero en ponerse en pie antes de asestarle un puñetazo contundente a su hermano.

—¡Aldrik, para! —Vhalla por fin pasó a la acción y se zambulló en la refriega. Se interpuso entre los príncipes, pero solo después de que Aldrik hubiese empezado a mover el puño para asestar otro golpe. Vhalla vio cómo sus ojos oscuros se abrían de pronto... *cómo le gustaban esos ojos.*

Vhalla encajó el golpe de Aldrik en plena mejilla y se tambaleó hacia atrás.

Aldrik se detuvo, jadeante. Sus manos sufrieron un espasmo, se movieron hacia ella para abrazarla, para consolarla. Vhalla se apartó de él al tiempo que se enderezaba.

—No me toques —susurró.

—Vhalla, no pretendía pegarte. —El príncipe empezó a suplicar al instante—. Tú te... te moviste y yo no... no pude parar...

—No importa. —Vhalla sacudió la cabeza—. Esta es la destrucción que trae la ira.

Baldair había dicho que ella había inspirado el cambio en Aldrik, pero no había sido suficiente. La gente no cambiaba porque otros se lo pidieran, independientemente de lo importante que fuese el peticionario. El verdadero cambio tenía que venir exclusivamente del interior. Aldrik no cambiaría hasta que no viese todo el alcance de sus acciones como un mentiroso, un titiritero, un hombre destructivo tanto para sí mismo como para los demás. No era consciente de cuánto daño hacía su ira al mundo que lo rodeaba, incluso cuando esa ira iba dirigida a sí mismo. Cada momento pasado con él servía para justificarlo todo en silencio.

*Aldrik nunca lo sabría, a menos que alguien tuviese la fortaleza de levantarse y enseñárselo.*

La responsabilidad había caído sobre ella. Vhalla rezó por que Aldrik fuese capaz de estar a la altura del desafío, en lugar de dejarse romper por él.

Aldrik dio otro paso entrecortado hacia ella.

—No te acerques a mí. —Vhalla se apartó.

—Vhalla, tienes que entender...

A Aldrik lo detuvo una mano fuerte sobre su pecho.

—¿No la has oído? —Baldair miraba a su hermano con ojos asesinos—. No te quiere cerca de ella.

—¡No puedes impedir que me acerque a ella! —gritó Aldrik. Vhalla recogió del suelo el pergamino que detallaba su título—. ¡Vhalla! ¡Vhalla, espera! —Ella lo ignoró, al tiempo que el último rincón de su corazón se marchitaba—. Soy tu príncipe. Te ordeno que vengas aquí.

—¿Qué? —Vhalla dio media vuelta. Aldrik había dicho la única cosa que podía hacerla volver hacia él, pero desde luego no de la manera que él había esperado—. Quiero que tengas una cosa perfectamente clara, príncipe Aldrik Ci'Dan Solaris. —Vhalla se reprimió de volver a utilizar las palabras «mi príncipe»—. Yo *no te pertenezco.*

Sujetó en alto el papel como prueba de sus palabras. La única cosa que le quedaba en el mundo era su nombre.

—¿Qué más puedes querer de mí que no te haya dado ya? —Jadeaba con suavidad, medio histérica. Su pregunta no era retórica y Vhalla esperó la respuesta de Aldrik. El único beneficio de hacerlo fue ver cómo se daba cuenta de la verdad.

*Aunque, claro,* caviló Vhalla, *ella tampoco era inocente.* Con un suspiro, dejó caer la mano que sujetaba el papel. Lo había idealizado; había ignorado los problemas de Aldrik y había idolatrado sus peculiaridades secretas que lo hacían brillar a sus ojos. Lo había convertido mentalmente en el hombre que ella había querido que fuese; no había amado al hombre que de verdad era.

—Adiós, Aldrik —susurró Vhalla.

El rostro del príncipe se derrumbó. Toda emoción se vino abajo como un castillo de naipes al paso de un pánico demoledor. Aldrik oyó el deje terminante que Vhalla le infundió a su tono.

—¡Espera! —gritó—. ¿Dónde vas? —Vhalla siguió andando hacia la puerta, dobló el pergamino y se lo guardó en el bolsillo—. ¡Contéstame! —suplicó, ordenó—. ¡Vhalla, *Vhalla, por favor!* ¡Contéstame!

Vhalla se adentró en el aire nocturno y escuchó los gritos amortiguados de Aldrik a través de las puertas. Los dos soldados apostados a ambos lados le lanzaron unas miradas de extrema curiosidad, pero Vhalla mantuvo la cabeza alta. Estaba claro que el campamento sería un frenesí de rumores en cuanto la guardia cambiara.

Vhalla se mordió el labio tan fuerte que lo rompió contra sus dientes. Tenía la única cosa por la que había estado luchando desde que partiera de la capital: su libertad. Aunque le había costado casi todo lo que tenía. Vhalla se dio cuenta de que había salido del palacio del campamento con nada más que la ropa que llevaba puesta y el decreto del emperador. Había dejado todo en esa choza con pretensiones mal construida. Tiradas por el suelo de la habitación de Aldrik estaban todas las cosas que había llevado consigo al Norte: su ropa, su armadura, unas pocas posesiones y su corazón.

# CAPÍTULO

## 22

Vhalla no caminó. Levitó por el tiempo y el espacio de un lugar a otro, atraída por instinto hacia el único sitio al que se le ocurrió ir: la cabecera de la cama de Fritz. Había tomado el camino largo, deambulando entre los restos que la rodeaban. La batalla parecía ya algo como de otro mundo y, de alguna manera, se había convertido de repente en una derrota.

Elecia no estaba y Fritz dormía, igual que la mayoría de las personas en la gran carpa de los clérigos. Vhalla se instaló en el suelo al lado de su amigo. No pasó mucho tiempo desde su llegada hasta que los ojos de Fritz se entreabrieron. Su cabeza giró despacio para mirarla.

Fritz la observó durante un momento largo, estudió su cara con expresión pensativa.

—¿Qué ha pasado?

Vhalla se llevó una mano a la mejilla al percatarse de dónde habían ido los ojos de Fritz. La piel de alrededor de su ojo estaba hinchada y sensible; era probable que estuviese roja o amoratada. Un cardenal que no había estado ahí la última vez que él la había visto.

—Muchas cosas —susurró Vhalla.

—Eso parece —convino Fritz—. ¿Quieres hablar de ello?

Vhalla lo pensó un poco. Su respuesta inmediata era «no»; ni de lejos quería hablar de su separación del hombre que se suponía que era su prometido. El reloj casi quemaba contra su pecho, y Vhalla pensó en todas las veces que Aldrik había permanecido en silencio cuando ella había deseado desesperadamente que se abriese. Pensó en Larel, y el recuerdo de la mujer le hizo acordarse de que los amigos estaban ahí para ayudar en momentos como este.

—Aldrik y yo hemos terminado. —Decirlo en voz alta lo hacía aún más real.

Por suerte, Fritz habló y le ahorró a Vhalla ser incapaz de hacerlo.

—¿Él te ha hecho esto? —Fritz deslizó los dedos con ternura por la mejilla de Vhalla.

—Sí. —Ni siquiera intentó mentir, *estaba harta de las mentiras*—. Apuntaba a otra persona —continuó al ver el ceño fruncido de Fritz—. Pero sí.

Fue el turno de Fritz de quedarse sin palabras.

Vhalla sacudió la cabeza. No quería que la gente pensase que Aldrik era un maltratador.

—En realidad, fue un accidente. Me metí entre dos hermanos que se estaban pegando. —Soltó una risita débil—. Aldrik jamás me hubiese pegado a propósito.

—Si tú lo dices. —Su amigo no parecía demasiado convencido.

—En serio —le aseguró Vhalla—. Ahora soy una dama de la corte. —Estaba impaciente por cambiar de tema.

—¿Qué? ¿De verdad? —Fritz, en su entusiasmo, habló en voz un poco demasiado alta y se movió un poco demasiado deprisa. Vhalla empujó con suavidad contra su hombro para evitar que se sentase, mientras otro paciente musitaba y maldecía por el ruido. Fritz se deslizó más cerca de ella—. ¿Cómo?

—Aldrik, él… —Vhalla se quedó de piedra. Estaba cansada de tener revelaciones repentinas que hacían que le doliese el pecho de lo hueco que lo tenía—. Ha intercambiado su libertad por la mía.

Vhalla agarró con fuerza el reloj colgado de su cuello. *¿Cómo no lo había visto de ese modo antes?* El péndulo de sus emociones hacia el príncipe heredero oscilaba de un amor absoluto a una ira cruda.

—La verdad es que no lo entiendo del todo —suspiró Fritz—. Pero esto significa que puedes volver a la Torre, ¿no?

Vhalla levantó la vista hacia Fritz, sorprendida. No lo había pensado. Regresar a la Torre, vivir una vida normal; todo había parecido tan fuera de su alcance que Vhalla ni siquiera se lo había planteado. Ahora era una posibilidad muy real, y era del todo aterradora. No podía volver al Sur. No podía realizar la marcha al lado de Aldrik y de su nueva prometida. No podía fingir que todo era normal cuando ni siquiera sabía lo que era la normalidad, cuando sentía que ya ni siquiera sabía quién era.

—Fritz... yo... —¿Cómo podía decírselo? *¿Qué iba a hacer?*—. No puedo volver.

—¿Qué? —Fritz frunció el ceño.

—No puedo... no puedo volver ahí. No estoy preparada.

—Vhalla, todo lo que querías hacer era volver a casa —señaló Fritz.

—Lo sé. —Se sentó. Luego deslizó las manos por su pelo, tratando de deshacer los nudos enfadada. El emperador le había concedido la libertad, pero le había arrebatado la única cosa que quería hacer con ella y había mancillado la alegría de todo lo demás. Estaba segura de que el muy desgraciado obtenía un gran placer de lo que había hecho—. Pero no puedo estar cerca de Aldrik ahora mismo. No puedo.

—La marcha de vuelta es larga...

—Lo sé. Pero no puedo regresar a la Torre y volver a ser solo una alumna otra vez como si no hubiese pasado nada. No quiero ir a la corte y ser su dama, su heroína de guerra, y contar batallitas. Tampoco puedo ir a casa... No puedo poner un pie en la casa de mi madre y mi padre como estoy. —Vhalla tragó con esfuerzo. Se estaba quedando sin opciones. *¿Cómo podía ser la libertad más limitante que la servidumbre?*

—¿Como estás? Vhalla, sé que a tu padre le encantaría verte...

—¡No puedo! —Se plantó una mano sobre la boca cuando otra de las personas que intentaba dormir la mandó callar—. No puedo, Fritz. No quiero arruinar mis recuerdos de esa casa volviendo hecha un desastre confuso y con las manos manchadas de muchísima sangre.

—Entonces, ¿qué quieres hacer? —Fritz cambió su enfoque.

—Quiero… quiero olvidarme de todo esto durante un tiempo y deambular por ahí, perderme durante un tiempito. —De repente, Vhalla supo a dónde necesitaba ir.

—¿Y dónde puedes hacer eso? —Fritz también lo había visto en su cara.

Vhalla estudió el estado de su amigo y se guardó las palabras en su interior. Vio las vendas de Fritz, la sangre que se filtraba a través de ellas. No estaba en condiciones de viajar y, si se lo decía, se forzaría a hacerlo. Y por mucho que Vhalla pudiese querer tener a su amigo a su lado, por encima de todo quería que se pusiese bien.

—No te lo voy a decir —dijo Vhalla con sinceridad.

*No más mentiras.*

—¿Por qué? —El dolor brilló con fuerza en los ojos de Fritz.

—Porque no quiero que vengas conmigo. No en tu estado —se apresuró a añadir Vhalla.

—Estoy bi…

—No, no lo estás. —Vhalla negó con la cabeza—. No estás en condiciones de viajar a la velocidad que voy a querer ir. La guerra ha terminado, Fritz. Has sobrevivido. No te mates y pongas esa carga sobre mis hombros ahora.

El sureño suspiró, un pequeño mohín se apoderó de su cara.

—Dímelo de todos modos; cuando esté bien, iré y te encontraré.

Vhalla se rio con suavidad. Se inclinó hacia delante y apretó los labios contra la frente de Fritz, recordando todas las veces que Larel había hecho lo mismo con ella. Fue un gesto agridulce.

—Ahora mismo no quiero que me encuentren —le recordó—. Yo iré a buscarte. Volveré a la Torre.

—¿Cuándo? —insistió Fritz.

—Cuando esté preparada. —Vhalla se enderezó—. Tú cuídate. Ordena a Elecia que lo haga.

—¡Pero si es ella la que me da órdenes a mí! —gimoteó Fritz.

—Hay que tener mano dura. —Vhalla esbozó una sonrisa cansada.

—Espera. —Fritz la agarró de la muñeca cuando hizo ademán de ponerse de pie—. Vhalla, *sí* que voy a volver a verte, ¿verdad?

—Por la Madre, *claro que sí*, Fritz. —Vhalla movió un poco el brazo para tomar la mano de Fritz. Le dio un apretoncito suave—. Eres mi más querido amigo, quizás el único en este inmenso mundo. Me verás otra vez... no creas que te vas a librar de mí con tanta facilidad.

—Bien. —Fritz le devolvió el apretón a su mano.

—Y cuando por fin vuelva a la Torre, espero un informe completo sobre Graham y tú. —El tono de rojo del que se tiñó la cara de Fritz, incluso en la tienda casi oscura, fue lo bastante conmovedor para aliviar parte del dolor del corazón de la propia Vhalla—. Hasta entonces.

—Hasta entonces. —Fritz asintió.

Vhalla no miró atrás a su amigo. No le diría adiós, no le daría a la despedida semejante permanencia. Esto, lo que estaba haciendo, era una retirada temporal. No podía huir durante toda su vida, pero por el momento, iría tan deprisa como el viento pudiese llevarla.

Le quedaba solo un cabo suelto más que atar. Vhalla se sorprendió de encontrar las chozas de la Guardia Dorada desiertas en su mayor parte. Había esperado encontrarlos festejando la victoria, pero la fiesta debía de ser en otro lugar porque ahí no había guardias a la vista.

*Así era mucho más fácil.* Con una mirada furtiva, Vhalla se coló en la choza de Daniel. No podía dejar el hacha atrás. Empezó por el pequeño montón de ropa de Daniel en el rincón, rebuscando entre ella algún paquete que pudiese contener el arma de cristal.

—¿Dónde está? —musitó cuando llegó al suelo de tierra al fondo del montón.

—¿Dónde está qué, exactamente? —Daniel estaba apoyado contra el marco de la puerta.

Vhalla se quedó como un cervatillo sobresaltado por un cazador, paralizada y con los ojos muy abiertos. Se puso de pie, al tiempo que se tragaba la incomodidad.

—El hacha.

—Escondida, como me pediste. —Daniel la observó con expresión pensativa. Era una mirada que no había recibido nunca de él, y Vhalla no estaba segura de si debería gustarle o no.

—La necesito.

—¿Por qué? —Daniel dio un paso hacia ella.

—No tengo por qué decírtelo —repuso con cautela.

—En efecto, no tienes por qué. —Daniel podría haber discutido con ella, pero no lo hizo. Después de los sucesos de esa noche, Vhalla apreció ese hecho de un modo nuevo—. Pero ¿me asegurarás al menos que no planeas hacerte daño a ti misma o hacérselo a algún otro con ella?

—¿*Qué?* —La palabra fue una media exclamación—. No. ¿Por qué habrías de pensar eso?

—Muchos no te culparían. —Daniel apoyó con suavidad la palma de una mano sobre la mejilla de Vhalla. No fue casualidad que su pulgar se deslizase por el moratón—. No después de cómo se ha portado.

—No es lo que crees. —Vhalla seguía a la defensiva después de hablar con Fritz, pero una vez que esa reacción inmediata se diluyó, se quedó paralizada al darse cuenta de algo—. Espera, ¿cómo lo sabes?

—¿Dónde crees que estábamos todos… que estamos? —Daniel frunció el ceño. Vhalla no lo entendía y él se dio cuenta, así que se lo explicó—. Hace falta un poco de fuerza para aplacar a uno de los guerreros más fieros y uno de los mayores hechiceros del mundo.

—¿Qué? —susurró Vhalla horrorizada.

—Baldair pidió ayuda. La Guardia respondió —empezó Daniel.

—Aldrik. ¿Aldrik está bien? —preguntó Vhalla antes de poder evitarlo.

Daniel suspiró; el sonido fue la desilusión personificada. Vhalla no sabía qué la hizo sentir peor: ese sonido o darse cuenta de cuál había sido su propia reacción inmediata. Eso lo reafirmaba todo para ella. *Tenía que marcharse.* Cuanto más tiempo se quedara ahí, antes volvería a caer en el campo gravitatorio de Aldrik.

—Aplacamos al príncipe. Estará bien... si Baldair no decide matarlo. No le gustan las personas que maltratan a las mujeres.

Vhalla se miró los pies como si los desafiara a moverse. No lo hicieron. Consiguieron mantenerla en el sitio, resistirse a correr al lado de Aldrik. No dar un paso era el primer paso.

—Estarán bien. —Vhalla intentó restarle importancia, dejar el tema atrás—. El hacha.

Daniel guiñó los ojos mientras evaluaba las acciones de la joven.

—¿Por qué la quieres?

—Porque sí.

—Dímelo —insistió.

—Me marcho.

Daniel hizo una pausa para asimilar esa noticia. Sus ojos avellana parecieron refulgir del interés.

—¿Adónde vas?

Vhalla se fijó en que no había preguntado por qué se marchaba.

—No necesitas saberlo.

—¿Puedo ir contigo?

Esa era una pregunta que no se había esperado, y Vhalla no sabía cómo contestarla.

—¿Por qué?

—Porque es más seguro no viajar solo. Porque yo también me quiero marchar. —Daniel hizo una pausa—. Porque quiero marcharme *contigo*.

—Daniel. —Vhalla sacudió la cabeza con firmeza—. ¿No sabes ya cómo es la situación? ¿Acaso no la has visto? Lo quiero-quería-quiero. No soy alguien con quien te interese estar. Ahora mismo no estoy en mi sano juicio.

Daniel soltó una carcajada relajada.

—¿Y quién lo está? —Le regaló una sonrisa en la que Vhalla tuvo que concentrarse; de otro modo, no hubiese creído que era real—. Creía que había intentado explicártelo. Mis sentimientos no están dictados por los tuyos. —Vhalla abrió y cerró la boca, incapaz de encontrar una réplica válida—. Cuando volví de mi última campaña, regresé para encontrarme con una carta, una carta de la mujer a la que quería, la que creía que me quería a mí. Decía que se marchaba. —Vhalla recordaba la historia que le había contado Daniel hacía un tiempo, pero que nunca había continuado—. Después conocí a una persona nueva. Conocí a una persona curiosa, encantadora, fuerte, *mágica*. La observé perseverar cuando el mundo la había descartado por completo... y pensé que si ella podía hacer eso, yo podía seguir despertándome cada mañana y reunir la fuerza suficiente para levantarme de la cama.

Vhalla sintió que las lágrimas le quemaban detrás de los ojos, la garganta gomosa. No eran las palabras de Daniel las que la llenaron de emoción. Sintió el escozor de las lágrimas porque sabía lo que debía decirle, a pesar de su amabilidad bienintencionada.

—Daniel...

—Escúchame hasta el final —se apresuró a decir él, al tiempo que la tomaba de las manos—. No tenemos por qué estar solos, ¿no lo ves? Y yo no necesito tu amor para ayudarte.

Vhalla negó con la cabeza.

—Daniel —suspiró—. Salvarme a mí no va a llenar ese agujero en tu corazón. —Él la miró consternado—. Tengo que marcharme, *sola*. —Vhalla retiró las manos despacio. No iba a utilizar a Daniel como consuelo durante más tiempo. Puso la palma de una mano sobre la áspera mejilla de él, esbozó una sonrisa cansada—. Por favor, entiéndelo.

Él la miró durante un largo momento. Sus ojos aletearon antes de cerrarse y luego la envolvió con sus brazos para darle un fuerte abrazo.

—Ten cuidado ahí fuera.

—Lo tendré. —Vhalla le dio un último apretón antes de que él se apartase.

—Y estate preparada para cuando vuelvas, porque te voy a demostrar que estás equivocada. —Daniel esbozó una sonrisa débil—. Estaré impaciente por verte, aún. No eres solo «algo con lo que llenar el agujero de mi corazón», Vhalla Yarl.

Vhalla sacudió la cabeza con impotencia. Daniel pensaría lo que quisiera. El tiempo tenía sus propios planes para todos ellos, siempre los tenía.

El espadachín le entregó el hacha sin poner más objeciones, tras sacarla de una zona escondida detrás de su catre. No intentó detenerla y no insistió más en ir con ella. Daniel la observó marchar con sus cálidos ojos avellana, en los que centelleaba un aprecio silencioso pese a la aparente desilusión.

Vhalla sisó unas cuantas raciones de las despensas del ejército y se hizo con un pequeño fardo de ropa. Las piezas de armadura disponibles eran abundantes, procedentes de los muertos, así que pronto encontró una cota de malla que le quedaba un poco holgada. Se hizo también con un cinturón ancho que se ciñó alrededor de la cintura antes de deslizar por él el hacha, todavía envuelta en su tela. No iba a volver a dejarla fuera de su vista nunca más, no hasta que pudiese devolvérsela a Victor.

Encontrar un caballo fue sorprendentemente fácil. Con el caos de la batalla, algunos todavía pululaban por ahí sueltos. Nadie se fijó en cómo la Caminante del Viento seleccionaba a un corcel aún ensillado y con la cabezada en buenas condiciones. Vhalla echó un último vistazo largo al palacio del campamento antes de apretar los talones contra los costados del animal.

Fijó un ritmo agresivo y cabalgó deprisa, sin reservas. Para cuando amaneció, ya se había adentrado bien en la jungla y se había alejado del asfixiante humo que todavía flotaba en el aire a causa de las piras ardientes posteriores a la última batalla del Norte.

Para cuando la echaron en falta, Vhalla estaba ya lejos del alcance de los exploradores.

Y para cuando el príncipe heredero se enteró de la partida apresurada de la Caminante del Viento, Vhalla Yarl estaba demasiado lejos para oír sus gritos de angustia.

# AGRADECIMIENTOS

Nick, el hecho de que leyeras con semejante dedicación y atención al detalle lo significa todo para mí. Nunca esperé que nadie leyese todos los libros, tantas veces, pendiente de cada simbolismo y significado oculto. Tú me impulsas a ser mejor escritora y me obligas a pensar en todo múltiples veces. Me exiges una mayor calidad, y sé que mi escritura es mejor gracias a tener una relación de trabajo tan estrecha contigo.

Katie, no me da miedo decir que «te necesito», porque es verdad en todos los sentidos. Sé que ya lo he dicho antes, pero tengo que hacerlo otra vez, tu entusiasmo ha sido crucial para mí a la hora de solucionar todas las dificultades en torno a la saga de *La bruja del aire* y continuar adelante con el proceso de publicación. Eres una persona divertidísima cuando lees y realmente me ayudas a encontrar un equilibrio con mi trabajo del que todavía puedo disfrutar.

Mi artista de la portada, Merilliza Chan... cariño, ¿qué más puedo decir? *Tres portadas asombrosas.* No podrías hacerme ningún regalo mejor que ayudarme a dar vida a la saga de *La bruja del aire* con las portadas que diseñas. Gracias por todo tu duro trabajo y por tu *feedback* sobre lo que escribo. Me encanta trabajar contigo.

Mi editora, Monica Wanat, espero que todavía disfrutes de editar la saga de *La bruja del aire*, ¡porque aún queda mucha historia! Siempre estoy impaciente por recibir de vuelta los manuscritos marcados por ti, porque el proceso de transformación por el que pasan es impactante. Aprecio en el alma tu profesionalidad y la sensación que tengo de que siempre me estás empujando a ser mejor escritora.

Rob y el equipo Gatekeeper Press. Las cosas no siempre son perfectas, pero creo que ya tenemos dominada toda esta rutina de la edición y la publicación. Vuestra dedicación a mí y a mis historias es asombrosa, y va mucho más allá de lo debido. No soy siempre la clienta más fácil con la que trabajar, pero vosotros nunca me hacéis sentir como que no merezco la pena el esfuerzo, y no me habéis fallado jamás.

Michelle Madow, ¡no puedo creer que ya hayamos terminado tres libros! Me has ayudado muchísimo a lo largo del camino. Desde tus ideas y tu perspicacia hasta tus *tweets*, pasando por tu apoyo mental, eres una mentora asombrosa y yo no estaría aquí luchando de no ser por ti.

Mi hermana, Meredith, me encanta cómo lo has hecho todo, desde crear hojas de cálculo hasta emocionarte conmigo sobre el hecho de que haya tanta gente interesada en mis libros. Siempre parece que sabes las cosas antes de que te las diga, y eso es porque prestas mucha atención a todo. Para mí es de una importancia extraordinaria tener tu apoyo porque te admiro muchísimo.

Mis padres, Madeline y Vince, ¡me alegro de poder llenar vuestra nueva casa de libros escritos por mí! Gracias, siempre, por todo el apoyo que me dais como persona y como autora. Os quiero a los dos.

Jamie y Dani, espero que podáis apreciar en esta última versión todos los cambios en los que habéis participado los dos de manera directa. Me encanta teneros de lectores beta, y vuestras aportaciones han sido esenciales en cómo he dado forma a la saga de *La bruja del aire*.

Mi Street Team. Tengo una suerte inmensa de tener el mejor Street Team del mundo entero. Vuestro entusiasmo e interés en la saga de *La bruja del aire*, las conversaciones al respecto y todo lo demás me mantienen animada y dispuesta a seguir escribiendo. Me encanta trabajar con todos vosotros y espero no desilusionaros nunca. Gracias a todos: Shara, Jasmin, Jhoanne, Joana, Cassandra, Jamie, Sana, Royala, Iris, Maud, Denise, Sandra, Emily, Alexis, Sabrina, Andrea, Jade, Mia, Adel, Dani, Lauren, Erika, Christine, Tho, Kelly, Megan, Desyerie, Amani, Aila, Avery, Emily, Skyly, Ali, Aentee, Fatima,

Logan, WanHian, Brianna, Laura, Angelia, Shelly, Ashley, Jessica, Alexandra, Malene, Natalia, Annalisse, Theresa, Fiona, Nikki, Sophie, Carly, Karina, Suzann, Alice, Mi-Mi, Annie, Autumn, Kaavya, Raisa, Carmela, Devin, Vanessa, Madeline, Hadassah, Salwa, Kathleen, Heidi, Vivien, Tayla, Shannon, Eileen, Alicia, Roz, Michaela, Linda, Megan, Emily, Amanda, Kaitlin, Linda, Parryse, Vinky, Lee, Jaclyn, Lisa, Aiko, Tara, Amanda, Melissa, Hameedah, Brian, Jan, Erin, Sarah, Pammy, Leila, Ting y Abigail.